Enid Blyton

Spannende Geschichten

Abenteuer mit den
Verwegenen Vier, den Fünf Freunden
der Schwarzen Sieben und
den Kindern aus der Rätselserie

Dieses Buch wurde aus den folgenden Einzelbänden
von Enid Blyton zusammengestellt:

Die Verwegenen Vier auf Heißer Spur
Fünf Freunde im Alten Turm
Geheimpolizei Schwarze Sieben
Rätsel um den unterirdischen Gang

Genehmigte Sonderausgabe 1999
Orbis Verlag für Publizistik, München
in der Verlagsgruppe Bertelsmann GmbH

Umschlaggestaltung: S/L-Kommunikation
Einbandillustration: Magdalena Hanke-Basfeld
Illustrationen von Gilbert Dunlop, Rolf und Margret Rettich,
Kurt Schmischke, Eileen A. Soper
Druck und Bindung: GGP, Pößneck

ISBN 3-572-01042-X

Inhalt

Die Verwegenen Vier auf heißer Spur

1 *Ein erhebender Augenblick*

»Fünf Minuten Verspätung«, brummte Chris, »Bummelei, so was!«

Ben und Larry, die neben ihm auf dem Bahnsteig standen, grinsten.

»Dein Wecker geht nach dem Mond«, lachte Ben. »Schau mal auf die Bahnhofsuhr.«

»Da kommt er!« schrie Chris und packte Bens Arm. »Los, wir laufen nach hinten. Sie stehen bestimmt am Fenster!«

In diesem Augenblick fuhr der Zug donnernd in die Bahnhofshalle ein, fuhr langsamer und hielt.

»Da sind sie!« schrie Chris.

Die drei stürzten auf das Abteil zu, aus dessen Fenster sich die beiden Mädchen beugten, und eine Sekunde später flog die Tür auf, beide sprangen auf den Bahnsteig, und Lissy fiel ihrem Zwillingsbruder Chris um den Hals, dem sie mit ihren blauen Augen und dem dunklen Haar verblüffend ähnlich sah, drückte gleichzeitig Bens Hand und gab Larry einen kleinen Rippenstoß, während Peggy, die wie gewöhnlich an einem ihrer blonden Zopfenden kaute, jammerte:

»Helft mir doch, die Koffer rauszuholen.«

»Das mach ich schon«, sagte Ben und hob das Gepäck herunter.

Die drei Geschwister hingen sehr an ihm, und als ihre Eltern ihn vor drei Jahren an Kindes Statt annahmen, waren sie restlos glücklich, und auch Larry, ein amerikanischer Millionärssohn, mit dem die Kinder eine feste Freundschaft verband und der mit den Jungen die gleiche Schule besuchte, mochte ihn besonders gern.

»Ich glaube, du bist noch länger und noch dünner geworden, Larry«, sagte Peggy, und Chris drängte:

»Schieß schon los mit deiner Neuigkeit, wenn du nicht endlich anfängst, dann . . .«

»Eine Neuigkeit? Was für eine?« fragten die Mädchen.

»Ach, er übertreibt mal wieder maßlos«, wehrte Larry ein bißchen verlegen ab, »er . . .«

»Wenn du nicht sofort anfängst, dann tu ich's«, sagte Chris. »Stellt euch vor, Larry hat uns eingeladen, in ein Landhaus, das seinem Vater gehört, irgendwo auf dem Festland im Südosten. Für die ganzen Ferien.«

»Nein«, schrie Lissy, »ist das wirklich wahr?« Und Peggy seufzte: »Wunderbar!«

»Wir werden in einem weißen Haus am Meer wohnen«, fuhr Chris hastig fort. »Und das Land besteht fast nur aus hohen Bergen und riesigen Wäldern.«

»Und wie kommen wir hin?« fragte Peggy.

»Im Flugzeug, in Larrys. Er war mit seinen Eltern schon ein paarmal da. Ranny und Mr. Potter kommen natürlich mit. Morgen geht's los.«

»Morgen schon?« riefen die Mädchen. »Dann müssen wir ja sofort packen, wenn wir nach Hause kommen. Dort hinten ist ein Gepäckträger. He, hallo!«

Der Mann kam auf sie zu, lud die Koffer auf seine Karre, und die Kinder folgten ihm zum Taxistand.

Und dann fuhren sie hinaus zum Haus der Eltern inmitten eines großen Gartens. Nach der Begrüßung jagten die fünf durch die Diele ins Wohnzimmer, in dem sie ganz richtig den gedeckten Teetisch vermuteten.

Sonst sprachen sie bei derartigen Gelegenheiten nur von der Schule und davon, was sie im letzten Halbjahr erlebt hatten. Heute aber interessierte sie nichts als die bevorstehende Reise, und Larry mußte eine Unmenge Fragen beantworten.

»Und sehr gut benehmen müßt ihr euch«, sagte er, »sonst zieht ihr euch Adams Zorn zu. Adam ist der Butler«, erklärte er nach einem Blick in die verständnislosen Gesichter der Mädchen, »er ist furchtbar vornehm.«

»Das meinst du doch nicht im Ernst?« fragte Chris.

»Doch, ihr müßt euch zum Beispiel jedesmal, wenn ihr an ihm vorbeigeht, tief verbeugen.« Larry kreuzte die Arme über der Brust und verneigte sich so, daß er beinahe mit dem Kopf gegen die Tischkante stieß.

»Muß gut aussehen, wenn Ben und Chris solche Verrenkungen machen«, kicherte Peggy. »Fangt nur gleich an zu üben, los, Chris, los.«

Frau Arnold lachte. »So schlimm wird es wohl nicht werden. Larry nimmt euch nur ein bißchen auf den Arm.«

Und als Larry sagte: »Ihr könnt euch natürlich so benehmen wie immer, das war doch nur Spaß«, meinte Chris:

»Dann ist ja alles in Ordnung.«

2 *Ein langer Flug*

Am nächsten Morgen waren sie gerade mit dem Frühstück fertig, als sie ein Auto vorfahren hörten. Chris stürzte zum Fenster. »Der Wagen ist da!« schrie er. »Wir müssen los!«

In dem Trubel, der nun entstand, konnte niemand mehr sein eigenes Wort verstehen. Die Treppe dröhnte unter den Schritten der fünf, Türen wurden geschlagen, ein Koffer fiel polternd die letzten Stufen hinunter, und Lissy rief in den Lärm hinein: »Wo habe ich nur meinen Fotoapparat? Weiß jemand, wo mein Fotoapparat ist?«

Und endlich saßen sie lachend und atemlos in dem großen Wagen.

Herr Arnold, der neben Chris und dem Fahrer saß, drehte sich um und sagte:

»Vielleicht können wir euch auch wieder abholen.«

»Und dann bleiben Sie ein paar Tage bei uns, ja?« bat Larry.

Endlich tauchte in der Ferne der Flugplatz auf, und wenige Minuten später rannte Larry auf Ranny und Mr. Potter zu, die wartend und rauchend neben der Maschine standen.

»Larry, Junge, bist du gewachsen! Und da ist ja auch die übrige Räuberbande.« Ranny sah über Larrys Kopf hinweg den vieren entgegen, die auf sie zustürzten.

Es gab eine herzliche Begrüßung, denn die beiden kannten die Arnoldschen Kinder schon von einer abenteuerlichen Reise her.

»Nun, diesesmal wird es hoffentlich weniger aufregend zugehen«, sagte Frau Arnold. »Versprechen Sie uns, dafür zu sorgen, daß die fünf nicht allzuviel anstellen?«

»Machen Sie sich keine Sorgen«, sagte Mr. Potter. »Wir haben Anweisung von Mr. King, die Kinder nicht aus den Augen zu lassen. Ich denke, es wird Zeit, daß wir starten.«

Die Kinder umarmten die Eltern, liefen die Gangway hinauf, und die Mutter rief ihnen nach: »Wir holen euch dann ab, macht's gut!« Und gleich darauf begannen die Motoren zu dröhnen.

Mr. Potter hatte sich hinter das Steuer geschoben, Ranny auf den Sitz neben ihn, und nun rollte die Maschine über das Feld und stieg langsam höher und höher.

Die Kinder starrten hinunter auf den kleiner werdenden Flugplatz, auf dem die Eltern nur noch wie zwei kleine Punkte erschienen.

Und dann flogen sie hoch über den Wolken, die sich wie ein in der Sonne funkelndes Schneefeld unter ihnen ausbreiteten.

»Fliegen ist das Herrlichste, was man sich vorstellen kann«, sagte Ben. Die Wolkendecke zerriß plötzlich, und er rief: »Mr. Potter, sind wir schon über dem Kanal?«

Ranny drehte sich um und nickte. »Ja, wir wollen ein bißchen schnell machen, damit wir mittags schon an Ort und Stelle sind.«

Und wenig später sahen sie wieder hinab auf Städte, auf Berge und Wälder und flaches Land, durch das sich Flüsse schlängelten.

Doch allmählich ermüdeten sie, Larry streckte seine langen Beine aus, gähnte, und Peggy seufzte, während sie sich zurücksinken ließ: »Wißt ihr, worauf ich mich am meisten freue? Auf das gute Essen, das Betty gekocht hat.«

»Da muß ich dich leider enttäuschen«, sagte Ranny, »Betty ist krank geworden. Aber das junge Mädchen, das aus einem Dorf in der Nähe stammt, wurde uns sehr empfohlen.«

Eine ganze Weile schon flogen sie nun über hohe Berge, und plötzlich rief Larry: »Da ist ja das Meer!«

Weiße Häuser zogen sich am Strand entlang und an den Hängen der Berge hinauf, die Maschine ging weiter hinunter, und Larry zeigte auf ein Haus, das inmitten eines riesigen Gartens lag, der sich bis zum Strand erstreckte.

»Oh, wie schön«, rief Peggy, und Mr. Potter murmelte, als sie wenige Minuten später zur Landung ansetzten: »So, das hätten wir geschafft!«

3 *Adam, der Vornehme*

Als sie wieder auf festem Boden standen, schlossen sie für einen Augenblick geblendet die Augen, denn die Helligkeit des in der glühenden Sonne schimmernden Sandes und des funkelnden Wassers überfiel sie zu plötzlich.

Sie gingen das kurze Stück zum Hause im Schatten der Bäume die Uferpromenade entlang. Und dann fing Larry plötzlich an zu rennen und zu winken, und die Kinder entdeckten dort, wo der Garten an den Strand grenzte, zwischen leuchtenden Blumen eine lange, dünne, schwarzgekleidete Gestalt, sahen, wie der Schwarzgekleidete sich gemessen verbeugte und Larry beide weißbehandschuhte Hände unaufhörlich schüttelte.

»Das ist Adam, der Vornehme«, flüsterte Chris.

Lissy und Peggy kicherten und liefen rot an, als sie Adams mißbilligende Blicke auf sich gerichtet fühlten.

Auch Ben und Larry lachten, was auch ihnen einen mißbilligenden Blick Adams eintrug.

Ohne ein Wort zu sagen, setzte er sich an die Spitze der kleinen Kolonne und stieg würdevollen Schrittes vor ihnen her den Gartenweg hinauf.

»Er ist ein bißchen komisch«, erklärte Larry leise, »aber man kommt gut mit ihm aus. Ich mag ihn sehr und er mich auch, wenn er es sich auch nicht so anmerken läßt.«

»Ja, bis auf den kleinen Vogel ist er ziemlich normal«, nickte Mr. Potter.

Und noch immer lachend gingen sie über die breite Terrasse

mit den Liegestühlen und den bunten Sonnenschirmen hinein ins Haus.

Durch die hohen Glastüren fiel das Sonnenlicht in den geräumigen, mit dicken Teppichen ausgelegten Raum. Vor dem Kamin an der Rückwand standen tiefe Sessel, und rechts und links führte eine Treppe hinauf. Auf der einen Seite schloß sich ein Wintergarten an und auf der anderen ein Wohnzimmer, in das der Blick durch weitgeöffnete Flügeltüren fiel.

Eine Tür unter der Treppe schien in das Küchenreich zu führen, denn jetzt wurde sie einen Spaltbreit geöffnet, ein junges Mädchen mit gerötetem Gesicht sagte ein paar Worte in der Landessprache, während aus dem Hintergrund das Klappern von Geschirr zu hören war.

»Es gibt gleich etwas zu essen«, sagte Ranny zu Peggy, die in diesem Augenblick entsetzt aufschrie.

Jemand war lautlos hinter sie getreten und griff nach der Jacke über ihrem Arm, und als sie sich umdrehte, sah sie in Adams langes, mit halbgeschlossenen Augen vornehm unbewegtes Gesicht.

»Ich werde das Kleidungsstück in die Garderobe tragen«, sagte er leise und sehr langsam, ging gemessenen Schrittes auf einen Wandschrank zu, öffnete ihn und nahm einen Bügel heraus.

Mr. Potter lachte:

»Manchmal hat Adams Angewohnheit, plötzlich wie ein Geist aufzutauchen, auch ihre Schattenseiten. Übrigens haßt er Lärm in jeder Form. Ich glaube, es ist ihm schon ein Dorn im Auge, wenn jemand das Radio einschaltet. Aber ihr werdet euch schon an ihn gewöhnen.

»Ach, man gewöhnt sich an alles«, sagte Ben. Doch bald darauf, als sie um den Tisch im Eßzimmer saßen, mußte er feststellen, daß diese Behauptung recht voreilig und leichtsinnig gewesen war.

Das verlockend duftende Essen, das Adam auftrug, war scharf gewürzt, schon nach den ersten Löffeln Suppe griff Ben nach der Serviette, fing an zu husten und lief rot an, und wenig später hatte er Gesellschaft bei dieser Tätigkeit gefunden.

Peggy stöhnte, rang nach Luft und sprang endlich, ihr kleines Taschentuch vor den Mund gepreßt, auf. Das aber trug ihr einen dermaßen vernichtenden Blick Adams ein, daß sie sich sofort wieder setzte.

»Vielleicht ist das Huhn nicht so schlimm«, tröstete Mr. Potter, und ein schwacher Hoffnungsschimmer erhellte die Gesichter ringsum, als Adam den knusprig gebräunten Braten auftrug.

Aber die Füllung hatte es in sich, wie Ranny bedauernd feststellte, und Chris meinte:

»Da ist mindestens ein Waggon Pfeffer verbraucht worden.«

»Mindestens«, nickte Ben stirnrunzelnd und geistesabwesend, denn ihm war ein kaum merkliches Glitzern in Adams halbgeschlossenen Augen aufgefallen. Sollte der? Vielleicht war das alles Absicht? Vielleicht fürchtete er, sie wären zu laut, und er wollte sie auf diese Weise wieder loswerden?

»Der Nachtisch bitte«, hörte er ihn jetzt dicht neben sich sagen, und da man auch hierzulande weder Salz noch Pfeffer an das Speiseeis zu tun pflegte, blieb er das einzige, an dem sie sich jetzt gütlich taten.

»Richtig satt bin ich trotzdem nicht«, sagte Peggy endlich. Und wieder meinte Ben das Glitzern in Adams Augen zu sehen und obendrein für den Bruchteil einer Sekunde ein beinahe triumphierendes Lächeln um seine Mundwinkel. Sollte er doch?

Aber im nächsten Augenblick wurde sein Verdacht zerstreut und das Rätsel gelöst. Adam räusperte sich, trat mit einer Verbeugung auf Mr. Potter zu und begann mit folgender Rede:

»Es ist äußerst bedauerlich, daß Tinas Kochkunst nicht Ihren Beifall findet und daß das von ihr zubereitete Essen Ihnen und vor allen Dingen den lieben Kleinen«, er zwang sich zu einem süßsäuerlichen Lächeln, »nicht zuträglich zu sein scheint. Leider wird es geraume Zeit dauern, bis man dem Mädchen den übermäßigen Gebrauch von Gewürzen abgewöhnt hat, und so wären Sie, wie die Dinge nun leider einmal liegen, auf den Besuch eines Gasthauses angewiesen, ein recht bedauernswerter Zustand, wenn ich mich so ausdrücken darf.« Er schwieg, räusperte sich und fuhr fort: »Sie wären also auf den Besuch eines Gasthauses angewiesen, falls Sie sich nicht vielleicht mit einem Vorschlag einverstanden erklärten, den ich Ihnen jetzt zu machen hätte.«

»Bitte, Adam«, nickte Mr. Potter.

»Wir sind gespannt«, sagte Ranny.

Noch einmal verbeugte sich Adam und überraschte gleich darauf seine staunende Zuhörerschaft mit den Worten: »Kochen ist mein Hobby. Seit Kindesbeinen, möchte ich sagen, bin ich Koch aus Leidenschaft. Wenn Sie also mit meinen Diensten vorliebnehmen wollten? Wenn ich also . . .?«

»Prächtig, prächtig«, unterbrach ihn Mr. Potter. »Wir nehmen Ihre Dienste als Koch selbstverständlich gerne und mit herzlichem Dank in Anspruch.«

Und daraufhin entfernte sich Adam nach einer nochmaligen Verbeugung glücklich lächelnd in Richtung Küche.

»Ein verrückter Kerl«, murmelte Ben und sah ihm nach.

Nachdem Rannys Anerbieten, doch noch in ein Gasthaus zu gehen, von den Kindern im Hinblick auf das in Aussicht stehende Abendbrot einmütig abgelehnt wurde, beschlossen sie, sich etwas hinzulegen.

So stiegen sie also die Treppe hinauf, fielen auf ihre Betten und schliefen in den durch die herabgelassenen Jalousien angenehm kühlen und dämmrigen Räumen sofort ein.

Als sie endlich erwachten, mußte es schon ziemlich spät sein. »Den Tee haben wir verschlafen«, stellte Larry nach einem Blick auf seine Uhr fest. »Wollen wir noch ein bißchen an den Strand gehen?«

Einer nach dem anderen liefen sie hinunter. Im Hause war es totenstill. In einem Sessel vor dem Kamin saß Adam und schlief, die Beine weit von sich gestreckt, den Mund halb geöffnet und sanft schnarchend.

Sie liefen durch den Garten zum Strand und weiter in den Badeort, dessen weiße Häuser sich am Meer und an den Hängen der Berge entlangzogen.

Sie entdeckten eine kleine Konditorei, deren Auslagen ihnen, da sie nun alle Hunger verspürten, besonders verlockend erschienen. Aber sie hatten kein Geld mitgenommen und mußten sich damit begnügen, die ausgestellten Herrlichkeiten zu betrachten.

»Die Mandeltorte sieht prima aus«, seufzte Peggy.

»Wir müssen nach Hause«, sagte Larry, »Adam wird auf uns warten.«

»Hoffentlich mit dem Abendbrot«, murmelte Chris, und Ben grinste:

»Ja, wenn er ausgeschlafen hat.«

In einer Reihe untergehakt liefen sie zurück. Hier und da blinkten schon ein paar Lichter auf. Sie liefen über den leuchtendweißen, warmen Sand, hatten die Schuhe ausgezogen, und Larry, der am äußersten Ende am Wasser ging, ließ sich die Füße von den Wellen bespülen.

In der Diele trafen sie Adam vor dem Spiegel stehend, und während er mit spitzen Fingern ein Stäubchen von seiner Jacke nahm, nickte er ihnen in dem blanken Glas hoheitsvoll zu, drehte sich um und sagte: »Es ist angerichtet.«

Adam servierte ihnen einen Traum von einem Essen, wie Mr. Potter am Ende der Mahlzeit feststellte. Die Kinder aber blieben stumm, weil sie so satt waren, daß sie beinahe bewegungslos auf ihren Stühlen hingen, und nur Larry, die Beine weit unter den Tisch ausgestreckt, blies die Backen auf und stöhnte: »Toll!«

Adam war so glücklich, daß er dieses unziemliche Benehmen gar nicht zu bemerken schien.

4 *Nein, was Sie nicht sagen*

Die beiden ersten Wochen vergingen wie im Fluge, mit strahlendem Sonnenschein und immer größer werdender Hitze. Die Kinder hielten sich fast nur am Strand auf, schwammen und ruderten, und Ben fischte manchmal.

Sie hatten einen neuen Freund gefunden, Töff-Töff, den Eismann. Sie nannten ihn so, weil er, wenn er die Uferpromenade herunterkam, mit einer Autohupe seine Kundschaft auf sich und seine Ware aufmerksam machte.

Die fünf zählten zu seinen besten Kunden, und manchmal saß er eine Weile bei ihnen, um sich mit ihnen zu unterhalten. Er sprach nur ein paar Worte Englisch und Larry als einziger ein paar Worte der Landessprache. So verständigte man sich mit lebhaften Gesten in Zeichensprache und verstand sich großartig.

Auch heute hatte sich Töff-Töff mit gekreuzten Beinen neben sie gesetzt, er zündete sich eine Zigarette an, zog eine Zeitung aus der Tasche und faltete sie auseinander. Und während die fünf, mit ihrem Eis beschäftigt, über die glitzernde Wasserfläche blinzelten, vertiefte sich Töff-Töff in die neuesten Nachrichten.

Plötzlich tippte er Larry auf die Schulter, fuchtelte mit den Händen in der Luft herum, tippte dann auf die Zeitung und sagte »Räuber!«, wobei er das R besonders stark rollte.

»Wie?« fragte Larry träge. »Wieso? Wo?«

Töff-Töff fuhr mit dem ausgestreckten Arm in die Richtung der Berge. »Dort!«

»Richtige Räuber?«

Töff-Töff nickte eifrig. »Überfallen reiche Leute, die in Berge reiten mit Maultier.«

»Ach, so was gibt's heute doch nicht mehr.«

»Doch, doch, hier, hier steht«, sagte der Eismann und tippte von neuem auf das Blatt. »Ich weiter.« Er stand auf, winkte den Kindern zu und fuhr weiter.

»Zustände sind das«, sagte Lissy. »Kümmert sich denn die Polizei nicht darum?«

Larry zuckte die Schultern. »Weiß nicht, aber wird sie wohl.«

Vom Hause her kam der Klang des Gongs, der zum Mittagessen rief. Die Kinder rafften ihre Sachen zusammen und liefen den Strand entlang.

»Sagt Ranny und Mr. Potter lieber nichts von der Sache«, sagte Larry. »Keiner von den beiden liest Zeitung, und wir haben ja das Jagdhaus in den Bergen.«

Chris sah ihn an. »Davon hatten wir ja keine Ahnung! Ich kann mir denken, was du vorhast.«

»Genau das«, nickte Larry, »eigentlich müßte ich es euch ja einmal zeigen, nicht wahr?«

»Natürlich«, sagte Ben, »das müssen wir unbedingt sehen.«

Sie aßen, schliefen ein wenig und beschlossen, nach dem Tee in die kleine Konditorei zu gehen.

»Wir möchten in der Stadt gerne ein Eis essen, Adam«, sagte Larry in die Küche hinein.

»Ich wünsche guten Appetit«, sagte Adam, um einige Grade kühler als gewöhnlich, »ich wünsche guten Appetit, obwohl es mir unbegreiflich ist, wie es euch nach diesem Speiseeis gelüsten kann.«

Sie liefen davon, saßen bald an einem der kleinen, runden Marmortischchen und sprachen von dem Jagdhaus in den Bergen.

»Ich werde Mr. Potter bitten, ein bißchen mit uns durch die Gegend zu fliegen«, sagte Larry, »dabei zeige ich euch das Haus, und dann müßt ihr zu verstehen geben, daß ihr wahnsinnig gerne einmal dorthin wollt, und dann . . .«

»Sei mal eben still«, flüsterte Peggy, die schon eine ganze Weile mit einem Ohr auf das hörte, was am Nebentisch gesprochen wurde. Sie nickte kaum merklich zu den beiden Frauen hinüber, die sich aufgeregt miteinander unterhielten.

»Sämtlichen Schmuck haben sie ihr abgenommen, auch das Kollier. Es war Millionen wert! Die arme Dolores!«

»Nein, was Sie nicht sagen!« entgegnete die andere. »Es ist also wirklich wahr? Ich dachte, es wäre nur ein Gerücht.«

»Oh, nein«, widersprach die andere. »Es ist leider so. Die Leute tragen schwarze Masken, und niemand weiß, wie sie aussehen.«

»Und die Polizei? Tut die denn gar nichts?«

»Die Polizei tut, was sie kann. Sie haben die ganze Gegend abgesucht, die Wälder durchkämmt und . . .«

»Ja?« fragte die zweite und vergaß vor lauter Spannung, den Löffel in den Mund zu schieben. »Haben sie sie?«

»Nein, sie verschwanden spurlos und sind nicht aufzufinden!«

»Wollt ihr wirklich in die Berge?« fragte Peggy und kaute nervös auf einem ihrer Zopfenden.

»Wenn Mr. Potter und Ranny einverstanden sind, auf alle Fälle«, sagte Larry.

Ben stand auf und rief nach der Kellnerin, um zu bezahlen. »Wir wollen lieber gehen, hier können wir doch nicht alles besprechen.«

Sie schoben sich zwischen den Tischen durch und hörten noch, daß das Gespräch der beiden Frauen sich jetzt um ›bezaubernde Hüte‹ drehte.

»Die haben Nerven«, murmelte Chris.

Auf dem Rückweg beschlossen die fünf, Mr. Potter schon heute abend zu bitten, mit ihnen einen kleinen Ausflug im Flugzeug zu unternehmen. Und er und auch Ranny erklärten sich nicht nur sofort einverstanden, sie fanden den Gedanken sogar sehr gut.

»Wollen Sie mitkommen, Adam?« fragte Larry, doch der wehrte hoheitsvoll ab.

»Wer sollte sich unterdessen um das leibliche Wohl kümmern?«

5 *Rauch zwischen den Bäumen*

»Seht mal, was wir mitnehmen sollen«, lachte Mr. Potter beim Frühstück, trank seinen Kaffee aus und zeigte auf einen großen Proviantkorb, der neben ihm auf einem Stuhl stand.

»Prima«, rief Peggy, aber Ben warf einen zweifelnden Blick auf den riesigen Korb.

»Damit reichen wir ja bis zum Nordpol und zurück.«

»Das täuscht«, sagte Adam ruhig.

Wenige Minuten später liefen sie alle den Strand hinunter am Wasser entlang bis zum nahen Rollfeld. Die Maschine stand startbereit, und die Männer vom Personal kamen ihnen entgegen.

»Prima Flugwetter«, sagten sie. »Hoffentlich ist es da oben kühler als hier unten.«

Die Motoren dröhnten, und sie sprangen in die leise vibrierende Maschine. Sie rollte, immer schneller werdend, und stieg dann höher und höher.

»Wir fliegen ein bißchen kreuz und quer durch die Gegend«, erklärte Ranny.

»Großartige Aussicht, was?«

»Von oben sieht immer alles großartig aus«, murmelte Mr. Potter.

Chris sah auf die auf seinen Knien ausgebreitete Karte, um mit Larrys Hilfe das Jagdhaus zu suchen.

»Wir finden es nicht«, sagte er endlich. »Kommen Sie doch bitte einmal her, Ranny.«

»Ihr müßt weiter nördlich suchen. Seht ihr das kleine Tal, das ganz von steilen Felsen eingeschlossen ist? Dort in der Nähe liegt es.«

»Wenn wir da sind, müssen Sie ganz tief runtergehen«, bat Chris, »damit wir es richtig sehen können.«

Sie flogen über weite grüne Täler, über Flüsse und Dörfer. Auf den Hängen weideten Kühe und Ziegen, und manchmal tauchte ein tiefblauer See auf.

»Jetzt müßt ihr aufpassen«, sagte Ranny.

Und gleich darauf sahen sie es. Es lag sehr hoch, von dort

oben mußte man einen herrlichen Blick über Berge und Täler haben. Die Maschine war tief heruntergegangen, und sie konnten sogar die blitzenden Fensterscheiben in dem weißen Gemäuer erkennen.

»Hübsch«, sagte Lissy, »könnten wir nicht einmal dahin? Das wäre doch prima.«

»Ein Jammer, daß es immer so leer steht«, meinte Ben.

»Es steht nicht leer«, erklärte Ranny. »Ein älteres Ehepaar, Einheimische, hält es in Ordnung.«

»Wenn wir ein Hubschrauber wären, könnten wir landen und uns von den beiden zum Mittagessen einladen lassen«, lachte Lissy.

»Und jetzt fliegen wir über das kleine Tal«, erklärte Ranny. »Es soll keinen Zugang zu ihm geben, seht nur, wie steil die Felsen sind. Mr. King hat einmal mit einem Bergführer darüber gesprochen. An einen Abstieg ist da nicht zu denken.«

Schweigend starrten die Kinder hinunter in das kleine, ganz mit dichtem Wald bestandene Tal.

Die Maschine ging tiefer, kreiste ein paarmal darüber, und dann riß Mr. Potter sie plötzlich hoch, um eine Felsenbarriere zu überfliegen.

Ben rief: »Seht mal, sieht das da zwischen den Bäumen nicht wie Rauch aus?«

»Wo?« fragten die anderen, aber sie sahen nichts mehr.

Die Maschine war schon zu hoch, und in wenigen Sekunden lag das eingeschlossene Tal weit hinter ihnen.

»Ranny«, sagte Larry, »Ben hat eben dort unten Rauch gesehen. Ob vielleicht doch jemand dort hinuntergestiegen ist?«

Ranny schüttelte den Kopf. »Ausgeschlossen, ihr müßt euch getäuscht haben, sicher waren es Wolken.«

Sie flogen jetzt sehr hoch, eine dichte Wolkendecke lag unter ihnen, und so unterhielten sie sich leise darüber, daß hier irgendwo in den Bergen die Bande ihr Versteck haben mußte, und darüber, ob sie Mr. Potter und Ranny wohl dazu bewegen könnten, für einige Zeit mit ihnen in das Jagdhaus zu ziehen.

»Wir fragen jetzt gleich«, sagte Larry kurz entschlossen, ging zum Pilotensitz und begann eifrig auf die beiden Männer einzureden.

Zuerst schien es so, als habe er keinen Erfolg. Doch er ließ sich nicht beirren, und endlich zuckte Mr. Potter die Schultern, sagte etwas und lachte.

Und gleich darauf kam Larry zurück. »So gut wie abgemacht«, sagte er.

»Prima!« schrien die anderen voller Begeisterung.

»Kommt Adam auch mit?« erkundigte sich Peggy.

»Eher kündigt er«, lachte Larry. »Das letzte Stück bis zum Jagdhaus müssen wir nämlich auf Maultieren reiten. Es gibt dann nur noch einen schmalen, steilen Pfad.«

»Adam auf einem Maultier«, grinste Ben, »ewig schade, daß uns dieser Anblick versagt bleibt.«

Doch Peggy, die ihr Herz teils für Adam selber, teils für seine Kochkunst entdeckt hatte, sagte, indem sie die anderen mißbilligend betrachtete: »Macht euch nur nicht lustig über ihn. Ich jedenfalls finde ihn sehr nett, und wer weiß, vielleicht schafft er es sogar noch, auf einem Maultier zu reiten. Es wäre doch zu schön, wenn er mitkäme.«

Die Wolkendecke wurde dünner und dünner, als sie nun tiefer hinuntergingen.

»Achtung, wir landen!« rief Mr. Potter. Und einen Augenblick später gab es einen sanften Ruck, die Maschine rollte ein Stück und stand.

Sie sprangen hinaus, stürmten den Strand entlang, den Gartenweg hinauf und ins Haus.

»Bitte, Adam, Sie müssen mitkommen«, schrie Peggy, »bitte, kommen Sie mit!«

Und Adam, der schon wartend neben dem gedeckten Tisch stand, versuchte vergeblich Fassung zu bewahren und starrte sie verständnislos an.

6 *Er reitet wirklich wie der Teufel*

Es wurde ein turbulentes Mittagessen, denn Peggy hatte es sich nun einmal in den Kopf gesetzt, Adam zu bewegen, sie in die Berge zu begleiten, und es dauerte nicht lange, so war sie es nicht alleine, die wild auf ihn einredete und bat und bettelte.

»Ruhe«, befahl Mr. Potter endlich, »man versteht ja sein eigenes Wort nicht mehr.«

Und Adam schüttelte schweigend den Kopf, bis es Peggy einfiel zu sagen: »Und wer soll für uns da oben kochen? Sollen wir etwa wieder zwanzig Pfund Pfeffer schlucken, oder sollen wir gleich verhungern?«

»Entsetzlich«, entgegnete Adam leise, »ein geradezu entsetzlicher Gedanke! Wenn nur die Maultiere nicht wären«, fügte er seufzend hinzu.

»Ach, es wird schon gehen«, tröstete sie, »Sie müssen sich nur gut festhalten.«

»Hm«, machte Adam, »ich weiß nicht.«

Je länger er schwieg, desto größer wurde die Spannung, und es war so still geworden, daß man eine Stecknadel hätte zu Boden fallen hören können.

»Sie werden uns doch nicht im Stich lassen?« fragte Larry endlich in die Stille hinein.

Und nun gab Adam sich einen Ruck. Seine eben noch wie in weite Ferne blickenden Augen schlossen sich wieder wie gewöhnlich halb, sein Gesicht bekam von neuem den vornehm unbewegten Ausdruck, er räusperte sich und sagte langsam: »Es ist natürlich selbstverständlich, daß ich meine Pflicht erfülle!«

Ein wahrer Begeisterungssturm erhob sich, es herrschte allgemein große Freude über die bevorstehende Reise, und Mr. Potter meinte, sie sollten am besten gleich morgen früh fahren.

»Anmelden können wir uns leider nicht, Telefon gibt's da oben keins, aber Vorräte sind genügend vorhanden. Wir sehen uns noch einmal den Wagen an, also bis nachher.«

»Und was wollen wir jetzt machen?« fragte Lissy mit einem staunenden Blick auf Adam, der eben in Begleitung Tinas, des Mädchens aus dem Dorfe, beide mit riesigen Henkelkörben bewaffnet, aus der Küche trat.

»Die Pflicht ruft«, erklärte er. »Wir müssen einkaufen.«

»Aber wir sind doch morgen gar nicht mehr hier«, sagte Lissy.

»Eben«, meinte Adam.

»Aber im Jagdhaus gibt es doch Vorräte.«

»Eben«, sagte er wieder. »Das heißt«, verbesserte er sich, »man weiß nie genau, ob derartige Behauptungen sich bewahrheiten. Es handelt sich also um eine Art Vorsichtsmaßnahme.«

»Er tut geradeso, als ob wir eine Weltreise machen wollten«, sagte Ben. »Gehen wir zum Strand?«

Erst gegen Abend kamen die fünf zurück und fielen beinahe über Körbe und Taschen, die in der Diele auf dem Boden standen.

»Adam besteht darauf, daß wir das ganze Zeug mitnehmen«, sagte Mr. Potter. »Ich habe nur noch keine Ahnung, wie wir alles unterbringen sollen.«

»Wenn ich Ihnen dabei behilflich sein dürfte«, ließ sich Adam hinter seinem Rücken vernehmen. »Verteilung von Gepäck auf kleinstem Raum ist eine Spezialität von mir.«

An diesem Abend dauerte es lange, ehe die fünf einschliefen. Sie waren zu aufgeregt, und hinzu kam noch die unerträgliche Hitze, die sich nun allmählich im ganzen Hause eingenistet hatte. Und Mr. Potter stellte am anderen Morgen aufatmend fest, daß es wohl gar kein schlechter Gedanke war, bei dieser Glut in die Berge zu fahren.

Es wurde eine herrliche Fahrt auf der glatten Straße, die in vielen Windungen höher und höher hinaufführte. Links ragten die Felsen steil empor, rechts dehnten sich sonnige Täler, in der Ferne von Bergketten abgeschlossen.

Nach etwa zwei Stunden gelangten sie zu der Stelle, an der sie den Wagen verlassen mußten. Der Besitzer eines Gehöftes ganz in der Nähe hatte sich auf Maultiervermietung eingestellt und trat nun bei ihrer Ankunft aus dem Haus. Ja, er konnte ihnen so viele Maultiere geben, wie sie brauchten, ja, sie konnten den Wagen in der Garage unterstellen.

Er führte zehn der hübschen Grautiere aus dem Stall. Die Kinder waren entzückt und strichen ihnen über das Fell. Zwei der Tiere wurden mit den Taschen und Körben beladen, und dann half Ranny dem blaß gewordenen Adam auf ein von dem freundlichen Mann als besonders sanft und fügsam gepriesenes Tier.

»Starrt ihn nicht so an«, flüsterte Mr. Potter den fünfen zu, »tut so, als sähet ihr ihn gar nicht, sonst gibt es noch ein Unglück.«

Tatsächlich hing Adam völlig hilflos im Sattel, die langen Beine steif wie Stöcke seitwärts gespreizt.

»Nur Mut«, ermunterte Ranny, »und so lässig wie möglich, das ist die Hauptsache.«

Adam hatte die Beine angezogen, und seine Knie ragten ein Stück über den Rücken des Tieres hinaus. Mit beiden Händen umklammerte er dessen Hals, so daß er, den Kopf weit vorgestreckt, beinahe einen spitzen Winkel bildete.

»Er reitet wirklich wie der Teufel«, flüsterte Ben, »ich darf nur nicht hingucken.«

Steil, schmal und steinig führte der Weg zur Höhe, an tiefen Abgründen vorüber. Manchmal sahen sie einzelne Gehöfte und an den Hängen Ziegenherden.

Doch dann gab es keine Bauernhöfe mehr, und endlich sahen sie in der Ferne das Jagdhaus. Es lag auf einer Wiese am Berge, und aus seinem Schornstein stieg der Rauch kerzengerade in die stille, warme Luft.

Alle atmeten auf, denn der Ritt war ziemlich anstrengend gewesen, und Adam, dem Ranny herunterhalf, stöhnte erleichtert. Ja, es war alles gutgegangen, hier stand er mit heilen Gliedern, aber hatte er sich nicht während dieses entsetzlichen Unternehmens ungezählte Male im Abgrund liegen sehen?

An einem Fenster tauchte das Gesicht einer Frau auf, und gleich darauf öffnete sich die Tür, und ein Mann trat über die Schwelle.

»Er sieht unserem Töff-Töff ähnlich«, flüsterte Lissy, »nur ein bißchen älter scheint er zu sein, sein Schnurrbart ist schon ganz grau.« Und Peggy nickte und sagte:

»Hoffentlich ist er auch so nett wie Töff-Töff.«

Die Frau, die aus dem Fenster gesehen hatte, erschien jetzt hinter ihm, und während er bedächtig auf sie zukam, lief sie ihnen eilig entgegen. Sie war klein, schwarzhaarig, mit großen dunklen Augen, und das rote Muster ihres um die Schultern gelegten Tuches leuchtete in der Sonne. Ranny und Mr. Potter begrüßten beide herzlich und schüttelten ihnen die Hände.

Sowohl der Mann als auch die Frau sprachen fließend Englisch. Sie waren mehrere Jahre in Amerika gewesen, er als Gärtner und sie als Köchin.

»Köchin«, murmelte Adam und warf ihr unter halbgeschlossenen Lidern einen Blick voller Verachtung zu.

Und Ranny, der die Situation sofort erfaßte, überlegte, wie sie wohl zu retten sei.

Alle lobten die schöne Diele mit den vielen großen Fenstern, die sie jetzt betraten. Und beim Anblick des riesigen Kamins und des weichen Eisbärfelles davor seufzte Peggy:

»Jetzt müßte es Winter sein, das wäre gemütlich!«

»Wenn ihr euch ausruhen wollt, zeige ich euch eure Zimmer«, sagte die kleine Frau eifrig und machte eine einladende Handbewegung zur Treppe hinüber, die neben dem Kamin hinaufführte. Ein zartgrüner Läufer bedeckte die Stufen, und das weiße, kunstvoll durchbrochene Geländer glänzte matt.

»Laß nur, Julia, das übernehme ich schon«, ließ sich Herr Sandros mit tiefer Stimme vernehmen. »Geh du lieber und kümmere dich ums Essen, und vergiß das Eis nicht!«

Wieder erstarrte Adam. Wozu nur hatte er die entsetzliche Reise unternommen?

Sein Anblick veranlaßte Ranny, das Problem sofort zu lösen.

»Unser Adam ist ein ausgezeichneter Koch«, sagte er zu Frau Sandros. »Wie wäre es, wenn Sie sich beide in der Sorge um unser leibliches Wohl abwechselten?«

Und bei der erfreuten Antwort: »Aber sicher, ich bin froh,

wenn ich mich einmal an den gedeckten Tisch setzen kann«, kehrte Adams Farbe langsam zurück. Und in dem Gedanken, diese, diese, wie hieß sie doch, ach ja, diese Frau Sandros mit seiner Kochkunst in Erstaunen zu setzen, stieg er gemessenen Schrittes hinter den anderen her die Treppe hinauf.

»Da sind Sie ja endlich«, rief Peggy, »sehen Sie nur, was für wunderhübsche Zimmer wir haben!«

7 *Tino fürchtet sich vor nichts*

Etwa eine Stunde später saßen sie alle um den großen, runden Tisch in der Diele versammelt.

»Ich werde morgen gleich ins Dorf hinunter müssen«, sagte Herr Sandros. »Ich muß neue Vorräte besorgen, man hat nämlich unseren ...«

»Ja, denken Sie«, unterbrach ihn seine Frau hastig und aufgeregt, »stellen Sie sich vor, sie haben unseren Keller ausgeräumt!«

»Wer?« fragte Mr. Potter verständnislos.

»Ja, wissen Sie denn nichts davon? Sie haben doch schon mehrere Kurgäste in den Bergen hier überfallen, eine richtige Räuberbande mit schwarzen Masken, gräßliche Kerle!«

»So?« war die gedehnte Antwort. »Das ist das Neueste, was ich höre.«

Die Kinder sahen einander verstohlen an und überließen es Ranny, die nächste Frage zu stellen. »Kurgäste überfallen, sagen Sie? Haben sie ihnen irgend etwas getan?«

»Nein, man hat ihnen nur Geld und Schmuck abgenommen und sie dann laufenlassen«, sagte Herr Sandros.

»Ziemlich gefährliche Gegend«, murmelte Mr. Potter und warf einen prüfenden Blick auf die fünf. Sollten sie etwa von dieser Geschichte gewußt haben und deshalb so versessen darauf gewesen sein, hier heraufzukommen?

Peggy wurde langsam rot. Mr. Potter wußte genug. Sie waren keine guten Schauspieler, die fünf.

»Die Polizei hat alles abgesucht«, berichtete Herr Sandros

weiter, »aber die Bande ist wie vom Erdboden verschwunden.«

»Na, irgendwann wird man sie ja fassen«, sagte Mr. Potter, und zu den Kindern gewandt: »Ihr dürft euch auf keinen Fall allein vom Hause entfernen, nur in Rannys oder meiner Begleitung, verstanden?«

Sie sahen sehr enttäuscht aus, wagten aber nicht zu widersprechen und nickten ergeben.

»Ja, und nun werden Abendbrot und Frühstück und Mittagessen morgen nicht sehr reichhaltig ausfallen«, sagte Frau Sandros. »Aber mein Mann kann heute nicht mehr ins Dorf, es würde zu spät werden. Und wir wußten ja nicht, daß Sie kommen würden.«

Während dieser Ankündigung hatte Adam lautlos die Diele betreten, räusperte sich und sagte in das betretene Schweigen hinein, während er ein triumphierendes Lächeln nicht ganz verbergen konnte:

»Wenn ich mir gestatten dürfte, an die Vorräte zu erinnern, die ich mitgenommen habe? Sie würden uns über ein paar Tage hinweghelfen.«

Chris schrie: »Hurra, wir brauchen nicht zu verhungern!«

Mr. Potter lachte. »Ja, Adam, da haben Sie in weiser Voraussicht gehandelt.«

Ben war noch immer in Gedanken mit der Bande beschäftigt. Wie war es nur möglich, daß sie jedesmal spurlos verschwinden konnte? »Vielleicht verstecken sie sich in dem komischen Tal, in das man nicht hinein kann«, sagte er.

Herr Sandros schüttelte den Kopf. »Nein, das ist unmöglich, es gibt tatsächlich keinen Zugang.«

»Fragt nur den Ziegenhirten, den Tino«, mischte sich Frau Sandros ein, als sie den zweifelnden Ausdruck in Bens Gesicht sah. »Er haust dort oben mit seiner Herde, und er kann euch zu einer Stelle führen, von der aus ihr das Tal und die steilen Felsen rundherum sehen könnt. Keine Menschenseele würde sich da hinunterwagen.«

»Tino?« fragte Peggy. »Ist das ein Junge?«

»Ja, ja«, nickte Frau Sandros, »so alt wie dein Bruder vielleicht. Im Winter zieht er hinunter ins Dorf zu seinen Eltern, und den ganzen Sommer über lebt er da oben.«

»Ganz allein?« fragte Lissy. »Ich würde mich fürchten.«

Frau Sandros lachte. »Der Tino fürchtet sich vor nichts, der nicht. Der kennt sich da oben aus wie kein anderer, und außerdem hat er ja seine Ziegen.«

Chris schlug vor, Tino noch heute zu besuchen. Etwa eine halbe Stunde später standen sie alle vor dem Haus, und Frau Sandros beschrieb ihnen den Weg.

»Also, Sie müssen dort hinauf bis zu der großen Tanne, in die der Blitz eingeschlagen hat, Sie können sie gar nicht übersehen. Dann weiter den schmalen Pfad, der links abbiegt. Er ist ziemlich steil, aber kurz. Dann gehen Sie bis zu der Quelle. Wenn Sie dort sind, pfeifen Sie am besten. Tino hat Ohren wie ein Luchs und hört das Gras wachsen.«

Die Sonne brannte heiß, als sie den schmalen, schattenlosen Felspfad bis zur Quelle hinaufstiegen. Aufatmend blieben sie stehen und riefen im Chor nach Tino.

Das Trillern einer Blockflöte antwortete ihnen, und bald kam jemand in großen Sprüngen auf sie zu.

Sie hatten erwartet, einen durch das einsame Leben scheu gewordenen Jungen vorzufinden. Aber er lachte sie freundlich an, und seine dunklen Augen in dem tief braungebrannten Gesicht leuchteten, während er eifrig auf sie einzureden begann.

Mr. Potter, Ranny und Larry spielten abwechselnd den Dolmetscher, denn sie waren die einzigen, die ihn ein wenig verstanden.

Ein großer Geißbock stand neben ihm. Tino hatte seinen Hals umfaßt und kraulte ihn zärtlich. »Er will uns sein Häuschen zeigen«, erklärte Larry, »also los.«

Sie stiegen hinter dem Jungen über die Felsen hinauf und bewunderten seine Sicherheit und Geschicklichkeit.

Die Hütte bestand aus nur einem einzigen Raum mit einem gemauerten Herd, einem Tisch und einem schmalen Bett.

Tino bot ihnen Milch und Ziegenkäse an, und die Kinder revanchierten sich, indem sie den Proviantkorb auspackten.

Es schien, als habe Tino noch nie zuvor in seinem Leben etwas so Gutes gegessen.

Sie hockten auf den Stufen, der Geißbock Bulli stand vor ihnen, während Tino erzählte, daß er ihn aufgezogen hatte, daß er nie von seiner Seite wich und sein treuester Freund wäre.

Doch plötzlich wurde er unterbrochen, denn Chris schrie: »Ein Adler!«

Das große Tier kreiste ein paarmal und stieß dann hinab.

»Er hat irgend etwas in dem eingeschlossenen Tal entdeckt«, sagte Tino, und Chris meinte:

»Ich wollte, ich wäre auch ein Adler und könnte irgend etwas in dem Tal entdecken!«

8 *Ein Büffel an der Wand*

»Gar nicht schlecht«, murmelte Ben, der wieder an den Rauch zwischen den Bäumen denken mußte. Vielleicht kannten doch ein paar Leute einen Zugang, vielleicht sogar diese Kerle.

»Frag ihn doch, ob er uns zu der Stelle führen kann, von wo aus man das Tal sieht«, sagte er zu Larry.

Ja, das konnte Tino, und er wollte es auch gerne tun. Und ungefähr eine halbe Stunde später machten sie sich auf den Weg, er und Bulli an der Spitze.

Es ging steil bergauf und manchmal an tiefen Abgründen vorüber. Peggy hielt sich krampfhaft an Rannys Hand fest, hatte die Augen geschlossen, sie wagte es nicht einmal, eine lose Haarsträhne, die der Wind ihr ins Gesicht trieb, fortzustreichen. Sie fürchtete jede unnötige Bewegung.

Doch die Jungen und auch Lissy kannten derartige Gefühle nicht, und Mr. Potter mußte sie ständig ermahnen, nicht zu unvorsichtig zu sein.

Hier oben gab es nur kahles Gestein, und endlich gelangten sie zu der Stelle, an der der Felsen steil abfiel und an der Tino und Bulli schon auf sie warteten.

»Wie dicht der Wald da unten ist«, murmelte Larry. »Und

sieht das da nicht wie Wasser aus? Die Bäume verdecken es, es muß ein Fluß sein.«

Ranny fragte: »Hast du schon einmal etwas von dieser Bande gesehen, Tino?«

Tino schüttelte den Kopf. Nein, so weit kämen sie wohl nicht herauf, meinte er, und dann wüßten sie wahrscheinlich auch genau, daß er sich hier mit seiner Ziegenherde aufhielte, und sie wären sicher darauf bedacht, nicht entdeckt zu werden.

»Ob sie nicht vielleicht ihr Versteck da unten haben?« fragte Ben.

Wieder schüttelte Tino den Kopf. Er hätte schon oft nach einem Weg gesucht, doch es gäbe keinen.

»Kommt«, sagte Peggy ungeduldig, »ich mag das Tal nicht, und ich möchte auch gar nicht da hinunter, es ist so dunkel und unheimlich.«

»Ach du«, grinste Chris, »keine Spur von Unternehmungsgeist, nur Angst.«

»Sie hat ganz recht«, sagte Ranny, »mir gefällt unser Jagdhaus auch besser«, und nach einem Blick auf seine Uhr: »Ich bin übrigens dafür, daß wir zurückgehen, es ist höchste Zeit. Frau Sandros und Adam werden schon auf uns warten.«

So machten sie sich also an den Abstieg, und nach einer Weile blieb Tino stehen, zeigte auf einen schmalen Pfad, der rechts abzweigte, und erklärte Mr. Potter und Ranny, daß man auch diesen Weg nehmen könnte und daß er viel kürzer wäre, nur etwas steiler.

Weil es schon spät war, befolgten sie seinen Rat, und nach etwa einer Viertelstunde hörte die starke Steigung auf, der Weg wurde breiter, und dann sahen sie plötzlich vor sich eine große, dunkle Öffnung im Berg.

Erstaunt blieben alle stehen. »Was ist denn das?« fragte Mr. Potter.

»Eine Höhle«, antwortete Tino. »In die Wände sind Tiere und Menschen gezeichnet.«

»Das wollen wir uns doch noch ansehen«, sagte Ranny und leuchtete mit der Taschenlampe in das finstere Innere.

Neugierig drängten sich die Kinder um ihn und sahen einen riesigen Büffel reliefartig aus der Felswand gehauen. Das große Tier wirkte so lebendig im unruhigen Lichtschein, daß sie zuerst erschraken.

Der Strahl der Lampe huschte weiter, fiel auf andere Tiere, auf Adler, Pferde, Ziegen und schließlich auf ein paar Männergestalten.

Peggy griff nach Rannys Hand. »Ich möchte lieber gehen, ich finde es unheimlich hier.«

Tino erzählte, daß Bulli, den er einmal mit in die Höhle nahm, beim Anblick des steinernen Tieres die Hörner gesenkt hatte, um es anzugreifen.

»An dem solltest du dir ein Beispiel nehmen, Peggy«, sagte Ben ernsthaft. »Wenn du auch keine Hörner hast, dann hast du doch deine Rattenschwänze.«

Sie warf ihm einen vernichtenden Blick zu und lief vor den anderen hinaus in den Sonnenschein.

An der nächsten Biegung sahen sie endlich ein gutes Stück entfernt unter sich das Jagdhaus.

»Seht mal, wie der Schornstein raucht«, schrie Peggy. »Bestimmt kochen Frau Sandros und Adam etwas Gutes für uns zum Abendbrot.«

Tino und Bulli trennten sich von ihnen an dieser Stelle, und die Kinder versprachen, bald wieder heraufzukommen. Sie sahen dem Hirtenjungen noch lange nach, wie er leichtfüßig neben dem Ziegenbock über die Felsen zu seiner Herde zurücklief.

»Schade, daß man sich nicht richtig mit ihm unterhalten kann«, sagte Ben bedauernd. »Haben Sie nicht vielleicht ein Wörterbuch, Mr. Potter? Dann könnten wir doch . . .«

»Habe ich«, nickte er, »aber ich glaube, es ist besser, ihr nehmt ein bißchen Unterricht bei Herrn und Frau Sandros.«

Nach einer halben Stunde erreichten sie von neuem die große Tanne, die der Blitz gespalten hatte, die Kinder rannten das letzte Stück den Berg hinunter, stürmten ins Haus, und Adam, der gerade mit dem Tablett aus der Küche trat, wurde beinahe umgeworfen.

9 *Mitten im dichten Nebel*

Eine Woche ging vorüber mit strahlendem Sonnenschein, ein leichter Wind sorgte dafür, daß es nicht zu heiß wurde.

Hin und wieder unternahmen die Kinder in Begleitung Rannys und Mr. Potters einen Ausflug und statteten beinahe jedesmal bei dieser Gelegenheit Tino einen Besuch ab. Sie hatten sich richtig mit ihm angefreundet.

Neue Vorräte waren aus dem Dorf besorgt worden, und Frau Sandros erzählte völlig außer sich, daß sie von neuen Überfällen der Bande gehört hätte und daß man dort unten von nichts anderem spräche.

Einige Touristen, die eine mehrtägige Wanderung unternommen hatten und in einem Zelt übernachteten, waren restlos ausgeplündert worden. Uhren, wertvolle Kameras, Geld und sogar das Zelt hatte man ihnen gestohlen. »Und die Polizei kann dieses Gesindel nicht auftreiben«, schloß sie kopfschüttelnd.

Die fünf versuchten sich in der Erlernung der neuen Sprache, wobei ihnen das Wörterbuch Mr. Potters und Frau Sandros zu Hilfe kamen, die sie aber hin und wieder doch mit ihren unaufhörlichen Fragen zur Verzweiflung brachten.

An diesem Nachmittag hatten sie sich vorgenommen, noch einmal zu der seltsamen Höhle mit dem Büffel hinaufzugehen.

Die Sonne brannte vom Himmel, und als sie endlich ihr Ziel erreichten, setzten sie sich ins Gras, um etwas zu trinken, sie waren alle sehr durstig geworden.

Erst als sie sich gestärkt hatten, gingen sie in die Höhle, um die riesigen Steinbilder von neuem zu betrachten.

Peggy lief bald wieder hinaus zu Ranny und Mr. Potter, die neben dem Eingang lehnten und eine Zigarette rauchten.

Die Jungen und Lissy aber durchstöberten die Höhle von einem Ende bis zum anderen, und plötzlich rief Ben, während er mit der Taschenlampe den Boden ableuchtete:

»Seht mal hier, seht mal die Fußspuren, die stammen nicht von uns!«

Es waren Abdrücke von riesigen Stiefeln.

»Vielleicht sind es die von Tino?« sagte Lissy endlich.

Larry schüttelte den Kopf.

»Nein, Tino hat kleinere Füße, außerdem trägt er Sandalen.«

»Ob sie vielleicht von dieser Bande stammen?« fragte Ben leise.

Larry zuckte die Schultern. »Es können ja auch andere Leute hierherkommen.«

Peggy erschien im Eingang und rief: »Ranny sagt, es wird Nebel geben, wir müssen uns beeilen, damit wir vorher zu Hause sind.«

Als die beiden Männer von Bens Entdeckung erfuhren, zeigten sie sich nicht sehr beeindruckt. »Wahrscheinlich sind es Fußspuren von irgendwelchen Dörflern«, meinte Mr. Potter.

»Vielleicht«, sagte Ben wenig überzeugt.

»Und nun kommt«, drängte Ranny. »Seht euch das mal an, die weißen Schwaden dort unten, es sieht aus, als ob sie den Berg heraufkriechen.«

Sie machten sich auf den Weg, nur Ben, der eine Stelle mit Walderdbeeren entdeckte, blieb ein wenig zurück.

Er pflückte eine Handvoll, richtete sich auf und stand mitten im dichten Nebel.

Verrückt, dachte er, eben war es doch noch ganz klar.

Er tastete sich zum Weg zurück, aber nach einer Weile verlor er die Orientierung und wußte nicht mehr, in welche Richtung er ging.

Einen Augenblick lang blieb er ratlos stehen und tastete sich dann langsam Schritt für Schritt weiter.

Und plötzlich sah er vor sich eine große schwarze Öffnung. Er war also im Kreise gegangen und stand von neuem vor dem Eingang zur Höhle.

Es hat keinen Zweck, dachte er, ich muß warten, bis der Nebel sich verzogen hat.

Er ging in die Höhle und hockte sich in eine Ecke, starrte auf die am Eingang vorüberziehenden Schwaden, gähnte und schloß die Augen. Er war müde und fröstelte in der Feuchtigkeit.

Plötzlich fuhr er hoch. Er hörte Stimmen! Sollten die anderen schon zurückgekommen sein, um ihn zu suchen?

Die Höhle war erfüllt von fremden Stimmen!

Er sah die schattenhaften Gestalten einiger Männer. Ein Glück, daß er sich in diese dunkle Ecke verkrochen hatte. Um nichts in der Welt hätte er gewollt, daß die Fremden ihn entdeckten. Er konnte selbst nicht sagen, warum.

Er hätte gerne gewußt, wie sie aussahen, aber es war zu finster.

Doch jetzt trat einer der Männer in den Eingang und starrte in den weißlichen Dunst. Der Mann war sehr groß, sehr schmal, und seine Füße waren naß und nackt. In der einen Hand hielt er ein paar schwere Stiefel, die er auf die Erde warf und dann anzog.

»Der Nebel verzieht sich«, rief er den anderen über die Schulter zu, und Ben sah für den Bruchteil einer Sekunde sein hageres, tiefgebräuntes Gesicht.

»Wir können gehen«, sagte der Mann, »hoffentlich lohnt sich's heute.«

Ben saß wie erstarrt.

Und als die letzte der schwarzhaarigen, verwegen aussehenden Gestalten verschwunden war, lehnte er sich aufatmend gegen die Wand.

Die Bande! Es war die Bande! Wie gut, daß sie sich ein bißchen mit der fremden Sprache beschäftigt hatten. Er hatte verstanden, was der Mann sagte: ›Hoffentlich lohnt sich's heute.‹

Er sprang auf. Aber woher waren sie gekommen?

10 Achtung, der Büffel

Ben schlich vorsichtig zum Eingang. Der Nebel hatte sich beinahe ganz verzogen, und von den Männern war nichts mehr zu entdecken.

Ich muß mir die Höhle schnell noch einmal ansehen, dachte er, ich muß herausfinden, woher diese Kerle gekommen sind. Irgendwo an der Rückwand muß ein Eingang sein, vielleicht zu einer zweiten Höhle, wo sie das, was sie gestohlen haben, unterbringen. Die anderen werden Augen machen, wenn ich ihnen alles erzähle!

Aber ehe er noch seine Taschenlampe angeknipst hatte, hörte er lautes Rufen.

»Ben, Ben! Wo bist du?«

Es war Rannys Stimme, und Ben sah ihn ein Stück weiter unten auf dem Weg.

»Hier bin ich, hier. Ich habe mich verlaufen.«

»Beeil dich«, rief Ranny zurück, »ehe der Nebel wiederkommt.«

»Warten Sie doch«, schrie Ben, »ich habe eine tolle Entdekkung gemacht!«

»Du kommst sofort!« rief Ranny ungeduldig. »Siehst du die dichten Schwaden da unten? Diesmal verziehen sie sich nicht wieder so schnell, verlaß dich drauf!«

Enttäuscht sprang Ben über die Felsen. Da war nichts zu machen, schade!

Bei Ranny angelangt, begann er, noch ganz außer Atem, zu erzählen, aber der, unruhig und nur darauf bedacht, das Jagdhaus möglichst schnell zu erreichen, hörte anscheinend gar nicht zu.

Er hatte Bens Hand genommen und lief mit ihm den steilen Pfad hinunter.

Ben schwieg, denn bei dem eiligen Abstieg konnte er beim besten Willen nicht mehr sprechen.

Gerade noch zur rechten Zeit erreichten sie das Haus, gerade, als die dichten, grauen Nebelschwaden von allen Seiten heranzogen und jede Sicht nahmen.

Ranny schlug die Tür zu und lehnte sich aufatmend dagegen.

»Wie das passieren konnte, ist mir schleierhaft«, sagte er. »Das hätte verdammt schiefgehen können.«

»Tut mir furchtbar leid. Aber ich habe nur ein paar Erdbeeren gepflückt, und da stand ich plötzlich mittendrin in der Suppe.«

»Trotzdem, das begreife ich nicht.« Ranny wandte sich zur Treppe, trat dann aber schnell einen Schritt zur Seite, denn in diesem Augenblick stürmten die Kinder, von oben kommend, an ihm vorbei. Er war müde und abgespannt von der ausgestandenen Angst und Aufregung.

»Aber hören Sie doch, ich habe die Bande entdeckt!« rief Ben ihm nach.

Ranny winkte ab. »Was für ein Unsinn! Ich muß mich erst einmal umziehen. Also, bis nachher.«

»Na, dann nicht«, murmelte Ben.

»Wo bist du nur gewesen?« rief Peggy. »Und was ist mit der Bande?«

Alle drängten sich um ihn, und er begann. »Ich stand ganz plötzlich mitten im Nebel und bin im Kreise gegangen. Und dann war ich auf einmal wieder vor der Höhle und bin hineingegangen, weil ich warten wollte, bis es wieder klar wurde. Und dann bin ich ein bißchen eingenickt, und dann hörte ich Stimmen, und die Höhle war voller Männer, und das war die Bande!«

»Nein«, flüsterte Lissy, »nein, du spinnst!«

»Es ist wahr, bestimmt«, beteuerte er. »Sie sind ins Gebirge gegangen, und ich habe gehört, wie der eine sagte: ›Hoffentlich lohnt sich's heute.‹«

»Vielleicht waren es Jäger«, sagte Peggy mit großen Augen, eines ihrer Zopfenden im Mundwinkel.

»Jäger? Nein! Niemals! Ihr hättet die Kerle sehen sollen! Und das Allertollste ist, ich glaube, ich habe ihr Versteck entdeckt. Sie waren plötzlich da, plötzlich kamen sie irgendwo aus dem Hintergrund der Höhle, es muß dort einen Zugang vom Berge her geben.«

»Den müssen wir finden«, schrie Chris, »wir müssen sofort hin und suchen! Und was sagt Ranny dazu?«

»Ach, der«, entgegnete Ben wütend, »erstens glaubt er mir sowieso nicht, und zweitens hat er überhaupt nicht richtig hingehört.«

»Ranny, Ranny!« riefen sie alle, als sie ihn nun die Treppe wieder herunterkommen sahen. »Ranny, Ben hat das Versteck der Bande entdeckt! Er hat sie gesehen!«

Diesesmal hörte er aufmerksam zu, und schon nach den ersten Sätzen winkte er Mr. Potter.

»Es ist doch kaum zu glauben«, sagte der, als Ben endlich schwieg. »Geht dieser Bengel hier im Nebel verloren, nur, um eine solche Entdeckung zu machen. Und wir müssen ihm auch noch dankbar sein. Es ist doch kaum zu glauben!«

Ranny nickte. »Er wird recht haben, wahrscheinlich sind es tatsächlich diese Leute gewesen, und wir müssen sofort nach dem Eingang suchen, am besten noch heute nacht.«

»Und ich darf mit, ja?« fragte Ben hoffnungsvoll.

»Wir gehen natürlich alle«, sagte Larry.

Mr. Potter schüttelte den Kopf. »Auf keinen Fall, viel zu gefährlich!«

»Aber ich habe doch alles entdeckt!« rief Ben empört. »Das ist gemein!«

»Nimm doch Vernunft an«, redete Mr. Potter ihm zu. »Wir haben die Verantwortung für euch übernommen und müssen euch wieder heil und ganz abliefern. Außerdem erfahrt ihr alles schon noch früh genug.«

»So eine Gemeinheit«, murmelte Ben und sah ihm finster nach, als er nun mit Ranny zusammen die Treppe hinaufstieg, »so eine Gemeinheit!«

Die anderen versuchten ihn zu trösten, aber er hockte mit angezogenen Beinen im Sessel, hatte die Stirn gerunzelt und dachte anscheinend angestrengt nach.

»Und ich gehe doch mit«, sagte er plötzlich.

»Nein«, rief Lissy, »das darfst du nicht! Wir haben doch versprochen, nie alleine fortzugehen!«

»Tue ich auch nicht. Ich schleiche den beiden einfach nach,

und niemand wird dann behaupten können, ich wäre alleine unterwegs gewesen.«

Und am Abend, als alle im Bett lagen, stand Ben an der einen Spaltbreit geöffneten Tür des vom Licht des Mondes schwach erhellten Schlafzimmers und lauschte.

Dann hörte er gedämpfte Stimmen, Ranny und Mr. Potter kamen den Flur entlang und stiegen die Treppe hinunter.

Er öffnete die Tür gerade so weit, daß er sich hindurchschieben konnte, und winkte Chris zu, der aufrecht in seinem Bett saß und ihm leise nachrief: »Mach's gut!«

Lautlos schlich er hinter den beiden Männern her und blieb im Schatten des Hauses, dicht an die Wand gepreßt, stehen, um sie vorausgehen zu lassen.

Nach einer Weile schlich er weiter, sich immer in einiger Entfernung haltend.

Die beiden Männer gingen den Weg hinauf, und sie bemühten sich, genau wie Ben, sowenig Geräusch wie möglich zu machen.

»Wenn wir den Eingang finden«, sagte Ranny leise, »benachrichtigen wir sofort die Polizei, und sie kann die Kerle festnehmen, wenn sie die Höhle verlassen wollen.«

Mr. Potter nickte. Dann blieb er plötzlich stehen und legte die Hand auf Rannys Arm.

»Was ist?« fragte der.

»Nichts«, sagte Mr. Potter, nachdem er eine Weile angestrengt gelauscht hatte, »ich glaubte, etwas gehört zu haben.«

Er hatte sich nicht getäuscht. Ein Stein war unter Bens Füßen ins Rollen geraten. Ben stand nun genauso unbeweglich wie die Männer vor ihm im Schatten eines Felsens.

Nach etwa einer Stunde hatten sie die Höhle erreicht, und Ranny und Mr. Potter verschwanden in dem Eingang, der im hellen Licht des Mondes lag.

»Nimm du die rechte Seite«, sagte Ranny und knipste die Taschenlampe an, »ich nehme die linke.«

Eine große Wolke schob sich jetzt vor den Mond, und diesen Augenblick benutzte Ben, um in die Höhle zu schlüpfen und sich hinter einem Felsvorsprung zu verstecken.

Er starrte auf den riesigen Büffel. Und dann weiteten sich seine Augen.

Unter der breiten Brust des Tieres, zwischen dessen Beinen, bewegte sich langsam und stetig die Felswand. Wie von unsichtbaren Kräften wurde sie herausgeschoben, und dann erschien seitlich in dem entstandenen Spalt das Gesicht eines Mannes.

Ben stand wie erstarrt. Doch als der Mann sich nun geschmeidig durch den Spalt zwängte, schrie er: »Ranny, Mr. Potter, Achtung, der Büffel!«

Die beiden fuhren herum. Aber in diesem Augenblick wurde der Stein vollends zurückgestoßen, und innerhalb weniger Sekunden waren sie von dunkelhäutigen, schwarzhaarigen Gestalten umringt.

Sie stürzten sich auf die beiden Männer und überwältigten sie, ehe die überhaupt begriffen, was vorging.

»Bleib, wo du bist, Ben, und benachrichtige die Polizei!« rief Mr. Potter, als er und Ranny durch die Öffnung gezerrt wurden.

Verstört sah Ben, wie sie alle verschwanden und sich der große Stein langsam in seine alte Lage bewegte.

11 *Wohin führt der Gang?*

Ich muß hier sitzenbleiben und warten, dachte Ben. Ich muß hierbleiben, vielleicht haben sie ja Verdacht geschöpft, daß noch jemand hier ist. Aber Mr. Potter hat Englisch gesprochen, und sie haben bestimmt nichts verstanden. Sie werden denken, daß er mit Ranny gesprochen hat, aber warten will ich trotzdem, wenigstens eine halbe Stunde.

Er hockte in dem finsteren Winkel und starrte auf die Leuchtziffern seiner Uhr. Der Zeiger schien zu schleichen, und nach zehn Minuten kam es ihm vor, als wären schon Stunden vergangen. Er hielt es nicht länger aus und schlich vorsichtig mit klopfendem Herzen zum Ausgang. Und dann begann er wie gehetzt den steilen, steinigen Weg hinunterzujagen, er fiel, war wieder auf den Beinen und jagte in großen Sprüngen weiter.

Völlig außer Atem stand er endlich vor dem Haus, schloß mit zitternder Hand die Tür auf und schlich durch die Diele die Treppe hinauf in sein Zimmer.

Dort fand er alle auf Chris' Bett hockend, dicht aneinander gelehnt und schlafend.

Als er die Tür hinter sich zuzog, fuhren sie hoch und starrten ihn verwirrt an.

Aber dann sprang Larry auf. »Wie siehst du denn aus? Ist was passiert? Wo sind Ranny und Mr. Potter?«

»Gefangen!« sagte Ben und ließ sich auf sein Bett sinken.

»Nein«, flüsterte Larry, »das ist doch nicht wahr!«

»Doch«, sagte er und begann hastig die ganze unheimliche Geschichte zu erzählen.

»Wir müssen sie befreien, sofort.« Larry stürzte in sein Zimmer, um sich anzuziehen.

»Du bist verrückt«, rief Chris. »Was willst du denn gegen diese Kerle ausrichten?«

»Egal, ich gehe.« Larry knöpfte sein Hemd zu. »Weckt ihr Herrn Sandros, er soll die Polizei benachrichtigen.«

»Macht ihr das«, sagte Ben zu den Mädchen gewandt, »Chris und ich gehen natürlich mit. Wir können ihn ja nicht allein lassen.«

Er riß die Schranktür auf, holte ihre Rollkragenpullover heraus, und sie knoteten sie sich um die Schultern. In der feuchten, kalten Höhle würden sie sie gebrauchen können. Dann liefen sie leise die Treppe hinunter, und Lissy und Peggy starrten ihnen verstört nach.

Die drei hasteten über die Wiese und weiter den steilen Weg hinauf, Ben nun schon zum drittenmal an diesem Tage. Die Füße taten ihm weh, und er konnte kaum mit den beiden anderen Schritt halten.

Inzwischen hatte sich der Himmel bewölkt, es wurde ein schwieriger Aufstieg in der Dunkelheit.

Etwa eine Stunde war vergangen, als sie endlich in die Nähe der Höhle gelangten. Beinahe lautlos schlichen sie weiter, und plötzlich sah Ben hinter einem der Felsblöcke eine Gestalt auftauchen. Im Bruchteil einer Sekunde hatte er Chris und Larry ins Gebüsch gezogen. War es einer von der Bande? Hatte er sie gesehen?

Wieder kam der Mond hinter einer Wolke hervor, und in seinem fahlen Licht erkannte Ben, daß die Gestalt dort drüben ein Junge war.

»Tino«, rief er leise, »bist du es?«

»Ja«, kam die Antwort. »Eine Ziege ist mir weggelaufen, es ist immer dieselbe. Ich habe sie stundenlang gesucht. Aber was macht ihr hier mitten in der Nacht?«

Und nachdem sie ihm alles erzählt hatten, pfiff er leise durch die Zähne. »Ich komme mit, aber ich an eurer Stelle würde lieber auf die Polizei warten«, sagte er und band die Ziege an einer Tanne fest.

»Wir können nicht warten«, sagte Larry. »Wer weiß, was sie mit Ranny und Mr. Potter vorhaben. Die Kerle sind ja in der Übermacht, und die beiden können sich überhaupt nicht wehren.«

Sie gingen das letzte Stück bis zur Höhle hinauf, blieben einen Augenblick stehen und lauschten.

»Es ist niemand drin«, sagte Tino leise. »Ich würde es hören, auf meine Ohren kann ich mich verlassen.«

Trotzdem folgten sie ihm nur zögernd. Wieder fiel das Licht des Mondes auf den steinernen Büffel, dann ließen sie ihre Taschenlampen aufleuchten und begannen den Fels unter dem Tier abzutasten.

Aber sie fanden nichts, womit sie ihn hätten bewegen können, nicht das geringste.

»Laßt mich mal sehen«, flüsterte Tino, und die anderen machten ihm Platz.

Eine Weile dauerte es, dann pfiff er leise durch die Zähne. »Hier ist ein Griff, hier oben, direkt unter der Brust.«

Ben hockte sich neben ihn und zog daran.

»Warte«, sagte Tino und band ein Tau los, das er sich umgebunden hatte, »ich knote es an dem Griff fest, dann können wir zusammen ziehen.«

Sie faßten alle an, und langsam begann sich der Stein zu bewegen. Einen Augenblick lang hielten sie auf einen Wink Tinos inne, er preßte das Ohr gegen den schmalen Spalt und schüttelte den Kopf.

»Nichts zu hören.«

Von neuem begannen sie zu ziehen, und dann gähnte der dunkle Eingang ihnen entgegen.

Sie leuchteten hinein, direkt in eine runde Öffnung im Boden.

Wieder lauschten sie, aber kein Laut drang zu ihnen.

»Da hängt ja ein Seil von der Decke«, sagte Ben plötzlich.

»Daran läßt man sich also herunter«, murmelte Larry und griff danach.

»Laß mich zuerst.« Ben schob ihn zurück. »Und du, Tino, bleib oben. Es hat keinen Zweck, daß so viele gehen. Vielleicht kannst du uns auch so besser helfen, als wenn du mitgehst.«

»Gut«, nickte Tino, »ich hole dann gleich Männer aus dem Dorf.«

Ben hielt das Tau umklammert und verschwand langsam in dem Schacht. Tiefer und tiefer ging es hinab, und allmählich wurden seine Arme lahm.

Aber dann entdeckte er schmale, in die Wände geschlagene Stufen, auf denen seine Füße Halt fanden.

Und dann stand er endlich auf festem Boden, ließ das Tau los und tastete um sich. Da kein Laut zu hören war, wagte er es, die Taschenlampe anzuknipsen, und sah, daß er sich in einer großen Höhle befand.

Das kann auf keinen Fall das Versteck sein, dachte er, als er den Lichtschein über den nackten Boden und die kahlen Wände gleiten ließ.

In diesem Augenblick sprang Chris neben ihn und gleich darauf Larry.

»Hier sollen die sich verstecken?« sagte Larry nach einem schnellen Blick ringsum. »Nie und nimmer!«

Chris schüttelte den Kopf. »Nein, aber wo sonst? Wo sind sie nur geblieben?«

Von neuem leuchtete Ben in alle Winkel und Ecken, ging über den felsigen Boden, und seine Schritte hallten in der Höhle wider.

Langsam glitt der Lichtkegel über die Wände und erfaßte plötzlich auf halber Höhe eine schmale Öffnung.

Schweigend starrten die drei hinauf, und Ben sagte leise: »Los!«

Sie sprangen auf ein schmales Sims, das an der Wand entlangführte, und sahen durch den Spalt in einen engen Gang.

»Ich gehe als erster«, sagte Ben und begann sich hochzuziehen und durch den Spalt zu zwängen. Der schmale Tunnel war finster, uneben und schien in vielen Windungen zu verlaufen und steil in die Tiefe zu führen.

Aber wohin?

12 Der Fluß im Berg

»Was ist denn das für ein Geräusch?« fragte Ben leise.

Ein gurgelnder Laut, einmal stärker, dann wieder schwächer, drang aus einiger Entfernung zu ihnen.

»Keine Ahnung«, sagte Chris endlich. »Kommt, wir werden es ja sehen. Aber seid vorsichtig.«

Der gurgelnde Laut wurde stärker und schwoll zu einem Brausen an, und dann entdeckten sie, woher er kam. Es war Wasser, Wasser, das von oben herab in eine Höhle stürzte.

Fassungslos standen die drei davor. Ein Wasserfall im Berge, das hätten sie nie für möglich gehalten!

Die Höhle war dumpf und feucht, von einem feinen Sprühregen erfüllt und der Boden zu einer tiefen Mulde ausgehöhlt. Sie starrten in die Höhle, und Ben murmelte:

»Wo das wohl herkommt?«

»Ich weiß es nicht«, sagte Larry, »aber eins weiß ich genau, nämlich, daß sie hier unten nicht hausen.«

»Der einzige Ausgang ist der Tunnel, in dem das Wasser abfließt«, überlegte Ben, ging näher heran und leuchtete hinein. »Ein richtiger Fluß, mitten im Berg«, murmelte er und starrte auf das schäumende, mit ungeheurer Geschwindigkeit dahinströmende Wasser.

»Hier können sie doch nicht weitergekommen sein«, sagte Larry und lehnte sich entmutigt gegen die Felswand, während Ben den Strahl der Taschenlampe am Rande des Flusses entlanggleiten ließ.

»Da ist ja ein Sims!« schrie Chris. »Dann sind sie also doch hier weitergegangen!«

Larry rief: »Los«, rannte durch den Sprühregen und sprang hinüber auf die schlüpfrige Kante.

»Paß auf!« schrie Ben. »Paß auf!«

Auch er und Chris sprangen nun, leuchteten in den Tunnel und starrten auf das schäumende, quirlende Wasser, das weit hinten in der Dunkelheit verschwand und dessen Rauschen und Gurgeln von den Wänden widerhallte.

Vorsichtig machten sie sich auf den beschwerlichen Weg, neben sich in beängstigender Nähe das Wasser, das ihre Schuhe bald durchweicht hatte.

Ungefähr eine Stunde waren sie gegangen, als Larry rief: »Hier wird es breiter, hier ist eine richtige Plattform!«

Sie atmeten auf, als sie sie endlich erreichten und sich ein wenig ausruhen konnten. Und dann machte Ben eine Entdekkung. Er fand eine tiefe Nische, in der Säcke auf dem Boden ausgebreitet lagen.

Dicht aneinandergedrängt hockten sie sich darauf, und Chris und Larry schliefen sofort ein. Auch Bens Kopf sank tiefer und tiefer, doch plötzlich fuhr er erschrocken hoch.

Stimmen wurden laut, und ein unruhiger Lichtschein bewegte sich am Ufer des Flusses entlang. Und dann erkannte er ein paar Männer, die sich am äußersten Rand der Plattform zu schaffen machten.

Sie schienen etwas auf dem Wasser hinter sich herzuziehen, doch was es war, konnte er im Wechsel von Licht und Schatten nicht erkennen. Und gleich darauf verschwanden die Männer in dem Tunnel, aus dem die Jungen eben gekommen waren.

Ben packte gleichzeitig Larry und Chris bei den Schultern.

»Sie sind eben hiergewesen«, flüsterte er, »acht Mann. Wahrscheinlich gehen sie raus. Wir müssen sofort weiter.«

Chris und Larry waren aufgesprungen.

»Schade«, sagte Larry, »sicher ist die Polizei noch nicht da, sonst hätten sie sie da oben gleich in Empfang nehmen können.«

Sie liefen zum Wasser, um ihren Weg auf dem Sims entlang des Flusses fortzusetzen, als Ben wie angewurzelt stehenblieb.

»Seht mal!« Der Schein seiner Taschenlampe lag auf einem seltsamen Boot, das an einem Felsenvorsprung festgemacht war. Es war breit und flach und tanzte auf den Wellen.

»Das haben sie extra für uns gegen die Strömung heraufgeschleppt, damit wir jetzt bequem weiterfahren können«, sagte Ben.

Larry lachte. »Und das beste ist, daß wir die Bande nicht so schnell wieder auf dem Halse haben, wenn sie den ganzen Weg zurücklaufen müssen. Also, rein ins Vergnügen!« Er sprang als erster ins Boot.

»Hat einer von euch ein Taschenmesser?« fragte Ben.

»Ich«, sagte Larry, griff in seine Tasche und zog auch eine Tafel Schokolade hervor. »Ich wußte gar nicht, daß ich sie noch hatte«, lachte er und brach sie in drei gleiche Teile.

Nachdem sie die Schokolade gegessen hatten, fühlten sie sich etwas gestärkt, und ihre Stimmung hatte sich gehoben in dem Gedanken daran, ihr Ziel schnell und bequem zu erreichen.

Mit einem Schnitt machte Ben das Boot los. Es drehte sich

wild um sich selbst und schoß dann in der Mitte der Strömung den Fluß hinab.

»Ich bin nur gespannt, wo wir rauskommen werden«, sagte Larry und kroch in sich zusammen, als das Boot sich jetzt von neuem mit rasender Geschwindigkeit zu drehen begann.

»Ich weiß es«, sagte Ben.

»Und wo?« fragten Chris und Larry.

»Im eingeschlossenen Tal! Wo sonst?«

13 Stimmen im Wald

Im Augenblick konnten die beiden nichts entgegnen, denn der Fahrtwind nahm ihnen den Atem.

»Glaubst du wirklich?« fragte Chris endlich.

Ben nickte. »Es muß ja so sein. Überleg doch mal, die Höhle mit dem Büffel ist in einem der Berge, die das Tal einschließen, und wir sind die ganze Zeit bergab gegangen.«

»Klar«, sagte Larry, »er hat recht.«

»Und wetten, daß das damals Rauch war zwischen den Bäumen? Ich habe doch gewußt, daß ich mich nicht geirrt habe.«

Mit unverminderter Geschwindigkeit, tanzend und schlingernd, jagte das Boot dahin. Oft berührte es die Wände oder stieß an Felsvorsprünge, und nur manchmal, wenn das Gefälle für kurze Zeit aufhörte, schwamm es ruhig und langsam.

Und dann sahen sie plötzlich vor sich noch weit entfernt helles Licht. Es war Tageslicht! Bald würden sie den finsteren Tunnel hinter sich lassen!

Und endlich schoß das Boot hinaus in den Morgensonnenschein, und die drei schlossen geblendet die Augen.

Als sie sie wieder öffneten, sahen sie, daß sie geradewegs auf den Wald zufuhren, dessen dichtstehende Tannen hoch aufragten.

»Hoffentlich entdecken wir Ranny und Mr. Potter in dieser Wildnis«, sagte Larry und starrte auf die hohen Bäume und das dichte Unterholz.

»Klar«, beruhigte Chris. »Wenn wir erst das Lager gefunden haben, finden wir die beiden auch. Sie sind sicher irgendwo in der Nähe untergebracht.«

Sie hatten den Wald erreicht und waren vom dämmernden Grün der Bäume umgeben.

Nach einer Weile mündete der Fluß in einen kleinen See, den er auf der anderen Seite verließ, um dann von neuem im Dunkel des Waldes zu verschwinden.

Ben stieß die anderen an. Zwei Blockhäuser standen unweit des Ufers, und aus dem Schornstein des einen stieg blauer Rauch beinahe kerzengerade in die stille Luft.

»Das Lager«, flüsterte Larry.

Hastig dirigierte Ben das Boot dem Lande zu. Dann sprangen sie hinaus und warfen sich hinter dichtem Gebüsch auf den Boden. Hoffentlich waren sie nicht beobachtet worden!

Eine Zeitlang lagen sie, ohne sich zu rühren, aber es zeigte sich niemand.

»Glaubst du, daß sie alle fort sind?« fragte Chris leise.

Ben schüttelte den Kopf. »Dann hätten sie kein Feuer gemacht.«

»Pst«, machte Larry.

Ein Mann war aus der Tür getreten. Er gähnte, reckte sich, setzte sich dann auf die Schwelle in die Sonne, und es dauerte nicht lange, und sein Kopf sank gegen die Wand.

»Wir warten noch ein bißchen, bis wir sicher sind, daß er eingeschlafen ist«, flüsterte Ben, »dann schleichen wir uns hinter dem Haus durch und verschwinden. – Los«, flüsterte er nach einer Weile und wollte gerade aufstehen, als Larry seinen Arm packte.

»Liegenbleiben, da ist noch einer!«

Ein Mann kam einen kleinen Pfad entlang, der auf die Lichtung führte. Er ging auf den anderen zu und gab ihm einen Stoß mit dem Fuß.

»Laß das!« knurrte der wütend.

Der andere lachte. »Einen schönen Gruß von unseren Gefangenen. Ich war eben bei ihnen.«

»Und deshalb weckst du mich, du Idiot?«

»Deshalb, und weil wir jetzt essen wollen«, grinste der andere, »komm ins Haus.«

»Jetzt sind sie weg, los«, flüsterte Ben, und die drei krochen hinter den Büschen entlang, bis sie den Wald erreichten und zwischen den Bäumen verschwanden.

»Jetzt wissen wir wenigstens, in welche Richtung wir gehen müssen«, sagte Larry und richtete sich auf.

Sie liefen zwischen den Bäumen hindurch, bis sie auf den Pfad stießen, den der Mann entlanggegangen war.

Schweigend liefen sie eine ganze Zeit, und endlich stöhnte Chris: »Hoffentlich ist es nicht mehr so weit.«

»Hoffentlich«, sagte Ben, dann blieb er stehen. »Ich habe etwas gehört!«

Sie lauschten, und dann flüsterte Larry: »Mr. Potter!«

Die anderen nickten. Auch sie hatten seine Stimme erkannt.

Sie rannten weiter, gelangten zu einer kleinen Lichtung, und nun hörten sie auch Ranny sprechen.

In der Mitte der Lichtung war eine Grube, über die dicke Baumstämme gelegt waren.

»Ranny! Mr. Potter!« schrie Larry.

Einen Augenblick herrschte dort unten fassungsloses Schweigen, und dann riefen beide Männer beinahe gleichzeitig:

»Larry! Wie kommst du denn hierher?«

»Ben und Chris sind auch da«, antwortete Larry, während sie schon begannen, die Stämme beiseite zu räumen.

Es war eine schwierige Arbeit, und es gelang ihnen nur unter größter Kraftaufwendung, doch endlich konnten sich die Männer heraufziehen.

Ein paar Sekunden lang saßen sie schweigend und außer Atem am Rande der Grube, aber dann sprangen sie auf, und Mr. Potter schlug Ben auf die Schulter.

»Wenn wir dich nicht gehabt hätten«, sagte er, »säßen wir jetzt noch da unten.«

»Stimmt«, nickte Ranny. »Und er hat sich recht vernünftig benommen, weil er in seinem Versteck geblieben ist.«

»Was man von uns nicht behaupten kann«, grinste Mr. Potter. »Wir haben uns übertölpeln lassen wie die Anfänger.«

»Es waren zu viele«, sagte Ben, »sie hingen ja an Ihnen wie die Kletten.«

»Trotzdem.« Ranny schüttelte den Kopf.

»Kommt, wir wollen lieber hier verschwinden«, sagte Mr. Potter. Er nahm das Brot mit, das man ihnen als Tagesration gegeben hatte.

Sie legten die Baumstämme wieder über die Grube und gingen in den Wald, um dort erst einmal zu beraten, was sie nun tun wollten.

14 Glück gehabt

Sie setzten sich ins dichte Gebüsch, Ranny so, daß er den Weg überblicken konnte, und Mr. Potter teilte das Brot aus, denn die Jungen waren sehr hungrig.

Und dann erzählte Ben ausführlich, was geschehen war, nachdem er allein in der Höhle zurückgeblieben war.

Ranny und Mr. Potter hörten staunend zu, und dann fragte Chris:

»Und wie wollen wir zurückkommen? Wieder auf demselben Weg?«

»Keine Ahnung«, murmelte Ranny, »wenn sie erst gemerkt haben, daß wir verschwunden sind, werden sie natürlich den Tunnel bewachen.«

»Aber irgendwie müssen wir hier doch wieder raus«, sagte Larry.

Mr. Potter zuckte die Schultern.

»Wir wollen mal scharf nachdenken, und wenn uns nichts einfallen sollte, müssen wir eben warten, bis wir herausgeholt werden.«

Alle schwiegen bedrückt.

Nach einer Weile sagte Ben nachdenklich vor sich hin: »Wohin der Fluß wohl fließt? Irgendwohin muß er ja schließlich fließen.«

Mr. Potter nickte. »Ich weiß, was du denkst. Du denkst, daß er vielleicht unterirdisch durch die Berge weiterführt und daß wir auf diese Weise verschwinden könnten. Möglich ist es natürlich, wir müßten es eben versuchen.«

»Einverstanden«, sagte Ranny. »Wenn wir gegessen haben, sehen wir nach, ob euer Boot noch da ist, und . . .« Er schwieg, beugte sich plötzlich vor und gab ihnen ein Zeichen, sich ruhig zu verhalten.

Zwei Männer kamen den Weg vom Lager herauf. Der eine trug einen Eimer in der Hand und der andere zwei von den runden Broten, die Ranny und Mr. Potter als Verpflegung bekamen.

Atemlos starrten die Jungen zu den Männern hinüber.

Gleich würden sie das Verschwinden ihrer Gefangenen entdecken!

Die beiden schoben einen der Stämme ein wenig beiseite, knieten sich dann an den Rand der Grube, sahen hinunter, sahen sich an, starrten wieder hinunter und begannen aufgeregt miteinander zu reden.

Dann sprangen sie auf, warfen einen schnellen Blick in die Runde und liefen den Weg, den sie gekommen waren, zurück.

Anscheinend verspürten sie wenig Lust, nach den Verschwundenen zu suchen und es auf einen Zusammenstoß mit ihnen ankommen zu lassen.

Die fünf verhielten sich ganz still, bis von den beiden nichts mehr zu sehen war, und dann lief Ranny und holte Wasser und Brot, das sie vergessen hatten mitzunehmen.

»Das kommt uns gerade recht«, grinste er, »das heben wir uns für später auf.«

Nach einiger Zeit erreichten sie den Fluß. Die beiden Holzhäuser standen verlassen in der glühenden Sonne, kein Rauch stieg mehr aus dem Schornstein, und von den beiden Männern war nichts zu sehen.

Sie krochen im Schutze des dichten Gebüsches zum Ufer, bis zu der Stelle, an der die Jungen das Boot zurückgelassen hatten.

Es war noch da!

Sie sprangen hinein, und dicht am Land trieben sie langsam den Fluß hinab.

Mr. Potter, der sich einen langen, dicken Knüppel aus einem Ast geschnitten hatte, benutzte ihn als Paddel, wenn das Wasser kein Gefälle mehr hatte.

Hier in der grünen Dämmerung war es angenehm kühl, und die Jungen dösten ein bißchen und waren nach einer Weile eingeschlafen.

Sie wurden erst wieder wach, als der Wald sich lichtete. Die Sonne drang durch das Laub der Bäume, und das Boot schwamm schnell mit der Strömung talabwärts.

Und dann mußten sie für einige Sekunden die Augen

schließen, so hell war es plötzlich um sie nach dem Halbdunkel im Walde.

»Ich möchte nur wissen, wohin der Fluß fließt«, murmelte Ben.

Ranny zuckte die Schultern. »Nach dem Stand der Sonne und meiner Uhr zu urteilen, scheint er einen großen Bogen gemacht zu haben. Es sieht beinahe so aus, als ob wir in die Richtung fahren, aus der wir gekommen sind.«

»Glaubst du das wirklich?« fragte Larry. »Hoffentlich landen wir nicht wieder in der Nähe der Häuser.«

Ein Knacken im Gebüsch am Ufer ließ sie wenig später zusammenfahren.

Sie erkannten einen der beiden Männer, und gleich darauf tauchte der zweite hinter ihm auf. Sie grinsten beide breit, und dann rief der eine dem anderen etwas zu.

»Was hat er gesagt?« fragte Ben atemlos.

Ranny und Mr. Potter warfen sich einen beunruhigten Blick zu, und dann erklärte Mr. Potter zögernd: »Er hat gesagt: ›Laß sie nur fahren, dann sind wir sie auf alle Fälle bald los!‹«

»Und was soll das bedeuten? Verstehen Sie das?«

Mr. Potter schüttelte den Kopf. »Paßt nur gut auf«, sagte er, »und achtet auf alles, was vor und hinter uns und rechts und links passiert. Wer weiß, wie sie uns reinlegen wollen.«

Sie kamen schnell voran und sahen bald die das Tal einschließenden Felsen vor sich.

Das Gefälle wurde stärker und stärker, und plötzlich begriffen sie, warum die beiden Männer so zuversichtlich gewesen waren.

Die Öffnung im Felsen war so niedrig, daß sie nur hindurchkommen würden, wenn sie sich tief duckten, und an dem immer stärker werdenden Brausen erkannten sie, daß der Fluß als Wasserfall in den Berg stürzte.

»Springt!« schrie Mr. Potter, und eine Sekunde später schoß das leere Boot mit immer größer werdender Geschwindigkeit auf den Berg zu, während die fünf zum Ufer schwammen.

»Versteckt euch hinter den Büschen«, befahl Ranny leise.

»Wahrscheinlich kommen sie gleich, um zu sehen, ob ihre menschenfreundliche Hoffnung in Erfüllung gegangen ist.«

Und kaum hatten sie sich hinter den Sträuchern verborgen, als die beiden Männer am Rande des Waldes auftauchten. Sie mußten gerade noch beobachtet haben, wie das Boot in dem Spalt verschwand.

Die fünf sahen, wie der eine dem anderen auf die Schulter schlug und wie sie dann langsam zurückgingen.

»Diese gräßlichen Kerle«, flüsterte Chris, »nun glauben sie, daß wir alle ertrunken sind.«

»Um so besser«, meinte Ben. »Dann brauchen wir wenigstens keine Angst zu haben, daß sie den Eingang zum Tunnel bewachen.«

Und ein wenig später, als sie an dem Spalt vorüberkamen, in dem das Boot verschwunden war, blieben sie einen Augenblick stehen, starrten auf das gurgelnde Wasser, und Larry sagte: »Glück gehabt!«

15 Wären sie doch schon hier

Unterdessen hatten Lissy und Peggy, wie die Jungen es ihnen aufgetragen, Herrn und Frau Sandros geweckt und natürlich auch Adam.

Schon nach den ersten überstürzten Sätzen begann Herr Sandros in größter Eile seine Stiefel anzuziehen, um sofort ins Dorf hinunterzugehen und von dort aus die Polizei zu verständigen.

Seine Frau aber jammerte unentwegt: »Nein, diese Jungen! Nein, diese Kinder! Sie hätten doch nicht alleine gehen dürfen!«

Seltsamerweise verlor Adam die Ruhe nicht, dafür aber viel von seiner gemessenen Vornehmheit, und staunend sahen Lissy und Peggy, wie er eilig zwischen Küche und Diele hin und her lief, den Tisch deckte, Teewasser aufsetzte und ihnen hin und wieder beruhigende und aufmunternde Blicke zuwarf.

Draußen dämmerte es schon, als sie endlich um den Tisch versammelt saßen, und Lissy und Peggy waren erstaunt darüber, daß sie trotz ihrer Aufregung etwas essen konnten. Aber sich noch einmal hinlegen, wie Frau Sandros es ihnen vorschlug, wollten sie auf keinen Fall. Statt dessen hockten sie sich in die großen Sessel vor dem Kamin, und nachdem sie noch eine Weile miteinander geflüstert hatten, schliefen sie ein.

Sie erwachten durch Stimmengewirr vor dem Hause, und als sie zum Fenster liefen, sahen sie Tino und mehrere Bauern zusammen mit Herrn und Frau Sandros und Adam vor der Tür stehen.

Sie stürzten hinaus, und von Tino erfuhren sie, daß er und die Jungen tatsächlich den Eingang gefunden hatten und daß sie in den Berg hinuntergestiegen waren, während er ins Dorf lief, um Hilfe zu holen.

»Wir wollen gleich weiter«, schloß er, und als die Mädchen baten, mitgehen zu dürfen, meinte Adam, daß es ratsamer wäre, wenn sie es in seiner Begleitung täten.

So stiegen sie also hinter Tino und den Bauern den Berg hinauf, und Adam nahm seine Aufgabe als Betreuer der beiden Kinder so genau, daß er sie fest an der Hand hielt und sie nicht eine Sekunde lang aus den Augen ließ.

Wenig später sahen nicht nur Lissy und Peggy, sondern auch er atemlos zu, wie Tino den Stein unter der Brust des Büffels bewegte und sich die dunkle Öffnung in der Felswand vor ihnen auftat.

Tino wollte sofort mit dem Abstieg beginnen, wurde aber von einem der Männer daran gehindert.

»Das ist nichts für so einen Jungen«, erklärte er, während er schon nach dem Seil griff.

Es kostete Adam viel Überredungskunst, die Mädchen zu bewegen, wieder mit ihm ins Jagdhaus zurückzukehren, da es viel zu lange dauern würde, bis die Männer wieder heraufkämen.

Langsam und schweigend gingen die drei zum Jagdhaus zurück, und je höher die Sonne stieg, desto größer wurde die

Hitze. Es war außergewöhnlich drückend und vollkommen windstill.

Als sie zu der Tanne gelangten, in die der Blitz geschlagen hatte, blieb Adam einen Augenblick stehen und fuhr sich mit dem Taschentuch über die Stirn.

»Man wird mit einem Gewitter rechnen müssen«, sagte er und zeigte auf eine schwarze Wolkenwand, die über den Bergen stand.

»Wirklich?« fragte Peggy. Sie fürchtete sich sehr vor Gewittern, und außerdem dachte sie sofort an die Jungen und Mr. Potter und Ranny. Hoffentlich fanden die Bauern sie, ehe das Unwetter losbrach.

Frau Sandros empfing die drei mit der Prophezeiung: »Heute gibt's noch was. Es ist so schwül, daß man kaum noch atmen kann.«

Adam schien sich noch immer große Sorgen zu machen. »Ich halte es für unbedingt erforderlich, ein warmes Essen zu bereiten«, sagte er. »Die Jungen und die Herren werden hungrig wie die Wölfe sein, wenn ich mich so ausdrücken darf.«

»Natürlich!« rief Frau Sandros eifrig. »Natürlich, Sie haben recht, Adam, wir müssen ein gutes, kräftiges Essen kochen.«

Sie bat die Mädchen, ihr in der Küche zu helfen, und flüsterte im Vorübergehen Adam zu: »Wenn sie etwas zu tun haben, kommen sie wenigstens auf andere Gedanken.«

Inzwischen wurde es dunkler und dunkler, der Donner kam näher und näher, die ersten Blitze zuckten, und es begann zu regnen. Zuerst in großen, schweren Tropfen, doch dann stürzten die Wassermassen vom Himmel, wie keiner von ihnen es je zuvor erlebt hatte.

Sie saßen in der Diele und starrten durch die Scheiben, vor denen der Regen wie ein grauer Vorhang niederrauschte.

Beinahe pausenlos zerrissen die Blitze die Dunkelheit, und der Donner krachte und hallte von den Bergen wider.

Peggy hatte den Kopf in ein Kissen vergraben, Lissy saß dicht an Frau Sandros gedrängt, und Adam stand am Fenster, noch immer die große Schürze vorgebunden.

Alle dachten dasselbe. Wo mochten die anderen wohl sein?

Und dann richtete Peggy sich plötzlich auf, starrte hinaus in das tobende Unwetter und flüsterte: »Was sie jetzt wohl machen? Oh, ich wollte, sie wären hier!«

16 Der Rückweg ist abgeschnitten

Das Unwetter überraschte sie auf ihrem Weg zum Tunnel.

Plötzlich wurde der Himmel schwarz über dem Tal, Blitze zuckten, der Donner krachte, und ein Wolkenbruch stürzte hernieder.

Die fünf standen ganz nahe am Eingang des Tunnels. Sie hatten gehofft, ihn noch vor dem Gewitter zu erreichen, aber es war unmöglich gewesen. Sie standen dicht an den Felsen gepreßt und wurden in wenigen Sekunden naß bis auf die Haut.

Ranny und Mr. Potter dachten mit Sorge daran, daß es wohl ein recht schwieriger Rückweg auf dem schmalen Felsensims entlang des Flusses werden würde.

Doch genauso plötzlich, wie das Unwetter gekommen war, verzog es sich wieder. Die schwarzen Wolken zerrissen, und unter den Strahlen der Sonne begann das Tal zu dampfen.

Die Jungen schüttelten sich.

»Wir sind schnell wieder trocken«, sagte Ben.

»Aber nicht lange«, meinte Ranny. »Im Tunnel werden wir sofort wieder naß sein. Seht nur, wie der Fluß angestiegen ist.«

»Hoffentlich kommen wir überhaupt noch zurück«, sagte Chris und starrte auf die den Abhang hinunterstürzenden Wassermassen.

»Ja, dann können wir uns also auf den Weg machen«, sagte Ranny, trat plötzlich einen Schritt beiseite und schob die Jungen hastig hinter das Gebüsch.

Dort drüben aus dem Eingang des Tunnels tauchte ein Mann auf, und einer nach dem anderen folgte ihm.

»Das sind die Kerle, die wir auf dem Weg hierher gesehen haben«, flüsterte Ben.

»Und nun müssen sie wissen, daß jemand ihr Versteck entdeckt hat, weil das Boot weg war«, sagte Chris leise.

In diesem Augenblick kamen die beiden anderen Männer vom Lager her den Abhang hinuntergelaufen, und ein eifriges Hin- und Herreden begann.

»Jetzt erzählen sie bestimmt, daß wir alle ertrunken sind«, sagte Ben. »Seht mal, der eine zeigt dorthin, wo der Fluß in den Berg stürzt.«

Sie sahen, wie die Männer nickten und dann zusammen zum Lager zurückgingen.

»Die sind wir los«, murmelte Chris. »Und jetzt brauchen wir keine Angst mehr zu haben, daß wir ihnen noch einmal begegnen.«

Es wurde ein schwieriger und gefährlicher Rückweg, denn der schmale Steg wurde ständig vom Wasser überspült. Sie gingen hintereinander, und einmal rutschte Larry ab, doch Ranny zog ihn sofort wieder herauf.

Endlich gelangten sie dorthin, wo sich der Steg zu der Plattform erweiterte. Doch sie ruhten nur kurz aus, da Mr. Potter drängte weiterzugehen, denn seltsamerweise stieg das Wasser, je höher sie kamen.

Der Fluß schäumte und brauste, und vorsichtig tasteten sie sich an der Felswand entlang, um nicht auszugleiten.

Mr. Potter ging voran und überlegte unruhig, in welchem Zustand sie die Höhle mit dem Wasserfall wohl vorfinden würden. Wenn ihnen nur dort nicht der Weg abgeschnitten würde, wenn sie nur dort erst vorbei wären!

Er beschleunigte sein Tempo, und die Jungen stolperten erschöpft hinter ihm her. Das Wasser reichte ihnen nun schon bis zu den Knien, und immer reißender wurde der Fluß, je mehr sie sich der Höhle näherten.

Und als sie sie beinahe erreicht hatten, hörten sie plötzlich ein Krachen und gleichzeitig ein ohrenbetäubendes Brausen. Mr. Potter hastete die letzten Schritte bis zum Ende des Steges und blieb dann wie erstarrt stehen bei dem Anblick, der sich ihm bot. Ein Teil der Decke hatte nachgegeben, und der Wasserfall stürzte mit doppelter Gewalt herab.

»Unmöglich, da durchzukommen«, murmelte Ranny und sah mit zusammengezogenen Brauen hinüber zu dem rettenden Gang, den sie nun nicht erreichen konnten.

»Und was jetzt?« flüsterte Chris.

»Wir müssen warten«, sagte Ranny. »Tino ist ja ins Dorf gegangen, um die Bauern zu holen, und Herr Sandros verständigt die Polizei. Bis die hier ist, kann es natürlich noch eine Weile dauern, aber die Bauern kommen sicher bald.«

Nach diesen Worten wurde es den Jungen ein wenig leichter ums Herz, aber Mr. Potter machte sich immer größere Sorgen. Eigentlich hätte schon nach ihnen gesucht werden müssen. Warum kam niemand? Und dann fuhr ihm plötzlich der Gedanke durch den Kopf, daß man vielleicht schon hier unten gewesen war, den Steg am Fluß nicht entdeckt und so die Suche aufgegeben hatte.

»Ich werde versuchen hinüberzukommen«, sagte er leise zu Ranny. »Wenn ich es schaffe, besorge ich ein Seil. Wahrscheinlich werde ich da oben jemanden treffen. Sonst hole ich es mir aus Tinos Hütte. Ich werfe es euch zu und ziehe einen nach dem anderen herüber.«

Ranny schüttelte den Kopf. »Die Strömung ist zu stark!«

»Egal, ich sehe keinen anderen Ausweg«, sagte Mr. Potter und ließ sich, mit den Füßen den Grund abtastend, ins Wasser gleiten.

Er tat ein paar Schritte, wurde plötzlich von der Strömung erfaßt und schlug mit dem Kopf gegen den Felsen.

Entsetzt packte Ranny den Bewußtlosen, den der Sog mitzureißen drohte. Mit vereinten Kräften zogen sie ihn auf den Steg, und alle starrten verstört auf ihn hinunter.

»Er wird bald wieder zu sich kommen«, tröstete Ranny.

»Wir wollen rufen«, sagte Chris, »vielleicht hört uns jemand da oben.«

»Ach, das hat ja doch keinen Zweck«, murmelte Larry, und während Ben und Chris schon schrien: »Hallo, hallo!« klimperte er unruhig mit ein paar Geldstücken in seiner Hosentasche. Und plötzlich fühlte er einen harten Gegenstand zwischen den Fingern. Seine Trillerpfeife!

Die Trillerpfeife, die er sich in einer Bude am Strand gekauft hatte, die Adams ganzes Entsetzen bedeutete und die Tino so bewunderte, so sehr, daß er sich vorgenommen hatte, sie ihm zu schenken.

Er setzte sie an die Lippen, der schrille, durchdringende Pfiff ließ die anderen zusammenfahren, und Mr. Potter öffnete die Augen.

17 *Ein Tau fliegt durch die Höhle*

Tino hatte vor der Höhle gewartet. Nach einiger Zeit erschien Herr Sandros mit drei Polizisten, stieg mit ihnen zusammen hinunter, doch den Steg am Fluß entdeckten sie nicht.

Dann war das Gewitter heraufgezogen, und Tino hatte sich in die Höhle geflüchtet.

Später, als der blaue Himmel wieder zwischen den Wolken hervorkam, sprach er mit den Bauern, die von einer ergebnislosen Suche im Gebirge zurückkehrten.

Er wunderte sich nicht, daß sie die fünf auch dort nicht gefunden hatten, denn er war fest überzeugt, daß sie irgendwo unten im Berge gefangengehalten wurden.

Man mußte ihnen doch helfen! Er sprang auf, lief in die Höhle, und mit Hilfe des Taues gelangte er hinunter und lief weiter durch den schmalen Gang.

Er hörte das ohrenbetäubende Brausen des Wasserfalles und stand endlich am Eingang zu der überfluteten Höhle.

Und dann hörte er plötzlich durch das Tosen einen anhaltenden Pfiff. Er wußte sofort, was es war, Larrys Trillerpfeife!

Er kniff die Augen zusammen und starrte durch den feuchten Nebel und die Gischt dorthin, wo er den Fluß vermutete, denn er wußte aus den Erzählungen der Bauern und Herrn Sandros', daß er der einzige Weg war, der aus der Höhle führte.

Und dann sah er auf der anderen Seite schemenhafte Gestalten, die etwas Weißes über ihren Köpfen hin und her schwenkten.

Tino winkte zurück und überlegte fieberhaft, was er tun könnte, um zu helfen.

Ob es ihm gelingen würde, sein Tau bis dort hinüber zu werfen? So groß war die Entfernung schließlich nicht. Hastig wickelte er es ab und warf es dann mit kräftigem Schwung hinaus in die Höhle.

Es erreichte sein Ziel nicht, und er versuchte es von neuem. Und diesesmal schien es einer gefaßt zu haben. Er merkte es daran, daß es sich straffte. Er täuschte sich nicht, es war Ranny, der es hielt.

Voll ungeheurer Aufregung hatten sie Tino in der Öffnung zum Gang auftauchen sehen.

»Wenn er nur an sein Tau denkt!« sagte Ben.

Und dann sahen sie zu ihrer Erleichterung, wie etwas auf sie zugeflogen kam, bildeten nach dem ersten mißglückten Wurf eine Kette, Ranny stieg ins Wasser und hielt nach einigen Sekunden das Tau fest in der Hand.

»Geh du zuerst, Ben«, sagte er. »Du bist nicht so schwer wie Mr. Potter oder ich, und du kannst Tino helfen, das Tau zu halten.«

Ben griff danach, und schon begann Tino, es wieder hinüberzuziehen. Das Wasser reichte Ben beinahe bis zum Hals, und manchmal schlugen die Wellen ihm über dem Kopf zusammen.

Aber dann war es geschafft! Atemlos ließ er sich auf den Felsen sinken, und Tino schlug ihm auf die Schulter und warf das Tau von neuem.

So zogen sie mit vereinten Kräften Chris und Larry in den Gang und endlich Ranny und Mr. Potter.

Es ging alles sehr schnell, und das war gut. Immer wieder hatten die beiden Männer mit besorgtem Blick hinauf zur Decke gesehen, denn sie konnte jeden Augenblick vollends einstürzen.

Und tatsächlich, erst ein paar Schritte waren sie den Gang

hinuntergelaufen, als sie von neuem ein ohrenbetäubendes Krachen und ein noch stärkeres Brausen hörten.

»Jetzt hat der Rest der Decke nachgegeben!« rief Mr. Potter. »Beeilt euch, wer weiß, vielleicht wird der Gang auch noch überflutet!«

Sie hasteten weiter und merkten, wie das Wasser ihnen nachströmte, aber nur ihre Füße wurden naß.

Tino zog sich schnell und gewandt als erster am Seil hinauf, und die anderen folgten ihm etwas langsamer, denn sie waren alle sehr müde.

Als sie dann endlich das Sonnenlicht durch den Eingang der Höhle mit dem steinernen Büffel fallen sahen, stürzten die Jungen hinaus und ließen sich ins Gras fallen.

»Keine zehn Pferde bringen mich jetzt noch einen Schritt weiter«, sagte Chris atemlos. »Kinder, Kinder, bin ich froh, daß wir das hinter uns haben! Oh, Tino, wenn du nicht gekommen wärst!«

Larry griff in seine Hosentasche, drückte Tino die Trillerpfeife in die Hand und sagte: »Nimm die erst mal, von Vater kannst du dir bestimmt dann etwas wünschen.«

Tino strahlte, und dann zeigte er den Weg hinunter, auf dem mehrere Männer herankamen, Herr Sandros, ein paar Bauern und die drei Polizeibeamten.

Beim Anblick der Verschwundenen blieben sie wie angewurzelt stehen, und dann berichtete Mr. Potter kurz, was alles geschehen war, und schloß mit den Worten: »Wenn die Jungen jetzt nichts zu essen bekommen, machen sie zu guter Letzt doch noch schlapp.«

»Aber ja, aber ja«, rief Herr Sandros, »meine Frau und Adam warten schon seit Stunden mit einer besonders guten Mahlzeit auf sie.«

Und obwohl Chris vor kurzem noch behauptet hatte, daß ihn keine zehn Pferde weiterbekämen, war er der erste, der aufsprang, und auch der erste, der die Tür zum Jagdhaus aufriß und in die Diele stürmte.

Nach der stürmischen Begrüßung, bei der Frau Sandros Tränen vergoß und Adams Vornehmheit dahinschmolz wie

Butter in der Sonne, eilten die beiden in die Küche, kamen schwerbeladen zurück, und kaum hatten sie die Schüsseln auf den schon seit Stunden gedeckten Tisch gestellt, da beluden die Jungen ihre Teller.

»Das Beste, was ich bis jetzt in meinem Leben gegessen habe«, meinte Chris. »Frau Sandros, Adam, Sie haben sich selbst übertroffen!«

Doch jetzt stellten die Polizeibeamten endlich ihre Fragen.

»Die Bande ist also vollzählig dort unten im Tal?« fragte der eine.

Mr. Potter nickte. »Ja, und Sie können ganz beruhigt sein, die sind dort sicherer als hinter schwedischen Gardinen. Ich nehme an, daß der Weg durch den Berg seit heute unpassierbar geworden ist. Die ganze Decke der Höhle mit dem Wasserfall ist nämlich hinter uns heruntergekommen.«

»Wahrscheinlich wird Ihnen nichts anderes übrigbleiben, als den sauberen Verein mit dem Hubschrauber herauszuholen«, fügte Ranny hinzu.

Später erfuhren die Kinder, daß die Polizei diesen Rat tatsächlich beherzigt hatte. Aber da hatten sie das Jagdhaus schon verlassen, lagen im weißen Sand am Strand und aßen Eis, das bei Töff-Töff gekauft war.

»Hört mal zu!« schrie Chris plötzlich und schwenkte die Zeitung, die ihnen der Eismann mit dem Hinweis, daß etwas Interessantes für sie darin stünde, gegeben hatte. »Hört mal zu! Sie haben sie aus dem Tal geholt, per Hubschrauber! Und die Kerle haben extra Bäume gefällt, damit er landen konnte! Stellt euch vor, sie haben sich abholen lassen, um eingesperrt zu werden, und müssen dafür noch dankbar sein.«

Er ließ die Zeitung fallen, und ein leichter Windstoß erfaßte sie und trieb sie den Strand entlang.

5 Freunde im Alten Turm

1 Ein unglückliches Weihnachtsfest

»Also, solche Weihnachtsferien wie diesmal – da ist's schon besser, man hat überhaupt keine«, brummte Richard.

Julius nickte tiefsinnig: »Ja, das nennt man Pech. Und Georg ist schließlich auch nicht hergekommen, damit wir uns alle ins Bett legen.«

»Ich hasse Erkältungen«, sagte Georg wütend. »Und Weihnachten mit Schnupfen und Fieber – das ist einfach eine Gemeinheit!«

Nur Anne ließ sich nicht aus der Ruhe bringen. »Tim, du bist ein ganz lieber Hund«, sie zog den wuscheligen Vierbeiner zu sich heran und flüsterte ihm ins Ohr: »Wenn wir dich nicht gehabt hätten, gelt?«

Tim bellte kurz auf; auch seine Stimme klang heiser. Das kam daher, daß er sich ärgerte. Er war nicht krank gewesen, aber er mußte die ganze Zeit neben den Betten seiner Freunde sitzen, und das war auf die Dauer doch langweilig.

»Ich hab immer noch Pudding-Knie«, stellte Richard fest, als er ein paar Kniebeugen versuchte.

»Nun hört schon auf zu jammern«, sagte Anne. »Davon wird auch nichts besser. Jetzt werden wir einfach gesund, denn in einer Woche fängt die Schule wieder an, und wir müssen noch was unternehmen.«

Die anderen stöhnten – und gleich darauf husteten sie. »Mich macht diese Husterei verrückt, nicht mal richtig schlafen kann man ...«

»Es hat wieder geschneit!« unterbrach Anne Georgs Stöhnen. »Wir haben wirklich was verpaßt, aber vielleicht hält das Wetter noch an.«

In diesem Augenblick sah sie ein Auto im Hof. Ein Mann sprang heraus und eilte die Stufen zur Haustür hinauf. »Der Doktor ist da!« rief Anne. »Er wird bestimmt sagen, wir sind gesund. Und dann können wir doch noch nach draußen ...«

Gleich darauf flog die Tür auf, und der Doktor kam herein; hinter ihm erschien Frau Bernhard. Sie sah richtig abgespannt aus. Kein Wunder schließlich, denn sie hatte nicht nur die drei eigenen Kinder pflegen müssen, sondern auch Georg, und Tim hatte ihr auch nicht immer reine Freude bereitet.

»Da sind die Patienten«, sagte Frau Bernhard, »ziemlich blaß sehen sie ja noch aus.«

»Ach, sie werden sich schon bald wieder erholen«, meinte Doktor Drews. Und er verlor keine Zeit mit langen Reden, sondern blickte in die vier Hälse und sah sich die Kinder genau an. »Georg gefällt mir noch nicht recht«, meinte er dann. »Sie ist nicht so kräftig wie die anderen, und deshalb packt ein Fieber sie besonders stark.«

Georg wurde rot vor Ärger, und Richard kicherte: »Die arme Georg, sie ist unser Schwächling, sie hat das höchste Fieber, den schlimmsten Husten, sie stöhnt am lautesten und . . .«

Weiter kam er nicht. Der Rest des Satzes wurde von dem größten Kissen, das im Zimmer zu finden war, erstickt. Georg hatte es mit aller Kraft Richard an den Kopf geworfen. Der warf es sofort wieder zurück. Aber dann mußten sie alle lachen, sogar Georg. Und dann: husten. Der Doktor hielt sich die Ohren zu.

»Sind sie denn wirklich schon gesund genug, um in die Schule zu gehen?« fragte Frau Bernhard besorgt.

»Doch, doch! Nur müssen sie diesen Husten loswerden«, erwiderte er und blickte hinaus auf den Schnee. »Am besten wäre . . ., nein, vielleicht ist es gar nicht möglich, aber . . .«

»Aber was?« fragte Richard und spitzte die Ohren. »Uns auf Skiferien in die Schweiz zu schicken, Herr Doktor? Herrlich wäre das!«

»Langsam, langsam, mein Junge«, der Arzt lachte. »So weit nun auch wieder nicht! An die Schweiz denke ich nicht. Aber an eine Gegend in der Nähe des Meeres, wo es Berge gibt und Schnee. Dort könnt ihr rodeln und Skilaufen. Ist alles genauso schön und viel billiger als in der Schweiz.«

»Na ja!« meinte Julius. »Wegen einer Erkältung brauchen

wir nicht in die Schweiz, das kann man schon einsehen. Aber für eine Woche verreisen, das wäre wirklich fein!«

»O ja, eine Entschädigung für die verpatzten Ferien«, rief Georg mit leuchtenden Augen. »Wir dürfen doch allein fahren, Herr Doktor? Das täten wir nämlich schrecklich gerne!«

»Nein, jemand sollte sich schon um euch kümmern«, antwortete Doktor Drews. »Aber das können ja eure Eltern entscheiden!«

»Wunderbar!« schrie Julius. »Nicht, Mutter? Dann bist du uns erst mal los und kannst dich erholen!«

Frau Bernhard lächelte. »Ich hätte nichts dagegen. Aber ich muß zuerst mit dem Vater sprechen.«

»Wuff!« machte Tim und schaute den Arzt fragend an. Dabei stellte er seine Ohren hoch.

»Er sagt, daß er auch Erholung braucht«, erklärte Georg. »Er möchte wissen, ob er mitkommen darf.«

»Laß mich erst deine Zunge ansehen, Tim, und reiche mir deine Pfote! Vielleicht hast du erhöhte Temperatur!« sagte der Doktor ernst. Er streckte seine Hand aus, und Tim reichte ihm gehorsam die Pfote.

Doktor Drews war noch nicht zur Tür hinaus, da schrien die Kinder schon alle durcheinander.

»Mutti, wir dürfen doch fahren?« wollte Richard wissen. »Je früher, um so besser! Du mußt ja todmüde sein von unserem ewigen Husten!«

»Ja, ihr solltet unbedingt für eine Woche oder zehn Tage verreisen«, sagte Frau Bernhard. »Die Frage ist nur – wohin? Vielleicht in das Landhaus von Georgs Eltern . . . aber es liegt nicht hoch genug. Ich rufe gleich im Reisebüro an, vielleicht weiß man dort etwas für euch. Ein Wochenendhäuschen in den Bergen würde ja genügen. Sicher sind solche Hütten jetzt leer.«

Das Telefongespräch brachte eine Enttäuschung. »Nein«, bekam sie zur Antwort. »Es tut uns leid, wir können Ihnen nichts anbieten. Unsere Hütten sind um diese Jahreszeit geschlossen. Winterhütten sind uns nicht bekannt!«

Und dann, wie es eben oft geschieht, wurde das Problem

schnell von jemandem gelöst, den zu fragen keinem eingefallen war . . . von dem alten Gärtner Hummel nämlich. An diesem Tag hatte er nichts anderes zu tun, als einen Weg im Schnee freizuschaufeln. Er sah, daß die Kinder ihn dabei beobachteten, kam näher und stellte sich unter ihr Fenster.

»Wie geht es euch?« rief er hinauf. »Ganz blaß und dünn seid ihr geworden! Was euch fehlt, ist Höhenluft.«

»Höhenluft – genau das hat uns der Arzt verschrieben«, schrie Julius. »Wissen Sie vielleicht, wohin wir fahren könnten?«

»Ich habe eine Tante, die vermietet im Sommer Zimmer«, überlegte Hummel. »Und die kann vielleicht kochen, meine Tante Grete! Aber ich weiß allerdings nicht, ob sie im Winter Zimmer vermietet, das ist die Frage . . . Ihr Hof steht auf einem steilen Berg, direkt an der Küste. Und Schnee gibt's dort – meterhoch liegt er!«

»Das ist genau das, was wir wollen!« rief Anne begeistert. »Rufen wir doch Mutter. Mutti! Mutti! Wo bist du?«

Frau Bernhard kam eilig herbei. Als sie den alten Hummel sah, war sie recht erstaunt. Noch mehr wunderte sie sich jedoch, als die Kinder ihr erzählten, was sie von dem Gärtner erfahren hatten, und Hummel drehte vor Verlegenheit seinen alten Hut in der Hand.

Die Kinder ließen die Mutter mit dem Gärtner allein. »Der Teufel soll diesen Husten holen«, brummte Richard. »Hoffentlich wird Mutter mit Hummels Tante einig! Und hoffentlich erlaubt Vater auch, daß wir fahren!«

»Das wird schon alles klappen, wart's nur ab, wir fahren bestimmt zu seiner Tante«, sagte Julius. »Das heißt, wenn sie uns überhaupt bei sich unterbringen kann. Aber meistens hat man ja mehr Glück als Verstand bei so Sachen.«

Julius hatte recht. Es klappte. Seine Mutter kannte bereits Hummels alte Tante. Sie war vorigen Sommer hier bei Verwandten zu Besuch gewesen, und Hummel hatte sie damals stolz ins Haus gebracht und vorgestellt.

»Ich telefoniere eben mit der alten Frau Hansen«, sagte die Mutter, als die Kinder herunterkamen. »Wenn sie euch bei sich aufnehmen will, könnt ihr morgen oder übermorgen fahren – samt eurem Husten!«

2 *Die Reise in die Berge*

Alles war bald geregelt. Frau Hansen freute sich auf den Besuch der Kinder.

»Ja, Frau Bernhard, ich verstehe. Ach, der Husten wird über Nacht verschwinden, da machen Sie sich mal keine Sorgen!«

»Mutter, sag ihr, daß wir auch einen Hund mitbringen!« flüsterte Julius seiner Mutter ins Ohr. Georg deutete mit ein paar heftigen Handbewegungen zuerst auf Tim und dann auf das Telefon, aus dem immer noch Frau Hansens Stimme tönte – aber Frau Bernhard blieb geduldig.

»Was ich noch sagen wollte, Frau Hansen, ein Hund ist auch dabei. – Was, Sie haben schon sieben Hunde? Um Himmels willen! Ach so, für die Schafe . . .!«

»Sieben Hunde, Tim!« flüsterte Georg ihrem Tim zu, dessen Schwanz gleich in Bewegung geriet. »Was sagst du nun? Sieben Stück! Ist das ne Wucht!«

»Pst!« machte Julius, denn seine Mutter warf einen ärgerlichen Blick auf Georg. Er stöhnte richtig auf vor Wonne; denn daß sich alles so schnell regeln ließ – damit hatte auch er nicht gerechnet. Und es stimmte ja: sie alle waren erholungsbedürftig. Wo waren nur die Ski . . .?

Zwei Tage sind keine lange Zeit, aber den Kindern erschienen sie endlos. Und dann war es endlich soweit. Alles war gepackt und gerüstet; die Kinder standen angezogen und gut vermummt da und warteten auf das Auto.

Bald hatte der Fahrer, ein freundlicher kleiner Mann, mit Hummel die Koffer, Schlitten, Skier und was sonst noch mitgenommen werden sollte, im Gepäckraum und auf dem Wagendach verstaut.

Alle seufzten erleichtert auf, als der Wagen die Straße hinunterfuhr. Endlich war es soweit! Hummel stand am Gartentor und winkte ihnen nach.

»Grüßt meine alte Tante!« rief er und schloß das Tor.

Es war eine lange Fahrt.

Dann tauchten in der Ferne die Berge auf. Es war ein sehr klarer Abend. Auf den Höhen lag zwar Schnee, aber die Gegend, durch die sie nun fuhren, war lange nicht so weiß wie der heimatliche Garten.

»Drückt die Daumen, daß der Schnee nicht schmilzt!« sagte Richard. »Im Augenblick liegt ja dort oben genug, aber hier im Tal ist kein weißer Fleck – keine Schneeflocke ist zu sehen!«

Sie fuhren an einem Straßenschild vorüber; Julius versuchte zu lesen, was darauf geschrieben stand.

»Haben Sie das Schild bemerkt? Sollten wir nicht achtgeben, wo es nach Margarethenhof geht?«

»Tue das, mein Junge, aber diese Straße ist richtig!« antwortete der Fahrer. »Ich habe schon aufgepaßt. Seltsam, daß der Name noch nicht zu sehen war.«

»Hoffentlich haben wir uns nicht verfahren«, meinte Anne. »Es wird schon bald dunkel!«

»Wenn nur ein Ort käme!« sagte Julius. Aber keiner tauchte auf, nicht einmal ein Straßenschild war zu sehen. Die Nacht brach herein, der Mond stieg bereits empor und gab ein blasses Licht.

»Sind Sie sicher, daß wir uns nicht verirrt haben?« fragte Richard den Fahrer. »Die Straße ist so holprig, und wir sind schon lange an keinem Bauernhaus vorbeigekommen.«

»Kommt mir auch komisch vor«, meinte der Fahrer. »Ich kann mir aber nicht vorstellen, wo wir falsch abgezweigt wären. Wir sind nicht mehr weit von der Küste.«

»Schauen Sie, dort geht eine Straße nach rechts ab«, rief Georg. »Ein Wegweiser steht auch da!«

Sie hielten bei dem kleinen Schild. »Keine Spur von Margarethenhof«, brummte Richard enttäuscht. »›Alter Turm‹ steht da. Ist das nun ein Ortsname oder ein Gebäude? Wo ist denn die Karte?«

Der Fahrer hatte keine bei sich. »Gewöhnlich brauche ich keine Karte«, sagte er. »Aber in dieser Gegend ist es mit den Schildern wirklich sehr im argen. Hätte ich sie nur mitgenommen! Ich bin dafür, daß wir besser rechts weiterfahren und uns diesen Alten Turm ansehen. Vielleicht ist dort der richtige Weg.«

Sie bogen also rechts ein, und der Wagen stöhnte langsam die vielen steilen Kurven empor.

»Ein richtiger Berg ist das!« Anne schaute zum Fenster hinaus. »Oh, ich sehe etwas! Dort am Hang steht ein Haus mit einem Turm. Das muß es sein!«

Bald hielten sie vor einem mächtigen Holztor. Eine große Tafel war daran befestigt, auf der in großen schwarzen Buchstaben zwei Worte zu lesen waren:

ZUTRITT VERBOTEN

»Das ist ja reizend«, rief der Fahrer erbost. »Zutritt verboten! Das hat uns gerade noch gefehlt! Wartet mal ne Minute, dort ist ein kleines Häuschen. Ich gehe hin und frage nach dem Weg!«

Ebenso wie das große Tor war auch das Häuschen verschlossen, und nirgends sah man Licht.

Der Fahrer pochte an die Tür, aber nichts rührte sich drinnen.

3 *Am Ziel*

»Am besten, wir kehren um und fahren den Berg hinunter«, schlug Richard vor, als der Fahrer zum Wagen zurückkam.

»Nein, wartet noch! Ich springe schnell hinaus und sehe mich nach Lichtern um«, rief Julius und kroch aus dem Auto.

Er ging zum Tor und betrachtete es im Licht der Scheinwerfer. »Fest verschlossen«, rief er. »Ich werde hinüberklettern!« Doch ehe er sein Vorhaben ausführen konnte, hörte man ein eiliges Tappen – und dann durchdrang ein wildes und lautes Bellen die Nacht. Ein Tier sprang von innen gegen das Tor.

Der Fahrer verschwand eiligst im Wagen und knallte die Tür zu. Auch Julius lief zurück. Jetzt begann auch Tim erbost zu bellen und versuchte, durch die verschlossenen Autofenster hinauszugelangen. Das fürchterliche Bellen hinter dem Tor nahm kein Ende. Der Hund – es mußte ein sehr großer sein – warf sich immer wieder wütend gegen das Holz, das bereits verdächtig schwankte.

»Wir drehen lieber um und fahren zurück«, sagte der Fahrer. »Bin ich froh, daß ich auf dieser Seite des Tores stehe. Ein höllischer Lärm! Und euer Hund ist fast genauso wütend!«

Vorsichtig wendete der Fahrer seinen Wagen. Er stieß langsam zurück, fuhr etwas vor und stieß wieder zurück. Die Straße war zwar recht breit, aber auf der rechten Seite befand sich ein steiler Abhang.

»Die Leute da müssen sich sehr vor Besuchern fürchten, wenn sie so einen scharfen Köter haben«, sagte Richard. »Aber wie viele Fremde kommen schon in diese Einsamkeit? Was ist denn los?«

»Da ist was nicht in Ordnung«, sagte der Fahrer, der nun den Wagen gewendet hatte. »Plötzlich fährt es sich so schwer. Als ob ich die Bremsen angezogen hätte.«

»Vielleicht haben Sie das wirklich«, meinte Julius.

»Was fällt dir ein!« sagte der Fahrer kurz. »Ein wenig bremsen muß ich natürlich, damit mir der Wagen nicht den Berg hinunterjagt. Ihr seht ja selbst, wie steil es hier abwärts geht. Und dort sind sogar Felsen. An der Stelle möchte ich nicht hinunterfahren. Was kann denn bloß mit dem Wagen sein? Er ist ganz lahm! Ich bremse nicht mehr, ich gebe Vollgas, und trotzdem bewegt er sich kaum vorwärts. Als ob er mindestens drei Tonnen Gewicht zu ziehen hätte.«

Es war wirklich rätselhaft. Julius wurde unruhig. Er hatte wenig Lust, die Nacht im Auto und in einer gottverlassenen Gegend zu verbringen, noch dazu, wo es jetzt zu schneien begann. Der Mond verschwand hinter dicken Wolken, ringsum wurde es stockdunkel.

Endlich waren sie am Fuße des Berges und auf der ebenen Straße angekommen. Der Fahrer atmete erleichtert auf – das war also überstanden. Aber dann rief er überrascht: »Hält man das für möglich! Der Wagen ist wieder in Ordnung! Er fährt wie geschmiert! Mir fällt ein Stein vom Herzen! Ich dachte schon, unsere PS hätten uns im Stich gelassen und wir müßten die Nacht hier draußen verbingen! Es muß etwas im Getriebe gewesen sein. Gerade wollte ich mir den Schaden ansehen, aber nun ist es ja auch so wieder gut. Also – paßt auf, wo ein Haus oder ein Schild zu sehen ist!«

Bald kam eine Straßenkreuzung. Georg schrie sofort:

»Halt, hier ist ein Wegweiser! Halt!«

Der Wagen hielt dicht daneben, alle schauten auf das Schild und schrien: »Hurra! Margarethenhof!«

»Links hinauf«, sagte der Fahrer und bog ein. Die Straße war ziemlich holprig, sicher benutzten sie nur Bauernfuhrwerke. Und dort rechts am Berg, den sie eben hinauffuhren, stand ein Haus mit hell erleuchteten Fenstern. Das mußte Frau Hansens Bauernhof sein!

Als das Auto näher kam, fingen mehrere Hunde zu bellen an.

Da ging auch schon die Haustür auf, und im Licht erschien eine kleine alte Frau.

»Kommt nur, herein mit euch!« rief sie. »Bleibt nicht draußen in Schnee und Kälte! Hermann hilft euch beim Gepäckausladen. Schnell herein!«

Die vier Kinder kletterten aus dem Auto. Jetzt merkten sie erst, wie müde sie waren.

Aus dem Haus eilte ein großer Mann und half dem Fahrer, die Koffer aus dem Auto zu tragen. Er grüßte, als er an den Kindern vorbeiging. Die alte Frau führte ihre Gäste in ein großes, warmes Wohnzimmer und ließ sie Platz nehmen.

»Was für eine weite Reise ihr hinter euch habt!« sagte sie. »Ihr seht recht müde und blaß aus! Sicher habt ihr Hunger! Wartet, gleich gibt es Abendessen.«

»Entschuldigen Sie bitte, daß wir so spät gekommen sind«, sagte Julius. »Wir haben uns verfahren. Das ist meine Schwester Anne, hier unsere Kusine Georg und mein Bruder Richard.«

»Und das ist Tim«, ergänzte Georg. Tim reichte sofort der alten Frau seine Pfote.

Das Hundegebell war inzwischen leiser geworden. Nicht ein einziger Hund ließ sich im Hause sehen. Die Tiere hielten sich wohl im Zwinger auf.

»Geht jetzt und wascht euch die Hände, inzwischen mache ich heißen Tee«, sagte Frau Hansen. »Hier geht's entlang – dann die paar Stufen hinauf. Alle Zimmer oben gehören nun euch. Niemand wird euch stören!«

Die Kinder gingen hinaus und standen nun in einem Treppenhaus, das von einer Kerze beleuchtet wurde. Eine schmale Steintreppe führte hinauf zu einem kleinen Treppenabsatz, wo wieder eine Kerze brannte. Die Stiegen waren sehr steil. Oben lagen zwei Schlafzimmer einander gegenüber, sie waren gleich groß und haargenau gleich eingerichtet. Waschtische und Waschschüsseln standen da, auch ein Krug mit heißem Wasser, in ein Handtuch eingewickelt. In einem kleinen Steinkamin brannten Holzscheite. Der Feuerschein war fast heller als das Licht der einzigen Kerze.

»Beeilt euch jetzt und kommt endlich den heißen Tee trinken!« rief Frau Hansen von unten herauf. Die Kinder ließen sich das nicht zweimal sagen! Dann saßen sie in dem warmen gemütlichen Wohnzimmer. Nur Frau Hansen leistete ihnen Gesellschaft.

»Erwarten Sie niemand mehr?« fragte Georg. »Das viele Essen ist doch nicht für uns allein da?«

»Aber doch! Das sollt ihr alles allein aufessen!« sagte die Frau und schnitt den Schinken in Scheiben. »Dieses Zimmer steht euch zur Verfügung, hier halten sich immer die Urlauber auf. Wir sind drüben in der Küche. Ihr könnt also hier treiben, was ihr wollt, und lärmen, so laut es euch Spaß macht. Unsere Steinmauern sind sehr dick.«

Als Frau Hansen hörte, daß die Kinder gleich nach dem Essen ins Bett wollten, nickte sie. »Das ist vernünftig. Und morgen schlaft ihr, solange ihr wollt. Kommt dann gleich in meine Küche, damit ich weiß, daß ihr wach seid.« Und sie wünschte ihren Gästen noch eine gute Nacht.

4 Im alten Bauernhaus

Die Kinder schliefen wie die Murmeltiere.

Am Morgen wachte Julius als erster auf. Durch das geschlossene Fenster hörte er verschiedene Stimmen. Männer riefen einander etwas zu, die Rinder brüllten, Hunde bellten – zuerst einer, dann fielen die anderen ein. Zwischendurch hörte man das friedliche Glucken der Hühner und das Quaken der Enten. Wie spät war es denn? Beinahe zehn Uhr! Was wird Frau Hansen denken! Julius kroch aus seinem Bett und zog Richard die Decke weg.

»Aufstehen! Es ist gleich zehn Uhr!« rief er. Im großen Porzellankrug war das Wasser über Nacht kalt geworden, aber trotz des ausgebrannten Kaminfeuers war es noch warm im Schlafzimmer. Draußen schien jetzt die Sonne, aber in der Nacht mußte es weitergeschneit haben, denn Dächer und Bäume waren mit Schnee bedeckt – alles war weiß.

»Prima!« rief Julius, als er hinausschaute. »Wir können rodeln. Weck die Mädchen auf, Richard!«

Aber Georg und Anne waren bereits wach, denn Tim hatte die Jungen gehört und stand winselnd vor der Tür.

»Er will frühstücken« meinte Georg. »Was wird es wohl zum Essen geben? Ich hätte Lust auf Schinken und Eier. Brrr – ist das Wasser kalt!«

Im Wohnzimmer war es bereits gemütlich warm. Auf dem Frühstückstisch sahen sie aber nur Bauernbrot, Butter und Marmelade und einen großen Krug mit kalter Milch.

Frau Hansen kam auch gleich herbei. »Einen schönen guten Morgen wünsche ich euch«, begrüßte sie ihre Gäste. »Was wollt ihr jetzt essen? Schinken und Eier, oder Würstchen oder etwas Aufschnitt oder . . .«

»Bitte für mich Schinken mit Eiern«, sagte Julius, die anderen wollten das gleiche, und Frau Hansen ging in die Küche.

Tim hörte die anderen Hunde bellen und lief zum Fenster, um seine Kollegen zu sehen.

»Das sind aber große Hunde!« staunte Richard. »Collies! Ich dachte immer, die eignen sich nicht zum Schafehüten. Aber was war das wohl für ein Hund gestern, der hinter dem Tor des Alten Turms gebellt hat?

»Ja, das war ein bißchen sonderbar«, sagte Richard. »Ah – hier kommt unser Frühstück. Frau Hansen, das reicht ja für acht – wir sind doch nur vier!«

Frau Hansen folgte ein kräftig gebauter Mann. Auffallend waren sein dichtes schwarzes Haar, die hellen blauen Augen und der zusammengekniffene Mund.

»Das ist mein Sohn Hermann«, erklärte sie. Scheu betrachteten die Kinder den riesigen Kerl.

»Guten Morgen«, sagten Julius und Richard. Hermann nickte und warf ihnen einen flüchtigen Blick zu. Die beiden Mädchen lächelten höflich, er nickte wieder, sprach aber kein einziges Wort. Dann ging er aus dem Zimmer.

»Er spricht nicht viel«, erklärte die alte Frau. »Aber ihr solltet ihn sehen, wenn er wütend ist. Ich übertreibe nicht: meilenweit hört man dann seine Stimme! Er braucht nur zu brüllen, und alle Schafe weit und breit gehorchen ihm. Das sind seine drei Hunde, die da bellen. Sie folgen meinem Hermann auf Schritt und Tritt. Er ist ein richtiger Hundenarr. Um Menschen kümmert er sich nicht weiter. Die andern vier Hunde sind mit den Schafen in den Bergen. Ihr könnt mir glauben, wenn Hermann sich jetzt draußen im Hof hinstellt und schreit – die vier Hunde kommen samt den Schafen vom Berg dort oben heruntergerast!«

Die Kinder konnten sich gut vorstellen, daß der Riese Hermann so etwas zustande brachte. Wenn er nur die Hunde rufen würde! So eine Stimme mußte man gehört haben!

Sie setzten sich an den Frühstückstisch und langten herzhaft zu, obgleich sie nicht alles aufessen konnten, was Frau Hansen gebracht hatte. Auch Tim zierte sich nicht.

»Dabei haben wir seit Tagen nicht einmal Lust auf ein weiches Ei gehabt«, meinte Richard. »Julius, sollten wir nicht zu Hause anrufen und sagen, wie gut es uns hier geht?«

»Ich habe schon heute nacht daran gedacht«, antwortete Julius. »Wenn Frau Hansen es erlaubt, tu ich es gleich. Guckt mal, geht da nicht eben unser Fahrer weg? Er hat hier übernachtet!«

Der Fahrer wollte eben in sein Auto steigen, als er hörte, wie Julius an die Fensterscheibe klopfte.

»Ich will gleich wegfahren«, sagte er. »Die alte Frau hat mir dort drüben ein Nachtlager bereitet. Ich habe glänzend geschlafen. Übrigens, ich weiß jetzt, warum das Auto so langsam den Berg hinauf und hinunter gefahren ist!«

»Wirklich, was war's denn?« fragte Julius neugierig.

»Es hatte gar nichts mit dem Wagen zu tun«, erzählte der Mann. »Der Berg war schuld daran!«

»Wie meinen Sie das«, fragte Richard.

»Die Frau des Schäfers erzählte mir, man glaube, daß im Berg ein Magnet sei. Jedenfalls geht es dem Briefträger genauso, wenn er mit seinem Motorrad den Berg hinauffährt. Es wird so bleischwer, daß es nicht von der Stelle kommt. Sogar zum Schieben ist das Rad zu schwer. Jetzt läßt er es unten stehen und geht zu Fuß hinauf.«

»Ach so, dieser Magnet hat demnach gestern abend das Auto festgehalten und so stark angezogen, daß es nur sehr langsam fahren konnte . . .« lachte Julius. Er wollte den Fahrer nicht kränken, den diese Erklärung überzeugte – aber er selbst hielt sie für Unsinn.

»Ja, niemand fährt mit dem Auto hinauf, wenn er nicht muß«, sagte der Fahrer. »Ein merkwürdiger Berg, nicht wahr? Und erst das Verbotsschild an dem Tor!«

»Ich möchte gern wissen, wer dort lebt«, sagte Richard.

»Nur eine alte Dame«, erzählte der Fahrer. »Die Leute behaupten, sie sei ein bißchen übergeschnappt. Sie läßt niemand herein. Na ja, das wissen wir ja selbst. Es tut mir leid, daß ich mich gestern verfahren habe, aber ihr habt euch ja inzwischen ausgeruht. Hier seid ihr gut aufgehoben!«

Die Kinder beobachteten durchs Fenster, wie er in seinen Wagen stieg und davonfuhr. Zum Abschied winkte er noch einmal zurück.

Bald steckten die Kinder in dicken Mänteln, hatten sich Schals umgewickelt und warme Mützen auf dem Kopf. Frau Hansen nickte den Kindern lächelnd zu.

»Ihr seid vernünftig!« sagte sie. »Heute ist es sehr kalt, dazu bläst ein eisiger Wind. Aber ein gesundes, trockenes Wetter ist das! Gib auf deinen Hund acht, mein Junge, laß ihn erst von der Leine, wenn ihr weit weg vom Hof seid, damit er nicht mit einem der Hunde von meinem Hermann rauft!«

Georg freute sich immer, wenn man sie für einen Jungen hielt. Die Kinder spazierten um den Hof herum, und Tim war beleidigt, weil er an der Leine geführt wurde. Er zog kräftig, denn er wollte herumrennen und selbst die Gegend erkunden.

»Ich lasse jetzt Tim frei. Weit und breit ist kein Hund zu sehen.« Georg löste die Leine und Tim schoß davon, blieb stehen, schnüffelte neugierig herum, und dann war er plötzlich hinter einer Ecke verschwunden. Und schon begann ein entsetzliches Bellen. Das war nicht ein Hund, auch nicht zwei – das klang, als ob eine Meute von Hunden bellte! Die Kinder rannten schnell hinter die Scheune – und dort sahen sie Tim. Er stand mit dem Rücken gegen die Wand und knurrte und bellte drei wütende Hunde an.

»Nein, Georg, nein! Geh nicht zu Tim«, schrie Julius, als er merkte, daß Georg entschlossen war, ihrem Tim zu helfen. »Diese Hunde sind wild!«

Aber Georg stellte sich schützend vor Tim und brüllte die drei Hunde an:

»Macht, daß ihr wegkommt! Laßt meinen Tim in Ruhe! Weg mit euch!«

Jetzt kam Frau Hansen, sie rief »Tang! Bob! Dai!«, doch die drei Hunde gehorchten nicht. Aber nun erklang aus der Ferne eine Stimme. Und was für eine Stimme das war! Wie durch einen Lautsprecher schallte sie über den ganzen Hof.

»Dai! Bob! Tang!«

Diesem Ruf folgten die Hunde sofort. Sie machten kehrt und schossen davon, daß hinter ihnen der Schnee aufstob.

»Gott sei Dank! Das war Hermann!« keuchte die alte Frau. »Er hat das Bellen gehört. Oh, bist du verletzt?« Sie schaute Georg besorgt an.

»Ich . . . ich weiß nicht. Ich glaube nicht«, stotterte Georg. Sie war kalkweiß im Gesicht. »Aber Tim ist verletzt. Armer, lieber Tim, wo haben sie dich denn gebissen?«

»Wuff!« machte Tim. Er war etwas verstört, aber Schmerzen schien er nicht zu haben. Alles hatte sich so schnell abgespielt. Georg kniete vor ihm in den Schnee, um ihn genauer anzusehen. »Sie haben ihn am Hals gebissen, schaut her! Mein armer Hund! Hätt ich dich bloß nicht von der Leine gelassen!«

»Es ist eine kleine Wunde, Georg.« Julius betrachtete die blutende Stelle am Hals. »Der Hund hat genau dort hingebissen, wo das Halsband liegt. Seine Zähne haben mehr vom Fell erwischt als vom Hals.«

»Was alles passieren kann!« rief Frau Hansen. »Warum hast du den Hund frei laufen lassen, mein Junge? Du hättest warten sollen, bis mein Hermann mit seinen Hunden kommt und ihnen sagt, daß euer Tim ihr Freund ist.«

»Ich weiß schon«, antwortete Georg und kniete noch immer neben Tim. »Es war mein Fehler. Frau Hansen, haben Sie Jod? Ich möchte gleich etwas auf den Biß tupfen.«

Bevor Frau Hansen antworten konnte, schritt bereits der Riese Hermann auf die Scheune zu. Seine drei Hunde folgten ihm auf den Fersen.

»Na?« rief er und schaute seine Mutter und die vier Kinder fragend an.

»Die Hunde haben sich auf ihn gestürzt«, erzählte Frau Hansen. »Die Wunde ist nicht schlimm. Du hättest diesen Jungen sehen sollen – er stellte sich einfach vor ihn und verteidigte ihn gegen Tang, Bob und Dai!«

Julius lächelte: Frau Hansen hielt Georg immer noch für einen Jungen. In den Skihosen, dem Mantel und der Wollkappe auf dem kurzgeschnittenen Haar sah sie ja wirklich nicht wie ein Mädchen aus.

Hermann kam einen Schritt vor und betrachtete Tim.

»Nichts fehlt dem«, sagte er und ging davon.

Georg schaute dem Mann empört nach. Schließlich hatten seine Hunde Tim angegriffen und verletzt, und er bedauerte das nicht einmal.

Hocherhobenen Hauptes ging sie mit Tim davon.

»Machen wir doch einen kleinen Spaziergang«, schlug Richard vor. »Anne, kommst du mit?«

Anne hatte keine große Lust. Die Stimmung war verpatzt – sogar Frau Hansen sah besorgt drein.

»Ärgern Sie sich nicht, Frau Hansen«, sagte Julius. »Ich gehe jetzt mit meinem Bruder auf diesen Berg hinauf. Welcher Weg ist denn der beste?«

»Dieser Pfad geht bis zu unserer Sommerhütte. Dort könnt ihr euch ausruhen. Wenn ihr nicht zum Mittagessen zurückkommen wollt, so findet ihr dort oben im Schrank Essen genug. Hier habt ihr den Hüttenschlüssel.«

»Vielen Dank!« rief Julius. »Dann essen wir lieber oben – bis zur Dunkelheit sind wir wieder hier.«

Auf einem beschneiten Pfad kletterten sie den Berg hinauf. In der Sonne taute der Schnee ein wenig, deshalb war es gar nicht schwer, den richtigen Weg zu finden. Außerdem entdeckten sie, daß alle paar Schritte große schwarze Steine lagen. Es waren Wegweiser für die Bauern, damit sie auch bei Schnee den Pfad finden konnten. Je höher sie stiegen, um so mehr Bergspitzen tauchten vor ihnen auf. Alle waren schneebedeckt und glänzten in der matten Januarsonne.

»Wenn es nur ein wenig mehr geschneit hätte! Dieser Hang hier wäre eine gute Rodelbahn!« sagte Richard. »Warum haben wir bloß die Skier nicht mitgenommen! Für eine Schußfahrt liegt genug Schnee!«

Sie waren froh, als sie bei der kleinen Hütte ankamen.

»Wie hübsch es hier ist!« sagte Julius und steckte den Schlüssel ins Schloß. Er öffnete die Tür und trat ein. Schlafkojen, ein Herd, ein Schrank voll mit Töpfen und mit Konservendosen, nichts fehlte!

»Könnten wir nicht hier bleiben – wir fünf allein? Georg wäre bestimmt davon begeistert«, sagte Julius und sprach das aus, was Richard sich bereits gedacht hatte. »Hoffentlich erlaubt es Frau Hansen!«

6 *Ein merkwürdiges kleines Mädchen*

Die Jungen waren müde, aber doch nicht so müde, daß sie die kleine Hütte nicht genau untersucht hätten. Julius öffnete ein Schränkchen nach dem anderen und meldete, was er vorfand: »Bettwäsche! Handtücher! Töpfe und Bestecke! Konserven, sogar Orangensaft!«

»Glaubst du, daß wir hier oben wohnen dürfen anstatt unten auf dem Hof?« fragte Richard. »Es ist doch viel schöner, allein und unabhängig zu sein.«

»Wir können uns ja erkundigen«, meinte Julius. Er machte eine Flasche Orangensaft auf. »Ob es hier auch Kekse gibt? Ach, da sind ja welche. Du, ich bin richtig gefräßig!«

»Ich wickle mich jetzt in eine Decke ein und setze mich in die Sonne«, sagte Richard.

Sie setzten sich auf die hölzerne Türschwelle und kauten an den Keksen, dabei betrachteten sie den gegenüberliegenden Berg.

»Guck mal, auf dem Hang drüben steht ein Haus gleich unter dem Gipfel«, sagte Richard.

Julius starrte den Berg an, konnte aber nichts erkennen.

Aber dort, wo der Pfad sich steil den Berg hinaufwand, kam jemand den Weg heruntergelaufen, daneben hüpfte ein Lämmchen, auch ein Hund sprang herum.

»Ist das ein Bub oder ein Mädchen?« rief Julius.

Es war ein kleines Mädchen. Sie sah abenteuerlich aus mit ihren strubbeligen schwarzen Haaren und dem haselnußbraunen Gesicht. Sie trug schmutzige Bubenhosen und eine blaue Bluse – vielleicht war es auch ein Hemd. Strümpfe hatte sie keine an, nur ein Paar alte Schuhe. Sie sang vor sich hin. Als ihr Hund zu bellen anfing, redete sie auf ihn ein. Es half aber nichts. Der Hund bellte wieder und ließ dabei die Hütte nicht aus den Augen. Das Lämmchen hüpfte fröhlich herum.

Das kleine Mädchen schaute jetzt auch zur Hütte hinüber und erblickte Julius und Richard. Sofort machte es kehrt und rannte den Weg zurück, den es gekommen war. Julius sprang auf und rief: »Hab' keine Angst, wir tun dir nichts! Schau, da ist Fleisch für deinen Hund!«

Zögernd blieb das Mädchen stehen und drehte sich um. Julius winkte mit einem Schinkenrest. Der kleine Hund bekam den Geruch in die Nase und lief rasch herbei. Er schnappte das Fleisch und rannte wieder zu dem Mädchen zurück. Da stand er nun und schaute zu der Kleinen auf – den Schinken hielt er zwischen den Zähnen, schluckte ihn aber nicht hinunter. Die Kleine bückte sich schnell, nahm den Schinken und riß ihn in zwei Teile. Eine Hälfte gab sie dem Hund, die andere aß sie selbst. Dabei ließ sie die beiden Jungen nicht aus den Augen. Das Lämmchen kam schnuppernd herbei, und sie legte ihr dünnes Ärmchen um seinen Hals.

»Ein sonderbares Mädchen ist das«, sagte Julius zu Richard. »Wo mag es bloß herkommen? Sieht ganz durchfroren aus!« Dann rief er dem Kind zu: »Du, Kleine, komm doch mal her!«

Sie stürzte gleich davon, aber weit lief sie nicht. Sie versteckte sich hinter einem Busch und guckte zurück.

»Gib mir die Kekse«, sagte Julius schließlich. »Vielleicht kommt sie dann!« Er hielt die Dose hoch und rief:

»Hier sind Kekse für dich und deinen Hund!«

Aber nur das Lämmchen kam herbeigehüpft. Wie ein kleines Spielzeug sah es aus mit seinem putzigen Schwänzchen.

»Fanny! Fanny!« rief das Mädchen. Das Lämmchen wollte davonlaufen, aber Richard hielt es fest.

»Komm doch her und hole es!« schrie Richard. »Wir tun dir nichts!«

Das Mädchen kam hinter dem Busch hervor und machte ein paar zögernde Schritte auf die Jungen zu.

»Komm doch her!« rief Julius. »Komm her und hol dir dein Lämmchen. Wir haben für dich und deinen Hund viele Kekse hier!«

Endlich kam das Mädchen näher, jederzeit bereit, wieder davonzulaufen. Es bekam einen Keks, setzte sich auf einen der schwarzen Wegweiser-Steine und beobachtete mit seinen großen dunklen Augen die beiden Jungen.

»Wie heißt du denn?« fragte Richard. Er rührte sich nicht, um das Kind nicht wieder zu verscheuchen. Das Mädchen schien ihn nicht zu verstehen. Richard wiederholte seine Frage ganz langsam.

»Wie – heißt – du? Deinen – Namen – möchten – wir – wissen!«

Die Kleine nickte und zeigte auf sich selbst.

»Ich – Elli!«

Dann zeigte sie auf den Hund.

»Maxi«, sagte sie. Dann zeigte sie auf das Lamm. »Fanny«, erklärte sie.

»Aha, Elli – Maxi – Fanny«, wiederholte Julius und zeigte auf alle drei. Dann wies er auf sich. »Julius«, sagte er, und auf Richard: »Richard!«

Das Mädchen sprudelte ein paar Sätze hervor. Die Jungen verstanden kein einziges Wort.

»Sie spricht den hiesigen Dialekt«, meinte Richard. Die Kleine merkte, daß man sie nicht verstand.

»Mein Vater dort oben – Schafe«, sagte sie. Man merkte, wie schwer es ihr fiel, etwas anderes als ihren Dialekt zu sprechen.

»Ach, dein Vater ist Schäfer. Aber du lebst nicht bei ihm, nicht wahr?« erkundigte sich Richard.

Elli überlegte einen Augenblick, dann schüttelte sie den Kopf.

»Unten«, sie zeigte ins Tal, »Elli unten! Maxi gehört Elli«, sagte sie stolz. »Und Fanny auch!«

»Ein hübscher Hund, ein hübsches Lämmchen«, antwortete Julius, und das Mädchen nickte. Aber plötzlich stand es auf und lief den Berg hinunter. Das Lämmchen und der Hund folgten ihm. Schon waren die drei verschwunden.

»Was für ein seltsames Ding!« rief Richard. »Wir wollen Frau Hansen fragen, woher sie kommt.«

»Nun müssen wir aber auch gehen, die Sonne steht schon ganz tief«, sagte Julius. »Wir sperren das Häuschen ab. Beeile dich; sobald die Sonne untergegangen ist, wird es schnell dunkel, und so gut kennen wir den Weg vor uns noch nicht!«

In kurzer Zeit hatten sie alles in Ordnung gebracht und die Hütte abgesperrt.

Sie waren jetzt beide müde und hungrig und freuten sich auf die warme Stube.

7 Wieder auf dem Bauernhof

Julius und Richard hatten die Tür noch nicht hinter sich geschlossen, als ihnen Anne schon entgegenlief.

»Bin ich froh, daß ihr wieder da seid«, sagte sie. »Ich hatte schon Angst, ihr findet in der Dunkelheit nicht den Weg!«

»Hallo, Georg!« rief Julius. »Wie geht's Tim?«

»Na, gut«, antwortete Georg. »Hier ist er!«

Tim bellte und sprang zur Begrüßung an den Jungen hoch.

Als die Kinder ins Wohnzimmer kamen, fanden sie dort ein helles Kaminfeuer vor. Die beiden Brüder suchten sich die bequemsten Stühle, und dann streckten sie ihre müden Beine aus – das hatten sie verdient nach dem langen Marsch!

Richard erzählte den Mädchen, was sie alles erlebt hatten. Als er die kleine Sommerhütte schilderte, lauschten Georg und Anne mit großen Augen.

»Ach, schade, daß wir nicht mitgegangen sind!« meinte Anne. »Tim hätte es schon geschafft. Er hat ja nur eine Hautwunde. Wirklich, man sieht sie jetzt kaum mehr.«

»Paß mal auf«, meldete sich Julius. »Richard und ich haben eine großartige Idee – die Berghütte. Wie wär's denn, wenn wir alle fünf auf den Berg ziehen und dort die Ferien über bleiben – statt hier auf dem Bauernhof. Dort sind wir ganz unter uns.«

»Kinder, das ist eine Idee! Prima!« schrie Anne begeistert. Und Georg lächelte: »Ja – das wäre sehr hübsch. Die bissigen Hunde kommen sicher nicht bis zu der Berghütte. Herrlich, nur zu fünft dort zu hausen!«

»Frau Hansen erzählte, daß ihr Hermann viel Schnee prophezeit«, sagte Anne. »Wir könnten den ganzen Tag mit unseren Schlitten und den Skiern auf dem Hang sein. Oh, Georg, wie schade, daß Tim nicht skilaufen kann. Wir müssen ihn in der Hütte lassen, wenn wir draußen sind.«

»Denkt ihr, Frau Hansen hat etwas dagegen, daß wir umziehen?« fragte Richard.

»Ich glaube nicht«, meinte Anne. »Sie erzählte uns heute, daß im Sommer ganze Gruppen von Kindern allein in der Hütte leben, während die Eltern hier unten bleiben und sich erholen. Warum sollte sie uns nicht gehen lassen? Wir fragen sie gleich. Das Abendessen ist ja bald fertig. Ihr habt sicher einen Mordshunger!«

Frau Hansen hatte bereits den Tisch gedeckt, als sie herunterkamen.

»Schweinebraten«, stellte Richard fest. »Was ist denn das? Käse! Riech mal, Julius! Und Bauernbrot! Dürfen wir anfangen?«

»Noch nicht – als Vorspeise gibt es harte Eier«, lachte Anne. »Und als Nachspeise Apfelkuchen mit Schlagsahne!«

Frau Hansen brachte noch eine Kanne heißen Tee.

»Ihr habt sicher auf dem Berg einen hübschen Tag verlebt«, meinte sie. »Habt ihr euch in der Hütte zurechtgefunden?«

»O ja, vielen Dank«, sagte Julius. »Frau Hansen, das ist eine herrliche Hütte. Uns ist etwas eingefallen, darüber wollen wir jetzt mit Ihnen reden. Wir fünf möchten nämlich sehr gerne dort oben in der Hütte bleiben. So wären wir Ihnen nicht im Wege, und Tim käme nicht mit den Hunden zusammen. Glauben Sie, daß das möglich ist?«

»In dieser Jahreszeit wollt ihr in der Hütte wohnen?« rief Frau Hansen. »Das ist doch zu unbequem! Niemand kann sich dort um euch kümmern und für euch kochen.«

»Wir sind es schon gewöhnt, für uns selbst zu sorgen«,

sagte Richard. »Außerdem, das Essen dort oben reicht für eine ganze Armee. Teller, Tassen und Geschirr, Messer und Gabeln, Betten ...«

»Oh, bitte, sagen Sie doch, daß wir dürfen«, bettelte Anne. »Wir versprechen, daß wir sofort wieder zurückkommen, wenn etwas schiefgeht.«

»Ich passe auf, daß nichts schiefgeht«, sagte Julius.

»Eine verrückte Idee ist es ja«, Frau Hansen war noch immer nicht überzeugt, »ich muß zuerst mit meinem Hermann darüber reden. Aber nun setzt euch erst einmal und eßt!«

Das war eine köstliche Mahlzeit! Der Schweinebraten schmeckte so gut, daß jedes Kind zwei Scheiben aß. Dann nahmen sie den Käse in Angriff. Sogar Tim mochte ihn. Als Frau Hansen den Kuchen und die Sahne hereinbrachte, stöhnten die Kinder auf: sie hatten ganz vergessen, daß sie noch Nachtisch bekommen sollten – in ihren Mägen war kein Platz mehr.

»Frau Hansen, als wir oben in der Hütte waren, trafen wir ein kleines Mädchen«, erzählte Richard. »Sie heißt Elli.«

»Ach, Elli! Dieses verrückte kleine Ding!« rief Frau Hansen. »Sie ist die Tochter des Schäfers. Diese Vagabundin! Läuft aus der Schule davon und versteckt sich mit ihrem Hund und dem Lamm in den Bergen. Immer hat sie das Lämmchen bei sich, überall folgt es ihr auf Schritt und Tritt. Die Leute sagen, daß sie jedes Kaninchenloch, jede Schwarzbeerenstaude und jedes Vogelnest kennt!«

»Sie sang, als wir sie trafen«, sagte Julius.

»Ja, sie hat eine sehr hübsche Stimme«, meinte Frau Hansen. »Sie ist wie ein ungezähmtes Füllen. Man kann nichts bei ihr erreichen. Wenn man mit ihr schimpft, verschwindet sie für ein paar Tage. Niemand weiß dann, wo sie steckt. Laßt sie bloß nicht in die Nähe der Hütte kommen, wenn ihr droben seid. Sie könnte stehlen!«

»Ach ja, die Hütte! Haben Sie mit Ihrem Sohn darüber gesprochen?« erkundigte sich Richard.

Frau Hansen nickte. »Er sagt, ich soll es euch erlauben. Er will nämlich auch keinen Ärger mit den Hunden haben.

Schnee gibt es bestimmt, meinte er. Aber dort oben seid ihr gut aufgehoben. Die Schlitten könnt ihr mitnehmen. Er will euch sogar helfen.«

Die Kinder waren überglücklich. »Wir sind Ihnen furchtbar dankbar. Morgen gehen wir gleich nach dem Frühstück los!«

Morgen! Nach dem Frühstück! Hinauf in die einsame Hütte in den Bergen – und nur die fünf Freunde allein! Was könnte es Schöneres geben!?

8 Auf zur Hütte

Am nächsten Morgen war die Welt schneeweiß. Wie Hermann vorausgesagt hatte, war in der Nacht viel Schnee gefallen. Nun funkelte und glitzerte er in der Januarsonne.

Frau Hansen brachte ein leckeres Frühstück auf den Tisch – Eier, Schinken und heiße Würstchen.

»Das ist euer letztes warmes Essen«, sagte sie. »Allerdings könnt ihr euch oben in der Hütte ein paar Eier kochen, wenn ihr den Topf auf den Ölofen setzt. Und seid vorsichtig, damit nicht plötzlich die Hütte in Flammen steht!«

»Wir werden schon aufpassen«, versprach Julius. »Wer sich fahrlässig am Ofen zu schaffen macht, wird rausgeschmissen! Also nimm dich in acht, Tim!«

Frau Hansen hatte für jeden Kleider zum Wechseln eingepackt, außerdem die wärmste Nachtwäsche und die dicken Bademäntel. Brot, ein großer Käse, drei Dutzend Eier und ein ganzer Schinken waren der Proviant. Nein, verhungern würden sie in den Bergen nicht!

»Genügend Butter habe ich auch noch eingepackt«, erklärte Frau Hansen. »Ein Topf Sahne ist ebenfalls dabei. Durch den Schäfer schicke ich euch Milch. Er kommt bei euch vorbei, wenn er wieder hinaufsteigt. In dieser Flasche ist nur ein Liter Milch, aber in der Hütte gibt es ja genug Orangen- und Zitronensaft. Wenn ihr Kakao oder Tee kochen wollt, müßt ihr Schnee schmelzen!« Sogar an Knochen und Hundekuchen für

Tim hatte sie gedacht! »Hermann packt alle eure Sachen auf einen großen Schlitten!« Da der Schnee noch nicht hoch lag, beschlossen die Kinder, die Skier nicht anzuschnallen, sondern zu Fuß hinaufzugehen. Tim tanzte um sie herum, und ebenso wie Georg paßte er auf, ob nicht die anderen Hunde in der Nähe waren.

Hermann kam und nickte den Kindern zu.

»Guten Morgen«, sagte er, mehr nicht. Er faßte die Seile, die an dem Schlitten befestigt waren, und legte sie über seine Schultern.

»Hermann hat wirklich Kraft wie ein Pferd!« sagte Frau Hansen stolz. »Wie zehn Pferde!« rief Julius und wünschte sich, er wäre ebenso groß und stark.

Georg hatte dem Mann noch nicht verziehen, daß er gestern Tims Bißwunde so geringschätzig behandelt hatte. Sie trug ihre Skier und folgte schweigend den andern. Zum Abschied winkte sie noch einmal Frau Hansen zu.

Hermann ging an der Spitze, beinahe mühelos zog er den Schlitten hinter sich her. Julius und Richard folgten mit ihren Skiern und Schlitten, dann kamen die Mädchen. Tim rannte entweder voraus oder hinterher. Hermann sprach kein einziges Wort. Na ja, bald würden sie von ihm Abschied nehmen und wieder allein sein. Die Mädchen schrien auf, als sie endlich die kleine Hütte erreichten. Georg warf durch die kleinen Fenster einen Blick ins Innere der Hütte.

Hermann schloß die Tür auf.

»Der Schäfer kommt bald mal hier vorbei«, sagte er mit seiner tiefen Stimme. Die Kinder waren erstaunt, daß er einen ganzen Satz sprach. »Ihr könnt ihm dann eine Nachricht für uns mitgeben!« Sofort machte er sich wieder auf den Heimweg. Wie ein Riese aus einem Märchen sah er aus, als er mit großen Schritten den Berg hinunterlief.

»Ein sonderbarer Kerl«, meinte Anne, die ihm nachblickte. »Ich weiß wirklich nicht, ob er mir gefällt.«

Georg machte sich an die Arbeit. Sechs Schlafstellen waren da. An einer Wand standen drei Bettkojen übereinander, ebenso an der anderen. Georg kämpfte mit Decken und Kissen, während Anne das Essen auspackte. Sie ordnete alles in die Regale. Dann untersuchte sie den Ofen, ob er gut gefüllt war. Die Nacht würde sicher sehr kalt sein.

»Ja, er ist voll«, meldete sie. »Ich mache ihn erst heute abend an, wir werden ja draußen sein, solange es hell ist.«

»Sicher!« antwortete Richard. »Braucht ihr noch lange, Anne?«

»Nein, wir sind gleich fertig. Wollt ihr noch etwas essen, bevor wir gehen? Oder erst, wenn wir wieder zurück sind?«

»Wir wollen jetzt keine Zeit mehr verlieren«, entschied Julius. »Mach nur ein paar Brote, Anne – wir nehmen Äpfel mit!«

9 *Eine seltsame Erzählung*

Die Kinder ließen ihre Skier in der Ecke stehen. Der Schnee war noch zu pappig, außerdem hatten sie mehr Lust zu einer zünftigen Rodelpartie. Georg und Richard nahmen einen Schlitten, Julius und Anne den anderen.

»Wer ist zuerst unten?« schrie Julius. »Eins, zwei, drei – los!« Schon sausten sie hinunter. Wie der Blitz jagten sie über die blanke, schneeweiße Fläche. Dabei lachten und kreischten sie vor Vergnügen.

Es war recht anstrengend, die Schlitten den Berg wieder hinaufzuziehen. Aber die Freude am Hinunterflitzen war diese Mühe schon wert. Den Kindern glühten bald die Wangen.

»Ich kann den Schlitten nicht mehr hinaufziehen«, rief Anne schließlich. »Ich hab keine Kraft mehr. Du mußt es allein tun, Julius, wenn du noch einmal hinunterrodeln willst!«

»Ich möchte schon, aber meine Beine . . .«, keuchte Julius. »Hallo, Richard! Anne und ich haben genug. Wir steigen jetzt auf diesen Hang und essen unsere Brote. Von dort aus können wir euch beim Rodeln zusehen!«

Aber die andern beiden folgten Julius' und Annes Beispiel.

Auch Tim freute sich über die Rast.

Die fünf Freunde saßen am Hang und aßen ihre Brote.

Richard betrachtete den gegenüberliegenden Berg, der steil emporragte.

»Da ist ja das Gebäude, das ich gestern schon gesehen habe«, sagte er. »Ich kann sogar den Schornstein erkennen!«

»Du hast aber gute Augen!« staunte Georg. »Aus dieser Entfernung kann niemand ein Haus erkennen, wenn Schnee darauf liegt!«

»Soll ich das Fernglas holen?« fragte Julius. »Wo ist es denn? Mit dem Glas sehen wir sofort, ob ein Haus dort steht oder nicht.«

»Das Fernglas habe ich in einen Schrank gesteckt«, sagte Anne und stand auf. »Oh, wie bin ich steif geworden! Ich bringe es sofort.«

In ein paar Minuten kam sie zurück und reichte Richard das Glas. Er stellte es auf den Berg ein.

»Jawohl«, sagte er. »Es ist tatsächlich ein Haus. Sicher der Alte Turm. Dort haben wir uns verfahren.«

»Laß mich auch mal sehen«, bat Anne. »Ich glaube, ich könnte es wiedererkennen. Als wir den Berg hinauffuhren, habe ich in einer Kurve das Haus kurz gesehen.« Sie hielt das Glas vor die Augen.

»Ja, das ist bestimmt der Alte Turm«, rief sie. »Die alte Dame muß dort sehr einsam leben!«

Wie sie so gemütlich dasaßen und an ihren Äpfeln kauten, begann Tim plötzlich wild zu bellen. Er schaute auf den Pfad.

»Vielleicht kommt Elli«, meinte Julius.

Aber sie war es nicht, sondern eine Frau kam des Weges. Sie trug einen Schal um den Kopf.

»Guten Tag«, sagte sie. »Elli hat mir schon von euch erzählt. Wohnt ihr jetzt in Hansens Hütte?«

Julius nickte. »Vorher waren wir unten auf dem Bauernhof, aber Tim hat sich nicht mit den anderen Hunden vertragen, deshalb sind wir heraufgekommen. Hier ist es so hübsch.«

»Wenn ihr meine Elli seht, sagt ihr, daß sie heute nacht unbedingt nach Hause kommen soll«, sagte die Frau. »Sie und ihr Lämmchen! Das Kind ist genauso verrückt wie die alte Dame dort drüben!« Sie zeigte dabei in Richtung des Alten Turms.

»Ach, wissen Sie mehr über dieses Gebäude dort?« fragte Julius. »Durch Zufall sind wir bis zum Tor gekommen . . .«

». . . aber keinen Schritt weiter, darauf nehme ich Gift«, sagte Ellis Mutter. »Es hängt ja auch ein Verbotsschild am Tor. Dabei bin ich früher jede Woche dreimal dort gewesen, und alle waren so freundlich zu mir. Aber die alte Frau Thomas will jetzt niemanden mehr um sich haben als die Freunde ihres Sohnes. Die arme alte Dame. Die Leute behaupten, daß sie den Verstand verloren hat. Das wird schon stimmen – sie würde mich sonst zu sich lassen. Ich habe doch viele Jahre bei ihr gearbeitet!«

»Warum steht denn an dem Tor ›Zutritt verboten‹?« fragte Julius. »Sie haben doch einen scharfen Hund!«

»Na, wenn du mal einen dieser Freunde der alten Dame triffst, Junge, dann weißt du genau, was los ist«, sagte Ellis Mutter. »Aber niemand kann etwas dagegen tun. Es ist alles recht seltsam. Lärm in der Nacht . . . Nebel steigen plötzlich auf . . . ein Flimmern!«

Julius glaubte, das sei eine der Gruselgeschichten, die sich Dorfbewohner erzählen. Das mit dem Magnet im Berg glaubten sie ja auch . . .

»Du kannst ruhig darüber lachen«, sagte die Frau. »Seit Oktober tun sich dort recht seltsame Dinge. Mitten in der Nacht fuhren Lastwagen hinauf. Wozu nur, möchte ich wissen! Na, ich glaube, daß alle die alten Sachen, die der Dame gehörten – Möbel und Bilder – wegtransportiert wurden. Die arme gnädige Frau, sie war immer so nett und freundlich, und jetzt weiß ich gar nicht, was ihr passiert ist! Ich hätte euch das nicht erzählen sollen – ihr werdet euch noch fürchten, hier so allein in der Nacht!«

»Nein, nein, bestimmt nicht!« versicherte Julius, und dann bat er: »Erzählen Sie uns doch noch von Elli.«

»Ein schreckliches Kind ist sie«, rief Ellis Mutter. »Rennt wie eine Wilde in den Bergen herum, schwänzt die Schule –

läuft zum Vater – er ist dort oben, wo die Schafe weiden, und kommt die ganze Nacht nicht heim. Wie der Vater ist sie – will immer nur allein sein. Unterhält sich mit Lämmern und Hunden, als ob es Menschen wären – zu mir aber spricht sie kein Wort!«

Julius stand auf.

»Gut, wenn wir Elli sehen, sagen wir ihr, daß sie nach Hause gehen soll. Wenn Sie bei Frau Hansen vorbeikommen, richten Sie ihr bitte aus, daß es uns gutgeht. Das wäre nett von Ihnen!«

Die Frau nickte, murmelte etwas und ging den Berg hinunter.

»Komische Geschichten«, meinte Richard. »Sicher Dorftratsch. Oder glaubst du, daß etwas Wahres daran ist, Julius?«

»Ach wo!« antwortete Julius; er merkte, daß Anne unheimlich zumute war. »Eine komische Familie! Der Vater steckt die ganze Zeit in den Bergen – das Kind treibt sich draußen mit einem Lamm und einem Hund herum – und die Mutter erzählt fremden Leuten sofort Schauermärchen!«

»Es wird schon dunkel«, sagte Richard. »Gehen wir lieber heim und zünden wir den Ölofen an, damit es warm in der Hütte wird. Ich friere schon richtig, wir sind lange draußen geblieben.«

Bald darauf waren sie wieder in der Hütte. Der Ölofen strahlte behagliche Wärme aus.

»Wollen wir Schwarzer Peter spielen?« fragte Richard. »Tee trinken wir später!«

Sie setzten sich an den Tisch und begannen mit dem Kartenspiel. Richard bekam den schwarzen Peter. Er stand auf und sah durchs Fenster hinaus in die Dunkelheit, die nun die verschneiten Berge versteckte. Ohne sich umzudrehen, sagte er: »Schnell! Kommt alle her! Habt ihr so etwas schon gesehen?«

Alle sprangen auf und starrten hinaus, Anne zitterte vor Aufregung.

»Weg ist es!« rief Richard.

»Was war es denn?« fragte Georg.

»Ich weiß es nicht. Dort drüben war es, dort am Berg gegenüber, wo der Alte Turm steht«, sagte Richard. »Es war – es war wie ein Regenbogen – nein, nicht genauso – es läßt sich nicht beschreiben!«

»Versuch's doch!« drängte Julius.

»Ihr wißt doch, wie an einem heißen Tag die Luft flimmert, nicht?« erklärte Richard. »Dasselbe Flimmern habe ich über diesem Berg dort gesehen. Es stieg hoch zum Himmel und verschwand dann. Ja – ein Flimmern!«

»Welche Farbe?« fragte Anne.

»Das weiß ich nicht! Wahrscheinlich alle Farben. Es läßt sich halt nicht besser erklären. So etwas habe ich noch nie gesehen. Es kam so plötzlich – und dann wuchs es bis zum Himmel hinauf und verschwand. Das war alles.«

»Das gleiche, was Ellis Mutter behauptet – Nebel und Flimmern«, sagte Julius. »Dann hat sie also keine Schauergeschichten erzählt. Etwas Wahres ist doch daran! Was kann dieses Flimmern bloß gewesen sein?«

»Sollten wir nicht lieber zum Hof gehen und Hansens alles berichten?« fragte Anne. Sie hoffte, daß nun niemand die Nacht in der Hütte verbringen wollte.

»Nein, Hansens kennen es bestimmt«, meinte Julius.

Die Kinder starrten in die Richtung des Berges, obgleich sie ihn in der Dunkelheit gar nicht sehen konnten. Sie hofften, es würde etwas geschehen – aber alles blieb ruhig, man sah nichts, und es war ganz still draußen. Der Himmel war pechrabenschwarz, er hing voller schwarzer Wolken.

»Ich habe genug davon, in die Dunkelheit zu stieren«, rief Anne schließlich. »Spielen wir weiter!«

»Hast recht«, sagte Julius. Sie setzten sich wieder an den Tisch. Richard warf immer wieder einen raschen Blick hinaus in die Dunkelheit. Anne schied als nächste aus dem Spiel aus. Sie stand auf und ging zum Eßschrank.

»Ich brauche etwas Schnee für den Kessel«, sagte sie.

»Hinter der Hütte«, antwortete Richard. »Aber du gehst ja nicht gerne ins Dunkle hinaus. Ich bringe ihn dir.«

Anne hielt den Kessel in der Hand und wartete auf den Schnee.

Plötzlich hörte man einen lauten Aufschrei.

»Hallo – was ist los?«

Anne ließ den Kessel vor Schreck fallen, er schlug mit lautem Krach auf den Boden.

Julius rannte hinaus.

»Richard, ist etwas geschehen?«

Richard erschien in der Haustür. Tim war bei ihm.

»Nicht viel. Es tut mir leid, daß ich euch erschreckt habe. Aber als ich den Schnee in die Schüssel kratzte, raste etwas an mir vorbei und stieß mich an.«

»Was denn?« fragte Georg. »Und warum hat Tim nicht gebellt?«

»Wahrscheinlich wußte er, daß es harmlos war«, antwortete Richard. »Hier, Anne, der Schnee für den Kessel!«

»Richard!« rief Georg. »Wer war dort draußen?«

»Ich habe wirklich kaum etwas gesehen. Aber ich glaube, es war das Lämmchen Fanny. Bevor ich es rufen konnte, war es schon wieder verschwunden.«

»Fanny, das Lämmchen!« wiederholte Julius. »Dann kann Elli also nicht weit sein. Was mag sie bloß jetzt in der Dunkelheit draußen treiben?«

Er ging vor die Haustür und schrie: »Elli! Elli, komm zu uns, wir haben was Gutes zum Essen!«

Keine Antwort. Niemand kam, auch das Lämmchen nicht. Tim stand mit gespitzten Ohren neben Julius und lauschte. Er war höchst verwundert, als das putzige Tierchen plötzlich aus der Dunkelheit auftauchte. Aber dann war das Lamm wieder verschwunden. Julius schloß die Tür, nachdem alle wieder drin waren.

Bald saßen sie an dem kleinen Tisch beim Abendessen. Es

gab harte Eier, Käse, Butterbrot und Marmelade und dampfend heißen Kakao.

»Ich wasche die Teller und Tassen morgen im Schnee«, meinte Anne. »Wie lange wollt ihr noch aufbleiben? Ich weiß, daß es noch sehr früh ist, aber ich bin furchtbar müde.«

»Wir legen uns auch hin«, sagte Julius. »Wollen wir den Ölofen brennen lassen?«

»Das müssen wir«, nickte Richard. »Sonst liegen wir morgen früh wie in einem Eisschrank. Also, gute Nacht, ich habe Sehnsucht nach meinem Bett.«

Ein paar Minuten später lagen die Kinder in den Federn, man hörte nur noch ein lautes Knarren der Bettkojen. So bequem wie normale Betten waren diese Schlafstellen nicht, aber man lag doch recht gut. Georgs Bett machte am meisten Lärm.

»Ich glaube, Tim liegt bei dir«, sagte Anne schläfrig. »Bin ich froh, daß ich über dir liege, Georg. Ich wette, Tim fällt in der Nacht aus dem Bett!«

Und dann wurde es ruhig in der Hütte. Der Ölofen gab eine gleichmäßige Wärme, und kleine Schatten huschten über Decke und Wände. Plötzlich spitzte Tim, der zu Georgs Füßen lag, seine Ohren. Erst ein Ohr, dann das andere – und schon saß er aufrecht und ließ aus tiefster Kehle ein Knurren hören. Keines der Kinder wachte auf, so fest schliefen sie. Der Hund knurrte weiter – und dann bellte er scharf auf. »Wuff!« Schließlich tastete Georg nach ihm.

»Pst! Was ist denn los? Mach nicht so nen Krach, Tim!«

»Was hat er denn?« Verschlafen tauchte Julius aus seiner gegenüberliegenden Bettkoje auf. Warum bellte Tim? Der Ölofen brannte ruhig vor sich hin. Nur das gemütliche Glukkern des Öls war zu hören, es war das einzige Geräusch.

»Es muß jemand draußen herumstreifen«, sagte Richard schließlich. »Wollen wir Tim hinauslassen, damit er nachsieht?«

»Warten wir ab, ob er wieder bellt«, meinte Julius. »Wir wissen doch, daß Tim eine Maus anbellt, die gerade durchs Zimmer läuft.«

»Das ist wahr«, sagte Georg. »Legt euch wieder hin. Tim liegt auch schon. Ich bitte dich, Tim, wenn wirklich irgendwo ein Mäuschen herumflitzt, bleib vernünftig – und weck uns nicht wieder!«

Bis auf Anne schliefen die Kinder wieder ein. Nur sie lag mit offenen Augen da und überlegte, was Tim wohl erschreckt haben mochte. Sie glaubte nicht, daß es eine Maus war. Da Anne schlaflos im Bett lag, hörte sie auch den Lärm. Zuerst dachte sie, es klinge ihr in den Ohren. Das passierte ihr oft, wenn sie kurz vor dem Einschlafen war. Dann aber merkte sie, daß es etwas anderes war: ein richtiger Lärm, ein Donnern! Anne setzte sich in ihrem Bett auf. Tim winselte, als wollte er sagen, daß auch er etwas gehört hatte. »Wie ein Gewitter – aber tief, tief unter mir, nicht über mir!«

Das Geräusch wurde lauter, und Tim knurrte.

»Pst, schon gut, Tim!« flüsterte Anne. »Sehr weit von hier donnert es!«

Und dann begann das Beben! Was war denn das? Anne meinte zuerst, sie selbst zittere vor Kälte. Aber nein, das Bettgestell, das sie mit ihrem Finger berührte, zitterte auch! Laut schrie sie auf:

»Julius! Richard! Wacht auf! Wacht doch auf!«

Und jetzt bellte Tim los: »Wuff, wuff, wuff, wuff.«

11 Erstaunliches ereignet sich

Annes Schreien weckte alle auf. Julius dachte, er wäre in seinem eigenen Bett zu Haus. Er sprang hinaus und vergaß dabei, daß er oben lag. Unsanft landete er am Fußboden.

»Aber Julius!« rief Georg halb belustigt und halb erschrokken. »Hast du dir etwas getan? Anne, was ist denn los? Warum hast du so geschrien? War etwas zu sehen?«

»Nein, aber zu hören – und zu spüren«, antwortete Anne erleichtert, weil die anderen endlich wach waren.

»Tim hat es auch gemerkt. Jetzt ist alles vorbei.«

»Was war es denn?« wollte Julius wissen. Er saß auf Richards Bettkante und rieb sein Kinn, es tat ein bißchen weh nach dem Sturz.

»Es war ein ... ein ... sehr tiefes Brummen«, versuchte Anne zu erklären. »Ein unterirdisches Grollen – weit weg von hier. Nicht wie ein Donnern am Himmel, eher wie ein Gewitter unter der Erde. Und dann ... dann bebte alles. Sogar mein Bettgestell hat gewackelt. Ich kann es nicht besser erklären. Jedenfalls bin ich sehr erschrocken.«

»Das hört sich ja wie ein Erdbeben an«, meinte Richard. »Jetzt hörst und spürst du nichts mehr? Weißt du ganz genau, daß du alles nicht nur geträumt hast, Anne?«

»Ganz genau sogar!« antwortete Anne wütend. »Ich ...« Und in diesem Augenblick wiederholte sich alles. Zuerst das Brummen, sehr gedämpft und »tief unten«, wie Anne es beschrieben hatte – und gleich darauf das »Beben«.

»Es ist, als würde der ganze Körper geschüttelt«, stellte Richard erstaunt fest. »Man könnte meinen, in uns arbeiten kleine Dynamos!«

»Ja«, rief Georg. »Wenn ich Tim berühre, spüre ich genau, wie er bebt. Es ist das gleiche Gefühl, das man hat, wenn man etwas berührt, was elektrisch betrieben wird.«

»Jetzt ist es vorbei!« sagte Richard. »Ich zittere nicht mehr. Plötzlich hat es aufgehört. Das Grollen auch. Oder merkt ihr noch was?«

Alle stellten fest, daß Lärm und Beben aufgehört hatten. Was in aller Welt konnte es gewesen sein?

»Es hängt bestimmt mit dem merkwürdigen Flimmern zusammen, das ich über dem Berg mit dem Alten Turm gesehen habe«, erinnerte sich Richard. »Ich will sehen, ob es wieder flimmert!«

Er sprang aus dem Bett und lief zum Fenster. Plötzlich schrie er: »Kommt her! Schnell!«

Die Kinder rasten ans Fenster, auch Tim, der sich auf seine Hinterbeine stellte, um besser zu sehen. Über dem gegenüberliegenden Berg hing ein Nebel, ein merkwürdig glühender Nebel, der sich grell von dem nachtschwarzen Himmel abhob. Heftig wallte er, nicht leicht wie Nebel sonst.

»Schau dir das an!« rief Anne. »Die Farbe – nicht Rot – nicht Gelb – nicht Orange. Was für eine Farbe ist das bloß?«

»Eine Mischfarbe, ich habe noch nie so etwas gesehen«, sagte Julius. »Merkwürdig! Was geht dort vor? Kein Wunder, daß Ellis Mutter uns diese Geschichte erzählt hat. Etwas Wahres wird schon dran sein! Wir müssen versuchen, mehr darüber zu erfahren.«

»Der Nebel verschwindet«, meldete Anne. »Schaut – er wechselt die Farbe! Nein, er wird nur dunkler. Jetzt ist er verschwunden!« Die Kinder schauten noch ein Weilchen durchs Fenster. Schließlich merkte Julius, wie Anne neben ihm heftig zitterte, diesmal vor Kälte.

»Du frierst«, sagte er. »Komm, marsch ins Bett. Du darfst dich nicht wieder erkälten. – Was für eine Geschichte! Aber sicher gibt es dafür eine Erklärung. Wahrscheinlich wird in der Umgebung gesprengt, und man arbeitet auch nachts.«

Die Kinder erwachten spät am nächsten Morgen; die Anstrengung am Tag und die Aufregung in der Nacht hatten sie müde gemacht. Als Julius aus dem Bett kroch, stellte er fest, daß es schon zehn Minuten nach neun war. Er zog sich schnell an und weckte die anderen. Dann ging er hinaus, um Schnee für den Kessel zu holen.

Das Frühstück war bald fertig, denn Anne war sofort aufgestanden. Schnell bereitete sie das Essen vor. Wieder gab es Eier und Schinken, Butterbrot und Marmelade, dazu heißen Kakao. Schwatzend saßen sie um den Frühstückstisch. Natürlich drehte sich das Gespräch um das nächtliche Ereignis. Jetzt, im hellen Tageslicht – die Sonne kam eben hinter den Wolken hervor –, sah alles nicht mehr so beängstigend aus wie gestern nacht.

Sie waren mit dem Essen noch nicht fertig, da rannte Tim bellend zur Tür. »Was ist denn jetzt los?« fragte Richard. Gleich darauf schaute jemand durchs Fenster in die Hütte.

Es war ein ausdrucksvolles Gesicht: Alt, von Falten zerfurcht, und doch erstaunlich jung. Ein Mann mit einem langen, zottigen Bart stand vor ihnen.

»Wahrscheinlich der Schäfer«, sagte Julius. »Wir bitten ihn

zu einer Tasse Kakao herein. Vielleicht kann er uns einige Fragen beantworten!«

Es war der Schäfer; als er in die Hütte trat, lächelte er. Sein wetterbraunes Gesicht bekam dabei noch mehr freundliche Runzeln.

»Das ist sehr nett von euch«, sagte er. Wie er so mit seinem Hirtenstock dastand, ging Anne schnell der Gedanke durch den Kopf, daß es Schäfer schon seit Jahrtausenden auf der Welt gibt. Seit der Zeit, da Schafe auf Bergen weiden und Männer sie bewachen. Der Schäfer bemühte sich, dialektfrei zu sprechen. »Ihr wollt eine Nachricht an Frau Hansen schikken?«

»Oh, ja, bitte richten Sie ihr aus, daß es uns gutgeht«, sagte Julius und bot ihm Brot, Butter und Käse an.

»Es geht also gut«, wiederholte der Schäfer. Er lehnte Brot und Käse ab. »Nein, ich esse nichts. Aber trinken tu ich gerne, vielen Dank, es ist kalt am Morgen.«

»Haben Sie heute nacht auch so seltsame Geräusche gehört?« begann Julius. »Brummen und Donnern, ein Beben und dann ein farbiger Nebel dort über dem Berg?«

Der Schäfer trank einen Schluck Kakao und schaute zu dem Berg hinüber. »Das war schon immer ein merkwürdiger Berg«, sagte er. »Mein Großvater hat mir erzählt, daß ein großer Hund darunter liegt, der vor Hunger knurrt. Und meine Großmutter hat behauptet, daß Hexen darin wohnen und zaubern. Rauch stieg damals auf, aber das tut er noch immer, noch immer. Der große Hund knurrt, die Hexen rühren in ihren Töpfen, und der Rauch steigt.«

»Wir hörten heute nacht den großen Hund knurren, und wir sahen den Rauch der Hexen«, sagte Anne. Sie war gebannt von der Erzählung des Schäfers.

Der Mann lächelte. »Ja«, nickte er. »Ja. Aber der Hund ist noch böser geworden, und die Hexen auch.«

»Wieso das?« fragte Julius.

Der Schäfer schüttelte den Kopf. »Ich bin nicht gescheit«, sagte er. »Ich kenne mich nur mit wenigen Dingen aus – mit meinen Schafen, dem Wind und dem Himmel. Aber ich weiß, daß der Berg böse ist, ja, viel böser als früher. Geht nicht in seine Nähe! Denn dort will der Pflug nicht die Felder pflügen, der Spaten will nicht graben.«

Den Kindern wurde ganz feierlich zumute. Aber was meinte er wohl mit dem Pflug, der nicht pflügen will?

»Ich gehe jetzt«, erklärte der Schäfer und stellte seine Tasse auf den Tisch, »und Frau Hansen richte ich alles aus. Habt Dank für eure Freundlichkeit. Grüß Gott!« Die Kinder sahen ihn am Fenster vorübergehen.

»Das ist eine Persönlichkeit!« sagte Richard. »Was aber meinte er mit den Pflügen, die nicht pflügen, und den Spaten, die nicht graben? Das ist doch Unsinn!«

»Nicht unbedingt«, sagte Julius. »Wir wissen ja, daß unser Auto den Berg nicht schnell hinunterfahren konnte. Und Ellis Mutter hat doch erzählt, daß der Briefträger sein Rad unten stehenläßt, weil er damit am Berg nicht fahren kann. Deshalb kann es gut sein, daß früher das Pflügen zu beschwerlich war und auch mit Spaten nicht gearbeitet werden konnte.«

»Aber warum denn?« wunderte sich Anne. »Glaubst du wirklich alles? Ich weiß, daß unser Auto gekrochen ist – aber der Grund war doch bestimmt, daß sich etwas im Getriebe verfangen hatte ...«

»Anne will nicht an Pflüge glauben, die nicht pflügen, und an Spaten, mit denen man nicht arbeiten kann«, neckte Richard. »Jetzt kommt aber endlich! Denkt nicht mehr an heute nacht. Schnallen wir lieber unsere Skier an. Ich habe zwar Muskelkater von gestern, aber ein paar Abfahrten werden mir guttun. Kommt!«

12 In den Bergen

Tim gefiel das Skilaufen überhaupt nicht. Die Bretter ließen sich nicht an seinen vier Beinen anschnallen. Er konnte nicht mit den Kindern den Berg hinuntersausen. Zuerst stapfte er ihnen nach. Als er aber in einen Schneehaufen fiel, stand für ihn fest, daß diese Art von Wintersport nichts für ihn war. Er schüttelte sich den Schnee aus seinem Pelz und blickte den Kindern nach.

Sie hatten bereits früher auf Brettern gestanden und konnten recht gut Ski laufen. Der Abfahrtshang war sehr lang. An seinem tiefsten Punkt traf er mit einem anderen Hang zusammen. Der gehörte zu dem Berg, auf dem der Alte Turm stand. Julius machte eine Schußfahrt und schwang am Hang des gegenüberliegenden Berges aus. Dann rief er den andern zu: »Wollen wir nicht auf diesen Berg hinaufsteigen, hinunterfahren und dann auf unserem Hang ausschwingen? Wir hätten dann gleich zwei Abfahrten!«

Alle bis auf Anne waren einverstanden. Sie sagte kein Wort. Richard warf ihr einen Blick zu.

»Sie hat Angst, mit dem Fuß den Berg zu berühren, auf dem der Alte Turm steht«, sagte er. »Fürchtest du dich vor dem großen Hund, der tief im Berg liegt und knurrt, oder gar vor den Hexen, die oben auf dem Berg sitzen?«

»Du bist ein Dummkopf!« sagte Anne. Richard hatte ihre Angst genau erraten. Sie glaubte zwar weder an den Hund noch an die Hexen, aber dieser Berg gefiel ihr nicht. »Natürlich komme ich mit!«

Sie stieg mit den anderen den gegenüberliegenden Hang hinauf, sauste hinunter und nahm im Schwung noch die Hälfte des eigenen Hanges.

»Jetzt sieht man den Alten Turm genau«, sagte Georg zu Julius. Wirklich, zum Greifen nahe war das alte große Haus mit dem Turm. Die Kinder blieben stehen und betrachteten das Gebäude.

»Man kann sogar in ein paar Räume gucken«, rief Julius. »Ob die alte Dame noch immer in dem Haus lebt? Frau Thomas heißt sie, sagte Ellis Mutter, sie hat doch früher bei ihr gearbeitet.«

»Es muß ja schrecklich für sie sein«, überlegte Georg. »Sieht niemanden und trifft keinen ihrer Freunde mehr. Ich möchte am liebsten hingehen und mich nach irgend etwas erkundigen. Wir könnten ja sagen, daß wir uns verirrt haben. Aber da ist ja dieser böse Hund!«

»Eben – ich habe zu weiteren Raufereien keine Lust«, sagte Julius. »Georg – wir sind ja beinahe schon am Berggipfel. Laß uns auf die andern warten, dann jagen wir hinunter. Ein herrlicher Hang ist das!«

»Julius, schau doch! Steht dort nicht jemand am Fenster – am Turmfenster rechts?« sagte Georg plötzlich, als sie wartend zu dem alten Haus hinunterschauten. Julius blickte zum Turm hin, aber in demselben Augenblick verschwand die Gestalt vom Fenster.

»Ja, dort stand jemand«, sagte Julius. »Ich glaube, jemand hat uns beobachtet. Wahrscheinlich kommen selten Fremde in die Nähe! War es ein Mann oder eine Frau?«

»Ich glaube, eine Frau«, antwortete Georg. »Könnte es die alte Frau Thomas gewesen sein? Was meinst du?«

»Hallo, ihr beiden!« rief Richard, der sich mit Anne den Berg hinaufarbeitete. »Puh, ist das steil! Aber eine prima Abfahrt. Nur muß ich mich zuerst ausruhen!«

»Richard, ich glaube, wir haben eben jemand dort am Turmfenster gesehen«, berichtete Julius. »Wenn wir wieder in der Hütte sind, wollen wir mit dem Fernglas dieses Fenster beobachten. Es kann ja sein, daß uns etwas auffällt!« Anne und Richard starrten immer noch hin, aber da wurden die Vorhänge vor die Scheiben gezogen.

»Man hat uns bemerkt – und man will nicht, daß wir hingucken«, sagte Julius. »Kein Wunder, daß man sich Geschichten von diesem Haus erzählt! Kommt jetzt! Seid ihr bereit zur Schußfahrt?«

Sie starteten gemeinsam, aber jeder bahnte sich seinen eigenen Weg – und mit welcher Geschwindigkeit! Der Wind blies ihnen scharf ins Gesicht, als sie den weißen Hang hinuntersausten. Julius und Anne nahmen den Hang bergab und den anderen zur Hälfte bergauf ohne jede Schwierigkeit. Richard und Georg hatten Pech. Beide blieben mit ihren Skiern stekken, stolperten und stürzten in den Schnee. Mit verdutzten Gesichtern lagen sie da und wunderten sich.

Sie lagen noch im Schnee, als von weitem eine Stimme erscholl: »He – ihr dort! Weg mit euch von diesem Hang!«

Richard setzte sich auf. Durch den Schnee stapfte ein großer Mann auf die Kinder zu. Er kam vom Alten Turm her und sah wütend aus.

»Wir laufen nur Ski«, rief Richard. »Wir tun gar nichts Schlimmes. Wer sind Sie überhaupt?«

»Ich bin der Verwalter«, rief der Mann und zeigte auf das Haus. »Diese Wiese gehört zum Haus. Verschwindet also!«

»Wir werden den Eigentümer um Erlaubnis bitten«, rief Richard und stand auf.

»Außer mir ist niemand da«, antwortete der Mann. »Wenn ihr nicht verschwindet, hetze ich den Hund auf euch!«

»Ein reizender Mensch!« meinte Richard, als der Mann wieder zurückging. »Er sagt, er wäre der einzige im Haus, und dabei war doch jemand am Turmfenster. Dieser Verwalter kann's nicht gewesen sein. In diesen paar Minuten wäre er auf keinen Fall bis hierher gekommen. Bestimmt steckt jemand in dem Turm. Seltsam, was?«

Georg und Richard untersuchten, ob ihre Ski nach dem Sturz noch fest angeschnallt waren – dann glitten sie rasch davon. Oben am anderen Hang warteten bereits Julius und Anne.

»Wer war dieser Mann? Warum brüllte er so?« erkundigte sich Julius. »Kam er von dem Alten Turm?«

»Ja – so ein ekelhafter Kerl!« sagte Richard. »Er hat uns den Hang dort verboten – er sagte, er sei der Verwalter vom Alten Turm und diese Wiese gehöre zum Haus. Als wir antworteten, wir wollten den Eigentümer um Erlaubnis bitten, behauptete er, er sei der einzige im Haus. Aber wir wissen, daß das nicht stimmt.«

»Natürlich wissen wir das.« Julius zerbrach sich den Kopf. »Warum sollte es jemand stören, wenn wir den Hang dort hinunterfahren? Sah der Mann denn wie ein Verwalter aus?«

»Jedenfalls sprach er nicht den gleichen Dialekt wie die Leute hier«, sagte Georg.

»Und wenn man dazu noch an heute nacht denkt, so ist das ganz verdächtig!« meinte Richard. »Es würde sich lohnen, der Sache nachzugehen!«

»Wißt ihr übrigens, daß es schon ein Uhr ist?« rief Anne. »Habt ihr denn keinen Hunger?«

Vor der Hütte im Schnee fanden die Kinder zwei Milchflaschen und ein großes Paket, auf das sich Tim sofort schwanzwedelnd stürzte.

»Er sagt, daß für ihn Fleisch darin ist«, lachte Georg. Julius öffnete das Paket und lachte auch. »Stimmt, er hat recht. Es ist kalter Schweinebraten.«

Tim bekam natürlich auch einen Bissen ab.

»Es wird bald schneien«, sagte Julius.

»Wer hat die Milch und das Fleisch gebracht?«

»Wahrscheinlich der Schäfer«, meinte Richard.

»Wo mag Elli sein? Ich an ihrer Stelle hätte Angst, draußen in den Bergen einzuschneien!«

»Wenn man den Teufel nennt, kommt er gerennt!« rief Anne. »Hier ist unser Teufelchen!« Wirklich, Elli schaute eben durchs Fenster! Dabei hielt sie das Lamm im Arm, damit es auch etwas sehen konnte.

»Wollen wir sie nicht hereinrufen und ihr etwas zu essen geben? Wir fragen sie dann, wer in dem Haus mit den Türmen wohnt«, schlug Georg vor. »Vielleicht kennt sie die Gestalt im rechten Turmfenster!«

»Ich rufe sie gleich«, sagte Julius. »Eigentlich müßte sie das alles wissen. Sie streift doch die ganze Zeit herum.«

13 Elli weiß etwas

Elli war diesmal gar nicht scheu. Sie lief nicht davon, als Julius die Tür öffnete. Sie war wieder leicht angezogen, aber sie hatte rote Backen und schien nicht zu frieren.

»Hallo, Elli!« begrüßte sie Julius. »Komm herein! Wir essen gerade.«

Der Hund roch das Essen und stürmte sofort ins Zimmer. Tim sah den Besuch erstaunt an und knurrte leise.

»Nein, Tim, das ist unser Gast«, beruhigte ihn Georg. »Benimm dich anständig!«

Der kleine Hund wedelte stürmisch mit dem Schwanz. »Na also, Tim, Max sagt dir doch, daß du dich nicht zu fürchten brauchst, er tut dir nichts!« rief Anne. Tim wedelte nun auch. Die beiden Hunde hatten Freundschaft geschlossen!

Mit dem Lämmchen im Arm trat Elli ein. Sie hatte wohl Angst, Tim könnte ihm etwas antun, aber Tim gefiel das Tierchen, und als Elli es auf den Boden stellte, ließ er es nicht aus den Augen. Schnüffelnd und wedelnd lief er hinter ihm her. Anne bot dem Mädchen von dem Braten an, Elli schüttelte den Kopf und zeigte auf den Käse. »Das mag ich«, sagte sie. Dann ließ sich die Kleine auf den Fußboden nieder und begann zu essen.

»Wo hast du vorige Nacht geschlafen?« fragte Georg. »Deine Mutter hat dich gesucht!«

»Im Heu«, sagte Elli. »In Frau Hansens Scheune!«

»Elli, wer wohnt in dem Haus mit den Türmen?« fragte Julius.

»Viele Leute«, Elli zeigte auf den Käse, sie wollte noch mehr davon haben. »Große Männer und kleine Männer. Und ein großer Hund. Größer als der da!« Sie zeigte auf Tim. Die Kinder blickten sich erstaunt an. Viele Männer! Was trieben denn die in dem Haus?

»Und der Verwalter hat behauptet, er sei ganz allein dort«, sagte Georg.

»Elli – lebt dort auch eine alte Dame?« forschte Julius weiter.

Elli nickte. »Ja, eine ganz alte Frau – manchmal sie oben im Turm – manchmal nicht. Elli versteckt sich!«

»Wo versteckst du dich denn?« fragte Richard.

»Elli sagt nichts, gar nichts!« Elli schloß die Augen halb, als wollte sie hinter ihren Lidern das Geheimnis verbergen.

»Siehst du auch die alte Dame, wenn du draußen herumläufst?« Elli überlegte, dann schüttelte sie den Kopf.

»Ich weiß genau, wo du warst, als du die alte Dame sahst«, sagte Richard. »Du warst dort im Garten!«

»Woher weißt du?« rief Elli. Sie schaute Richard wütend an.

»Reg dich doch nicht so auf«, sagte Richard.

»Woher weißt du?« fragte Elli wieder. »Hast du das andern gesagt?«

»Natürlich habe ich das niemandem gesagt«, beruhigte sie Richard. »Aha, du warst also im Garten von dem Alten Turm! Wie bist du denn dort hingekommen?«

»Elli sagt nichts!« Das kleine Mädchen brach in Tränen aus. Anne legte tröstend den Arm um die Kleine, wurde aber zurückgestoßen. »Er – Max ist hinein, nicht Elli. Der arme Max, der große Hund hat gebellt, ganz viel gebellt, und dann . . .«

»Und dann bist du auch hinein, um Max zu holen, stimmt das?« rief Richard. »Ein tapferes Mädchen.«

»Sie war also im Garten«, flüsterte Julius Richard zu. »Ich möchte nur wissen, wie sie hineingekommen ist. Vielleicht durch die Hecke. Elli – wir möchten die alte Dame besuchen. Können wir durch die Gartenhecke kriechen?«

»Nein!« Elli schüttelte den Kopf. »Ein Zaun ist dort, ein Zaun, der beißt.«

Alle lachten. Ein Zaun, der beißt! Aber Georg ahnte, was Elli meinte. »Ein elektrisch geladener Zaun!« sagte sie. »Das ist ja eine richtige Festung! Ein versperrtes Tor, ein scharfer Hund, ein elektrisch geladener Zaun!«

»Wie ist denn Elli bloß hineingekommen?« rätselte Richard. »Elli, hast du die alte Dame schon oft gesehen? Hat sie auch dich gesehen?« Das Kind überlegte eine Weile, dann nickte es.

»Elli sieht sie sehr oft – ganz oben – und einmal hat die Frau auch Elli gesehen. Da hat sie Papier aus dem Fenster geworfen, viel kleines Papier.«

»Elli, hast du etwas davon aufgehoben?« fragte Julius. »War etwas darauf geschrieben?«

Alle warteten auf Ellis Antwort. Sie nickte.

»Ja, wie in der Schule. Mit Tinte!«

»Hast du es gelesen?«

Elli schüttelte den Kopf, dann nickte sie. »Ja, Elli hat gelesen. Guten Morgen, Elli. Wie geht es dir, Elli, das war geschrieben!«

»Also kennt dich die alte Dame!« rief Richard.

»Nein, sie kennt nicht Elli, nur meine Mutter. Sie sagt auf dem Papier: Elli ist gut, Elli ist sehr brav!«

»Jetzt spricht sie nicht die Wahrheit!« Richard fiel es auf, daß die Kleine zur Seite blickte, wenn sie sprach. »Warum bloß?«

»Ich glaube, ich weiß es!« rief Anne. Sie nahm ein Stück Papier und schrieb deutlich darauf »Guten Morgen, Elli!« Den Zettel zeigte sie der Kleinen. »Lies das, Elli!«

Elli konnte nicht lesen. Sie hatte keine Ahnung, was da auf dem Papier geschrieben stand.

»Das dachte ich mir!« meinte Anne. »Sie schämt sich, daß sie nicht lesen kann. Macht nichts, Elli! Sag mal, hast du noch ein paar von den Papierstückchen, die die Dame aus dem Fenster warf?«

Elli durchsuchte ihre Taschen. Dann zog sie ein Stück Papier hervor, das genauso aussah, als sei es von einer Buchseite abgerissen worden. Sie reichte es Richard. Die vier Kinder steckten ihre Köpfe zusammen und lasen, was da in kleiner, kaum lesbarer Schrift geschrieben stand: *Ich brauche Hilfe. Ich bin in meinem eigenen Haus gefangen. Furchtbare Dinge ereignen sich hier. Sie haben meinen Sohn getötet. Helft mir! Berta Thomas.*

»Kann denn das wahr sein – oder ist die alte Dame vielleicht verrückt?« rief Julius. »Das alles muß ja gar nicht wahr sein!«

»Wir kriegen es aber raus, ob es wahr ist oder nicht!« Georgs Stimme klang sehr entschieden. »Elli, wir möchten gerne die alte Dame besuchen und ihr etwas Gutes zu essen bringen. Sie ist doch so allein und sicher traurig. Zeigst du uns, wie man in den Garten kommt?«

Elli schüttelte heftig den Kopf. »Nein! Der Hund ist so groß! Solche Zähne!« Alle lachten.

»Na schön, sie will es nicht sagen«, meinte Julius. »Wenn wir in die Nähe des Hauses kämen – vergeßt nicht, daß der bissige Hund dort ist!«

»Elli zeigt den Weg ins Haus«, verkündete plötzlich das kleine Ding. Erstaunt blickten alle sie an.

»Ins Haus!« rief Richard. »Aber zuerst mußt du uns doch zeigen, wie man in den Garten kommt, bevor wir ins Haus können!«

»Nein«, antwortete Elli. »Elli zeigt den Weg ins Haus. Das macht Elli. Dort ist kein großer Hund!«

Aber da fing Tim zu bellen an. Jemand kam an die Tür und schaute schnell ins Zimmer. Es war Ellis Mutter. Als sie Elli am Fußboden sitzen sah, schrie sie auf sie ein. Die Kinder verstanden von dem Dialekt nur jedes zweite Wort.

»Elli geht mit mir heim«, sagte die Mutter. Sie hielt Elli, die sich tapfer wehrte, fest am Arm und zog sie hinaus. Die Kinder konnten nichts dagegen tun. Immerhin war die Frau Ellis Mutter, und die Kleine war wirklich eine Vagabundin!

»Ich glaube, wir sollten auf Hansens Hof gehen und Hermann alles berichten«, sagte Julius. »Wenn die alte Frau gefangengehalten wird, können wir allein nicht viel unternehmen. Aber Hermann kann uns vielleicht helfen. Falls es zu spät werden sollte, können wir ja unten übernachten. Kommt, machen wir uns auf den Weg!«

14 Hermann ist unfreundlich

Georg hatte keine große Lust, wieder auf den Hof zu gehen. Sie dachte an ihren Tim und an Hermanns Hunde ... Julius sah ihr besorgtes Gesicht. Verständnisvoll fragte er: »Möchtest du lieber mit Tim hierbleiben? Bei Tim bist du gut aufgehoben, er wird schon auf dich aufpassen.«

»Ich bleibe bei Georg«, rief Anne. »Ist doch viel vernünftiger, ihr beiden geht allein, ich könnte nicht so schnell laufen wir ihr.«

»Na schön! Richard und ich machen uns also allein auf den Weg, und ihr bleibt mit Tim hier«, sagte Julius. »Komm schon, Richard! Wenn wir uns beeilen, können wir vielleicht vor dem Dunkelwerden zurück sein.«

»Das ist aber eine Überraschung!« rief Frau Hansen.

»Wollt ihr noch etwas Verpflegung holen?«

»Nein«, sagte Julius. »Wir hätten uns gerne mit Ihrem Sohn unterhalten. Wir – wir möchten ihm etwas erzählen. Es ist ziemlich wichtig!«

»Was ist es denn?« fragte Frau Hansen. »Hermann ist in der großen Scheune. Dort findet ihr ihn. Ihr bleibt in der Nacht hier, nicht wahr? Und ein gutes Abendessen möchtet ihr doch auch haben?«

»Recht gerne, danke schön!« erwiderte Julius. »Aber jetzt gehen wir schnell zu Hermann.«

Hermanns drei Hunde stürzten heraus, als sie fremde Fußtritte hörten. Sobald sie aber die Jungen wiedererkannten, sprangen sie bellend um sie herum. Als der riesige Hermann aus der Scheune trat, sah er, daß die beiden Jungen die Hunde streichelten.

»Hallo, ist etwas vorgefallen?« fragte er. Julius nickte. Hermann ging mit ihnen in die Scheune, in der es beinahe schon ganz dunkel war. Er war gerade beim Kehren und ließ sich bei seiner Arbeit nicht stören, als Julius zu sprechen begann.

»Es handelt sich um den Alten Turm«, begann er. Hermann hörte sofort mit seiner Arbeit auf. Aber nur für einen Augenblick. Dann kehrte er weiter und hörte wortlos zu. Julius erzählte alles. Von den nächtlichen Geräuschen, dem Flimmern am Himmel, dem »Zittern«, das sie gespürt, von der alten Frau, die sie in dem Turm erspäht hatten, von dem Stück Papier, aus dem zu entnehmen war, daß die alte Frau Thomas gefangengehalten wurde. Endlich machte Hermann den Mund auf.

»Wo ist das Papier?«

Julius zog es hervor und reichte es ihm. Hermann zündete die Laterne an, um es besser entziffern zu können. Er las und steckte den Zettel in seine Tasche.

»Ich hätte es gerne wieder«, sagte Julius. »Was halten Sie von alldem? Was können wir unternehmen? Ich glaube . . .«

»Ich gebe euch einen guten Rat«, antwortete Hermann. »Ihr laßt mir das Papier. Ihr seid Kinder. Das ist nichts für Kinder. Geht jetzt zurück in die Hütte und vergeßt alles, was

ihr gehört und gesehen habt. Und wenn Elli wieder zu euch kommt, schickt sie zu mir; ich werde mit ihr reden!« Seine Stimme klang hart und bestimmt.

»Aber, Herr Hansen«, fragte Julius. »Wollen Sie denn nichts unternehmen, zur Polizei gehen oder ...«

»Ich habe schon gesagt, daß das nichts für Kinder ist. Kein Wort mehr darüber! Ihr geht jetzt zurück in die Hütte und erzählt niemandem etwas! Wenn ihr mir nicht folgt, schicke ich euch morgen wieder nach Hause!« Darauf schulterte der Mann seinen Besen und ließ die beiden Jungen in der Scheune zurück.

»Verstehst du das?« sagte Julius. »Komm, wir gehen in die Hütte! Ich habe keine Lust, bei Frau Hansen zu essen und Hermann noch einmal zu treffen!«

Die Jungen stiegen den Bergpfad zur Hütte hinauf. Es war dunkel, und Julius suchte seine Taschenlampe.

»Zu dumm, ich habe sie vergessen«, rief er. »Hast du eine bei dir, Richard?« Aber Richard hatte auch keine. Beide wollten nicht ohne Licht auf den Berg steigen. Da fiel Julius ein, daß er im Bauernhaus in der Schublade seines Nachttisches seine Taschenlampe liegengelassen hatte.

Leise gingen sie zum Haus zurück. Sie paßten gut auf, damit sie nicht Hermann in den Weg liefen. Julius schlich über die Steintreppe hinauf in das Schlafzimmer, in dem sie die erste Nacht geschlafen hatten. Vorsichtig kramte er in der Schublade nach der Taschenlampe. Aha – da steckte sie! Er huschte die Stiegen hinunter – und stieß mit Frau Hansen zusammen, die unten im Korridor stand.

»Ach, du bist's, Julius! Was habt ihr bloß meinem Hermann erzählt, daß er so wütend geworden ist! Er macht ein Gesicht, daß ich am liebsten davonlaufen möchte. Wartet, ihr kriegt gleich das Abendessen.«

»Nein, danke, wir wollen wieder zurückgehen«, sagte Julius. »Die Mädchen sind allein – und es ist ja schon dunkel!«

»Ach ja, das ist auch nicht gut, daß die zwei dort allein bleiben. Aber wartet noch einen Augenblick, ich geb euch etwas Brot. Es ist frisch gebacken. Kuchen könnt ihr auch haben!« Die Jungen blieben im Korridor und hofften, daß Hermann nicht käme. Aus einiger Entfernung hörten sie ihn mit lauter, wütender Stimme nach einem Hund schreien.

»Wahrscheinlich läßt er jetzt seine Wut an den Hunden aus«, flüsterte Julius. »Du, mit dem Kerl möchte ich nichts zu tun haben. So 'n Riese, der nimmt's auch mit dem Teufel auf!«

Frau Hansen brachte eine Netztasche voll mit Verpflegung. »Gebt auf die Mädchen acht – und geht jetzt Hermann aus dem Weg. Er ist sehr schlecht gelaunt – da ist mit ihm nicht gut Kirschen essen!« Die beiden Jungen waren heilfroh, als sie wieder den Bergpfad hinaufgingen und Hermann nur noch von weitem brüllen hörten.

»Jetzt wissen wir, woran wir sind«, sagte Julius. »Von seiner Seite können wir keine Hilfe erwarten. Als ob wir kleine Kinder wären!«

»Und ich bin sicher, er weiß viel mehr von der ganzen Geschichte, als wir ihm erzählen können. Vielleicht hat er seine Hände drin! Deshalb befiehlt er uns, den Mund zu halten, nichts zu unternehmen und alles zu vergessen. Er hat was damit zu tun, verlaß dich drauf! Er hat Angst, wir könnten ihm einen Strich durch die Rechnung machen. Natürlich möchte er mit aller Gewalt verhindern, daß wir die Polizei aufmerksam machen. Was sollen wir nun tun, Julius?«

»Ich weiß nicht. Wir müssen zuerst mit den Mädchen reden«, erwiderte Julius. »Solcher Ärger hat uns gerade gefehlt; die Ferien sind ja ohnehin viel zu kurz!«

»Was spielt sich bloß in dem Alten Turm ab?« rätselte Richard. »Ich meine nicht nur, daß die alte Dame eingesperrt ist und daß ihr Eigentum verkauft wird. Was bedeutet der Lärm, das Zittern und dieser merkwürdige Nebel?«

»Das alles ist vielleicht gar nicht die Hauptsache«, meinte Julius. »Damit hat Hermann gar nichts zu tun. Der beteiligt sich wahrscheinlich an der Ausplünderung der alten Dame. Und mit den alten Schauergeschichten kann man die Leute prima vom Berg fernhalten. Bauern haben immer Angst vor so etwas.«

»Du magst ja recht haben«, meinte Richard. »Aber überzeugt bin ich nicht. Ich habe das Gefühl, daß es nicht nur Gerede ist.«

Endlich erblickten sie das Licht in der Hütte.

Tim bellte. Georg ließ den Hund zur Tür hinaus. Sie erkannte an seinem Bellen, daß er die Jungen begrüßte.

»Oh, sind wir froh, daß ihr doch gekommen seid!« rief Anne. »Was ist? Geht Hermann zur Polizei?«

»Nein, er war böse«, berichtete Julius. »Wir sollen uns nicht einmischen. Das Stückchen Papier mit der Nachricht hat er uns nicht zurückgegeben. Wir glauben, er hat mit der Geschichte zu tun.«

»Na schön!« sagte Georg. »Dann nehmen wir alles selbst in die Hand. Wir kriegen das Geheimnis raus – und auf jeden Fall befreien wir die arme alte Frau Thomas aus dem Turm. Gelt, Tim?«

15 *Was ist los, Tim?*

Die vier Kinder saßen um den kleinen Ölofen und berieten während des Essens. Eins stand fest: Sie wollten das Geheimnis des Alten Turms erforschen, und zum zweiten: Sie wollten die alte Dame befreien.

»Wenn uns nur Elli helfen würde!« meinte Julius. »Meiner Meinung nach hat es keinen Zweck, zur Polizei zu laufen, und außerdem glaubt uns kein Polizist!«

»Ich glaube, unten im Tal merkt man davon gar nicht soviel«, sagte Anne.

»Das ist wahr«, überlegte Julius. »Das ist mir gar nicht eingefallen. Jawohl – wir hier kriegen mehr mit, und der Schäfer weiter oben noch mehr. Ich glaube, unten auf dem Margarethenhof sieht man auch noch etwas. Hermann wußte genau, wovon wir sprachen!«

»Und die Männer sind seine Spießgesellen! Erinnert ihr euch, Elli sprach von großen und kleinen Männern. Wenn sie uns nur den Weg in dieses Haus zeigen würde! Wie schleicht sie nur hinein? Mit einem elektrisch geladenen Zaun rundherum ist es doch unmöglich!«

Tim begann plötzlich zu bellen, und die Kinder stutzten.

»Laß Tim hinaus«, sagte Richard. »Ich halte es für das beste, wenn wir Tim als Spion ausschicken. Vielleicht treibt sich jemand bei Nacht hier in der Nähe herum!« Georg ging zur Tür. Als sie diese gerade öffnen wollte, hörte sie draußen einen Hund bellen.

»Ich lasse Tim nicht hinaus! Vielleicht ist Hermann mit seinen Hunden draußen. Dieses Bellen kommt mir bekannt vor!«

»Da geht jemand vorüber«, flüsterte Anne. »Es ist wirklich Hermann!« Anne hatte richtig gesehen. Hermann ging am Fenster vorüber. Die Kinder erkannten ihn, wie er gegen den Wind gebeugt den Berg hinaufstapfte. Mit keinem Blick hatte er in die Hütte geschaut. Aber die drei Hunde, die ihn begleiteten, bellten wütend, sie rochen einen anderen Hund in der Hütte. Tim gab natürlich Antwort. Dann herrschte wieder

Stille. Hermann war verschwunden und mit ihm die Hunde.

»Bin ich froh, daß du Tim nicht hinausgelassen hast«, sagte Richard. »Sie hätten ihn in Stücke gerissen!«

»Was glaubst du, wohin Hermann geht?« fragte Anne. »Sonderbar, daß er den Berg hinaufsteigt und nicht zum Alten Turm geht!«

»Vielleicht will er mit dem Schäfer sprechen«, meinte Julius. »Der ist ja mit seinen Schafen weiter oben. Ich würde mich nicht wundern, wenn Ellis Vater auch in die Geschichte verwickelt ist.«

»O nein!« rief Anne. »Der Schäfer ist ein anständiger Mensch. Ich kann mir nicht vorstellen, daß er mit solchen Banditen etwas zu tun hätte!« Aber warum besuchte Hermann ihn mitten in der Nacht?

»Es kann sein, daß Hermann sich über Elli beklagen will, weil sie im Garten von dem Alten Turm war«, überlegte Richard. »Wir haben doch Hermann das Papier gegeben, das sie fand.«

Bei dem Gedanken an die kleine Vagabundin fühlten sie sich alle nicht wohl. Sie hatten die wilde Kleine mit ihrem Lamm und dem Hund ins Herz geschlossen. Keiner hatte Lust zum Kartenspiel. Sie saßen da und redeten und lauschten ab und zu hinaus. Aber von Hermann war nichts zu hören. Sie konnten sich auf Tim verlassen!

Gegen halb neun Uhr bellte er. »Das ist Hermann auf dem Heimweg«, sagte Julius und guckte durch die Fensterscheibe. Niemand ging vorbei, kein Hund bellte draußen. Georg bemerkte, daß Tim mit gespitzten Ohren dasaß. Warum nur? Georg konnte sich das nicht erklären.

»Schaut euch den Hund an«, sagte sie. »Er hat etwas gehört – und doch bellt er nicht. Und böse sieht er auch nicht aus ... Was ist denn los, Tim?«

Plötzlich sprang Tim mit einem Freudengebell auf. Winselnd lief er auf die Tür zu und kratzte ungeduldig. Julius machte vorsichtig die Tür auf. Tim sprang bellend hinaus.

»Es ist niemand da«, rief Julius. »Kein Mensch! Gib mir mal die Taschenlampe, Richard!« Julius suchte Tim mit der Taschenlampe. Aha, dort war er! Er kratzte eben an der Holzkiste, in der die Ölkanne und der große Krug aufbewahrt wurden.

»Was treibst du denn da?« fragte Julius. »In der Kiste ist doch nichts. Ich hebe den Deckel hoch, damit du hineingucken kannst, du dummer Hund!« Julius leuchtete in die Kiste hinein, um Tim zu beweisen, daß sie leer war . . .

Fassungslos ließ der Junge den Deckel fallen; gerade im letzten Augenblick fing er ihn wieder auf: jemand steckte darin – klein und halb erfroren – es war niemand anderes als Elli.

»Elli!« rief Julius. »Was machst du denn da?« Elli blinzelte ihn an. Sie war kreidebleich vor Schrecken. Eng an sich gepreßt hielt sie das Lämmchen und den Hund und sagte kein Wort. Sie zitterte und schluchzte.

»Arme kleine Elli!« sagte er. »Komm in die Hütte. Dort ist es warm!«

Die Kleine schüttelte den Kopf und drückte heftig ihre beiden Tiere an sich. Aber Julius dachte nicht daran, sie hier in der Kiste zu lassen. Elli versuchte, sich ihm zu entwinden, aber er hielt sie fest.

Er trug die zitternde Kleine in die Hütte. Die Kinder rissen die Augen auf: Elli! Eine vor Kälte zitternde, hilflose, unglückliche Elli. Und bei ihr das Lämmchen und der Hund.

»Ich koche Kakao«, sagte Anne. »Georg, mach Butterbrot mit Käse für sie. Sollten wir nicht auch dem Hund und dem Lämmchen etwas zu fressen geben? Was mögen denn Lämmer?«

»Milch aus der Flasche«, antwortete Richard. »Aber wir haben ja keine Saugflasche hier. Gib mal ein Schälchen!«

Elli fühlte sich sichtlich wohl in Julius' Armen. Wie ein Tier lag sie da, zusammengekuschelt und ganz klein. Warum mochte sie wohl in dieser Kiste gesteckt haben?

»Sie ging doch mit ihrer Mutter heim«, überlegte er. »Wahrscheinlich ist sie geschlagen und eingesperrt worden. Hermann war bestimmt bei ihrer Mutter und hat verlangt, daß man Elli hinter Schloß und Riegel setzt.«

»Hermann!« wiederholte die Kleine. Unruhig blickte sie sich um. »Hermann! Nein! Nein!«

»Hab keine Angst«, beruhigte Julius sie. »Hermann wird dich nicht erwischen!«

»Seht ihr!« wandte er sich an die andern. »Ich wette, daß es so war! Wenn er sie so angebrüllt hat wie uns, wird ihr der Schrecken in die Glieder gefahren sein! Sicher hatte er Angst, daß sie uns noch mehr verrät oder uns den Weg in das Haus drüben zeigt. Deshalb ließ er sie einsperren!«

Da bellte Tim – und diesmal klang es nicht freudig. »Das ist Hermann, er geht wieder heim. Schnell – wo verstecken wir Elli?«

16 Ellis Überraschung

Als Elli hörte, daß Hermann draußen war, stürzte sie sich auf eine Bettkoje. Mit einem einzigen Sprung landete sie auf einem der obersten Betten und zog sich die Decke über den Kopf. Bewegungslos lag sie dort. Das Lämmchen glotzte erstaunt nach oben und blökte. Dann sprang es wie eine Gemse hinauf und kuschelte sich neben seine Herrin. Nur Max blieb unten und winselte erbärmlich!

»Na, so was!« staunte Richard. »Habt ihr schon jemals solche Meisterspringer gesehen? Julius, wo verstecken wir Max? Hermann darf ihn nicht entdecken!«

Schnell hob Julius den Hund hinauf ins oberste Bett, wo Elli und ihr Lamm lagen. »Das ist der einzige Platz, wo er still sein wird«, sagte er. »Elli, du bleibst so lange oben und rührst dich nicht, bis wir dir sagen, daß die Gefahr vorbei ist!«

Aus dem Bett kam keine Antwort. Dafür bellte Tim jetzt wieder. Er rannte zur Tür.

»Ich sperre zu«, flüsterte Julius. »Hermann soll mit seinen Hunden hier nicht herumschnüffeln. Bestimmt hat er von Ellis Flucht erfahren.«

»Laßt bloß nicht die Hunde herein!« bat Georg. »Ich höre sie schon draußen!«

»Schnell, wir setzen uns an den Tisch und halten die Karten in der Hand. Er glaubt dann, daß wir gerade spielen«, sagte Richard. »Wenn Hermann durchs Fenster schaut, merkt er nichts Verdächtiges und kommt gar nicht auf den Gedanken, daß Elli bei uns sein könnte.« Die Kinder setzten sich an den Tisch. Richard verteilte die Karten. Annes Hände zitterten, und Georg hatte ein flaues Gefühl im Magen. Richard lachte, weil Anne die Karten aus der Hand fielen.

»Tolpatsch! Kopf hoch – Hermann wird dich schon nicht auffressen! Paßt auf, wenn ich ›hoppla‹ sage, wißt ihr, daß in diesem Augenblick Hermann zu uns hereinguckt. Dann müßt ihr laut lachen und so tun, als sei gar nichts los. Verstanden?«

Richard saß dem Fenster gegenüber. Während des Kartenspiels warf er immer wieder einen Blick auf die Scheiben. Aber sie hörten keinen Hund bellen. Tim saß lauschend und bewegungslos an der Tür.

»Schnapp«, sagte Julius und packte alle Karten. Dann spielten sie weiter.

»Schnapp! Mensch, reiß doch nicht so heftig die Karten an dich!«

»Schnapp! Ich habe es zuerst gesagt!«

»Hoppla!« rief Richard. Jedem schlug das Herz bis zum Hals. Sie setzten das Spiel fort, aber niemand achtete mehr auf die Karten. Was sah wohl Richard hinterm Fenster?

Er sah, daß ein paar Schritte vom Fenster entfernt jemand stand und in die Hütte schaute – ja, es war Hermann.

»Hoppla!« rief Richard jetzt wieder und gab den andern damit ein Zeichen, daß noch Gefahr bestand. »Hoppla!«

Hermann war näher ans Fenster gekommen. Offensichtlich hatte er keine Ahnung, daß man ihn beobachtete. Die Kinder waren ja mit ihrem Spiel beschäftigt.

»Nun ist er weg vom Fenster«, berichtete Richard mit leiser Stimme. »Spielt nur weiter! Vielleicht kommt er an die Tür!«

Es klopfte.

»Wer ist da?« rief Julius.

»Ich bin's, Hermann. Laßt mich hinein!«

»Nein, wir haben unseren Hund hier!« antwortete Julius. Hermann rüttelte an der Klinke, die Tür gab aber nicht nach. Er brummte vor sich hin.

»Es tut uns leid, aber wir können nicht aufmachen!« rief Julius noch einmal. »Unser Hund würde sofort beißen.«

»Bell, Tim«, sagte Georg mit leiser Stimme, und Tim tat sofort, wie ihm befohlen.

Hermann gab es auf. »Wenn ihr Elli seht, schickt sie heim«, sagte er. »Sie ist wieder davongelaufen. Ihre Mutter ängstigt sich. Ich habe das Mädel draußen gesucht.«

»Wenn sie vorbeikommt, lassen wir sie bei uns übernachten«, rief Julius.

»Nein, nein, schickt sie nach Hause«, rief Hermann. »Und denkt ja daran, was ich euch in der Scheune gesagt habe, sonst geht es schlecht für uns alle aus!«

»Für uns alle! Der gefällt mir. Ihm und seinen Freunden wird es tatsächlich schlechtgehen, wenn die Wahrheit an den Tag kommt! Ist er endlich gegangen, Tim?«

Tim legte sich friedlich nieder. Er bellte leise auf, als wollte er sagen: Die Luft ist wieder rein! Auch das Bellen der Hunde, das jetzt von weitem zu hören war, regte ihn nicht auf.

»Hermann geht mit den Hunden zum Margarethenhof.« Georg atmete auf. »Elli darf also aus ihrem Versteck wieder heraus. Elli!« rief sie. »Hermann ist gegangen. Komm jetzt herunter und iß weiter! Das Lamm bekommt Milch und Maxi Fleisch und Hundekuchen!«

Vorsichtig guckte Elli über die Bettkante. Mit einem Satz stand sie unten auf dem Boden. Ebenso leichtfüßig wie das Lämmchen war sie heruntergesprungen. Den Hund mußten die Kinder herunterheben, er fürchtete sich vor dem Sprung.

Georg brachte Elli Brot, Butter und Käse, und Anne fütterte das Lämmchen, das gierig die Milch aufleckte und dabei die Hälfte verkleckerte. Der Hund wollte auch etwas von der Milch haben, aber Anne gab ihm fein zerschnittenes Fleisch und Hundekuchen.

Als Elli mit dem Essen fertig war, kuschelte sie sich wieder in Julius' Arme. Sie blickte zu ihm auf. Weil sie ihm auch eine

Freude machen wollte, sagte sie: »Elli erzählt, wie man in das große Haus geht.« Julius blickte sie erstaunt an. Der Hund saß nun auch auf seinen Knien, dem Lämmchen erlaubte er es aber nicht.

»Elli will es mir erzählen?« wiederholte er ernst.

Elli begann, vor sich hin zu plappern: »Ein großes Loch, unten, ganz unten . . .«

»Wo ist das große Loch?« fragte Julius.

»Oben«, erklärte Elli, »aber es geht runter . . .«

»Schön, aber wo ist es?« forschte Julius weiter.

Elli fing nun an, eine lange Rede zu halten. Da sie aber in ihren Dialekt verfiel, blickten sich die Kinder hilflos an. Man konnte verrückt werden! Elli gab das Geheimnis preis, aber sie verstanden kein einziges Wort!

Als Elli eine kleine Pause machte, fragte Julius noch einmal:

»Wo ist denn nun das große Loch?«

Elli sah ihn vorwurfsvoll an. »Elli sagt ja alles!«

»Ich weiß schon, aber du mußt richtig sprechen«, erwiderte Julius freundlich. »Wo ist das große Loch? Mehr will ich nicht wissen!«

Elli starrte ihn noch immer an. Dann lächelte sie. »Elli zeigt es«, rief sie und rutschte von seinen Knien. »Elli zeigt es, komm!«

»Nicht jetzt bei Nacht! Nein, Elli, erst morgen, morgen in der Früh, nicht jetzt!«

»Nicht jetzt. Morgen früh. Elli zeigt es morgen!« Sie nickte.

Richard gähnte. »Ein Glück, daß Elli dich so gern hat, Julius! Ich glaube, sie würde alles für dich tun!«

Die Kleine hatte es sich in der Nähe des Ofens auf dem Teppich bequem gemacht, Lämmchen und Hund lagen neben ihr.

Es dauerte nicht lange, und in der Hütte herrschte tiefste Ruhe. Die fünf Kinder lagen in ihren Betten, Tim schlief natürlich neben Georg, das Lamm und der kleine Hund neben Elli.

Nur Georg wachte in dieser Nacht auf. Als Tim sich rührte, setzte sie sich sofort auf. Aber der Hund bellte nicht. Er stubste sie ein paarmal leicht mit der Schnauze, setzte sich auf und spitzte die Ohren.

Nun war das Donnern wieder zu hören – und dann kam das »Zittern«, aber es war diesmal nicht so kräftig wie vorige Nacht. Georg berührte die hölzerne Kante ihres Bettgestells – auch sie vibrierte, als ob ein paar Maschinen im Raum arbeiteten. Das Mädchen beugte sich vor und schaute zum Fenster hinaus. Immer größer wurden ihre Augen, als sie nun das erblickte, was Richard die Nacht zuvor bemerkt hatte – nämlich das »Flimmern« am Himmel. Auch sie wußte keine andere Bezeichnung für diese Erscheinung, die wuchs und wuchs, bis sie schließlich hoch droben am Nachthimmel sich langsam in den Sternen zu verlieren schien.

Georg weckte die andern nicht auf. Als das »Flimmern« vorbei war, legte sie sich wieder nieder. Vielleicht würden sie morgen schon hinter die Geheimnisse kommen.

17 Das »große, große Loch«

Die Kinder wachten am nächsten Morgen früh auf.

Elli folgte Julius wie ein kleiner Hund. Sie wollte während des Frühstücks auf seinem Knie sitzen, genau wie gestern beim Abendbrot.

»Wir machen uns lieber bald auf den Weg«, Anne schaute zum Fenster hinaus, »es schneit wieder! Wir wollen uns doch nicht verirren.«

»Wenn Elli uns über Berg und Tal führt, haben wir ja keine Ahnung, welchen Weg wir da gehen«, sagte Julius.

Elli guckte zu, wie die Mädchen Brote machten. Jedes Krümelchen, das abfiel, gab sie Maxi. Das Lämmchen fühlte sich wie zu Hause und hüpfte im Zimmer herum. Endlich waren die Brote fertig, und die Mädchen verstauten alles in zwei Tornister.

»Ich glaube, es geht schneller, wenn wir mit den Schlitten

den Hang hinuntersausen und mit Schwung den Berg zu dem Alten Turm hinaufrodeln«, schlug Julius vor. »Zu Fuß brauchen wir Stunden für den Weg, und Ski fahren können wir nicht, weil Elli ja keine Bretter hat.«

»Ja, wir nehmen die Schlitten«, rief Georg. »Was tun wir aber mit dem Lämmchen? Lassen wir es da? Und müssen wir Maxi auch mitnehmen?«

Diese Frage wurde sofort beantwortet. Denn Elli lehnte es ab, ohne Lamm und Hund zu gehen. Ebenso wehrte sie sich dagegen, daß man sie warm anzog. Nur mit einem dicken Schal und einer Wollmütze erklärte sie sich einverstanden. Und auch das nur, weil Julius genau die gleichen Kleidungsstücke trug.

Die Schlitten waren voll besetzt; die beiden Jungen saßen auf dem einen, zwischen ihnen Elli mit Lämmchen. Die Mädchen nahmen den anderen, Tim und Max kamen mit darauf. Georg saß vorn, und Anne hatte die schwierige Aufgabe, sich an den beiden Hunden festzuhalten und dabei das Gleichgewicht nicht zu verlieren.

»Wir kugeln bestimmt in den Schnee«, sagte sie zu Georg. »Wir hätten lieber doch noch ein Weilchen warten sollen, denn es schneit jetzt wirklich furchtbar!«

»Das ist doch gut!« rief Julius. »Dann merkt wenigstens niemand, daß wir in der Nähe des Alten Turms sind. Bei dem dichten Schneefall kann man ja keine zwei Meter weit gukken!«

Julius' Schlitten raste den Hang hinunter. Immer rascher wurde das Tempo. Eisig blies der Wind um Nase und Ohren. Elli klammerte sich ängstlich an Julius. Das Lämmchen, eingekeilt zwischen Elli und Julius, glotzte erstaunt und wagte sich nicht zu rühren.

Das war eine Schußfahrt den Hang hinunter und den entgegengesetzten Berg langsamer wieder hinauf! Auf halber Höhe kam Julius' Schlitten zum Stehen, und nicht weit hinter ihm auch der von Georg.

»Was tun wir nun?« erkundigte sich Georg. »War das nicht eine herrliche Abfahrt?«

»Herrlich!« antwortete Julius. »Hat es dir gefallen, Elli?«

»Nein«, erwiderte Elli. Sie hatte ihre Mütze genauso wie Julius aufgesetzt. »Nein, Elli hat ganz kalte Nase!« Sie rieb sich dabei mit den Fingern die Nase warm.

»Elli, weißt du, wo das große Loch ist?« fragte Julius. Es schneite noch immer. Große Flocken fielen, man sah nicht weiter als ein paar Meter. Elli stand bis zu den Knöcheln im Schnee und blickte sich um. Julius dachte schon, sie wird nun sagen, sie weiß nicht, welcher Weg der richtige ist. Selbst er hätte bei diesem Schneetreiben nur schwer den Weg zurück zur Hütte gefunden. Aber Elli hatte einen ausgeprägten Orientierungssinn. Es machte ihr keinerlei Schwierigkeiten, mitten in der Nacht oder auch bei dichtem Schneefall den rechten Weg zu finden. Sie nickte.

»Elli weiß alles, auch Max.« Dann machte sie ein paar Schritte und versank bis zu den Waden in dem Schnee. Ihre dünnen Schuhe waren triefend naß.

»Sie kriegt noch Frostbeulen an den Füßen!« meinte Richard. »Julius, wir setzen sie lieber auf einen Schlitten und ziehen sie. Schade, daß wir keine festen Schuhe für sie haben. Hoffentlich weiß Elli den Weg. Im Augenblick habe ich nicht die blasseste Ahnung, wo Westen, Osten oder Süden ist!«

»Moment mal, ich habe einen Kompaß in meiner Tasche.« Julius suchte in seinen Kleidern. Endlich zog er einen kleinen Kompaß hervor.

»Hier ist Süden! – da steht also der Alte Turm. Unsere Hüttenfenster blicken nach Süden. Das weiß ich genau, denn die Sonne schien direkt hinein. Vermutlich müssen wir also in südlicher Richtung gehen.«

»Warte mal ab, wohin Elli will«, sagte Richard. Er setzte sie auf den Schlitten und wickelte sie fester in den Schal. »Wohin also, Elli?« Elli zeigte in südlicher Richtung.

»Stimmt!« rief Julius. »Also komm, Richard – ich ziehe Ellis Schlitten, du kannst den der Mädchen nehmen.« Sie stiegen weiter den Berg hinauf, auf dem der Alte Turm stand. Elli saß mit Fanny und Max auf einem Schlitten, Tim nahm Platz auf dem anderen. Dann folgten die Mädchen. Sie gingen stets in südlicher Richtung. Plötzlich schrie Elli auf und zeigte nach rechts.

»Dorthin, dorthin!« rief sie.

»Sie zeigt nach Westen«, Julius blieb stehen. »Wer weiß, ob sie recht hat! Ich glaube, wir sollten weiter geradeaus gehen. Falls wir tatsächlich rechts gehen, kommen wir zu weit von dem Alten Turm!«

»Dorthin! Dorthin!« wiederholte Elli. Maxi bellte dazu, als wolle er bekräftigen, daß sie recht hatte.

»Folgen wir ihr lieber«, sagte Richard. »Sie scheint ganz sicher zu sein.«

Julius bog also nach rechts ab. Weiter ging es nun den steilen Berg hinauf.

»Ist es noch weit?« fragte er Elli, die ihr Lamm streichelte und sich gar nicht um den Weg kümmerte. Da war ja auch nichts Besonderes zu sehen – nur Schnee auf dem Erdboden und Flocken in der Luft. Dann blickte Elli auf. Sie zeigte wieder etwas mehr nach rechts und nickte.

»Es sieht so aus, als kämen wir nun zu diesem großen Loch, von dem sie gesprochen hat«, sagte Julius.

Etwa eine Minute später sprang Elli vom Schlitten, blieb stehen und blickte sich um.

»Hier!« rief sie. »Hier ist großes Loch!«

»Das kann schon sein, Elli«, erwiderte Julius. »Ich möchte es aber etwas genauer sehen!« Elli begann im Schnee herumzuscharren. Tim und Max liefen sofort herbei und halfen ihr dabei. Sie dachten, Elli suchte nach einem Kaninchen oder nach einem Hasen.

»Ich glaube, unsere Bemühungen waren bis jetzt für die Katz«, sagte Richard. »Warum sollte ausgerechnet hier ein großes Loch sein?«

Tim und Elli hatten den ganzen Schnee weggescharrt. Vor ihnen lagen Heidesträucher, wie sie hier überall auf den Berghängen wuchsen. Starr und drahtig standen sie da, wo nun kein Schnee mehr lag.

»Tim – du, nimm Tim!« rief plötzlich Elli Georg zu. »Er fällt hinunter – wie früher Maxi, ganz hinunter!«

»Ich weiß, was sie sucht!« rief Richard. »Gerade im Heideboden gibt es oft große Löcher, wir haben doch schon früher einmal ein solches Loch auf einem Berghang gefunden, der mit Heide bewachsen war.«

»Stimmt«, schrie Georg aufgeregt. »Ich erinnere mich! Tim, um Himmels willen, geh von dort weg, du fällst sonst noch wirklich hinunter!« Georg konnte ihn gerade noch am Halsband packen. Max war aber vorsichtig, er kannte das Loch aus eigener Erfahrung.

»Das Loch!« rief Elli erfreut. »Das große, große Loch! Elli hat es gefunden!«

»Aber wie kommen wir zu dem Alten Turm?« fragte Richard. Elli verstand nicht. Sie kniete noch immer vor dem Loch, das sie von Heide und Schnee befreit hatte.

»Hinuntergehen? Ja?« fragte sie. »Soll Elli Weg zeigen?«

»Wir wollen es versuchen«, sagte Julius. Viel Lust hatte er nicht. Im Loch war es stockduster, und er wußte nicht, was da unter ihnen lag.

Aber das Lämmchen hatte genug vom Warten. Es sprang an den Rand des Loches, senkte seinen Kopf, machte einen Satz und war verschwunden.

»Fanny ist hinuntergesprungen!« Georg schrie erschrocken auf. »Warte doch, Elli, du darfst nicht nachspringen, du brichst dir den Fuß!« Aber Elli rutschte an das Loch und ließ sich hinunterfallen.

»Elli ist da!« hörte man sie rufen. »Komm, Julius!«

18 Im Alten Turm

»Wenn wir die Schlitten über das Loch stellen und die Seile hängen lassen, haben wir einen guten Halt«, überlegte Richard und stellte den Schlitten zurecht. Julius machte das gleiche. Nun konnte der Abstieg beginnen!

»Und was geschieht mit Tim?« fragte Georg besorgt. »Maxi ist hinuntergesprungen!«

»Ich packe ihn in meinen Mantel und binde ein Seil um ihn«, sagte Julius. »So kriegen wir ihn leicht hinunter. Komm her, Tim!« Richard kletterte am anderen Seil hinab und erreichte gleich darauf den Boden des Loches. Dann übernahm er Tim, den Julius hinunterließ. Es war wirklich kinderleicht. Elli lächelte über die Kinder, weil sie Seile zur Hilfe nehmen mußten.

Julius klopfte ihr auf die Schulter. »Wir sind keine solchen

Klettergemsen wie du, schließlich treiben wir uns nicht jeden Tag in den Bergen herum wie eine gewisse Elli! So, da ist also dein großes, großes Loch. Und was jetzt?« Er leuchtete umher.

»Guck mal, das ist eine richtige Höhle. Und hier ein kleiner Stollen. Ob man da weitergehen kann?«

»Ja«, sagte Georg, denn Elli und das Lämmchen hüpften bereits davon und verschwanden in der Dunkelheit dieses Ganges.

Die fünf Kameraden folgten Elli in den dunklen Gang, der in vielen Krümmungen abwärts führte. Anne warf einen Blick auf die felsige Decke. Darüber wachsen nun die buschigen Heidestauden, auf denen der hohe Schnee liegt, überlegte sie. Von Elli war nichts zu sehen. Julius rief:

»Elli, komm her!«

Keine Antwort.

»Laß nur«, beruhigte Richard. »Hier kann man ja doch nur einen einzigen Weg gehen, und sie weiß, daß wir keine andere Wahl haben. Wenn sich der Weg gabelt, wird sie sicher rufen!«

Der Weg gabelte sich nicht, der Gang führte geradeaus weiter, immer ein wenig abwärts. Decke und Wände waren aus Stein, am Boden lag sandige Erde, aus der immer wieder Felsgestein herausragte. Dadurch war der Weg ziemlich uneben. Julius schaute auf seinen Kompaß.

»Wir gehen jetzt ungefähr in nordöstlicher Richtung, also gerade auf den Alten Turm zu. Nun begreife ich erst, wie Elli ins Haus kommt!«

»Klar – dieser Gang führt unter dem ›beißenden‹ Zaun hindurch zum Grundstück und endet irgendwo in der Nähe des Kellers oder sogar direkt im Haus«, rief Richard. »Wo steckt die Kleine nur?«

Plötzlich sahen sie sie im Licht von Julius' Taschenlampe. Mit Fanny und Max stand sie in einer Ecke und wartete auf die Kinder. Sie zeigte nach oben.

»Weg in den Garten!« sagte sie. »Kleines Loch dort, groß genug für Elli, aber nicht für euch!«

Julius richtete seine Lampe nach oben. Er sah ein kleines Loch, das mit Heide oder mit Wurzeln verwachsen war. An den Steinmauern, die zum Loch hinaufführten, konnte Elli bestimmt mühelos emporklettern. So war sie also in den Garten gekommen! Deshalb konnte sie die Zettel aufheben, die die arme Frau aus dem Fenster geworfen hatte. Elli mußte die einzige sein, die ohne Erlaubnis das Grundstück betrat.

»Hier weiter!« Elli führte sie den Stollen hinunter.

»Wir müssen unter dem Haus sein«, sagte Julius. »Wenn auch . . .« Bevor er noch den Satz beenden konnte, merkte er, daß der Gang in einen alten, halbverfallenen Keller mündete. Sie stiegen über eine zusammengebrochene Kellerwand und erreichten einen dunklen, unaufgeräumten Raum. Alte Flaschen und Fässer ließen darauf schließen, daß dies ein Weinkeller gewesen war.

»Wie viele Keller!« wunderte sich Richard, als sie von einem Raum in den andern gingen. »Elli, was ist denn das?«

Sie standen vor einer Mauer, die vollkommen eingefallen war. Aber nicht durch ihr Alter. Jemand hatte die Mauer abgetragen, die Bruchstellen sahen frisch aus und waren nicht mit Staub und Moder bedeckt. Eine große Öffnung war hier eingerissen worden, die in eine niedrige Höhle führte – so sah es jedenfalls auf den ersten Blick aus. Plötzlich hörten sie das Glucksen und Plätschern von Wasser. Julius wollte gerade in die Höhle gucken, die jenseits der Mauer war, als Elli seinen Arm ergriff.

»Nein, nein! Nicht hingehen! Dort sind böse Männer, sehr böse Männer. Dort ist böser Ort!« flüsterte das Kind ängstlich.

»Wer hätte das gedacht!« sagte Julius. »Ein unterirdischer Fluß! Kein Bach, ein richtiger Fluß, der durch den Berg fließt. Wahrscheinlich wird er von Bergquellen gespeist und mündet irgendwo im Meer. Das ist ja gar nicht weit von hier entfernt!«

»Böse Männer sind dort unten!« rief Elli und zog auch Richard und Georg von der Mauer zurück. »Peng-peng – großes Feuer und großer Lärm. Kommt jetzt schnell ins Haus!«

Sie war glücklich, als die Kinder ihr endlich folgten. Als letzter tapste Tim hinter Georg her. Er verstand überhaupt nichts! Elli lotste sie wieder durch die verfallenen Mauern und die muffigen Keller, von denen manche wie alte Stapelplätze aussahen. Konservendosen lagen herum, alte Möbel und Wannen standen da und Kisten jeder Größe.

»Wir gehen jetzt ganz fein!« sagte Elli und meinte damit, daß alle keinen Lärm machen sollten. Die Kinder folgten ihr eine lange Flucht von Stiegen hinauf, die zu einer großen, halboffenen Tür führten. Elli blieb lauschend stehen. Wahrscheinlich war sie auf der Hut vor dem Verwalter, dachte Julius. Hoffentlich war der scharfe Hund nicht im Haus.

»Ist der große Hund im Haus?« flüsterte er.

»Nein, Hund ist im Garten, Tag und Nacht«, antwortete das Kind. Julius atmete erleichtert auf.

»Elli sucht den Mann«, sagte sie und stürzte davon.

»Sie will sicher herausfinden, wo der Verwalter steckt«, meinte Julius. »Die hat Mut, die Kleine! Mensch, da ist sie ja schon wieder!«

»Der Mann schläft«, berichtete sie. »Kommt!« Sie führte sie nun in eine geräumige Küche. In einer Ecke stand ein schwarzer Herd. Die Tür zur Speisekammer war etwas geöffnet. Elli schlich in die Speisekammer und kam mit einem Stück Kuchen zurück, das sie Julius anbot. Er schüttelte den Kopf.

»Nein, du darfst nicht stehlen!« sagte er. Elli jedoch verstand nicht oder wollte nicht verstehen. Sie biß ein großes Stück ab, den Rest warf sie den Hunden zu.

»Elli, bitte, führe uns zu der alten Dame«, sagte Richard, »bist du sicher, daß niemand im Hause ist?«

»Elli weiß das«, nickte die Kleine. »Ein Mann hat Wache – dort drüben.« Sie zeigte auf eine Tür. »Er bewacht die Frau, der Hund bewacht den Garten. Andere Männer kommen nicht her.«

»Wo wohnen denn die anderen Männer?« wollte Julius wissen, aber Elli verstand seine Frage nicht. Sie schlich mit den Kindern in eine weite Halle. Zwei breite Steintreppen führten zu einem noch breiteren Treppenabsatz.

Das Lämmchen hüpfte hinauf, und Max bellte vor Vergnügen.

»Pst!« machten alle vier Kinder zugleich, aber Elli lachte. Sie schien sich hier wie zu Hause zu fühlen. Richard hätte gerne gewußt, wie oft sie wohl schon durch das Loch in dieses Haus gekommen war.

Sie stiegen die Treppen empor. Aber Elli ging nur bis zum zweiten Stockwerk. Vor ihnen lag ein langer Gang, an dessen anderem Ende die Treppe ins nächste Stockwerk begann. An den Wänden hing ein Gemälde neben dem anderen. Elli sträubte sich weiterzugehen und lehnte sogar Julius' Hand ab.

»Was ist denn los?« fragte er.

»Elli geht hier nicht«, sagte sie ängstlich. »Nein, hier geht sie nicht. Diese Leute da sehen Elli!« Sie zeigte auf die Reihe der Gemälde.

»Sie fürchtet sich vor den Porträts«, sagte Anne. »Vor all den Augen, die ihr folgen, wenn sie durch den Gang läuft. Na schön, bleib hier, Elli! Wir gehen inzwischen hinauf in den Turm.«

Sie ließen Elli zurück, die sich mit Max und Fanny hinter einem Vorhang versteckte. Während die Kinder mit Tim leise den Gang durchschritten, warf Anne immer wieder einen Blick auf die vielen Gesichter an der Wand. Genau wie Elli schauderte ihr vor den Augen, die sie ernst und prüfend anzusehen schienen. Noch eine Treppenflucht, dann wieder eine. Und nun standen sie in einem langen Korridor, der von einer Tür zur anderen führte. Welche aber war die richtige? Das ließ sich leicht erraten! Die Türen aller Zimmer standen offen, nur eine einzige war geschlossen.

»Hier muß es sein!« flüsterte Julius und klopfte an die Tür.

»Wer klopft?« rief eine schwache Stimme. »Bestimmt nicht Matthias, der hat keine Manieren. Mach die Tür auf und verhöhne mich nicht mit dem Klopfen!«

»Der Schlüssel steckt«, sagte Richard. »Schließ auf, Julius, schnell!«

19 *Viel Aufregung*

Julius drehte den Schlüssel um und öffnete die Tür. Eine alte Frau saß in einem Stuhl am Fenster und las. Sie wandte sich nicht um.

»Warum kommst du so früh, Matthias?« fragte sie, ohne sich umzudrehen. »Und wieso hast du plötzlich so gute Manieren und klopfst an? Erinnerst du dich an die Zeit, als du noch wußtest, wie man sich älteren Leuten gegenüber benimmt?«

»Es ist nicht Matthias«, antwortete Julius. »Wir sind es, wir wollen Sie befreien.«

Die alte Dame drehte sich um und starrte die Kinder erstaunt an. Dann stand sie schnell auf. Die Kinder bemerkten, daß sie zitterte.

»Wer seid ihr denn? Laßt mich schnell hinaus, bevor Matthias kommt!« Sie stieß die vier Kinder und den Hund beiseite und stürzte auf die Tür. Aber dann blieb sie stehen.

»Was soll ich tun? Wohin soll ich gehen? Sind diese Männer immer noch hier?« Sie wankte zurück ins Zimmer und sank in ihren Stuhl. Dabei bedeckte sie ihr Gesicht mit den Händen.

»Ich fühle mich nicht wohl. Gebt mir etwas Wasser!« Anne sprang sofort zum Tisch, goß aus einem Krug etwas Wasser ins Glas. Die alte Dame nahm es und trank. Fragend blickte sie Anne an.

»Wer seid ihr? Was hat das zu bedeuten? Wo ist Matthias? Das ist doch alles gar nicht wahr!«

»Frau Thomas – Sie sind doch Frau Thomas, nicht wahr?« begann Julius. »Die kleine Elli, die Tochter des Schäfers, hat uns zu Ihnen geführt – sie wußte, daß man Sie gefangenhält. Erinnern Sie sich an Ellis Mutter? Sie hat uns erzählt, daß sie früher bei Ihnen gearbeitet hat.«

»Ellis Mutter – Grete – ja, ja! Aber was hat Elli damit zu tun? Ich glaube es nicht! Das ist nur eine Falle! Wo sind die Männer, die meinen Sohn getötet haben?«

Julius warf Richard schnell einen Blick zu. Die alte Dame

schien ein wenig sonderbar zu sein – oder der Besuch der Kinder hatte sie zu sehr erregt.

»Diese Männer, die mein Ludwig hergebracht hatte, wollten mein Haus kaufen«, flüsterte sie, »aber ich wollte es nicht verkaufen. Wißt ihr, was sie mir antworteten? Sie behaupteten, daß in diesem Berg hier, tief, tief unter meinem Haus, ein seltenes Metall liegt, ein wichtiges Metall, das ein Vermögen wert ist. Wie nennt man das?«

Sie schaute die Kinder fragend an, als erwarte sie, daß sie es wüßten, und schüttelte den Kopf, als sie keine Antwort erhielt.

»Wie sollt ihr es auch wissen, ihr seid ja noch Kinder. Aber ich verkaufe nichts, nein, ich verkaufe mein Haus nicht, auch nicht das Gestein. Und wißt ihr auch, wofür sie das Metall brauchen? Für Waffen, um damit Menschen zu töten! Aber ich habe *nein* gesagt, niemals verkaufe ich mein Haus, damit die Männer in den Berg eindringen und Bomben herstellen können. Es ist gegen das Gesetz Gottes, sagte ich, und ich tue so etwas nicht!« Die Kinder hörten zu. Die alte Dame war ganz außer sich. »Dann fragten sie meinen Sohn, der sagte ebenso wie ich nein. Darauf schleppten sie ihn fort, und dann töteten sie ihn – und nun sind sie unten schon an der Arbeit. Ja, ja, ich höre den Lärm, den sie machen. Ich spüre mein Haus wanken, ich sehe seltsame Dinge. Aber wer seid ihr? Und wo ist Matthias? Er hält mich hier in meinem eigenen Zimmer gefangen. Er erzählt mir von Ludwig, aber Ludwig ist tot. Ein böser Mensch, dieser Matthias, er ist auf der Seite dieser Männer, dieser Übeltäter!«

Sie schien für einen Augenblick die Anwesenheit der Kinder vergessen zu haben. Was war nun zu tun? Julius überlegte, daß die arme Frau viel zu schwach war, die Stiegen hinunterzusteigen, durch den langen unterirdischen Gang zu wandern und durch das Loch in die Heide emporzuklettern. Am vernünftigsten wäre es, die Tür wieder abzusperren und die alte Dame einstweilen hier zu lassen, bis sie die Polizei verständigen konnten. Denn jetzt mußte die Polizei auf alle Fälle kommen.

»Wir verlassen Sie jetzt«, sagte er, »und schicken Ihnen sofort jemanden her, der Sie befreien wird. Bitte, haben Sie noch etwas Geduld . . .!« Dann drängte er die erstaunten Kinder zum Zimmer hinaus, drehte den Schlüssel im Schloß um und steckte ihn in seine Tasche.

»Nehmen wir sie denn nicht mit?« wunderte sich Georg.

»Die arme alte Frau!«

»Nein, das geht nicht!« antwortete Julius. »Wir müssen zur Polizei gehen, egal, was Hermann sagt. Mir wird nun alles klar! Euch auch? Die Mutter hat ihrem Sohn verboten, Haus und Grundstück zu verkaufen, obwohl ein großer Kaufpreis geboten wurde. Der Sohn lehnte also ab – die Männer heckten einen Plan aus, wie sie in das Grundstück eindringen und das Metall bekommen könnten.«

»Und deshalb töteten sie den Sohn?« meinte Richard. »Ich kann mir aber nicht vorstellen, daß die Männer einen Mord gewagt haben! So was fällt doch auf, wenn der Sohn verschwindet, und dann hätte sich die Polizei sofort für diesen Fall interessiert. Kein Mensch außer der alten Dame hat bis jetzt behauptet, daß der Sohn vermißt oder tot ist.«

»Ach, reden wir nicht länger darüber«, meinte Julius. »Jetzt muß etwas geschehen. Es tut mir wirklich leid, daß wir die alte Frau Thomas wieder eingesperrt haben, aber ich glaube wirklich, daß sie dort besser aufgehoben ist als an sonst einem anderen Ort.«

Sie schlichen die beiden Stockwerke hinunter bis zur Gemäldegalerie. Elli wartete. Voll Wiedersehensfreude lächelte sie den Kindern entgegen.

»Der Mann unten ist sehr böse!« lachte sie. »Er ist aufgewacht und schreit und schlägt!«

»Hoffentlich entdeckt er uns nicht!« sagte Julius. »Wir müssen so schnell wie möglich hier verschwinden und zur Polizei laufen.«

Plötzlich ging ein heilloser Spektakel los, ein wildes Schreien und lautes Hämmern.

»Elli hat die Tür abgesperrt«, berichtete die Kleine. »Der Mann sperrt die Frau ein, Elli sperrt den Mann ein!«

»Das hast du getan? Das hast du wirklich getan?« fragte Julius. »Eine tolle Idee! Ich wollte, sie wäre mir eingefallen!«

»Matthias!« rief er dann. Zuerst wurde es ganz still. Dann drang Matthias' Stimme durch die versperrte Tür.

»Wer ist da? Wer hat mich eingesperrt! Ein blöder Scherz, wo ihr doch wißt, daß ich mich um die alte Frau Thomas kümmern muß!«

»Matthias, ich bin keiner von diesen Männern«, antwortete Julius. »Wir sind gekommen, um Frau Thomas aus dem Turm zu befreien – und nun werden wir alles der Polizei berichten. Wir melden auch, daß ihr Sohn Ludwig von den Männern getötet wurde, die tief unter dem Haus arbeiten.« Einen Augenblick lang herrschte Ruhe. Dann war wieder Matthias zu hören.

»Was bedeutet das? Ich verstehe kein Wort. Die Polizei kann mir gar nichts tun. Ludwig ist nicht tot, auf mein Ehrenwort. Er lebt – erfreut über euch wäre er nicht! Haut ab, aber laßt mich raus, bevor ihr geht.«

Der Sohn lebte also! Aber wo steckte er nur? Und warum hatte Matthias die alte Frau belogen? Julius fragte sofort:

»Warum haben Sie denn Frau Thomas gesagt, ihr Sohn sei tot?«

»Ludwig gab mir den Auftrag, daß ich es seiner Mutter erzählen sollte. Die alte Frau ließ ihn nicht das Zeug verkaufen, das tief unter dem Haus liegt. Das Zeug, das Autos und Fahrräder und Pflüge festhält, weil es sie schwer wie Blei macht. Es magnetisiert, sagen die Leute. Warum soll er es nicht verkaufen, wenn er will? Aber ich bin der Meinung, daß er es nicht Ausländern verkaufen soll, nein, das darf er nicht! Wenn ich das gewußt hätte, hätte ich keinen einzigen Pfennig von ihm genommen!«

Matthias' Stimme war sehr erregt, als er die Geschichte erzählte. Dann hämmerte er wieder wild an der Tür.

»Wer bist du denn? Laß mich raus! Ich habe mich der alten Dame gegenüber anständig verhalten, kannst sie fragen. Ich war gut zu Frau Thomas, und sie ist nicht leicht zu behandeln! Los, sag schon, wer bist du eigentlich? Laß mich raus, laß mich raus! Wenn Ludwig mich hier eingesperrt erwischt, bringt er mich um! Er wird sagen, daß ich sein Geheimnis verraten habe. Er wird sagen . . ., laß mich endlich raus!«

»Er kommt mir verrückt vor«, sagte Julius. Nur gut, daß der Mann eingesperrt war. »Außerdem ist er bestimmt nicht gescheit, weil er alles glaubt, was der Sohn ihm einredet, und alles tut, was ihm befohlen wird. Na ja, kümmern wir uns lieber um die Polizei. Kommt jetzt, wir gehen den gleichen Weg zurück, den wir gekommen sind.«

»Gucken wir uns doch schnell noch den unterirdischen Fluß an«, schlug Richard vor. »Nur wir beide, Julius. Man wird uns nicht sehen, und außerdem dauert es nur ein paar Minuten. Die Mädchen können inzwischen mit Tim auf uns warten.«

»Wir dürfen uns jetzt nirgends aufhalten«, widersprach Julius.

»Nein, bloß nicht aufhalten!« sagte auch Anne. »Ich mag dieses Haus nicht. Ich habe hier ein schreckliches Gefühl. Gar nicht daran denken darf ich, wie heftig es zittern wird, wenn die Männer da unten wieder mit ihrer Arbeit beginnen.«

»Ja, los, gehen wir weiter«, sagte Julius und kümmerte sich nicht um Matthias' Schreien und Klopfen. Durch die Küche gingen die Kinder die Kellerstiegen hinunter. Sie ließen ihre Taschenlampen aufblitzen, um auf dem holprigen Boden nicht zu stolpern.

»Ich wette, daß Matthias jetzt vor Wut zerspringt, weil wir ihn eingesperrt haben«, lachte Richard, als sie die riesigen Kellerräume durchquerten. »Geschieht ihm schon recht! Aha, jetzt sind wir an der Stelle, wo die Männer die Wand durchbrochen haben zum unterirdischen Fluß. Das ist wohl der kürzeste Weg hinunter zu dem Metall!« Sie betrachteten durch die eingerissene Mauer den unterirdischen Fluß.

»Schnell weg!« rief Elli aufgeregt und packte Julius an der Hand. »Böse Männer dort!« Sie hielt Maxi, den kleinen Hund, fest im Arm, damit er nicht ins Wasser fiel, aber das Lämmchen Fanny hüpfte wie gewöhnlich frei herum. Plötzlich sprang es über die Mauer zum Fluß hinab. Dabei wirbelte sein Schwänzchen wie toll im Kreise herum.

»Fanny, Fanny!« schrie Elli.

Aber das Lämmchen hüpfte weiter. Da das Wasser rauschte, konnte es Ellis Rufen gar nicht hören. Elli rannte ihm sofort nach. Ebenso sicher wie das Lämmchen sprang und hüpfte sie am Felsufer des Flusses entlang.

»Komm sofort zurück!« brüllte Julius. Aber Elli war in der Dunkelheit verschwunden.

»Sie hat keine Taschenlampe, Julius, sie wird in den Fluß fallen und ertrinken!« rief Georg. »Tim, lauf ihr nach und hole sie zurück!« Tim gehorchte und rannte, so schnell er konnte, am Ufer des schwarzen, wildwogenden Wassers entlang, das dem Meer entgegeneilte. Die Kinder warteten voll Angst. Aber Elli kehrte nicht zurück und auch keines der beiden Tiere. Georg fing bereits an, sich um Tim Sorgen zu machen.

»O Julius, was mag Tim zugestoßen sein – und auch den anderen?« fragte sie. »Ohne Licht in dieser Dunkelheit! Warum habe ich nur Tim weggeschickt? Wir hätten alle miteinander gehen sollen!«

»Sie werden schon heil zurückkommen«, tröstete Julius. Seine Stimme klang zuversichtlicher, als ihm zumute war. »Elli sieht ja im Dunkeln wie eine Katze – und den richtigen Weg findet sie wie ein Hund!«

Als jedoch nach fünf Minuten noch keiner der Vermißten erschien, verlor Georg die Geduld. Mit der Taschenlampe leuchtete sie den Felspfad am Ufer ab.

»Ich suche jetzt Tim!« sagte sie. »Niemand hält mich zurück!« Bevor die Jungen sie noch packen konnten, war sie verschwunden. Julius rief ärgerlich:

»Georg, sei nicht verrückt! Tim findet zurück! Tu's nicht – du weißt nicht, was dir zustoßen kann!«

»Los, ihr nach!« schrie Richard und kletterte auch zum Fluß hinunter. »Georg macht nicht kehrt, das weißt du genau! Beeilen wir uns lieber, bevor ein Unglück geschieht!«

Das Herz klopfte Anne bis zum Hals, als sie Julius in die Dunkelheit folgte . . .

Den Kindern schien es wie ein böser Traum, als sie am felsigen Ufer des unterirdischen Flusses ihren Weg suchten. Zum Glück steckten starke Batterien in den Taschenlampen. In dem hellen Licht konnten sie gut erkennen, wohin sie traten. Je weiter sie gingen, um so schmaler wurde der Pfad. Anne bemühte sich, mit den Jungen Schritt zu halten. Ich werde bestimmt ausrutschen, dachte sie. Wenn ich nur nicht die schweren Skischuhe anhätte! Einen schrecklichen Lärm macht der Fluß, und wie schnell er fließt . . .

Georg war den Freunden nur wenig voraus. Sie rief noch immer ihren Tim und war in großer Sorge, weil er nicht kam. Was war nur mit ihm los, er kam doch sonst immer, wenn sie ihn rief.

Daß Tim sie nicht hören konnte, fiel ihr dabei gar nicht ein. Der Fluß übertönte mit seinem Rauschen jeden anderen Laut. Dann wurde der Felsenstollen plötzlich breiter – der Fluß bildete einen großen Teich, bevor er weiter hinunterfloß. Die Felswände öffneten sich zu einer riesigen Höhle. Zur Hälfte war sie mit Wasser gefüllt, der Rest bestand aus Felsgestein. Georg ließ verwundert den Blick umherwandern. Und dann sah sie am Ufer des Teiches zwei starke Flöße vertäut, und am Boden der Höhle standen in langen Reihen Blechkisten, die offensichtlich darauf warteten, auf die Flöße verladen zu werden. Auf einer Seite der Höhle stapelten sich Unmengen von Kisten, Flaschen und Blechdosen, alle fest verschlossen, und ein Stück weiter lagen ähnliche Behälter in einem wüsten Haufen – geöffnet und weggeworfen. Ein trübes elektrisches Licht beleuchtete die Höhle.

Weit und breit schien niemand zu sein. Georg hoffte, Tim hier zu finden.

»Tim, wo bist du?«

Tim kam schwanzwedelnd hinter einer Kiste hervorgeschossen. Georg war so selig, daß sie niederkniete und ihn fest an sich preßte.

»Du ungezogener Hund«, sagte sie und streichelte ihn.

»Warum bist du nicht sofort gekommen, als ich dich rief? Wo sind denn die andern? Wo steckt Elli?«

Hinter einer Kiste lugte ein kleines Gesicht hervor. Es war die gleiche Kiste, hinter der auch Tim gesteckt hatte. Elli sah verängstigt aus, ihre Wangen waren tränenverschmiert. Sie hielt das Lämmchen umklammert. Maxi saß zu ihren Füßen. Aufgeregt lief sie auf Georg zu, sprudelte ein paar unverständliche Worte hervor und zeigte in die Richtung des Tunnels, aus der sie alle gekommen waren. Georg nickte.

»Ja, wir gehen jetzt wieder zurück. Schau, da sind schon die andern!« Mit einem Freudenschrei rannte sie Julius entgegen, der sie samt Lamm und Hund in die Arme schloß. Alle sahen sich nun die Höhle genauer an.

»Jetzt wird mir erst alles klar«, sagte Julius. »Das ist gar nicht dumm! Hier in nächster Nähe wird irgendwo dieses wertvolle Metall abgebaut – und dann auf die Flöße dort verladen. Auf diese Weise schiffen sie es auf dem unterirdischen Fluß bis ins Meer. Ich wette, daß in einer versteckten Bucht Kähne warten und die Ladung in der Nacht aufnehmen!«

»Das ist aber schlau!« rief Richard. »Sie rechnen damit, daß die Leute aus der Umgebung sich vor dem Beben und dem Lärm fürchten und nicht in die Nähe des Berges kommen. Keiner wird es wagen, seine Nase hier hineinzustecken!«

»Das nächste Haus ist der Hof von Hansens«, überlegte Julius. »Sie sind also die einzigen Leute, die etwas Genaueres wissen müßten!«

»Und das tun sie!« sagte Richard. »Du hast es ja gesehen. Hermann ist genau im Bilde und arbeitet mit dem Sohn zusammen. Sie verkaufen den Besitz der alten Frau!«

»Außer dem Rauschen des Wassers ist hier unten kein Lärm zu hören«, stellte Julius fest. »Meinst du, daß im Augenblick nicht gearbeitet wird?«

Richard überlegte. Plötzlich begannen Tim und Maxi zu knurren. Tim sehr tief, Maxi etwas leiser. Julius zog Elli und Georg sofort hinter eine große Kiste, und Richard schob Anne dahinter. Die Kinder lauschten. Was hatten die Hunde gehört? Sollten sie zurückschleichen und in den Kellern verschwinden? Tim knurrte weiter. Den Kindern klopften die Herzen zum Zerspringen. Dann hörten sie Stimmen. Woher kamen sie? Richard spähte vorsichtig hinter der Kiste hervor. Die Stimmen schienen aus der Richtung des großen Teiches zu kommen. Überrascht rief er aus:

»Julius, schau hinüber! Siehst du sie?«

Julius schaute. Zwei Männer waren den Stollen heraufgekommen, also von der Küste her – und gingen den schmalen Ufersteg hoch. Nun wateten sie durch den Teich.

»Einer von ihnen ist Hermann!« flüsterte Julius. »Und wer ist der andere? Mensch – das ist der Schäfer – Ellis Vater! Hättest du das gedacht? Daß Hermann seine Hände im Spiel hat, das wußten wir, aber nie hätt ich gedacht, daß auch der Schäfer mitmacht!«

Elli hatte die beiden Männer erblickt. Aber sie rührte sich nicht, sie lief nicht zu ihrem Vater – solche Angst hatte sie vor Hermann. Die Männer blieben stehen und blickten sich suchend um. Dann gingen sie quer durch die Höhle auf eine Stelle zu, von wo aus ein anderer, sehr breiter Stollen in den Berg hineinführte. Als sie dort verschwunden waren, begann ein seltsamer Lärm.

»Das Grollen«, flüsterte Georg, und Tim knurrte wieder. »Aber es klingt gar nicht, als ob es aus der Nähe käme. Was für ein gräßlicher Lärm – mein Kopf dröhnt richtig!« Flüstern konnte man nun nicht mehr. Die Kinder mußten brüllen, um sich zu verständigen. Und nun begann das Beben! Alles bebte. Wenn die Kinder sich berührten, spürten sie das Zittern des andern.

»Es ist genauso, als ob elektrischer Strom durch uns gejagt würde«, meinte Richard. »Ob das alles wohl etwas mit dem merkwürdigen Metall zu tun hat, das in diesem Berg steckt – das das Eisen so schwer macht, die Pflüge nicht pflügen läßt und die Spaten nicht graben?«

»Gehen wir doch Hermann und dem Schäfer nach!« Julius wollte soviel wie möglich sehen. »Wir können uns gut verstecken. Keiner wird merken, daß wir hier sind!«

»Elli, du bleibst da«, befahl Julius. »Fanny und Maxi fürchten sich vor dem Lärm!« Elli nickte. Sie ließ sich mit ihren Tieren hinter der Kiste nieder.

Die fünf eilten den Männern nach und schauten in diesen Gang hinab. Er war sehr breit und steil. Stufen waren grob ausgehauen. Vorsichtig stiegen sie hinunter. Sie wunderten sich, daß hier ein trübes Licht schien, obgleich man nirgends Lampen bemerkte.

»Ich glaube, das ist der Widerschein eines grellen Lichts, das tief unten leuchtet«, schrie Julius. Immer weiter gingen die Kinder bergab, der Weg wand sich abschüssig in zahlreichen Krümmungen. Plötzlich wuchs der Lärm, und es wurde heller. Und jetzt sahen die Kinder das Ende des Stollens. Im grellen Licht lag der Ausgang vor ihnen, in einem Licht, das merkwürdig flimmerte.

»Hier wird gearbeitet, das sind die Minen!« rief Richard. »Paßt auf, daß man uns nicht entdeckt! Julius, gib acht!«

Vorsichtig gingen sie ans Ende des Stollens heran. Sie blickten auf eine riesige, taghell beleuchtete Grube, um die herum Männer standen und an seltsam aussehenden Maschinen arbeiteten. Die Kinder wußten nicht, was für Maschinen das waren. Das grelle Licht blendete so, daß man die Augenlider zusammenkneifen mußte. Alle Arbeiter trugen große Schutzbrillen. Plötzlich verstummte das Grollen, auch das Licht ging aus, als hätte es jemand ausgeknipst. In der Dunkelheit sahen sie nun etwas glühen. Der Schein breitete sich nach allen Seiten aus und schien durch die Decke zu entweichen. Richard packte Julius am Arm.

»Das ist das Glühen, das wir vorige Nacht gesehen haben!« sagte er. »Hier entsteht es also, entweicht irgendwie durch den Berg und bleibt über dem Gipfel hängen. Das Flimmern stammt auch von hier. Es müssen irgendwelche Strahlen sein, die Gestein durchdringen.«

»Wie ein Traum ist das«, sagte Anne.

»Wo stecken bloß Hermann und der Schäfer?« fragte Richard. »Guckt mal, dort drüben in der Ecke sind sie, gar nicht weit. Da – jetzt gehen sie wieder zurück!«

Die vier Kinder wichen schnell in den Stollen zurück, um

nicht entdeckt zu werden. Plötzlich hörten sie laute Rufe. Strauchelnd hasteten sie die steilen Stiegen hinauf. Hatte man sie gesehen?

»Hinter uns läuft einer!« keuchte Richard. »Schnell! Schnell! Wenn es nur wieder donnern würde! Ich weiß genau, daß man uns hört!«

Jemand war den Kindern auf den Fersen. Auch Schreien war zu hören. Es klang, als ob alle Männer böse geworden wären. Ach, warum waren sie nur Hermann und dem Schäfer gefolgt? Durch die Keller hätten sie unbemerkt entkommen können . . . Endlich erreichten sie den Eingang der Höhle mit dem Teich.

»Elli! Elli!« schrie Julius. »Wo steckt sie denn? Wir dürfen sie nicht hier lassen! Elli!«

Keiner konnte sich jetzt erinnern, hinter welcher Kiste Elli sich versteckt hatte.

»Hier ist das Lamm!« Julius war froh, als das Tier hinter einer Kiste hervorhüpfte! »Elli!«

»Gebt acht, dort ist Hermann!« rief Georg. Der Bauer kam eben aus dem Stollen und lief quer durch die Höhle. Als er die Kinder erblickte, blieb er verdutzt stehen.

»Was treibt ihr hier?« rief er. »Kommt mit uns, schnell! Ihr seid in Gefahr!«

Auch der Schäfer war da, Elli kam aus ihrem Versteck und rannte auf ihn zu. Er starrte sie an, als traute er seinen Augen nicht. Dann nahm er sie auf seinen Arm und rief Hermann ein paar Worte zu. Hermann wandte sich wieder an Julius.

»Habe ich dir nicht gesagt, daß ihr euch nicht einmischen sollt!« schrie er. »Jetzt wird man uns alle gefangennehmen! Du bist ein Dummkopf! Schnell – wir müssen uns verstecken. Hoffentlich denken die Männer, daß wir den Stollen hinuntergegangen sind!«

Er stieß die erstaunten Kinder in eine dunkle Ecke und stellte um sie herum Kisten auf.

»Ihr bleibt jetzt hier!« sagte er.

21 *Verblüffend!*

Die fünf Kinder duckten sich hinter dem Kistenhaufen. Hermann stellte noch eine Kiste auf, so daß die Kinder völlig verdeckt waren.

Richard faßte Julius am Arm.

»Julius, wir haben uns lächerlich gemacht! Hermann wollte selbst das Geheimnis um den Alten Turm erforschen. Der Schäfer sollte ihm dabei helfen. Die beiden waren ja die einzigen Leute weit und breit, die merkten, daß hier etwas Seltsames vorging. Der Schäfer beobachtete bestimmt das gleiche wir wir. Davon erzählte er Hermann ...«

»Ja«, unterbrach ihn Julius. »Kein Wunder, daß er wütend wurde, als wir uns einmischten. Jetzt begreife ich, warum er uns verboten hat, etwas zu unternehmen! Schön dumm waren wir! Wo ist Hermann jetzt? Siehst du ihn?«

»Nein, er hat sich irgendwo versteckt. Horch, die Männer kommen!« sagte Richard. »Hier ist ein Spalt zwischen den Kisten, ich sehe schon den ersten. Oh, der sieht böse aus ...«

Vorsichtig kamen die Männer aus dem Stollen heraus. Wahrscheinlich wußten sie nicht, wie viele Gegner sie hatten. Sie waren sieben. Zwei gingen zum oberen Flußstollen, zwei stellten sich an den Ausgang zum Stollen, der zum Meer führte, und die anderen durchsuchten die Höhle. Als erstes fanden sie die Kinder. Die arme Elli war schuld daran. Sie schrie vor Angst und verriet so den Männern ihr Versteck. Eine Kiste nach der andern fiel auf den Boden. Die Männer waren überrascht, als sie noch mehr Kinder entdeckten. Im nächsten Augenblick stürzte sich Tim mit wütendem Gebell auf den ersten Mann. Der versuchte, den Hund abzuwehren, aber Tim ließ nicht locker. Hermann trat aus seinem Versteck hervor und warf sich auf einen anderen. Mit einer Hand hielt er ihn am Boden fest, mit der andern Hand hielt er sich einen zweiten Gegner vom Leibe.

»Rennt weg!« schrie er den Kindern zu. Aber das war unmöglich. Zwei Männer drängten die Kinder in die Ecke zurück. Julius warf sich auf einen der beiden, wurde aber sofort wieder zurückgestoßen. Es waren kräftige Bergleute, gegen die er sich wehren mußte. Sie konnten es mit jedem der Gefangenen aufnehmen, nur mit Hermann nicht. Auch der Schäfer wurde von ihnen in Schach gehalten. Jetzt kämpften nur noch Hermann und Tim.

»Sie werden Tim verletzen«, schrie Georg und versuchte, einen der Männer zur Seite zu stoßen. »Julius, Julius, er will ihn totschlagen!« Tim entwich geschickt und sprang den Mann an. Es gelang dem Hund, den Feind in die Flucht zu schlagen, er hatte ihn ins Bein gebissen. Aber noch war die Gefahr nicht vorbei: Als Verstärkung kamen noch die herbei, die an den Höhlenausgängen Wache standen.

Die Männer waren offensichtlich Ausländer, und die Kinder verstanden kein Wort von dem, was sie redeten. Nur der Anführer schien kein Fremder zu sein.

Der Schäfer wurde überwältigt. Man band ihm die Hände über dem Rücken zusammen. Hermann kämpfte noch eine Weile – dann mußte er sich ergeben. Er wehrte sich mit Händen und Füßen, als drei Männer versuchten, ihm die Hände zu binden. Da trat der Anführer zu Hermann.

»Das wirst du noch bereuen, Hermann«, sagte er. »Unser ganzes Leben lang sind wir Feinde gewesen – du unten auf deinem Hof, ich hier oben im Alten Turm!«

Hermann sah den Mann verächtlich an.

»Wo ist deine alte Mutter?« schrie er. »Eine Gefangene in ihrem eigenen Haus – wer hat sie beraubt? Du, Ludwig Thomas!«

Hermann war gefesselt und wagte es doch, den Mann herauszufordern. Wieviel Streit mochten die beiden schon miteinander gehabt haben?

Wir sind schuld daran, daß er gefangen wurde, dachte Julius. Ein Dummkopf war ich – und dabei bildete ich mir noch ein, klug und richtig zu handeln. Jetzt sitzen wir schön in der Patsche – und die Mädchen auch. Was werden sie mit uns machen? Am sichersten sind sie vor uns, wenn sie uns so lange gefangenhalten, bis sie ihre Arbeit beendet und sich aus dem Staub gemacht haben.

Ludwig Thomas gab seinen Leuten Befehle. Tim knurrte wütend. Einer der Männer hielt den Hund so knapp am Halsband, daß er ihn fast erwürgte. Tim schnappte nur noch nach Luft. Julius mußte Georg mit aller Gewalt hindern, Tim zu Hilfe zu eilen. Er wußte es: die groben Kerle würden nicht davor zurückschrecken, ein Mädchen zu schlagen. Elli hockte in der Ecke und drückte Lämmchen und Hund fest an sich. Maxi wagte nicht einen einzigen Blick auf die Männer zu werfen. Und Hermann wurde von zwei bärenstarken Bergleuten festgehalten.

Aber plötzlich schnellte er hoch und warf sich mit dem Gewicht seines ganzen schweren Körpers gegen einen seiner Wächter: der Mann war zu überrascht, um diesem Anprall auszuweichen, und fiel kopfüber auf den Steinboden. Der Sturz war so heftig, daß er besinnungslos liegenblieb. Ehe sich der andere von dem Schreck erholen konnte, ereilte ihn dasselbe Schicksal. Für einen Augenblick war Hermann frei, wenn auch an den Händen gefesselt.

»Der Narr«, schrie Ludwig Thomas. »Er irrt sich, wenn er glaubt, daß er mit gebundenen Händen in dem Tunnel weiterkommt! Er wird in den Fluß fallen – und wird ertrinken! Nein, folgt ihm nicht! Laßt ihn laufen, laßt ihn ertrinken! Dann sind wir ihn endlich los!«

Der Schäfer kämpfte verbissen, um seinem Kameraden nachzulaufen. Er wußte genau, daß Ludwig recht hatte. Niemand konnte gefesselt an dem schmalen Felsufer weiterkommen. Man brauchte seine Hände, um die Mauer abzutasten. Ein falscher Tritt bedeutete den Sturz in den schäumenden Fluß.

Hermann dachte jedoch nicht an Flucht. Er wollte nicht dieses trügerische Flußufer entlanglaufen, er kannte seine Gefahren. Nein, er hatte einen anderen Plan! Julius beobachtete, wie er im Stollen verschwand, und der Junge erschrak.

Gerade wollte der Anführer seinen Leuten etwas zurufen, als sich ein entsetzlicher Lärm erhob. Es war nicht das Rauschen des Flusses, es war auch nicht das seltsame Grollen. Nein, es war eine gewaltige Stimme, die den Stollen mit einem

Dröhnen erfüllte, dessen Echo in der ganzen Höhle widerhallte. Hermanns Stimme war es. Er rief seine sieben Hunde. Gebannt hörten die Kinder zu:

»Dai! Bob! Tang! Zu mir! Don! Joll! Raff! Hall!«

Es hörte sich an, als wäre die Höhle von Tausenden Stimmen erfüllt. Elli, die dieses Rufen nach den Hunden kannte, zuckte nicht mit der Wimper. Die andern Kinder jedoch duckten sich erschrocken, es war unheimlich.

»Dai! Dai! Raff! Raff!«

Die Stimme dröhnte noch gewaltiger, wurde noch lauter. Zuerst sah Ludwig Thomas bestürzt aus, dann aber lachte er höhnisch:

»Glaubt er wirklich, daß die Hunde von der Küste heraufkommen? Es ist ein weiter Weg durch den Stollen! Verrückter Kerl! Laßt ihn nur laufen!«

Wieder brüllte Hermann die Namen der sieben Hunde.

»Dai! Bob! Tang! Don! Joll! Raff! Hall!«

Beim letzten Namen überschlug sich die Stimme. Der Schäfer hob erschrocken den Kopf. Hermann hatte seiner Stimme zuviel abverlangt. Kein Lautsprecher wäre so durchdringend zu hören gewesen, und nun herrschte Stille. Man sah Hermann auch nicht mehr. Die Kinder waren erschrocken. Elli begann zu wimmern.

Und dann entstand ein wildes Durcheinander. Der Anführer schrie einige Befehle. Zwei Männer rannten auf den Eingang des Stollens zu und verschwanden. Und gleich darauf: ein wirrer Lärm. Tim spitzte die Ohren und riß wie ein Wahnsinniger an seinem Halsband. Er bellte, aber er bekam einen Schlag von seinem Wächter.

»Was ist das für ein Lärm?« fragte Ludwig und blickte sich um. Niemand konnte ihm sagen, wo das Geräusch herkam. Aber es wurde immer lauter und lauter – und nun wußte Julius, was es war. Das war das scharfe Bellen von sieben Hunden! Der Schäfer erkannte es auch. Ein glückliches Lächeln huschte über sein Gesicht. Ahnte Ludwig, was für ein Lärm das war? Ja – der Anführer hatte begriffen! Und doch konnte er es kaum glauben! Das war doch unmöglich, daß Hermanns

Stimme – so laut sie auch sein mochte – durch den langen Stollen gedrungen und von den Hunden gehört worden war?

Dai, der älteste der Hunde, der besonders an seinem Herrn hing, hatte die ganze Zeit an jener Stelle gewartet, wo Hermann und der Schäfer ihn verlassen hatten. Die anderen Hunde standen am unteren Ausgang des Stollens. Als Dai von weitem die Stimme seines Herrn hörte, gab er mit lautem Bellen die Nachricht weiter. Von Dai geführt, stürzten die Hunde den Felsstollen hinauf und bahnten sich den Weg zu ihrem Herrn.

Sie fanden Hermann am Ufer sitzend, nicht weit von der Höhle. Dai beschnüffelte die Hände seines Herrn, dann schnappte er zu – und schon riß das Seil. Hermann strich seinem Hund mit der freien Hand übers Fell, dann ging er ruhig auf die Höhle zu und befahl »Los! Faßt zu!«

Bellend rannte die Meute der sieben Hunde aus dem Stollen heraus, geradewegs auf die Feinde zu. Nur Ludwig war bereits verschwunden. Und das war zu verstehen. Dai sprang den ersten Mann an. Tang warf einen anderen zu Boden. Auch Tim stimmte in das ohrenbetäubende Bellen mit ein, er verstand, daß diese Hunde, die ihn früher angegriffen hatten, jetzt Rettung brachten. Sogar der kleine Maxi beteiligte sich an dem Kampf.

Die Leute Ludwigs fühlten sich diesem Angriff nicht gewachsen. Die sieben Hunde sahen wie wilde Bestien aus, bereit, jeden, der sich ihnen entgegenstellte, in Stücke zu reißen. Die Männer wichen zurück, und da sie ohne ihren Anführer nicht wußten, was sie tun sollten, ergaben sie sich.

22 *Ein Hoch auf Hermann*

Hermann bestand darauf, daß die Kinder ihn allein ließen.

»Es muß noch vieles getan werden«, erklärte er mit seiner tiefen Stimme, die jetzt ziemlich heiser klang. »Ihr geht gleich zu mir nach Hause und ruft die Polizei an. Ihr sagt nur ›Hermann hat gewonnen‹ und bittet, daß man ein Boot in die kleine Bucht schickt. Sie wissen schon, wohin. Inzwischen schaffe ich die Männer durch den Stollen hinunter zum Meer. Geht jetzt, aber schnell!« Und zu Julius sagte er: »Mein Junge, gehorch mir wenigstens diesmal!«

Julius versprach es. Aber da fiel ihm noch etwas ein. »Da ist doch noch die alte Frau«, sagte er. »Frau Thomas – die Mutter. Was geschieht mit ihr? Und den Matthias haben wir im Zimmer eingesperrt!«

»Ihr habt nichts anderes zu tun, als auf meinen Hof zu gehen und dort zu telefonieren«, sagte Hermann sehr bestimmt. »Alles andere erledige ich. Nehmt Elli mit. Sie darf nicht hierbleiben. Geht jetzt!«

Die Kinder gingen. Sie warfen noch einen letzten Blick auf die Männer, die von den Hunden in Schach gehalten wurden und sich nicht zu rühren wagten. Julius führte die Kinder, auch Elli mit Lamm und Hund, den Stollen hinauf und zurück in die Kellerräume.

»Schlimm, daß wir die alte Dame oben im Turm zurücklassen müssen«, meinte Richard.

»Hermann hat bestimmt einen Plan«, sagte Julius, der Hermanns Befehl gehorchen wollte. »Wahrscheinlich hat er gemeinsam mit der Polizei etwas unternommen. Da dürfen wir uns nicht einmischen. Wir haben schon genug Durcheinander angerichtet!«

Sie wollten auf demselben Weg, auf dem sie gekommen waren, wieder ans Tageslicht gelangen. Ihre Schlitten standen ja auch noch dort. Die Kinder hatten Hunger, als sie oben anlangten, aber Julius wollte keine Verzögerung, nicht einmal, um ein Stück Brot zu essen.

Es war nicht schwer, aus dem Erdloch zu klettern, sie hatten ja die Seile hängenlassen. Julius und Richard halfen den Mädchen und hoben sie hoch, und die zogen die Jungen hinauf. Elli war im Nu oben. Zuerst schaukelte sie wie ein Affe am Seil, dann schwang sie sich durch das Loch hinaus. Auch dem Lämmchen gelang der Sprung ans Tageslicht, und Max wurde von Julius hinausgehoben. Tim ließ man auf die gleiche Weise empor, wie man ihn hinuntergelassen hatte.

»So, das hätten wir geschafft!« rief Julius und kroch als letzter hinaus. »Nun laßt uns überlegen. Wir könnten diesen Berg hinunterrodeln und unseren Hang bis zur Hälfte hinaufsausen. So gewinnen wir Zeit. Elli, du kommst mit uns!«

»Nein«, sagte Elli.

»Doch, Elli«, sprach Julius. »Ich möchte es gern.« Er faßte sie bei der Hand, und sie lächelte ihn an.

»Elli ist brav«, lobte Julius und setzte die Kleine auf seinen Schlitten. »Elli kriegt unten ein großes Stück Schokolade!«

Mit größter Geschwindigkeit und ohne Panne rodelten sie den Berg hinunter und landeten mit Schwung am entgegengesetzten Hang. Wie blendete das helle Tageslicht! Das Abenteuer unter der Erde erschien ihnen jetzt wie ein Traum.

»Wir lassen die Schlitten in der Hütte«, sagte Julius, während sie den Berg hinaufstapften. »Hat jemand Durst? Mein Mund ist ganz ausgetrocknet – das hat bestimmt etwas mit den Minen zu tun!« Es ging allen so, sie hatten ganz ausgetrocknete Kehlen.

»Ich laufe schnell in die Hütte und mache uns etwas Orangensaft!« sagte Anne. »Ihr könnt inzwischen die Schlitten einstellen.« Julius gab ihr den Hüttenschlüssel. Sie sperrte auf und ging mit Georg hinein. In einer Minute war die Orangeade fertig und in fünf Tassen gefüllt. Gierig tranken die Kinder alles aus.

Sie sperrten die Hütte wieder ab und gingen hinunter zum Bauernhof. Unterwegs aßen sie ihre Brote. Selten hatte ihnen etwas so gut geschmeckt. Auch Elli konnte nicht genug kriegen. Tim sprang um sie herum, und jeder gab ihm einen Bissen. Gierig leckte er dann den Schnee, ließ ihn im Maul schmelzen und schluckte ihn – ganz selig sah er dabei aus.

Frau Hansen war erstaunt, als sie die Kinder erblickte, und noch größer wurden ihre Augen, als Julius sie um das Telefongespräch mit der Polizei bat.

»Beunruhigen Sie sich nicht, Frau Hansen«, sagte der Junge. »Es handelt sich nur um eine Nachricht von Hermann. Es ist alles in Ordnung. Sie erfahren mehr, sobald er wieder

zu Hause ist. Bis dahin dürfen wir nichts erzählen!«

Die Polizei schien gar nicht überrascht zu sein, als sie Julius' Nachricht hörte. Man hatte sie erwartet. »Wir werden uns um diese Angelegenheit kümmern«, sagte der Beamte. »Herzlichen Dank!« Julius hätte gern gewußt, was nun geschehen würde. Was mochte Hermann vereinbart haben?

Die Kinder freuten sich, als Frau Hansen eine Terrine mit heißer Hühnersuppe brachte. Sie setzten sich um den Kamin im Wohnzimmer.

»Oh, das ist genau das richtige!« rief Anne dankbar. »Ich bin furchtbar erschöpft, du auch, Georg? Guck mal, Tim, hier ist ein Knochen für dich! Sie sorgen für uns so gut, Frau Hansen!«

»Kinder, ich hab ein ziemlich schlechtes Gewissen«, bekannte Julius. »Eigentlich hätten wir uns nicht einmischen dürfen, Hermann wird wütend sein!«

»Ich bin dafür, daß wir uns bei ihm entschuldigen«, schlug Richard vor. »Abgesehen davon, daß wir uns bei ihm entschuldigen müssen, interessiert es uns doch auch, was inzwischen geschehen ist.«

»Na klar!« sagte Anne. »Und Elli muß hier auf ihren Vater warten. Er wird sich bestimmt Sorgen um sie machen!« Sie fragten Frau Hansen, ob sie hier so lange warten dürften.

»Natürlich, Kinder!« rief sie. »Heute gibt es Truthahn – ihr sollt ihn mit uns essen!« Das hörte sich verlockend an. Die Kinder unterhielten sich. Tim legte seinen Kopf auf Georgs Knie. Sie betrachtete seinen Hals.

»Dieser Kerl hat ihn gewürgt!« sagte sie. »Schau, Julius, lauter Druckstellen am Hals!«

»Ich möchte nur wissen, was mit der armen alten Dame geschieht«, sagte Anne. »Sie wird froh sein, daß ihr Sohn lebt! Aber was wird sie machen, wenn sie erfährt, daß er sie betrogen hat?«

Julius dachte immer noch an das merkwürdige Metall. »Ich glaube, man wird den Verkauf verbieten«, überlegte er. »Ein toller Plan! Männer werden durch Stollen unter die Erde geschickt, um dieses Metall zu schürfen. Auf Flößen wird es in eine Meeresbucht transportiert, wo Schiffe warten. Wir sollten mal dort hingehen und uns die Bucht ansehen. Das ist bestimmt aufregend!«

Es war schon dunkel, als Hermann mit dem Schäfer heimkam. Julius ging auf den großen Mann zu.

»Wir möchten uns entschuldigen, weil wir uns so idiotisch

benommen haben«, sagte er. »Wir hätten Ihnen gehorchen und uns nicht einmischen sollen.«

Hermann lächelte. Er schien sehr gut gelaunt zu sein.

»Schon gut, mein Junge!« sagte er. »Es ist alles in Ordnung. Die Polizisten kamen durch den Flußstollen in die Höhle. Die Schurken sitzen schon im Gefängnis. In Ludwigs Haut möchte ich nicht stecken. Seine Mutter ist frei, sie ist bei Freunden untergebracht. Die arme Frau, sie kann gar nicht begreifen, was geschehen ist. – Und das ist ihr Glück!«

»Was ist denn das überhaupt für ein kostbares Metall? Und stimmt es, daß es die Autos und die Pflüge festhält?«

»Nee«, lachte Hermann, »das hat nichts mit dem Metall zu tun. Die Leute bilden sich's nur ein. Darauf soll man nicht viel geben. Aber kostbar – ja, das ist das Zeug! Es ist Erz, erstklassiges Erz. Weiß der Himmel, wie's kommt, daß bisher keiner von dem Schatz Wind bekam ...«

Aber da erschien Frau Hansen in der Tür, und Hermann unterbrach die längste Rede seines Lebens.

»Komm jetzt zum Abendessen!« rief Frau Hansen. »Die Kinder essen mit uns. Es gibt Truthahn – denn heute hast du Geburtstag, Hermann!«

»Na, so etwas, das wußte ich ja gar nicht«, sagte Hermann und umarmte seine Mutter. »Also ran an den Truthahn! Den gibt es nicht alle Tage!«

Bald saßen sie alle um den Tisch, vor sich einen riesengroßen Truthahn. Hermann schnitt ihn schnell in Stücke. Dann flüsterte er seiner Mutter etwas ins Ohr. Sie nickte lächelnd.

»Tu's nur!« sagte sie.

Hermann legte ein paar Fleischstücke in eine große Emailschüssel. Dann ging er zur Tür, die hinaus in den Hof führte.

»Dai! Tang! Bob! Don! Joll! Raff! Hall!«

»Er ruft seine Hunde«, sagte Anne. »Genauso, wie er sie unten im Stollen rief.« Die sieben Hunde rasten zur Tür, sie stießen einander an und bellten aufgeregt. Hermann warf ihnen die Fleischstücke zu. Gierig schlangen sie die Leckerbissen hinunter.

»Wuff!« meldete sich Tim höflich, und Hermann drehte

sich um. Feierlich schnitt er ein großes und ein kleines Stück ab. »Hier!« sagte er zu Tim und Max. »Ihr habt euch auch ordentlich benommen. Schnappt!«

»Da bleibt nicht viel von dem Geburtstagstruthahn übrig«, meinte Frau Hansen. »Füllt eure Gläser, Kinder, wir wollen auf Hermanns Wohl anstoßen. Einen besseren Sohn gibt es nicht!«

»Herzlichen Glückwunsch! – Herzlichen Glückwunsch!« riefen sie alle und hoben ihre Gläser. Und Julius stand auf, schluckte ein paarmal und sagte dann ein wenig verlegen: »Herzlichen Glückwunsch und vielen Dank, Herr Hermann! Wir – also wir finden – Sie haben die schönste Stimme, die es gibt!«

Geheimpolizei Schwarze Sieben

1 *Ein Treffen der Schwarzen Sieben*

Im Hintergrund von Peters und Janets Garten lag ein alter Schuppen. Dort sollte das Wochentreffen stattfinden. Auf die Tür war eine große schwarze Sieben aufgemalt.

Peter und Janet warteten schon im Schuppen. Janet preßte Zitronen für die Limonade aus und goß den Saft in einen großen Krug. Auf einem Teller lagen sieben Lebkuchen und ein großer Hundekuchen.

Der war für Lump, ihren goldbraunen Spaniel. Er saß da und ließ die Augen nicht von dem Teller, als fürchtete er, der Hundekuchen könnte herunterspringen und sich mir nichts, dir nichts aus dem Staub machen.

»Da kommen die anderen!« sagte Peter, der zum Fenster hinaussah. »Ja – Colin, Georg, Barbara, Pam und Jack. Mit dir und mir sind wir sieben.«

»Wuff!« machte Lump, gekränkt, weil man ihn ausgelassen hatte.

»Leider bist du kein Mitglied, Lump«, sagte Peter, »sondern nur ein Anhängsel – aber ein sehr nettes!«

Jemand klopfte. »Kennwort, bitte!« rief Peter. Ehe nicht von draußen das Kennwort gefallen war, ließ er niemanden herein.

»Kaninchen«, erwiderte Colin, und Peter schloß die Tür auf. »Kaninchen«, sagte Jack, und »Kaninchen« erscholl es reihum. Das war ihr neuestes Kennwort. Die *Schwarze Sieben* änderte die Parole jede Woche für den *Fall*, sie könnte einem Fremden zu Ohren gekommen sein.

Als sie alle drin waren und sich setzten, sah Peter jeden scharf an. »Wo ist dein Abzeichen, Jack?« fragte er.

»Tut mir schrecklich leid«, sagte er, »aber Susi muß es genommen haben. Ich hatte es in meiner Schublade versteckt, und fort war es, als ich heute morgen danach suchte. Also, Susi . . .« Susi war Jacks Schwester. Brennend gern hätte sie auch zu dem Geheimbund gehört, doch Jack erklärte ihr, daß unmöglich noch einer mitmachen könne: die *Schwarze Sieben* war vollständig.

»Schnüffelt gern, deine Schwester«, sagte Peter. »Schau, daß du dein Abzeichen wiederkriegst, Jack. Und in Zukunft steck es nicht in eine Schublade oder sonstwohin, sondern an deinen Schlafanzug. Und trag es immer bei dir, dann kann Susi nicht dran.«

»Schon gut«, brummte Jack. Er sah von einem zum anderen, ob alle das Abzeichen trugen. Ja, jedes Mitglied hatte einen runden Knopf mit einer schwarzen Sieben darauf angesteckt. Er war sehr ärgerlich über Susi.

»Hat jemand etwas Aufregendes zu berichten?« erkundigte sich Peter und verteilte die sieben Lebkuchen. Er warf Lump auch seinen Leckerbissen zu.

Zu berichten hatte keiner etwas. Barbara sah Peter vorwurfsvoll an.

»Das ist jetzt die vierte Woche, in der sich gar nichts ereignet hat«, beklagte sie sich. »Ein Geheimnis müßten wir aufdecken oder ein Abenteuer bestehen!«

Janet goß Limonade in die Becher. »Ich möchte schon auch, daß sich etwas Aufregendes ereignet«, meinte sie. »Können wir uns nicht selbst ein Abenteuer ausdenken, bloß zum Spaß? Also, ich meine, können wir uns nicht als Indianer verkleiden und hinter Leuten herschleichen, ohne daß sie es merken? Peter und ich haben so herrliche Indianergewänder.«

Darüber unterhielten sie sich. Es stellte sich heraus, daß sie im ganzen sechs Indianerausrüstungen hatten.

»Fein, ich weiß, wie wir's machen«, sagte Georg. »Wir verkleiden uns als Indianer und gehen ins Buschwäldchen. Dort teilen wir uns in zwei Parteien, die von zwei verschiedenen Seiten angeschlichen kommen. Dann wollen wir mal sehen, welche von ihnen den Colin fängt. Er ist doch der einzige, der keinen Indianeranzug hat. Das gibt einen Mordsspaß!«

»Ehrlich gestanden hab ich keine große Lust, von euch sechsen auf einmal beschlichen zu werden«, wehrte sich Colin. »Ich kann es nicht ausstehen, wenn *alle* hinter mir her sind.«

»Ist doch bloß Spiel!« sagte Janet. »Sei nicht albern . . .«

»Horch – da ist jemand«, unterbrach Peter. Schritte kamen den Pfad entlang auf den Schuppen zu. Dann pumperte es so heftig gegen die Tür, daß alle in die Höhe fuhren.

»Kennwort!« rief Peter, der vor Schreck vergaß, daß die *Schwarze Sieben* ja vollständig versammelt war.

»Kaninchen!« lautete die Antwort.

»Das ist *Susi*!« sagte Jack wütend. Er riß die Tür auf. Wahrhaftig, da stand sie, seine freche Schwester, und hatte den roten Knopf mit der schwarzen Sieben darauf angesteckt.

»Ich bin Mitglied!« rief sie. »Ich weiß das Kennwort, und das Abzeichen habe ich auch.«

Ärgerlich sprangen alle auf, und lachend ergriff Susi die Flucht. Jack war feuerrot vor Wut. »Ich muß sofort hinterher«, sagte er empört. »Jetzt müssen wir uns ein neues Kennwort ausdenken!«

»Wir können ja *Indianer* dafür nehmen!« rief Peter ihm nach.

»Um halb drei treffen wir uns wieder hier!«

2 *Ein Indianernachmittag*

Um halb drei fand sich der Geheimbund wieder ein. Jack kam als erster und trug sein Abzeichen. Er hatte es Susi abgejagt.

»Ich komme noch mal, rumpele gegen die Tür und rufe die Parole!« hatte Susi gedroht.

»Das wird dir gar nichts nützen, weil wir die nämlich geändert haben«, erwiderte ihr Jack ungerührt.

Jeder sagte nun das neue Kennwort leise und vorsichtig. »Indianer!« – »Indianer«, so flüsterte einer nach dem andern, bis alle sieben versammelt waren. Jeder hatte seinen Indianeranzug und den Kopfschmuck dazu mitgebracht, bis auf Colin, der ja keinen besaß, und im Nu war alles verkleidet.

»So, jetzt auf zum Buschwäldchen!« befahl Peter; er stolzierte mit einem Kriegsbeil umher, das einen erschrecken konnte, wenn man nicht genau hinsah. Aber es war nur aus Holz.

»Janet und Jack sind meine Leute. Georg kann mit Pam und Barbara losziehen. Colin soll der sein, auf den wir Jagd machen.«

»Also ich laß mich nicht an einen Baum binden und dann mit Pfeilen auf mich schießen!« erklärte Colin. »Euch macht das vielleicht Spaß, aber mir nicht. Verstanden?«

Über die Felder brauchten sie ungefähr eine Viertelstunde bis zum Buschwäldchen. Es grenzte an Schloß Herrenfried, das von hohen Mauern eingeschlossen war.

»Wir gehn jetzt von zwei Seiten in das Wäldchen hinein«, sagte Peter. »Meine drei fangen hier an, ihr drüben, Georg. Colin kann bis zur Mitte gehen und von da aus hineinlaufen, und wir machen die Augen zu und zählen bis hundert – dann beschleichen wir ihn und versuchen, ihn zu fangen.«

»Wenn ich aber einen von euch erkenne und seinen Namen rufe, muß er aufstehen und sich stellen«, sagte Colin, »der scheidet dann aus dem Spiel aus.«

»Und wenn einer von uns unbemerkt anschleicht und dich erwischt, dann bist du sein Gefangener!« entgegnete Peter. »Genau der richtige Ort ist das Buschwäldchen für so was!«

Und ob es das war! Das Heidekraut wuchs in mächtigen Büscheln, meterhoch das drahtige Gras; und Bäume und Sträucher in allen Größen. Eine Menge schönster Verstecke war da, und ungesehen konnte man auf Schleichwegen von einem Ende zum andern gelangen, wenn man auf allen vieren kroch.

Die zwei Parteien trennten sich. Auf einer Seite wurde das Buschwäldchen von einer Hecke abgegrenzt; auf der andern ragten die Mauern von Schloß Herrenfried empor. Wenn es Colin gelang, an einem der beiden Enden durchzustoßen, das wäre schon eine Meisterleistung! Er stellte sich in die Mitte und wartete ab, bis die andern zu zählen anfangen würden.

Sobald Peter mit einem Taschentuch winkte und damit das Zeichen gab, rannte Colin auf einen Baum zu. Er kletterte flugs in das dichte Geäst hinauf bis zu einer Dreiergabelung, wo er sich auf einem breiten Zweig niederließ. Er lachte vor sich hin.

Jetzt können sie mich beschleichen, soviel sie wollen. Finden werden sie mich nicht! dachte er. Und wenn sie dann müde sind vom langen Suchen und aufgeben, dann kraxle ich wieder runter und spaziere ganz gemütlich zu ihnen hin!

Sie hatten bis hundert gezählt. Überall verstreut, begannen die Indianer, sich ihren Weg zu bahnen; sie hatten sich auf den Bauch geworfen, alle sechs, und krochen stumm durch Heidekraut, Gestrüpp und hohes Gras. An den Bewegungen der Büsche konnte Colin manchmal erkennen, wo gerade einer krabbelte. Es war wirklich ein Mordsvergnügen!

Da, als er zur hohen Mauer hinübersah, die das Grundstück vom Schloß Herrenfried umgab, erspähte er etwas, das ihn sehr überraschte. Blitzschnell kletterte ein Mann über die Mauer und verschwand sofort aus Colins Gesichtsfeld, aber das Unterholz knackte weiter. Dann war alles still. Was hatte der Mann getan? Warum kletterte er über die Mauer? Sosehr Colin sich auch den Kopf zerbrach, es wollte ihm nichts einfallen. Er konnte doch nicht von seinem Baumversteck aus die anderen zusammenrufen. Da sah er plötzlich, daß sich einer von ihnen ganz in der Nähe der Stelle bewegte, wo der Mann auf die Erde gesprungen war.

Ja, Peter kroch hier durchs Gebüsch. Er hatte es rascheln hören. Er meinte, es sei Colin gewesen, und schlich in dieser Richtung weiter.

Ganz sicher hatte sich hier jemand versteckt. Hier in diesem Ginsterbusch, der in voller Blüte stand. Bestimmt war das Colin, der sich hier verbarg!

Vorsichtig schob sich Peter auf den Strauch zu. Er bog die Gerten auseinander und starrte verdutzt auf den fremden Mann. Das war nicht Colin!

Der Mann erschrak furchtbar. Sah er doch plötzlich mitten im Gestrüpp ein grausig bemaltes Gesicht und ein drohend erhobenes Beil.

Er brach durch das Gebüsch und verschwand, und Peter war so verblüfft, daß er gar nicht auf den Gedanken kam, dem Flüchtling zu folgen.

3 *Ein großer Schreck für Colin*

»Verflixt und zugenäht!« brummte Peter ärgerlich. »Ich bin schon ein dämlicher Indianer. Nicht mal einen, den ich vor der Nase habe, kann ich beschleichen. Wohin ist der Kerl nur verschwunden?«

Er suchte überall, und allmählich merkten die anderen, daß irgend etwas nicht stimmte, weil sie ihn so aufrecht auf zwei Beinen umherlaufen sahen.

»Was ist, Peter?« riefen sie ihm zu. »Warum zeigst du dich?«

»Da hatte sich ein Mann unter dem Busch hier versteckt. Und wie ich mich frage, warum, ist er auch schon über alle Berge! Hat einer von euch gesehen, wohin er gelaufen ist?«

Nein, keiner hatte von dem Mann überhaupt etwas bemerkt.

»Komisch – zu sechst krabbeln wir hier im Feld herum, und keiner von uns hat den Mann weglaufen sehen«, sagte Pam. »Nicht einmal den Colin haben wir gefunden.«

So fingen sie alle an zu rufen: »Colin! Komm heraus! Das Spiel ist zu Ende!« Aber es kam keine Antwort, nicht einmal seine Stimme tönte zurück. »Mach keine Witze!« schrie Georg. »Das Spiel ist aus! Wo steckst du bloß?«

Colin saß dort, wo er die ganze Zeit gesessen hatte, droben auf seinem Baum. Er hatte furchtbare Angst. Er war schon erschrocken, als er den Mann von der Mauer gleiten und auf das Dickicht zusteuern sah, wo er sich ganz offensichtlich verstekken wollte. Aber sein Schreck wurde noch viel größer, als der Mann plötzlich ganz in der Nähe wieder erschien und auf den Baum zuging, wo Colin sich verborgen hielt.

Dann war es, als klettere jemand in höchster Eile an demselben Baum hoch, den Colin als Versteck gewählt hatte. Das Herz des Jungen schlug zum Zerspringen. Es war ein scheußliches Gefühl. Wenn der Kerl immer höher stieg und hier oben Colin erblickte?

Der Mann kletterte höher und höher. Doch, beinahe bei Colin angelangt, machte er halt. Genau unter Colin, in einer

Astgabel, kauerte er sich zusammen. Er schnappte nach Luft, versuchte jedoch, so leise wie möglich zu atmen. Peter, der sich ganz in der Nähe aufhielt, hätte es sonst gehört. Erstarrt blieb Colin sitzen. Wer war der Mann? Warum kam er über die Mauer? Warum versteckte er sich im Buschwäldchen? Bestimmt wäre er nicht darauf verfallen, wenn er geahnt hätte, daß die *Schwarze Sieben* hier Indianer spielte!

Und jetzt war er auch noch auf diesen Baum geflüchtet und konnte jeden Augenblick heraufschauen und Colin erspähen! Und jetzt riefen die anderen: »Colin, komm raus! Das Spiel ist zu Ende!«

Aber der arme Colin wagte nicht, aus seinem Versteck zu kommen und zurückzurufen. Er getraute sich ja kaum zu atmen. Hoffentlich mußte er nicht niesen oder husten.

Mäuschenstill saß auch der Mann und beobachtete durch das Laub die sechs Kinder. Colin wäre es sehr recht gewesen, wenn sie den guten Lump dabeigehabt hätten, dessen Witterung nichts entging. Bestimmt würde er jetzt zu dem Baum hinaufbellen, wo der Fremde saß.

Nach ihrem vergeblichen Versuch, Colin zu finden, machten sich die sechs auf den Heimweg.

»Er muß uns entwischt sein und wartet vielleicht schon zu Hause«, vermutete Peter. »Los, gehen wir auch! Den Mann finden wir ja doch nicht.«

Verzweifelt sah Colin die Kinder aus dem Wäldchen hinaus- und den Feldweg entlanggehen. Auch der Mann sah es. Er glitt den Stamm hinunter. Colin hatte bloß Haare und Ohren erkennen können. Und mehr sah er auch jetzt nicht, als der Mann vorsichtig aus dem Wäldchen schlich. Jedenfalls war der ein viel besserer Indianer als irgendeiner im Bund der *Schwarzen Sieben*, das stand fest.

Und jetzt – war es jetzt sicher genug? Sollte Colin den Abstieg wagen? Schließlich konnte er ja nicht die ganze Nacht auf dem Baum hocken bleiben!

4 *Wird daraus ein Abenteuer?*

Am Fuß des Baumes blickte sich Colin vorsichtig um. Niemand in Sicht. Der Mann war verschwunden.

Colin rannte los. Niemand hielt ihn auf. Keiner brüllte ihm etwas zu. Als er merkte, wie ihn die Kühe anstarrten, schämte er sich.

Er lief zum Gutshof hinüber, wo Janet und Peter wohnten. Vielleicht war die ganze Gesellschaft noch dort und wischte sich die Indianerfarbe von den Gesichtern.

Er rannte den Pfad hinunter bis zum Schuppen und klopfte laut.

Es blieb still. Sie machten nicht auf. Und dann fiel es Colin ein. Natürlich, er mußte ja erst das Kennwort durchgeben! »Indianer!« schrie er.

Die Tür sprang auf. »Jetzt weiß aber auch *jeder* hier unser neues Kennwort«, empfing ihn Peter verärgert, »und wir können wieder ein anderes erfinden! – Wo warst du denn? Wir haben gerufen und das ganze Wäldchen nach dir abgesucht.«

»Ich weiß, ich hab euch ja gehört«, sagte Colin. »Tut mir leid, daß ich die Parole so ausposaunt habe! Aber ich bringe eine Neuigkeit – eine ganz tolle. Als Peter aufsprang und rief, es habe sich da im Busch ein Mann versteckt, war ich auch in der Nähe. Oben auf einem Baum!«

»So was Feiges!« sagte Georg. »Das gilt doch nicht beim Indianerspielen!«

»Wieso nicht?« wollte Colin wissen. »Wetten, daß Indianer genauso auf Bäume klettern, wie sie auf dem Bauch herumrutschen! Aber ich war also auf dem Baum – und ob ihr's glaubt oder nicht, der Mann, den Peter gesehen hat, der ist auch auf meinen Baum geklettert.«

»Und was hast du gemacht?« wollte Georg wissen.

»Gar nichts«, sagte Colin. »Ganz bis zu mir herauf ist er nicht gekommen – so bin ich sitzen geblieben und hab keinen Piep von mir gegeben. Ich hatte den Kerl schon *vor* Peter gesehen. Oben auf der Mauer von Herrenfried sah ich ihn – wie er dann hinuntersprang und auf das Wäldchen zulief und verschwand!«

»Und wie ist das Ganze ausgegangen?« fragte Janet.

»Als ihr alle weg wart, glitt er vom Baum runter und lief davon. Dann bin ich auch heruntergeklettert und heimgerannt.«

»Was mag einer bloß vorhaben, wenn er sich so benimmt wie *der*?« wunderte sich Jack. »Wie hat er denn ausgeschaut?«

»Ich hab ja nur seine Haare und seine Ohren gesehen«, gestand Colin. »Hast du ihn genauer erkennen können, Peter?«

»O ja, ganz gut«, meinte Peter, »aber es war nichts Auffälliges an ihm – glattrasiert, dunkelhaarig – also wirklich nichts, was man besonders behält.«

»Na, das wird das letzte sein, was wir von ihm hören«, unkte Barbara. »Dies Abenteuer ist uns auch wieder durch die Lappen gegangen! Nie werden wir wirklich wissen, was der Mann getan und warum er sich so benommen hat.«

»Immerhin ist's ihm gelungen, uns den Nachmittag zu verderben«, fand Pam und Janet fragte:

»Wann treffen wir uns wieder? – Und brauchen wir ein neues Kennwort?«

»Am Donnerstagabend«, sagte Peter. »Haltet einstweilen wie immer eure Augen und Ohren offen! Wirklich *zu* schade, daß wir den Mann nicht gefangen oder nicht mehr über ihn herausbekommen haben.«

»Also, wie ist es mit dem Kennwort?« fragte Janet wieder.

»Na gut – nehmen wir *Abenteuer*«, erwiderte Peter, »wo wir doch gerade eins verpaßt haben!«

So machten sich alle auf den Heimweg – und keiner, außer Colin, dachte mehr viel an den merkwürdigen Kerl im Buschwäldchen. Aber noch am selben Abend bewirkte eine Radiodurchsage, daß die *Schwarze Sieben* wieder daran denken sollte.

»Auf Schloß Herrenfried wurde Gräfin Lucy Thomas ihre sehr kostbare und einzige Perlenkette aus dem Schlafzimmer entwendet«, lautete die Bekanntmachung. »Der Dieb entkam, ohne daß ihn jemand gehört oder gesehen hätte.«

Peter und Janet sprangen gleichzeitig hoch. »Das war der Mann, den wir gesehen haben!« schrie Peter. »Ruf die *Schwarze Sieben* für morgen zusammen, Janet – jetzt wird doch noch ein Abenteuer daraus!«

5 *Eine wichtige Zusammenkunft*

In dieser Nacht waren alle Mitglieder des Geheimbundes sehr aufgeregt. Janet und Peter hatten jedem folgende Mitteilung in den Briefkasten gesteckt: »Treffen um 1/210 Uhr. WICHTIG! *Schwarze Sieben.*«

Colin und Georg hatten kein Radio gehört. Aber alle anderen wußten bereits vom Diebstahl der Perlenkette. Und daß die Gräfin Lucy Thomas in dem Schloß beim Buschwäldchen wohnte, war den Kindern auch bekannt. Ganz klar: das Treffen galt der Suche nach dem Dieb!

Um halb zehn traf sich der Geheimbund. Die Geschwister saßen schon im Schuppen. »Kennwort«, murmelte Peter finster bei jedem Klopfen, und »Abenteuer« flüsterte es jedesmal zurück, bis alle Mitglieder versammelt waren.

»Wo ist deine gräßliche Schwester, Jack – die Susi?« war Peters erste Frage. »Ich hoffe, sie treibt sich nirgendwo in der Nähe herum. Unsere Zusammenkunft ist heute sehr wichtig. Hast du dein Abzeichen?«

»Ja«, sagte Jack, »Susi ist heute eingeladen. Sie kennt unser neues Kennwort auch gar nicht.«

»Also, warum sind wir hier?« fragte Colin; »was ist los?«

»Du wirst gleich vor Stolz platzen, wenn du es erfährst!« sagte Janet. »Weil du eine wichtige Rolle dabei spielst. Du und Peter, ihr wart nämlich die einzigen, die den Dieb gesehen haben, hinter dem wir her sind.«

Colin und Georg blickten etwas entgeistert drein. Wie sollten sie auch wissen, wovon überhaupt die Rede war? Peter kam ihnen zu Hilfe.

»Colin hat gestern einen Kerl über die Mauer von Schloß Herrenfried klettern sehen – und ich habe denselben Mann im Busch getroffen. Also, gestern abend wurde im Rundfunk durchgegeben, daß ein Dieb in das Schlafzimmer der Gräfin eingedrungen ist und ihre kostbare Perlenkette genommen hat.«

»Heiliger Strohsack!« quietschte Pam begeistert. »Und das war der Mann, den ihr gesehen habt!«

»Jawohl«, bestätigte Peter. »Der muß es gewesen sein. Wenn wir den Mann wiederfänden – und die Perlenkette dazu, das wär doch eine Meisterleistung von der *Schwarzen Sieben*!«

Es folgte eine kurze Stille, in der alles scharf nachdachte. »Aber, wie sollen wir ihn finden?« seufzte Barbara endlich. »Ich meine, wenn bloß ihr zwei, Colin und du, ihn gesehen habt und nur für einen Augenblick ...«

»Und dann dürft ihr nicht vergessen, bloß die Haare auf seinem Kopf und seine Ohren hab ich gesehen!« fügte Colin hinzu. »Ich möchte wissen, wie ich *daran* jemanden wiedererkennen soll. Ich kann ja schließlich nicht allen Leuten von oben runter auf den Kopf gucken?«

»Nur, wenn du eine Leiter mit dir herumträgst!« lachte Janet, und alle andern fingen auch an zu lachen.

»Müssen wir es nicht vor allem der Polizei melden?« meinte Georg schließlich.

»Doch, das müssen wir«, gab Peter zu. »Vielleicht können wir dann auch weiter suchen helfen oder irgend etwas auskundschaften.«

Sie verließen ihren Schuppen und liefen in die Stadt hinunter. Der junge Wachtmeister war erstaunt, als auf einmal die ganze Kinderschar über die Treppe des Polizeigebäudes heraufstürmte.

»Können wir den Inspektor sprechen?« fragte Peter. »Wir haben eine Nachricht für ihn – über den Dieb, der die Perlenkette gestohlen hat.«

Der Inspektor hatte das Getrappel der vielen Füße gehört und sah zu seinem Amtszimmer heraus. »Grüß euch Gott,

Bande, wie geht's?« sagte er freundlich. »Was für ein Kennwort habt ihr denn jetzt?«

Das wurde natürlich nicht verraten. Peter lachte. »Wir wollen nur melden, daß wir den Dieb gestern gesehen haben, wie er über die Mauer von Schloß Herrenfried geklettert ist«, erklärte er. »Erst hat er sich im Gebüsch versteckt und dann auf einem Baum, auf dem gerade der Colin saß. Aber das ist beinahe alles, was wir wissen!«

Doch bald erfuhr der Insepktor jede Einzelheit, die die Kinder beobachtet hatten. »Was mir dabei nur nicht in den Kopf will«, versetzte er nachdenklich, »wie kam der Dieb über die hohe Mauer? Der muß ja wie eine Katze klettern, denn eine Leiter hat er nicht benutzt. Haltet nur die Augen offen, falls euch der Kerl noch einmal übern Weg läuft!«

»Das Dumme ist« – entgegnete Peter zögernd, »Colin hat ja bloß die Haare auf seinem Kopf gesehen, und in dem Augenblick, wo ich ihm begegnet bin, da ist er mir so – so alltäglich vorgekommen, aber aufpassen tun wir bestimmt.«

Die Sieben verabschiedeten sich und liefen wieder auf die Straße. »Und *jetzt*«, sagte Peter, »gehen wir zuallererst zu der Stelle, wo Colin den Mann über die Mauer hat klettern sehen. *Vielleicht* finden wir etwas. Man kann nie wissen . . .«

6 *Seltsame Entdeckungen*

Und die sieben wanderten wieder zu dem Wäldchen, wo sie gestern Indianer gespielt hatten.

»Nun zeig uns mal genau, wo der Mann über die Mauer kam, Colin«, sagte Peter, und Colin deutete auf eine Stechpalme.

»Dort zwischen dem Hollerbusch und der kleinen Eiche. Das muß die Stelle gewesen sein.«

»Kommt, da schau'n wir mal nach!« schlug Peter vor. Äußerst wichtig fühlte sich die *Schwarze Sieben*, als sie durch das Wäldchen und auf den bezeichneten Punkt losmarschierte. Sie starrten an der Mauer empor. Die war glatt und mindestens drei Meter hoch. Wie sollte die einer ohne Leiter erklommen haben?

»Hier war's, wo er heruntergesprungen ist!« bemerkte Pam plötzlich und zeigte auf eine Vertiefung in der Erde neben der Stechpalme. Alle liefen herbei und sahen sich das an.

»Ja – das Loch muß von seinen Füßen sein«, stimmte Georg bei. »Schade – ich meine, wenn richtige *Fußabdrücke* da wären, die hätten uns ganz schön weitergeholfen. Aber es ist ja bloß ein Loch im Boden – wahrscheinlich von seinen Fersen.«

»Wir müßten eben auch auf die andere Seite von der Mauer hinübergehen«, entschied Peter. »Vielleicht sind dort Fußabdrücke. Kommt, fragen wir, ob der Gärtner uns auf das Grundstück läßt. Er ist mit unserem Schweizer befreundet und kennt mich.«

Der Gärtner arbeitete im Vorgarten, jenseits des schmiedeeisernen Tors. Er blickte auf, als die Kinder ihn anriefen.

»Johns«, bat Peter, »dürfen wir 'reinkommen und uns ein bißchen umschauen? Wissen Sie, es handelt sich nämlich um den Dieb! Wir haben ihn über die Mauer klettern sehen, und der Polizeiinspektor sagt, wir sollen weiter die Augen offenhalten – und da suchen wir jetzt alles ab.«

Grinsend öffnete Johns das Gittertor. »Na, meinetwegen, wenn ich dabei bin, werdet ihr schon nichts anrichten«, brummte er. »Komisch, daß der Dieb über *die* Mauer gekraxelt sein soll. Aber ich hab ja gestern den ganzen Nachmittag im Vorgarten gearbeitet. Zum Tor kann der nicht hereingekommen sein. Da müßte ich ihn gesehen haben.«

Die sieben Kinder gingen mit Johns zusammen um die Mauer herum. Colin blieb an der Stelle stehen, wo ein Zipfel von der Stechpalme und die Krone der kleinen Eiche über die Mauer hinausragten.

»Hier war's, wo er hinübergeklettert ist«, sagte er. »Da müßten wir die Fußabdrücke finden.«

Ja, es fanden sich Spuren in der Erde, aber Fußabdrücke waren das nicht. Die Kinder beugten sich über die kleinen Vertiefungen.

»Komisch!« staunte Peter kopfschüttelnd, »ganz rund und regelmäßig – und ungefähr sechs Zentimeter im Durchmesser – wie von einem dicken Besenstiel – richtig in den Grund hineingebohrt. Was für Spuren können das sein, Johns?«

»Keine Ahnung«, murmelte Johns, ebenfalls recht erstaunt. »Aber vielleicht kann die Polizei etwas damit anfangen, jetzt, wo sie ja weiß, daß ihr den Dieb hier gesehen habt, wie er über die Mauer gestiegen ist.«

Alle betrachteten die runden, regelmäßigen Vertiefungen, und keiner konnte sich ihren Ursprung erklären. Warum sollte einer mit einem Besenstiel oder dergleichen in der Erde herumstochern? Was sollte es ihm helfen, wenn er über die Mauer entkommen wollte?

»Eine Leiter hat er nicht benutzt, das kann ich beschwören«, erklärte Johns. »Meine Leitern waren alle in der Remise eingeschlossen – und da stehen sie jetzt noch. Der Schlüssel ist in meiner Hosentasche. Wie der Mann über diese steile Mauer gekraxelt sein soll, ist und bleibt mir ein Rätsel.«

»Er war einfach ein Akrobat«, entschied Janet und blickte zur Mauerkante hinauf. Da zog etwas ihre Aufmerksamkeit auf sich, und voller Aufregung zeigte sie mit dem Finger dorthin: »Schau mal, da – auf halber Höhe –, was hat sich da an dem rauhen Sandstein festgehakt?«

»Sieht wie ein Wollfussel aus«, sagte Pam verwundert. »Sicher hat der Dieb, als er sich hochzog, die rauhe Stelle mit seinen Kleidern gestreift, und ein Wollfädchen ist daran hängengeblieben.«

»Hilf mir hinauf, Georg«, verlangte Peter. »Ich will es mitnehmen. Das könnte ein wertvolles Beweisstück werden.« Er riß das Stückchen Wolle aus der Mauerritze. Als er wieder auf dem Boden stand, betrachteten alle den Fund.

»Schon möglich, daß er von einem Wollpulli stammt, den der Dieb angehabt hat«, vermutete Janet schließlich. »Wir wollen mal Ausschau halten nach jemandem, der einen blauen Pulli trägt, in den ein dünner roter Faden eingestrickt ist!«

Gleich darauf aber fanden sie etwas noch *viel* Aufregenderes!

7 *Was Lumps Spürnase findet*

Wirklich, der Spaniel sollte den Clou aller Beweisstücke entdecken. Denn natürlich war er dabei und schnupperte eifrig in der Gegend herum. Die merkwürdigen runden Löcher fesselten sehr seine Aufmerksamkeit. Plötzlich fing er laut zu bellen an.

»Was ist los, Lump?« fragte Peter. Lump bellte ohrenbetäubend. Die drei Mädchen schauten sich hastig um; womöglich hielt sich der Räuber irgendwo in den Büschen verborgen.

»Aufhören! Sei ruhig«, rief Peter ungehalten. »Was bellst du nur so närrisch, hör auf, sag ich.«

Der Hund schwieg mit vorwurfsvollem Blick auf sein Herrchen. Dann hob er wieder die Schnauze und schielte nach oben, über die Köpfe der Kinder hinweg. Es half nichts. Er *mußte* noch mal bellen.

Alles folgte seinen Augen, um herauszufinden, warum der Spaniel sich so aufführte. Und sieh da, da hing eine Mütze, die sich in den Zweigen eines Baumes verfangen hatte! »Ja, so was!« staunte Peter. »Eine Mütze! Ob die dem Dieb gehört?«

»Na, wißt ihr, wenn das wirklich so wäre«, zweifelte Janet, »warum sollte er sie dann ausgerechnet da hinaufschleudern? Im allgemeinen tun doch Diebe nicht so was Unvorsichtiges: ihre Sachen auf Bäume werfen und da oben lassen!«

Die Mütze hing viel zu hoch, als daß sie einer mit der Hand hätte erreichen können – fast auf gleicher Höhe mit dem Mauerrand. Der Gärtner ging einen Stock suchen, um sie herunterzuholen.

»Da hinauf kann sie einer nur mit viel Schwung befördert haben«, meinte auch Georg. »Drum glaub ich nicht, daß sie dem Dieb gehört. Er wird doch so ein feines Beweisstück nicht irgendwo herumhängen lassen!«

»Nein, da hast du recht«, bestätigte Peter. »*Seine* Mütze kann's wohl nicht gut sein. Vermutlich hat sie irgendein Landstreicher über die Mauer geschleudert.«

Johns kehrte mit einem Bambusstecken zurück. Er holte die Kappe von dem Zweig herunter.

Sie war aus buntgemustertem Tweed und hatte offenbar einst ziemlich auffallende Farben gehabt – doch in dem jetzigen verschmutzten Zustand konnte man das Muster kaum mehr erkennen. Colin meinte: »Ich glaube, die können wir im Gebüsch verschwinden lassen. Pech – guter Lump, wo du doch gemeint hast, das wär ein ganz fabelhafter Fund!« Eben wollte er schon die Kappe über die Mauer werfen, als ihm Peter in den Arm fiel. »Halt, laß! Wir heben sie doch lieber auf. Womöglich verpatzen wir uns eine Fährte, obwohl ich auch glaube, daß nicht viel dabei herauskommt.«

»Meinethalben, aber dann nimm *du* das stinkige Zeug an dich«, antwortete Colin, »kein Wunder, daß der, dem sie gehört hat, sie wegschmeißen wollte, sie stinkt wie die Pest!« Peter stopfte die Mütze in die Tasche. Das Stückchen blauen Wollfaden legte er sorgfältig zwischen die Seiten seines Notizbuches; sein Blick streifte die sonderbaren Vertiefungen in der Erde.

»Davon sollten wir auch etwas vermerken«, sagte er. Georg fand eine Schnur, mit der er sorgfältig den Durchmesser der runden Vertiefungen ausmaß. Er schnitt ein Ende von der Schnur ab, genau in dieser Länge, das wanderte ebenfalls in Peters Notizbuch. Nachdenklich klappte er es zu und steckte es wieder zu sich: »Also, diese komischen Löcher hier überall sind bestimmt auch eine Spur – bloß *wovon*, das ist mir noch schleierhaft.«

Die sieben Kinder bedankten sich bei Johns und schlenderten durch die Felder heimwärs. Peter fürchtete schon fast, das Abenteuer werde mit einem Reinfall enden. Janet blieb dabei: nur ein Akrobat könne es geschafft haben, die hohe Mauer zu erklimmen. »Ein gewöhnlicher Mensch ist dazu ja gar nicht imstande«, waren gerade ihre letzten Worte, als beim Einbiegen in die Vorstadtstraße aller Augen ein großes Plakat gewahrten. Und Colin schrie auf einmal so laut, daß die ganze Gesellschaft zusammenfuhr: »Schaut doch – ein Zirkus! Es kündigt einen Zirkus an. Und was es da alles gibt! Löwenbändiger – Kunstreiter – Tanzbären – Clowns – und *Akrobaten*! Akrobaten! Habt ihr das gesehen? Angenommen – also nehmen wir bloß mal an . . .«

8 *Eine Zirkusvorstellung*

Peter sah auf seine Armbanduhr. »Teufel«, stellte er bestürzt fest, »es ist fast Essenszeit. Wir müssen alle so rasch wie möglich nach Hause. Um halb drei trifft sich die *Schwarze Sieben* wieder.«

»Wir können heute nicht«, bedauerten Pam und Bärbel. »Wir sind eingeladen.«

»O bitte, macht kein Treffen ohne uns aus«, bettelte Pam.

»Ich kann auch nicht kommen«, sagte Georg. »Morgen wäre besser. Wenn der Dieb tatsächlich einer von den Akrobaten im Zirkus ist, dann wird er nicht heute nachmittag schon abhauen. Der bleibt dann sicher, bis der Zirkus weiterzieht.«

»Ja, schon – aber das ist ja nur eine *Möglichkeit*«, warf Janet zögernd ein. »Ich hab das bloß *vermutet*, weil kein anderer als ein Akrobat über eine *so* hohe Mauer klettern kann. *Wissen* tu ich es natürlich nicht.«

»Jedenfalls müssen wir das untersuchen«, sagte Peter. »Aber schön: treffen wir uns erst morgen, um halb zehn. Und jeder von euch soll inzwischen scharf nachdenken und überlegen.«

Sie dachten alle den ganzen Tag über angestrengt nach. Sogar Pam und Barbara tuschelten miteinander auf ihrer Einladung. »Ich stimme dafür, daß wir in den Zirkus gehen«, flüsterte Pam, »meinst du nicht, das wäre eine gute Idee? Dann sehen wir ja, ob Peter in einem der Akrobaten den Dieb aus dem Busch wiedererkennt!«

Als sich die *Schwarze Sieben* am nächsten Tag wieder versammelte, schien jeder mit dem Kennwort auf den Lippen auch die gleiche Idee mitgebracht zu haben.

»Wir müssen uns den Zirkus anschauen!« platzte Georg heraus.

ZIRKUS
CLOWNS
LÖWENBÄNDIGER
TANZBÄREN
AKROBATEN
SENSATIONEN!

»Genau das haben Pam und ich auch gedacht«, unterstützte Barbara eifrig den Vorschlag. Colin stimmte zu, es sei das Vernünftigste, was sie tun könnten. »Was sagst du, Peter?«

Peter nickte. »Janet und ich haben im Lokalanzeiger nachgeguckt: Der Zirkus eröffnet heute nachmittag. Sollen wir alle miteinander hingehen? Ich weiß zwar nicht, ob ich den Dieb wiedererkenne. Aber versuchen können wir's!«

Colin kramte wieder einmal in seinem Gedächtnis: »Dunkel und glattrasiert war er, hast du gesagt. Mir schien auch, daß er schwarze Haare hatte. Und oben auf seinem Kopf war eine ganz kleine kahle Stelle. Aber viel weiter kommen wir damit nicht, oder?«

»Hat denn jemand Geld«, fragte Pam, »damit wir Zirkuskarten kaufen können? Ich habe keinen Pfennig mehr, weil ich gestern ein Geburtstagsgeschenk für die Einladung kaufen mußte.«

Alle zogen ihre Börsen hervor. Das Geld wurde zu einem Häufchen zusammengeschüttet und gezählt.

»Der Eintritt kostet eine Mark für Kinder«, stöhnte Peter. »Eine Mark! Wir haben hier vier Mark vierzig, das ist alles. Es können nur vier von uns gehen.«

»In meiner Sparbüchse sind noch zwei Mark!« tröstete Janet.

»Und ich hab auch ein Fünfzigpfennigstück daheim«, fiel Colin ein.

»Kann jemand das fehlende Zehnerl beschaffen?«

»Klar – das leih ich mir von der Susi«, sagte Jack.

»Mensch – und verrätst ihr zum Dank dafür unser Kennwort!« lästerte Colin, und Jack versetzte ihm einen Rippenstoß dafür.

»Fein. Sieht ja so aus, als könnten wir doch alle gehn«, freute sich Peter. »Also – auf dem Zirkusfeld, zehn Minuten vor Beginn. Daß mir keiner zu spät kommt! Und paßt gut auf, ob ihr nicht einem Burschen begegnet, der einen blauen Pulli mit einem eingestrickten roten Faden anhat!«

Die ganze Gesellschaft kam sehr pünktlich. Und alle hatten Geld, außer Pam. Doch Peter gab ihr so viel, daß sie sich eine

Karte kaufen konnte. Schon an der Kasse befand sich die kleine Schar in heller Aufregung. In-den-Zirkus-Gehen machte immer Spaß. Aber eine Zirkusvorstellung, in der man nach einem Dieb Ausschau hielt, die war natürlich doppelt spannend!

Bald saßen sie alle auf ihren Plätzen, und sieben Augenpaare richteten sich erwartungsvoll auf die mit Sägemehl bestreute Arena in der Mitte des großen Zeltes. Die Kapelle spielte einen fröhlichen Tusch, ein Trommelwirbel setzte ein. Die Kinder reckten sich auf ihren Sitzen.

Herein trabten die Pferde, stolz unter ihrem wippenden Federbusch. Herein purzelten die Clowns unter lustigem Gejohle; herein spazierten die Bären, und alle übrigen Darsteller begrüßten lächelnd die Zuschauer. Die Kinder paßten auf, daß ihnen die Akrobaten nicht entgingen, aber die mengten sich so unter die anderen Mitwirkenden, daß man unmöglich herausfinden konnte, welches die *eigentlichen* Akrobaten seien – denn da gab es fünf Clowns und geschminkte Zauberkünstler, zwei Stelzengänger und fünf Männer auf lächerlichen Fahrrädern. »Auf dem Programm stehen sie als dritte Nummer«, verkündete Peter. »Erst kommen die Pferde, dann die Clowns, dann die Akrobaten.«

So warteten die sieben, klatschten den tanzenden Pferden Beifall und lachten über die dummen Clowns, bis ihnen die Seiten weh taten. »Jetzt – die Akrobaten!« flüsterte Peter, zappelnd vor Aufregung. »Gib acht, Colin, gib genau acht!«

9 *Eine gute Idee – und eine Enttäuschung*

Die Akrobaten schlugen Rad und sprangen hoch in die Luft. Einer spazierte auf den Händen herein und bog das Kreuz so stark durch, daß er mit dem Kopf zwischen den Beinen hervorgucken konnte. Der sah wirklich recht merkwürdig aus.

Peter stieß Colin an. »Mensch, Colin! Schau doch, der Kerl mit dem Kopf zwischen den Beinen – er ist glattrasiert wie der Mann vom Busch, und schwarze Haare hat er auch!«

Colin nickte. »Ja – der könnte es sein! All die anderen haben ja Schnurrbärte. Aber *den* wollen wir mal unter die Lupe nehmen und rauskriegen, ob er so hoch springt, daß er die Mauer geschafft hätte.«

Die gesamte *Schwarze Sieben* heftete jetzt den Blick auf diesen einen Akrobaten. War er ein guter Springer? Würde er ihnen beweisen, daß er sich mit einem Satz auf die hohe Mauer hinaufschwingen könnte? Zweifellos war er der beste von allen. Leicht wie eine Feder flog er über die Arena, seine Füße schienen kaum mehr den Boden zu berühren. Auch ein guter Seiltänzer war er. Eine lange Leiter wurde senkrecht aufgestellt und an einem Draht hoch oben im Dach des Zeltes befestigt. Die Kinder ließen den Akrobaten nicht aus den Augen, als er leichtfüßig die Leiter emporhuschte. Freilich – wenn er da hinauf konnte, beinah ohne sich festzuhalten, dann schwang er sich auch ohne weiteres auf eine drei Meter hohe Mauer!

»Bestimmt ist das der Dieb«, flüsterte Janet Peter zu. Ja, er glaubte es auch. Er fühlte sich sogar dessen so sicher, daß er sich vornahm, von jetzt ab die Zirkusvorstellung erst richtig zu genießen, weil er sich nicht länger plagen mußte, einen Dieb ausfindig zu machen.

Es war ein recht guter Zirkus. Die dressierten Bären trabten nun in die Manege. Sie vergnügten sich ganz offensichtlich dabei, sich gegenseitig und mit dem Trainer herumzuboxen. Ein kleiner Bär liebte diesen offenbar so sehr, daß er sein Bein fest an sich preßte und es gar nicht mehr loslassen wollte! Für ihr Leben gern hätte Janet so ein Bärchen zum Spielen und Verhätscheln gehabt.

Dann kamen wieder die Clowns – und dann die Stelzengänger, zusammen mit drei Clowns. Die Stelzengänger sahen sehr lustig aus mit ihren langen Röcken. Dadurch wirkten sie riesengroß. Steif schritten sie auf und ab, und die kleinen Clowns hüpften um sie herum, neckten sie und machten sich über sie lustig.

Dann wurde ein Käfig aus schweren Eisengittern aufgestellt, und man führte die knurrenden Löwen herein. »So was mag ich gar nicht«, sagte Janet. »Löwen sind nichts für die Dressur. Himmel – der eine will nicht auf seinen Stuhl. Der geht bestimmt auf seinen Wärter los . . .«

Das tat der Löwe natürlich nicht. Er kannte seine Vorstellung und stand sie hochmütig durch, genau wie die anderen.

Danach erschien ein großer Elefant und spielte Kricket mit seinem Lehrmeister. Das belustigte das Tier sehr, und als er sechsmal nacheinander im Galopp gelaufen kam und den Ball ins Publikum schnellte, da klatschten alle wie verrückt.

Die Kinder unterhielten sich großartig. Es tat ihnen ordentlich leid, als alles vorüber war und sie wieder draußen auf dem Feld standen.

»Wenn wir doch jedesmal auf der Jagd nach einem Dieb in den Zirkus gehen müßten, das wäre sehr vergnüglich«, fand Janet. »Was meinst du, Peter? Ist der dunkle, glattrasierte Akrobat der Dieb? Von dem könnte man sich's am ehesten vorstellen.«

»Ja – die anderen haben ja auch alle Schnurrbärte«, stimmte Peter bei. »Jetzt möchte ich bloß wissen, was tun wir als nächstes? Vielleicht wär es das beste, den Akrobaten jetzt aufzusuchen und mit ihm zu reden. Vielleicht entschlüpft ihm irgendeine Äußerung, die uns weiterhilft.«

»Aber unter welchem Vorwand könnten wir zu ihm hingehen?« fragte Georg.

»Mensch, wir bitten ihn einfach um ein Autogramm«, erwiderte Peter ohne Zögern. »Das wird ihm ganz natürlich vorkommen.«

»Schau mal den dort«, murmelte Barbara, »der mit dem Bärenführer verhandelt, ist er das nicht? Doch, bestimmt, der ist's. Erkennst du den Dieb jetzt wieder, wo du ihn aus der Nähe betrachten kannst?«

»Vielleicht; los, gehn wir jetzt einfach zu ihm und bitten um ein Autogramm. Haltet Augen und Ohren offen!«

Überrascht drehte sich der Akrobat nach den sieben Kindern um. »Nanu, was wollt *ihr* denn?« fragte er. »Möchtet ihr Seiltanzen lernen?«

»Nein – nur Ihr Autogramm, bitte!« antwortete Peter mutig. Der Mann schien plötzlich viel älter zu sein als vorhin in der Manege. Der Akrobat lachte. Er wischte sich mit einem großen roten Taschentuch über die Stirn.

»Eine Hitze in dem Zelt«, seufzte er, »ja, mein Autogramm könnt ihr dann schon kriegen. Laßt mich nur erst die Perücke abnehmen, die macht mir so mörderisch heiß auf meinem Schädel!«

Und er löste sein schwarzes Haar ab und streifte es vollständig von seinem Kopf. Unter der Perücke hatte der Akrobat eine Glatze. Himmel – war das eine Enttäuschung.

10 *Trincolo*

Bestürzt starrten ihn die Kinder an. Abgesehen von ein paar grauen Härchen war sein Kopf vollkommen kahl. Der Räuber der Kette konnte das nicht sein. Colin hatte von seinem Ast herunter genau auf den Kopf des Diebes geschaut. Der hatte schwarze Haare gehabt und einen winzigen kahlen Fleck in der Mitte; dessen entsann sich Colin ganz genau, als er die Perücke in die Hand nahm und sie sorgfältig untersuchte. Aber die war tiefschwarz, und kein einziges kahles Fleckchen war darauf.

»Die interessiert dich wohl, meine Perücke?« sagte lachend der Akrobat. »Ja, weißt du, einen Glatzkopf kann sich ein Artist nicht leisten. Wir müssen so jung und hübsch wie nur möglich aussehen. Jetzt kriegt ihr mein Autogramm, und dann trollt euch!«

»Danke«, sagte Peter und hielt dem Mann Zettel und Bleistift hin. Da kam, ganz allein, der kleine Bär angetrottet. »Guckt nur!« jubelte Janet. »So was Goldiges – will der zu uns?«

Der Bär tapste zu Janet. Sie umschlang ihn mit den Armen und versuchte, ihn hochzuheben – aber er war sehr schwer. Ein verdrossen dreinblickender Bursche war ihm gefolgt und packte ihn beim Kragen. »Böser Petz!« schalt er und schüttelte das kleine Tier.

»Oh, nicht!« bat Janet voller Mitleid. »Er ist so süß. Er wollte doch bloß herüberkommen, uns aus der Nähe zu begucken.«

Der Jüngling war recht eigenartig angezogen. Er trug ein mit Flitter gesprenkeltes Frauenleibchen, dazu einen blumengeschmückten Kapotthut – und schmierige Flanellhosen!

Peter musterte ihn neugierig, als er den kleinen Bären fortschleppte. »War der denn im Zirkus mit dabei?« fragte er.

»Doch, doch – er war einer der Stelzengänger«, erwiderte der Akrobat und schrieb noch immer eifrig Autogramme. »Er heißt Louis und hilft uns bei den Tieren. Wollt ihr einmal kommen und euch die Bären im Käfig anschauen? – Sie sind ganz zahm, und der alte Jumbo wird beglückt sein, wenn ihr ihm eine Semmel oder etwas dergleichen mitbringt. Er ist sanft wie ein großer Hund.«

»Aber ja – gern!« willigte Janet begeistert ein und malte sich aus, wie schön es sein müßte, sich mit dem Bären anzufreunden. »Dürfen wir morgen kommen?«

»Hm, ja – meinetwegen, morgen früh könnt ihr aufkreuzen«, sagte der Akrobat. »Fragt nach Trincolo – der bin ich –, und der wird dann schon irgendwo in der Nähe zu finden sein.«

Die Kinder bedankten sich und verließen die Wiese. »Eigentlich bin ich froh«, seufzte Janet erleichtert, »daß der Akrobat es nicht war. Er ist nett. Ich mag auch sein ulkiges Gesicht gern. Du liebe Zeit! Hab ich aber einen Schreck gekriegt, als er seine schwarzen Haare heruntertat!«

»Ich auch«, gab Peter zu. »Wie ein Idiot bin ich mir vorgekommen. Als ich Trincolos Gesicht sah, bildete ich mir wahrhaftig ein, er habe Ähnlichkeit mit dem Dieb. Hat er ja gar nicht. Eins nur weiß ich jetzt sicher, der Mann, dem ich im Busch begegnet bin, war viel jünger.«

»Kümmern wir uns lieber gar nicht mehr um Gesichter«, meinte Colin, »suchen wir einen, der so nen blauen Pullover mit dem roten Faden drin anhat!«

»Na, wir können doch nicht im ganzen Bezirk kreuz und quer rennen und *danach* suchen!« ereiferte sich Pam und fand ein solches Unterfangen »ehrlich gestanden, ganz blöd«.

»Schön, dann eben nicht, wenn *du* eine bessere Idee hast!« gab Colin achselzuckend zurück.

»Wie wär's, wenn wir gleich morgen wieder auf die Zirkuswiese gingen?« fragte Pam. »Ich meine nicht wegen des Diebs, wo wir ja jetzt wissen, daß es keiner von den Akrobaten war. Aber *bloß so*, um uns die Tiere anzusehen?«

»Ach ja, bitte!« sagte Janet. »Ich finde den kleinen Bären so lieb. Und den alten Jumbo möchte ich auch unbedingt kennenlernen. Ich mag Elefanten so gern!«

Barbara machte einen Rückzieher. »Wahrscheinlich komme ich nicht mit«, sagte sie. »Ich hab ein bißchen Angst. Elefanten sind so furchtbar große Tiere!«

»Ich hab auch keine Lust«, sagte Jack. »Und du, Georg? Wir wollten doch morgen Marken tauschen!«

»Ja«, erwiderte Georg, »dann gehn wir beide nicht morgen. Du bist uns doch nicht böse, Peter? Ich meine, es hat ja mit dem Geheimbund eigentlich nichts zu tun, wenn man Freundschaften mit Bären und Elefanten schließen will . . .«

»Pam, Colin, Janet und ich gehen jedenfalls«, entschied Peter. »Aber denkt daran, ihr auch, wir müssen nach einem blauen Pullover mit einem roten eingestrickten Faden Ausschau halten. Man kann nie wissen . . .!«

11 *Was Pam erspäht*

Am nächsten Morgen machten sich Janet, Peter, Colin und Pam miteinander auf den Weg zum Zirkusfeld. Den Lump nahmen sie nicht mit, weil sie fürchteten, Jumbo werde von der kalten Hundeschnauze an seinen Knöcheln nicht erbaut sein. Lump war sehr betrübt, daß er daheim bleiben mußte, und die Kinder hörten sein jämmerliches Jaulen noch bis zum Ende des Heckenweges.

Bald hatten sie die Wiese erreicht. Beim Überqueren beäugten sie das Zirkusvolk mit neugierigen Blicken. Wie anders die Leute in ihrer Alltagskleidung aussahen! Irgendeiner hatte auf dem Feld Reisig zusammengetragen und ein Feuer angezündet. Da kochten sie in schwarzen Töpfen über der offenen Flamme. Was auch immer sie zusammenbrauen mochten, es roch köstlich. Peter wurde ganz hungrig.

Sie fanden Trincolo, und er hielt Wort. Er brachte sie zu Jumbo, mit dem sie sich anfreunden sollten. Der trompetete ihnen schon fröhlich entgegen. Und dann setzte er sich mit ei-

nem kühnen Schwung seines Rüssels Janet auf den Kopf. Sie quiekte vor Überraschung und Vergnügen.

Dann gingen sie zu dem kleinen Bären. Der schien entzückt beim Anblick der Kinder und schob die Tatzen zwischen den Gitterstäben durch, um ihre Hände zu erhaschen. Trincolo schloß den Käfig auf und ließ ihn heraus. Der kleine Petz hielt Trincolos Bein umklammert, als er auf die Kinder zutorkelte, und lugte mit einem verschmitzten Blick seines drolligen Bärengesichts zu ihnen hinüber.

»Wenn er bloß nicht so schwer wäre!« jammerte Janet, die jedes Tier, das ihr gefiel, am liebsten gleich auf den Arm genommen und an sich gedrückt hätte. »Ich wollte, wir könnten ihn kaufen und mitnehmen!«

Trincolo brachte nun die Kinder zu den großen Löwen. Der grantige Louis und noch ein anderer Mann reinigten gerade die Käfige. Einer der Löwen raunzte. Janet schrak zurück. »Keine Angst«, sagte der ältere Wärter. »Solange sie gut gefüttert sind, tun sie keiner Fliege was zuleid und suchen auch keinen Streit. Aber kommen Sie trotzdem nicht zu nah ran, Fräuleinchen! Hier, Louis, füllt den Wassertrog frisch auf – das Wasser ist ja ganz und gar verdreckt!«

Louis tat, wie ihm geheißen. Die Kinder sahen ihm zu, wie er den großen Trog umkippte und das Wasser ausschüttete. Dann goß er frisches hinein. Janet mochte ihn nicht, fand ihn aber trotzdem sehr mutig.

Allen tat es leid, als es Zeit zum Nachhausegehen war. Die vier Kinder sagten Trincolo Lebewohl, streichelten den kleinen Bären noch einmal und gingen auch zu Jumbo hinüber. Sie tätschelten sein riesiges, säulengleiches Bein und schlenderten dann an der Reihe bunter Wohnwagen entlang auf das Tor am anderen Ende der Zirkuswiese zu. Einige der Wageninsassen hatten Wäsche gewaschen. Sie lag auf der Wiese zum Bleichen oder war auf einer Leine zum Trocknen aufgehängt.

Scheinbar müßig ließen die Kinder den Blick über alles hinwandern, was ihnen in den Weg kam. Da, geradezu mit einem Ruck, blieb Pam stehen. Mit großen Augen starrte sie auf etwas, das auf der Leine hing, und sie sah so aufgeregt aus, daß die anderen sogleich herbeieilten.

»Was gibt's?« fragte Peter. »Du bist ja feuerrot! Was ist los?«

»Schscht! – Beobachtet uns jemand?« flüsterte Pam. »Schnell, Peter, guck dir mal diese Socken an! Was fällt dir dabei ein?«

Peter und die beiden anderen besahen sich das Zeug auf der Leine näher – zerrissene Taschentücher, Kinderkleidchen, Strümpfe und Socken. Einen Augenblick lang dachte Peter, Pam habe den blauen Pullover erspäht. Aber da war gar kein Pullover.

Und Pam betrachtete sehr genau ein Paar Wollsocken. Die waren blau, und an beiden Seiten lief ein schmales rotes Muster entlang. Sofort dachte Peter an den Wollfetzen in seinem Taschenbuch. Ob der dazu paßte?

Im Nu hatte er ihn zur Hand und verglich mit der Socke: das gleiche Blau, das gleiche Rot; auch die Wolle schien genau dieselbe zu sein.

»Und schau mal her«, flüsterte Pam eindringlich, »hier ist ein winziges Triangel herausgerissen. Wetten, Peter, daß dein blauer Wollfussel da hineingehört!«

Peter war überzeugt davon. Ein altes Weib scheuchte die Kinder auf und zeterte: »Weg von den Kleidern!«

Peter wagte nicht zu fragen, wem die Socken gehörten. Aber wenn er, *wenn* er das herausfinden könnte, dann wüßte er auch, wer der Dieb war!

12 Der Mann mit dem Holzbein

Die Alte keifte: »Hab ich euch nicht gesagt, ihr sollt euch fortscheren?« Das hatten die Kinder ohnehin vor. Rasch und ohne ein weiteres Wort machten die vier sich aus dem Staub, aber sie waren mächtig aufgeregt, und am Heckenweg begannen sie eifrig zu reden.

»Na, an *Socken* hätten wir doch im Traum nicht gedacht!

Wo wir doch gemeint haben, es handelt sich um einen Pullover!«

»Aber es ist schon richtig mit den Socken – sie sind aus der gleichen Wolle wie der Fussel, der an der Mauer hing!«

»Verflixt, warum haben wir uns bloß nicht zu fragen getraut, wem die Dinger gehören!«

»Wären wir nicht so feige gewesen, dann wüßten wir jetzt, wer der Dieb ist.«

Dabei liefen sie zu dem Gutshof zurück, und hinten im Schuppen warteten bereits Jack, Georg und Barbara.

Doch die hatten selbst etwas auf dem Herzen, was sie gleich loswerden mußten.

»Janet! Peter!« platzte Jack heraus. »Ihr wißt sicher noch, da waren doch neulich die komischen runden Löcher in der Erde, auf der anderen Seite der Mauer! Also, von denen haben wir noch mehr gefunden!«

»Wo denn?« fragte Peter.

»Im Morast, da hinten bei der Köhlerhütte«, berichtete Jack. »Georg und ich haben sie entdeckt und sofort Barbara geholt. Dann sind wir miteinander hierhergekommen, um es euch zu sagen. Und, was das wichtigste dabei ist: die Bärbel weiß nämlich, woher sie stammen, diese Löcher!«

»Ihr ratet es nie!« prahlte Barbara.

»So schießt doch los!« drängte Janet ungeduldig und hatte darüber die ganze Sockengeschichte vergessen.

»Zuerst, als ich solche runden und regelmäßigen Spuren wie die drüben hinter der Mauer gesehen habe, konnte ich mir nicht denken, woher die sein sollten. Aber dann ist mir eingefallen, wer in der Hütte wohnt – und da ist es mir auf einmal klargeworden. Der einbeinige Wilhelm wohnt dort. Das andere Bein hat ihm mal ein Haifisch abgefressen, und seitdem hat er eines aus Holz. Und wenn er damit auf dem morastigen Boden herumstapft, dann hinterläßt er solche Spuren, und die sind wie die hinter der Mauer. Der einbeinige Wilhelm muß der Dieb gewesen sein.«

Die anderen saßen da und dachten über Bärbels Worte nach. Dann schüttelte Peter ungläubig den Kopf.

»Nein. Der Wilhelm mit dem Holzbein kann unmöglich der Dieb sein. Mit seinem einen Bein hätte der nie über eine so hohe Mauer klettern können«, erklärte er, »und außerdem hat der Spitzbube ein Paar Socken angehabt, was bedeutet, daß seine beiden Beine heil sind!«

»So, woher weißt du denn, daß er Socken trägt?« fragte Barbara ein bißchen enttäuscht. Pam erzählte ihr von den Socken auf der Leine. Bärbel überlegte angestrengt und meinte dann: »Hm – dann glaube ich schon auch, der Dieb hat zwei Beine gehabt,und es werden *seine* Socken gewesen sein. Nur, warum soll der Wilhelm nicht dabei geholfen haben? Vielleicht als Untermann oder so, wie der Dieb über die Mauer geklettert ist – oder er hat Schmiere gestanden?! Es sind doch genau die gleichen Löcher! Oder was soll der einbeinige Wilhelm sonst dort gemacht haben?«

»*Das* müssen wir jetzt herausfinden«, gab Peter zu und stand auf. »Los, gehen wir zu ihm und stellen ein paar Fragen, und schaun wir uns die Spuren noch mal an. Auf die Idee, daß die von einem Holzbein hineingebohrt sein sollen, wär ich im Leben nicht gekommen!«

Bei der Köhlerhütte sahen die Kinder gleich die wohlbekannten runden Vertiefungen in dem lehmigen Boden. Peter bückte sich und prüfte sie.

Er zog aus dem Notizbuch jenes Stückchen Schnur, das Georg beim Ausmessen der Vertiefungen drüben auf dem Grundstück von Herrenfried abgeschnitten hatte. Überrascht sah er zu den anderen auf.

»Nein, schaut, es sind doch nicht dieselben Spuren; die hier haben einen kleineren Durchmesser!« Als Peter das Schnürchen über eines der Löcher spannte, merkten die Kinder sofort, daß es beiderseits über den Rand hinausragte.

»Komisch!« wunderte sich Georg. »Also der einbeinige Wilhelm kann doch nicht dabeigewesen sein. Gibt's noch einen anderen Mann mit einem Holzbein hier herum, der vielleicht größere Spuren hinterläßt?«

Nein, keinem war ein solcher Mann je begegnet, so sehr sie auch darüber nachdachten. Es war zum Verrücktwerden!

»Bestimmt war einer mit einem Holzbein bei dem Spitzbuben«, sagte Peter, »aber der alte Wilhelm war's nicht. Und daß der Dieb selber nicht einbeinig herumläuft, ist klar, weil er *zwei* Socken angehabt hat!«

»Seine Socken kennen wir, aber *ihn* nicht«, rätselte Janet weiter. »Dies Geheimnis wird immer geheimnisvoller. Was auch immer wir aufstöbern, es führt uns zu nichts!«

»Morgen müssen wir noch mal zum Zirkusfeld und die Spur der Socken verfolgen!« entschied Peter. »Wenn wir auch nicht geradeheraus fragen können, wem die Dinger gehören – vielleicht spaziert einer damit herum!«

»Genauso machen wir's!« sagte Colin. »Um zehn Uhr sind wir dort und beobachten sämtliche Socken und Füße auf der Zirkuswiese!«

13 *Die Jacke paßt zur Mütze!*

Punkt zehn Uhr war die *Schwarze Sieben* auf dem Zirkusfeld versammelt. Trincolo war nirgends zu finden. »Er ist in die Stadt gegangen«, sagte ein anderer Akrobat. »Was wollt ihr von ihm?«

»Ooch – wir hätten ihn gern gefragt, ob wir hier ein bißchen rumstreunen dürfen!« sagte Jack. »Mal nach den Tieren gukken, wissen Sie, und so . . .«

»Meinetwegen«, rief der Akrobat und war schon wieder unterwegs zu seinem Wohnwagen, wobei er blitzschnell radschlug. Voller Bewunderung folgten ihm die Augen der Kinder. »Wie drehen die sich bloß immer auf Händen und Füßen in einem fort weiter?« staunte Pam. »Wie richtige Räder, die fortrollen!«

Die ganze Gesellschaft suchte nun den kleinen Bären auf; der jedoch war fest eingeschlafen. Da schlenderten die Kinder vorsichtig hinüber zu der Wäscheleine. Es hingen keine Socken mehr darauf. Aha! Vielleicht hatte sie schon jemand an. Und wer das war, mußte der Spitzbube sein.

Die Kinder strolchten ziellos auf der Wiese umher, sie sahen jedem, der ihren Weg kreuzte, auf die Knöchel. Aber leider hatten alle nackte Füße. Es schien hier überhaupt niemand Socken zutragen. Zum Rasendwerden!

Louis kam und schloß den Löwenkäfig auf. Er ging hinein und machte ihn sauber. Von den Löwen nahm er keine Notiz, und die kümmerten sich auch nicht um ihn. Die schmutzigen Flanellhosen hatte der Bursche bis zu den Knien hochgekrempelt. Seine ebenfalls recht schmutzigen Beine waren nackt, und die Füße staken in schmierigen alten Gummischuhen.

Eine kleine Weile sahen ihm die Kinder zu. Als sie dann ihren Rundgang fortsetzen wollten, näherte sich ein anderer Mann. Natürlich war auch er barfuß!

Doch Jack blieb stehen und starrte den Mann an. Der runzelte die Stirn, und: »Stört dich vielleicht was an mir?« fragte er, »dann schau gefälligst anderswohin!«

Jack wandte sich mit rotem Kopf wieder den andern zu. Er zog sie beiseite, bis sie außer Hörweite des Mannes waren. Dann fragte er: »Habt ihr gesehen, was für eine Jacke der anhat? Sie ist genau wie die Mütze, die wir von dem Baum runtergeholt haben. Bloß nicht ganz so dreckig. Aber bestimmt war das der gleiche Stoff!« Alle sieben drehten sich um und beobachteten den Mann, der sich gerade darangemacht hatte, die Außenseite des Käfigs anzustreichen. Die Jacke hatte er ausgezogen und am Griff der Gittertür aufgehängt. Wie gern hätte unser Geheimbund jetzt die Kappe zum Vergleich danebengehalten!

»Hast du die Mütze dabei?« fragte Pam im Flüsterton Peter. Er nickte und klopfte auf seine Jackentasche. Klar, daß er alle »Indizien« bei sich trug!

Irgend jemand rief nach dem Mann; er ging weg und ließ seine Jacke und das Malgerät zurück. Augenblicklich rannte die ganze Gesellschaft zu dem Löwenkäfig. »Tut so, als ob ihr zu den Tieren hineinschaut«, befahl Peter den anderen. »Ich vergleiche die Kappe mit der Joppe!« Sie unterhielten sich also über die Löwen, während Peter die Mütze hervorzog und neben die Jacke hielt – und sofort wieder einsteckte. Es blieb kein Zweifel, die beiden Kleidungsstücke gehörten zusammen. Dann wäre also dieser Kerl, der den Löwenkäfig anstrich, der Dieb? Aber warum hatte er seine Kappe weggeworfen und sie sogar hoch hinauf in einen Baum geschleudert? Das ergab keinen Sinn!

Pfeifend kehrte der Mann zurück. Er bückte sich nach seinem Pinsel (Colin konnte seinen Hinterkopf betrachten) und setzte seine Arbeit fort. Und die Kinderschar stob davon, um Peters Bericht zu hören.

»Jawohl, paßt genau. Vielleicht ist der Kerl der Dieb! Wir müssen ihn beobachten.«

»Hat keinen Zweck«, sagte Colin. »Ich habe ihm genau auf den Scheitel geguckt. Schwarze Haare hat er zwar, aber keine runde kahle Stelle in der Mitte wie der Mann, der unter mir im Baum gesessen hat. Er kann nicht der Dieb sein!«

14 *Wieder die seltsamen Spuren*

Die sieben hockten sich auf das Geländer, von dem das Zirkusfeld eingehegt war. Enttäuscht und mutlos ließen sie die Köpfe hängen.

»Nun hätten wir sogar einen aufgetrieben mit einer Jacke, die genau zu unserer Mütze paßt – und doch ist er *wieder* nicht der Spitzbube, weil er den falschen Kopf aufhat«, seufzte Peter.

»Und wenn wir einen finden, der solche blauen Wollsocken anhat, dann ist es auch wieder nicht der Dieb, sondern seine Tante oder was weiß ich!« meinte Janet. Und darüber mußten alle sehr lachen.

»So oder so«, überlegte Peter weiter, »es ist gar nicht mal sicher, daß die Mütze überhaupt etwas mit dem Diebstahl zu tun hat. Vielleicht hing sie nur ganz zufällig oben im Baum – und da, wo der Spitzbube über die Mauer geklettert ist.«

So saßen sie allesamt auf dem Balken und starrten in die Weite. Was für ein verzwicktes Abenteuer das doch war!

Auf einmal gab Janet einen kleinen quiekenden Laut von

sich. »Was ist? Hast du eine Idee?« fragte Peter.

»Nein, *sehen* tu' ich was!« entgegnete Janet und deutete nach rechts. Dort drüben, wo das Gelände ziemlich naß war, erblickten sie die gleichen runden und regelmäßigen Vertiefungen wie damals bei der Mauer.

»*Die* haben die richtige Größe!« rief Peter und sprang von der Barriere herunter.

»Die sind größer als die von Wilhelms Holzbein. Ich will gleich mal nachmessen.«

Er legte das Schnurende über eines der Löcher, dann über ein zweites und drittes. »Habt ihr's gesehen? Stimmt genau! Es sind die gleichen Löcher wie drüben, wo der Dieb über die Mauer gestiegen ist!«

»Dann muß es noch einen anderen Burschen mit einem Stelzfuß geben – hier im Zirkus wahrscheinlich!« Colin meinte: »Der Dieb kann es ja nicht gut sein, weil ein Einbeiniger nicht über die Mauer kraxeln kann, aber sein Spießgeselle vielleicht!«

»Dann müssen wir eben suchen«, sagte Georg. »Wenn wir erst seinen Spezi gefunden haben oder den Kumpan, der mit im gleichen Wagen wohnt, dann müssen wir auf den Spitzbuben stoßen, und der hat dann auch die blauen Socken an!«

Peter sprach ein Zirkuskind an: »Wir möchten gern mit dem Burschen reden, der das Holzbein hat. Wo ist sein Wagen?«

»Du hast wohl nen Vogel«, lachte die Kleine. »Hier hat doch keiner ein Holzbein! Was soll so einer beim Zirkus? Wir laufen alle auf zwei Beinen und brauchen die auch. Du spinnst!«

Peter ließ sich nicht beirren. »Also, hör mal, wir wissen ganz genau, daß hier einer mit einem Holzbein ist, und wir müssen zu ihm. Du kriegst ein Zehnerl, wenn du uns sagst, wo er ist!«

Blitzschnell angelte sich die Kleine das Geldstück, dann lachte sie auf, voller Schadenfreude. »Das seid ihr los – für nichts!« rief sie. »Ich sag euch doch, daß es hier keinen Einbeinigen gibt! Ihr Deppen!« Und ehe die Kinder es sich versahen, war sie radschlagend auf und davon, so hurtig wie ein Clown aus dem Zirkus!

»Rennt ruhig hinterher und klebt ihr eine«, rief jemand aus dem nächsten Wohnwagen, »aber etwas andres wird sie euch trotzdem nicht sagen. Einen Holzbeinigen gibt's hier nicht!«

Die sieben Kinder waren sehr betrübt. »Erst finden wir solche Spuren bei der Köhlerhütte und denken, die sind von dem Dieb«, stöhnte Peter, »dabei sind sie nur von einem, der mit dem ganzen Abenteuer gar nichts zu tun hat – dann stoßen wir auf die *richtigen* Spuren – da erfahren wir, daß es hier überhaupt keinen Mann mit einem Holzbein gibt. Wie soll man daraus nur klug werden!«

»Gehen wir den Spuren nach«, riet Janet. »Im Gras werden wir sie zwar schlecht erkennen, aber vielleicht doch so viele, daß wir herauskriegen, wohin sie führen.«

Es gelang den Kindern tatsächlich, die Fährte bis dicht vor einen Zirkuswagen unweit des Löwenkäfigs zu verfolgen. Louis saß auf der kleinen Treppe vor dem nächsten Wohnwagen und beobachtete die sieben. Sie blickten durchs Fenster und sahen nur Plunder und Gerümpel. Offenbar wohnte niemand hier.

Ein Stein kollerte zwischen sie, so daß sie erschreckt auseinandersprangen. »Trollt euch! Was lungert ihr hier herum, wo ihr nichts verloren habt!« schrie Louis und hob einen zweiten Stein auf. »Hört ihr? Haut ab!«

15 *Zwei mutige Kundschafter*

Schleunigst machten sich die sieben aus dem Staub und rannten, bis sie ihren Heckenweg erreicht hatten.

Georg rieb sich den Knöchel, wo ihn Louis' Stein gestreift hatte.

»Was hat der nur dagegen, daß wir mal in den alten Karren reingucken? Sind doch bloß alte Klamotten drin!«

»Vielleicht hat der Dieb dort seine Perlen versteckt!« gab Janet lachend zurück.

»Da könntest du sogar recht haben!« sagte Peter. »Wir sind doch überzeugt, daß der Spitzbube zu dem Zirkus gehört – bestimmt hat er auch die Perlen hier irgendwo untergebracht – und warum war der Louis so wütend, als wir nur mal reingeschaut haben?«

»Hm, ich wollte, das könnten wir auskundschaften«, sagte Colin sehnsüchtig. »Fragt sich nur, *wie*?«

»Na, ich weiß schon!« versetzte Peter kurz entschlossen. »Du und ich, wir gehn zur Abendvorstellung in den Zirkus, Colin! – Aber wenn alle Darsteller in der Manege sind, machen wir uns davon – und dann wollen wir mal nachschauen, ob da nicht die Perlen versteckt sind.«

»Meinst du wirklich?« fragte Pam ungläubig. »An solch einem blödsinnigen Ort? – Kann ich mir nicht recht denken!«

Aber Peter beharrte auf seinem Vorhaben. »Ich weiß nicht, wie ich es erklären soll. Die komischen Spuren haben uns nun mal dorthin gewiesen – oder nicht?«

»Ein Fetzen blauer Wolle von den Socken auf der Leine; eine abgetragene Tweedkappe und die Jacke aus dem gleichen Stoff – und beides gehört jemandem, der eigentlich nicht der Dieb sein kann! Dann die komischen Löcher, die immer wieder auftauchen – und wir wissen nicht, was wir damit anfangen sollen . . .«, grübelte Pam.

»Verflixt, wir müssen heim«, unterbrach sie Jack, der auf die Uhr gesehen hatte. »Gleich gibt's Mittagessen. Den ganzen Vormittag haben wir mit *nichts* vertan. Wenn ihr mich fragt: alles war zwecklos!«

»Für heute verabreden wir nichts mehr!« beschloß Peter auf dem Nachhauseweg. »Nur wir beide, Colin, treffen uns heute abend vor dem Zirkus! Bring eine Taschenlampe mit; stell dir vor, wir fänden die Perlen in dem alten Karren!«

»Ach wo«, meinte Colin. »Ich versteh gar nicht, was für einen Narren du gerade an dem gefressen hast. Aber, wie du willst. Also, bis heute abend am Zirkuseingang.«

Er war pünktlich dort. Peter kam im Laufschritt ein bißchen später. Sie fanden Sitzplätze am hinteren Ausgang des Zeltes, so konnten sie später unbemerkt hinausschlüpfen.

Die Vorstellung war wirklich ausgezeichnet. Fast gefielen Peter und Colin die Clowns, Stelzengänge und Akrobaten noch besser als beim erstenmal. Schade, daß sie weggehen mußten, ehe die Schau vorüber war.

Sie standen draußen auf dem finsteren Zirkusfeld. »Schau, da drüben«, sagte Peter und packte Colin am Arm, »das muß der Karren sein, ganz sicher.«

Vorsichtig gingen sie auf den Wagen zu. Ihre Taschenlampe zu benutzen, wagten sie nicht; es sollte sie keiner erspähen und aufhalten. Peter stieg das Treppchen hinauf.

»Los, komm«, flüsterte er Colin zu, »die Luft ist rein und die Tür nicht zugesperrt. Wir schlüpfen hinein und fangen sofort zu suchen an!«

Colin ging Peters Stimme nach. In der Dunkelheit stolperten die Buben über irgend etwas. »Ob wir die Stablampen anknipsen?« meinte Colin.

»Ja, ich höre keinen Laut in der Nähe.«

Behutsam, indem sie mit der vorgehaltenen Hand den Lichtschein abblendeten, ließen sie die Taschenlampen aufleuchten.

Da, ein furchtbarer Schreck! Sie waren im falschen Wagen. Hier wurde kein Zirkusgerümpel aufbewahrt, hier wohnte jemand. Wenn sie jetzt ertappt wurden!

»Komm schnell wieder 'raus!« sagte Peter. Aber im selben Augenblick kniff ihn Colin in den Arm. Er hatte Stimmen von draußen gehört. Schon kam jemand die Stufen herauf.

16 *Eingesperrt*

»Versteck dich unter der Pritsche dort, ich unter der hier!« flüsterte Peter. Sie krochen schleunigst unter die Betten, deren Überdecken sie zum Boden herunterzogen. So warteten sie.

Zwei Leute kamen in den Wagen, und einer machte gleich Licht. Jeder setzte sich auf eine Pritsche. Peter sah nur ihre Füße und Knöchel.

Da, was war das? Der Mann, der gegenübersaß, zog seine Hosenbeine hoch: er trug die blauen Socken mit dem roten Streifen! Der *Dieb* in nächster Nähe und unmöglich festzustellen, *wer* es war! Wer nur *konnte* es sein?

»Ich mach mich heute nacht davon«, sagte einer der Männer. »Diese Schau steht mir bis obenhin. Nichts als Streiterei die ganze Zeit. Mir ist auch angst, die Polizei kommt uns hinter das Ding, das wir zuletzt gedreht haben.«

»Immer hast du Angst!« entgegnete der Mann mit den Socken. »Sag mir nur, wenn ich die Perlen zu dir bringen soll. Zur Not können sie monatelang da bleiben, wo sie jetzt sind.«

»Glaubst du das wirklich?« fragte der andere. Der mit den Socken lachte.

»Dafür werden die Löwen schon sorgen!« sagte er.

Jetzt war es ganz klar. Der Dieb befand sich hier, aber sie konnten sein Gesicht nicht sehen. Ebenso klar war, daß er die Perlen versteckt hielt und daß der andere Mann Angst bekommen hatte und von hier fortwollte.

»Du kannst ja sagen, mir sei schlecht und ich könnte heute abend nicht auftreten!« fing der andere wieder an. »Hol mir das Pferd, ja?«

Der Mann mit den Socken schritt zur Tür und ging die Stiege hinunter. Der andere blieb sitzen und trommelte mit seinen Fingern. Ganz offenkundig war er nervös und ängstlich.

Dann hörte man, wie draußen ein Pferd angeschirrt wurde, und der Bursche mit den Socken rief: »Fertig! Du kannst abhauen. Beeile dich. Bis bald, Servus!«

Der Mann stand auf und verließ den Wagen. Aber zum Entsetzen der Jungen schloß er die Tür ab! Dann ging er nach vorn und schwang sich auf den Kutscherbock. Er trieb das Pferd an, und Peter und Colin merkten, wie der Zirkuswagen davongezogen wurde.

»So – ein – verdammtes – Pech«, sagte Peter. »Und hast du's auch gemerkt, Colin? Der eine von den Kerlen hatte die Socken an! Das war der Dieb, und ausgerechnet er ist zurückgeblieben!«

»Wir haben aber doch eine Menge erfahren«, meinte Colin. »Wir wissen, daß die Perlen irgendwo im Zirkus sein müssen. Was hat der Kerl bloß mit den Löwen gemeint?«

»Das weiß der liebe Gott«, erwiderte Peter. »Vielleicht hat er die Kette in den Löwenkäfig mitgenommen und dort versteckt. Unter einem von den Futtergestellen wahrscheinlich.«

Vorsichtig lugten die Buben durch die Scheiben und versuchten zu erkunden, wo sie eigentlich waren. In diesem Augenblick fuhr der Wagen an einer hellen Straßenlaterne vorbei, und Peter stieß Collin in die Seite.

»Guck doch, der Kerl, der uns fährt, hat die Tweedjoppe an, die zu der alten Mütze paßt. Es muß der sein, der den Löwenkäfig angestrichen hat.«

»Ja, und wo die zwei doch im selben Wagen wohnen, hat der Strolch sich sicher die Kappe ausgeliehen«, meinte Colin. »Das heißt, daß *ein* Klötzchen von unserem Zusammensetzspiel schon ganz richtig ins Bild paßt.«

Sie versuchten, die Fenster zu öffnen. Die waren sehr fest zu und klemmten. Colins heftige Bemühungen verursachten ein Geräusch, bei dem sich der Fahrer brüsk umwandte und durch das vordere Fenster in das Wageninnere sah. Beim Schein der Laterne mußte er eins der Knabengesichter erblickt haben, denn er ließ sofort das Pferd anhalten, sprang von seinem Sitz herunter und rannte nach hinten.

Verzweifelt flüsterte Peter Colin zu: »Jetzt geht's uns an den Kragen. Er hat uns gehört. Schnell, versteck dich! Er schließt schon die Tür auf ...«

17 Handgemenge im Dunkeln

Der Schlüssel drehte sich im Schloß, und die Tür wurde aufgestoßen. Eine mächtige Stablampe leuchtete auf, und der Schein drang in sämtliche Ecken des Raumes.

Die Buben waren unter die Betten gekrochen, wo man sie nicht sehen konnte. Aber der Mann, überzeugt, daß jemand im Wagen sein müsse, zog die Falten der Decke über der Pritsche an dem Ende, wo sich Peter verborgen hielt, zur Seite. Beim Anblick des Jungen schrie er wütend auf und zerrte den Ärmsten heraus.

»Aha – sogar zwei seid ihr!« brüllte der Mann. »Was macht ihr hier? Wie lange seid ihr schon da?«

»Ach – nicht lange«, behauptete Peter. »Und nur aus Versehen. Wir wollten eigentlich in den anderen Wagen, den mit dem Gerümpel. Aber im Dunkeln haben wir uns verirrt.«

»Feine Geschichte!« tobte der Mann. »Jetzt werde *ich* mal ein hübsches Versteck für euch suchen – das wird euch lehren, in anderer Leute Behausung rumzuschnüffeln.«

Er legte seine Stablampe auf ein Regal, so daß sie den ganzen Wagen ausleuchtete. Da stieß Colin blitzschnell gegen die Lampe. Sie kippte vornüber und schlug krachend auf den Fußboden. Die Birne war zerbrochen, und das Licht ging aus.

»Los, Peter, pack ihn bei den Füßen!« schrie Colin und griff nach den Beinen des Mannes. Aber in der Dunkelheit stolperte er zur Tür hinaus, kugelte über die Stufen und landete mit einem Plumps auf der Landstraße.

Peter spürte einen Schlag auf seiner Backe und wich im Dunkeln zur Seite. Auch er versuchte, ein Bein des Mannes zu erwischen, und bekam es wirklich zu fassen. Der Kerl holte nochmals zum Schlag aus, verlor jedoch das Gleichgewicht und stürzte zu Boden. Peter rutschte an ihm vorbei, geriet in die Türöffnung, fiel auch halb die Stiege hinunter und rollte in die Hecke am Straßenrand.

Plötzlich scheute das Pferd. Es bäumte sich auf und galoppierte die Landstraße hinunter. Der Zirkuswagen schwankte bedenklich.

»Colin, wo bist du?« schrie Peter. »Das Pferd ist mit dem Wagen davon. Das müssen wir ausnutzen!«

Colin tauchte aus der Hecke auf, wo er sich verborgen gehalten hatte, und die beiden rannten , so schnell sie konnten.

»In diesem Abenteuer geht doch rein alles schief«, sagte Colin schließlich und ging etwas langsamer. »Nicht mal in den richtigen Zirkuswagen haben wir reingefunden.«

»Na, na!« begütigte Peter. »Wir haben allerlei in Erfahrung gebracht. Der Dieb *hat* tatsächlich die Socken an, soviel wissen wir jetzt, wenn wir auch sein Gesicht noch nicht kennen. Komisch – auch seine Stimme kam mir so bekannt vor.«

»Hast du eine Ahnung, wo wir überhaupt sind?« erkundigte sich Colin. »Ich meine – glaubst du, wir laufen nach Hause oder genau entgegengesetzt? Bei diesem vertrackten

Abenteuer sollte es mich nicht wundern, wenn wir in die verkehrte Richtung laufen!«

»Tun wir nicht«, beruhigte ihn Peter. »Ich kenne mich hier ziemlich gut aus. Gleich sind wir wieder beim Zirkusfeld. Sollen wir noch mal dort vorbeischaun? Ob der Kerl mit den Socken sich vielleicht irgendwo herumtreibt? Ich muß einfach noch herauskriegen, wer er ist.«

Colin hatte keine Lust. Ihm reichte das Abenteuer für heute nacht. Aber er versprach, am Tor auf Peter zu warten.

Peter schwang sich über das Gatter und steuerte auf die Lichter zu. Die Vorstellung war längst zu Ende. Aber das fahrende Volk aß jetzt zu Abend im Schein fröhlicher Lampions und hellflackernder Feuer.

Ein paar Kinder spielten noch. Eins von ihnen wirkte außerordentlich groß. Beim genauen Hinsehen merkte Peter, daß es auf Stelzen ging. Es war die freche Kleine, die behauptet hatte, es gebe keinen Holzbeinigen bei ihnen im Zirkus. Ganz nah stelzte sie an den Wohnwagen heran, wo Peter lehnte, doch sie war so davon beansprucht, ihr Gleichgewicht auf den Stelzen zu bewahren, daß sie ihn nicht sah.

Hin und her wanderte sie, hin und her – und wie gebannt starrte Peter auf den Erdboden. Denn überall, wo sie ging, hinterließen die Stelzen jene sonderbaren Vertiefungen, regelmäßig und rund, genau wie bei der Mauer von Herrenfried. Ja, da waren sie wieder; sauber und deutlich ausgestanzt lagen sie im flackernden Licht. »Jetzt sieh einer das an!« murmelte Peter vor sich hin. »*Blind* waren wir ja. Nicht von einem Holzbein sind die Spuren, sondern ganz einfach von Stelzen. Warum sind wir darauf nie gekommen?«

18 Peters Geschichte

Wieder hatte sich ein Klötzchen in das Bild des Puzzle-Spiels gefügt.

Also ein Stelzengänger war der Dieb, dachte Peter. Die Dinger hat er mitgenommen, damit er über die hohe Mauer steigen konnte. Ich muß das Colin sofort erzählen!

Der wartete auf seinen Freund. »Mensch, Colin, ich hab eine tolle Entdeckung gemacht. Es war gar kein Holzbein, das die runden Löcher in den Boden gebohrt hat.«

»Sondern?« fragte Colin schläfrig.

»Stelzen! Auf Stelzen ist der Spitzbube ganz nah an die Mauer rangegangen, damit er leichter rüberkam.«

»Und was weiter?« fragte Colin. »Komm heim, Peter. Es ist schon so spät. Ich bin so müde.«

»Ich auch«, gab Peter zu. »Morgen vormittag trifft sich der Geheimbund wieder. Ich schicke Janet gleich in aller Frühe zu den anderen.«

Am Morgen mochte er Janet noch nichts Näheres über das nächtliche Abenteuer berichten. Sie sollte erst all die übrigen zu einem Treffen zusammenrufen. Colin erschien als letzter mit der Entschuldigung, er habe verschlafen.

Zappelnd vor Neugier platzte Pam sogleich heraus: »Wie war's? Was habt ihr erlebt? Wißt ihr, wo die Perlen sind? Oder habt ihr etwa den Dieb gefunden?«

»Die Kette haben wir noch nicht gefunden, aber alles übrige wissen wir jetzt!« verkündete Peter triumphierend.

»Was, wir?« fragte Colin verdutzt. »Vielleicht *du*, Peter! Ich hab keine Ahnung; ich schlafe noch halb!«

»Los, Peter, erzähl!« drängte Georg.

»Kommt mit zum Buschwäldchen, dort zeige ich euch, wie der Strolch über die Mauer geklettert ist«, entschied Peter und führte die ganze Gesellschaft bis zu dem großen Tor von Herrenfried. Dahinter bepflanzte der Gärtner Johns gerade die Beete zu beiden Seiten der Auffahrtallee.

»Johns!« rief Peter. »Dürfen wir noch mal in den Garten hinein? Wir stellen nichts an!«

Grinsend öffnete Johns das Tor. »Wieder was rausgekriegt?« fragte er.

»Ja, ne Menge!« antwortete Peter und ging auf die Stelle zu, wo der Dieb über die Mauer geklettert war. »Kommen Sie mit uns, Johns, und ich erzähle Ihnen, was wir entdeckt haben!«

»Ja, gleich. Ich muß nur erst den Wagen dort reinlassen«, erwiderte der Gärtner, denn ein großes schwarzes Auto hupte draußen.

»Jetzt paßt auf«, begann Peter feierlich. »So hat es sich zugetragen: Der Dieb ist ein Stelzengänger. Er brauchte drüben, auf der anderen Seite, nur bis in die Nähe der Mauer zu laufen, auf seine Stelzen zu steigen, sich damit gegen die Mauerkante zu lehnen – und schwupp! sitzt er droben. Jetzt nimmt er seine Füße von den Stelzen, zieht die Dinger über die Mauer, bohrt sie hier in den Boden und benutzt sie bis zum Gartenweg. Dort kann er absteigen und die Stelzen flach neben die Buschhecke legen. Er geht ins Haus hinein, nimmt die Perlen und kommt zurück, steigt auf seine Stelzen und gräbt hier wieder ein paar Löcher in die Erde.«

»Stelzenspuren also!« rief Pam erstaunt.

»Klar«, sagte Peter. »Und wie er sich an der Mauer hochhangelt, verfängt sich seine Mütze in einem Zweig und bleibt hängen. Er kümmert sich nicht darum, weil er keine Zeit verlieren will. Ein Wollfussel von seinen Socken bleibt am Stein hängen, und schon ist der Dieb wieder oben auf der Mauer und auf der anderen Seiter runter!«

»Ja, ja, den Aufsprung hab ich doch gehört«, bestätigte Colin. »Aber, Peter – Stelzen hat er keine gehabt, wie ich ihn gesehen habe. *Was hat er nur mit seinen Stelzen gemacht?«*

19 Wo sind die Perlen?

»Ja, was hat er mit den Stelzen gemacht?« wiederholte Peter nachdenklich Colins Frage. – »Genau weiß ich das auch nicht, aber wenn das stimmt, was ich mir überlegt habe, dann hat er sie in irgendeinem dichten Gebüsch versteckt!«

»In welchem Gebüsch wohl?« fragte Pam, und alle durchforschten Bäume und Dickicht ringsum.

»Die Stechpalme drüben!« rief Colin und deutete über die Mauer. »Die ist so dicht, und Leute gehn an Stechpalmen nie nah heran, weil sie so stachlig sind!«

»Drum sind sie ein gutes Versteck für die Stelzen«, bestätigte Peter und führte seine Schar auf die andere Seite der Mauer.

Gleich darauf bekamen sie am eigenen Leib zu spüren, wie stachlig die Zweige waren. Aber *wie* wurden sie auch dafür belohnt! Denn genau da, wo das Gestrüpp am dichtesten war, steckten zwei lange Stöcke. Colin zog den einen, Peter den anderen heraus.

»Du hast recht gehabt, Peter!« rief Janet. »Jetzt haben wir für alles eine Erklärung – für die alte Mütze oben im Baum – für das Wollfetzchen und die komischen Vertiefungen; sogar dafür, wie der Dieb über die Mauer geklettert ist, auf die kein Mensch ohne Hilfe rauf kann. Wirklich, ich finde, unsere *Schwarze Sieben* war sehr tüchtig!«

»Das finde ich aber auch!« ließ sich da eine andere Stimme laut und vernehmlich hören. Alle drehten sich um – und wer stand da bei Johns im Hintergrund? Ihr Freund, der Polizeiinspektor!

»Ach, Sie sind's, guten Tag!« rief Peter überrascht. »Haben Sie das eben gehört?«

»Freilich«, sagte der Inspektor. »Johns hat mir gleich erzählt, er glaube, ihr hättet das Geheimnis aufgedeckt. Also, raus mit der Sprache! Ganz gewiß habt ihr die Polizei diesmal überrundet!«

Peter lachte. »Ja, wissen Sie, *wir* können um den Zirkus herumspionieren, das fällt gar nicht auf. Aber wenn Sie sieben Polizisten ausschicken, die das Zirkusfeld absuchen sollen, das fällt bestimmt auf.«

»Zweifellos«, sagte der Inspektor. Dann griff er nach den Stelzen und betrachtete sie. »Höchst erfinderischer Einfall, *damit* eine ungewöhnlich hohe Mauer zu erklimmen. Aber, wer der Dieb ist, werdet ihr mir wohl nicht sagen können?«

»Na ja – ein Stelzengänger natürlich«, erwiderte Peter. »Und wenn Sie *mich* fragen, ein Kerl namens Louis. Wenn Sie zum Zirkus gehen, werden Sie das bald heraushaben. Wahrscheinlich läuft er in blauen Socken mit einem rechts und links eingestrickten roten Wollfaden durch die Gegend.«

»Und schwarze Haare muß er haben, mit einer kleinen kahlen Stelle mitten auf dem Kopf!« fügte Colin hinzu. »Wenigstens war das so bei dem Strolch, den ich gesehen habe!«

»Erstaunlich, was ihr alles wißt!« sagte der Inspektor. »Nächstens berichtet ihr mir noch, welche Farbe sein Pyjama hat! Wie wär's, wenn wir jetzt miteinander auf die Suche gingen? Zwei Leute von der Polizei sitzen bereits in meinem Wagen. Wir können alle zusammen dort aufkreuzen.«

Pam stellte sich vor, wie der Geheimbund in Begleitung von drei Polizisten auf dem Zirkusfeld erscheinen würde. »Werden die Zirkusleute nicht erschrecken, wenn wir zu zehnt dort anrücken?«

»Nur die, die Grund dazu haben!« sagte der Inspektor. »Los, kommt! Ich möchte gern feststellen, ob euer Spitzbube tatsächlich die kahle Stelle mitten auf seinem Kopf hat. Wie seid ihr nur *darauf* gekommen? Höchst bemerkenswert. Was ihr so alles wißt!«

Das fahrende Volk war äußerst verblüfft, als es die ganze Gesellschaft kommen sah. »Dort ist er ja, der Louis!« erklärte Peter und wies hinüber zum Löwenkäfig. »Aber jetzt hat er die Socken nicht an!«

»Dann müssen wir ihm eben auf den Kopf schauen«, meinte Colin.

Louis stand auf, als sie näher kamen. Unsicher musterte er den großen Inspektor.

»Haben Sie Socken an?« fragte der. »Ziehen Sie doch mal Ihre Hosenbeine hoch!«

Doch Louis hatte wirklich nackte Beine. »Sagen Sie ihm, er soll sich bücken«, bat Colin.

»Bücken Sie sich«, befahl der Inspektor, und gehorsam bückte sich Louis, als machte er eine Verbeugung. Colin schrie auf. »Ja – das ist er wirklich! Sehen Sie die runde kahle Stelle da in der Mitte auf seinem Kopf? Genauso habe ich sie von meinem Baum aus gesehen!«

»Aha – sehr gut«, sagte der Inspektor. Darauf wandte er sich wieder an Louis: »Und nun, junger Mann, hab ich ein Hühnchen mit Ihnen zu rupfen: *Wo sind die Perlen?*«

Louis stierte sie verdrossen an. »Ihr seid verrückt!« murrte er. »Erst verlangt ihr von mir, daß ich meine Hosenbeine hochziehe, dann, daß ich mich bücken soll. Und jetzt redet ihr auch noch von Perlen. Ich habe keine Ahnung, was los ist!«

»O doch!« widersprach der Inspektor. »Wir wissen alles über Sie, Louis. Sie haben Ihre Stelzen benutzt, um auf die hohe Mauer von Herrenfried zu klettern, oder vielleicht nicht? – Und nach dem Diebstahl der Perlen sind Sie wieder zu der Mauer zurückgekommen, auf Ihre Stelzen gestiegen, und oben saßen Sie, bereit zum Absprung.«

»Ich weiß überhaupt nicht, wovon Sie sprechen!« leugnete Louis, doch er war sehr blaß geworden.

»Dann will ich Ihr Gedächtnis etwas auffrischen«, fuhr der Inspektor fort. »Ihre Stelzen, die übrigens Spuren hinterlassen haben, fanden sich im Gestrüpp der Stechpalme, wo Sie sie versteckt hatten. Diese Kappe hier hing auf dem Ast eines Baumes, und diese Wollfaser stammt von Ihren Socken. Na, Sie werden zugeben müssen, daß Sie sich nicht bloß so zum Spaß herumgetrieben haben. Wo also sind die Perlen?«

»Suchen Sie doch selbst!« versetzte Louis unverschämt. »Vielleicht hat sich mein Bruder mit ihnen davongemacht. Der ist über alle Berge!«

»Aber die Perlen hat er hiergelassen – wie er selber sagte«, warf Peter plötzlich ein. »Ich war doch im Wagen, als Sie miteinander verhandelt haben.«

Louis erwiderte keine Silbe. Peter sprach weiter. »Und *Sie* haben gesagt, die Perlen seien sicher bei den *Löwen*, nicht wahr?« Louis blieb wieder still.

»Gut, gut!« ergriff der Inspektor von neuem das Wort. »Wir werden die Löwen fragen.«

So ging der Inspektor in Begleitung sämtlicher Kinder, zweier Polizisten, einer Schar von mindestens dreißig Zirkusleuten und mit dem kleinen Bären zu dem großen Löwenkäfig hinüber. Er rief nach dem Wärter.

»Wie heißen Sie?« erkundigte sich der Inspektor.

»Riccardo!«

»Schön, Herr Riccardo, wir haben Grund anzunehmen, daß Ihre Löwen ein Perlenhalsband versteckt halten.«

Riccardo starrte den Polizeichef an, als habe er nicht recht gehört.

»Gehen Sie in den Käfig und suchen Sie!« befahl dieser. »Suchen Sie nach Brettern, die lose sitzen, und suchen Sie außerdem alles ab, was als Versteck für das Halsband dienen könnte.«

Riccardo, noch zu verblüfft, um ein Wort herauszubringen, schloß den Käfig auf. Die Löwen sahen ihm entgegen, und eines der Tiere fauchte wie eine Katze, nur viel lauter.

Riccardo klopfte die Bretter ab, keines war locker. Verwirrt wandte er sich um. »Mein Herr«, beteuerte er, »Sie sehen selbst, daß der Käfig außer den Löwen nichts enthält – und an ihrem Körper könnte man nichts verbergen, nicht einmal in der Mähne. Sie würden sich so lange kratzen, bis der Schmuck zum Vorschein käme.«

Peter beobachtete unterdessen Louis' Gesicht, denn die Augen des Burschen hafteten an dem großen Wassertrog. Peter tippte heimlich den Inspektor an. »Der Wärter soll den Wassertrog untersuchen!« flüsterte er. Riccardo folgte diesem Geheiß und rief erstaunt: »Sehen Sie sich das an, mein Herr, das gehört gar nicht da hinein!« Er zeigte in den Wassertrog. Höchst geschickt mußte da jemand eine Platte eingeschoben haben, so daß sich ein doppelter Boden ergab. Mit einem spitzen Werkzeug hob der Wärter die Platte heraus, und es fiel etwas zur Erde.

»Die Perlen«, riefen alle Kinder, und gereizt von dem Lärm sahen die Löwen auf. Riccardo reichte den teuren Fund zwischen den Gitterstäben heraus und wendete sich wieder seinen Tieren zu, um sie zu beruhigen.

»Höchst erfreulich«, murmelte der Inspektor und schob das kostbare Halsband in die Tasche. Die Kinder sahen, wie Louis von den zwei Polizisten abgeführt wurde; sie marschierten an einer Wäscheleine vorbei, und dort hingen wieder die blauen Socken ...

»Los, kommt!« sagte der Inspektor. »Wir gehen jetzt alle miteinander zur Gräfin Thomas – und ihr erzählt dort selbst euer Abenteuer. Ich bin überzeugt, daß sie euch eine Belohnung geben will. Was möchtest du denn gern, Janet?«

»Ob sie . . .«, sagte Janet und sah auf den kleinen Petz herunter, der noch immer zutraulich neben ihr hertrottete, »ob sie mir wohl einen kleinen Bären schenken würde? So einen wie den hier, nur ein bißchen kleiner noch, damit ich ihn auf den Arm nehmen kann? Pam möchte bestimmt auch gern einen . . .«

Der Inspektor lachte schallend.

»Fein, Schwarze Bande, wünscht euch Bären und alles, was ihr sonst noch wollt – eine ganze Menagerie, wenn ihr Lust habt. Das habt ihr wirklich verdient. Ich wüßte gar nicht, was ich ohne eure Geheimpolizei anfangen sollte! Ihr helft mir doch wieder ein andermal, ja?«

»Und ob!« sagten alle sieben zugleich. Und ihr könnt euch darauf verlassen, daß sie es auch tun werden.

Rätsel um den unterirdischen Gang

1 Alle haben die Grippe

»Ich denke, die drei müssen heute wieder zur Schule gehen, und noch ist keiner von ihnen zum Frühstück erschienen. Wo stecken sie denn?«

»Oh, Richard«, sagte Frau Lynton, »Stubs und Dina fühlen sich gar nicht gut. Beide haben Temperatur, und Robert kann ich natürlich auch nicht fortschicken, für den Fall, daß es etwas Ansteckendes ist.«

»Du lieber Himmel«, stöhnte Herr Lynton, »nach vier langen Wochen Osterferien, in denen diese Kinder nichts als Unruhe verbreitet haben und dieser gräßliche Hund nichts anderes tat, als mir zwischen den Beinen herumzulaufen, ist noch immer kein Ende abzusehen! Drei Wochen wird es doch mindestens dauern, bis sie wieder in Ordnung sind, wie?«

»Sicher, Richard, aber daran ist ja nichts zu ändern. Stubs scheint es übrigens sehr schlecht zu gehen. Noch nicht einmal Würstchen mag er essen.«

»Es wird ihm nichts schaden, wenn er einmal ein paar Tage hungern muß«, brummte Herr Lynton.

Er nahm seine Aktentasche und verließ mit düsterem Gesicht das Haus. Wie hatte er sich auf die Ruhe und den Frieden gefreut, und nun sollte der Spektakel ein, zwei oder vielleicht sogar drei Wochen noch andauern.

Frau Lynton stieg die Treppe hinauf, um nach Stubs zu sehen. »Mir ist so schlecht, Tante Susanne. Ach, nimm doch bitte Lümmel mit. Immer will er spielen, und das kann ich nicht aushalten.«

»Ich weiß, ich weiß«, beruhigte Tante Susanne. »Nun versuch ein wenig zu schlafen, bis der Arzt kommt. Ich will jetzt noch zu Dina hinüber.«

Dina fühlte sich genauso schlecht wie Stubs. Frau Lynton nahm ihre heißen Hände.

»Ich glaube, ihr habt beide Grippe. Aber paß auf, das wird schnell vorüber sein.«

Auch Robert lag mit etwas Temperatur zu Bett. Doch er hatte als einziger ein bißchen gegessen.

Um halb elf Uhr kam der Arzt.

Die Kinder mochten ihn sehr gern, aber diesesmal lächelten Dina und Stubs nur schwach über seine Späße.

»Ha«, sagte er, während er Dinas Puls fühlte, »das habt ihr alles extra so eingerichtet, damit ihr nicht in die Schule zu gehen braucht. Das kenne ich. Aber wartet nur, diese Suppe werde ich euch versalzen und euch so schnell wie möglich gesund machen.«

»Ich bin froh, daß es nichts Schlimmes ist«, sagte Frau Lynton, als sie ihn hinunterbegleitete, »ich fürchtete schon, es wäre Scharlach.«

»Und nun ist es nur eine hübsche kleine Grippe«, lachte er. »Also, wie gesagt, vorläufig strengste Bettruhe. Und später müssen sie sich vierzehn Tage erholen. Das beste wäre eine Luftveränderung.«

Am nächsten Tag ging es Robert genauso schlecht wie den beiden anderen.

Die Krankheit nahm ihren Lauf, und ein paar Tage später ging es den Kindern schon besser. »Nur meine Beine wackeln so«, klagte Stubs, »als wären sie aus Pudding.«

Tante Susanne lachte. »So schlimm ist es gar nicht mehr, sonst hättest du kein Würstchen zum Frühstück gegessen. Morgen wirst du wahrscheinlich schon ein Dutzend verlangen.«

»Ich glaube, es wäre das beste, wenn wir die Kinder irgendwohin zur Erholung schickten«, sagte sie an diesem Abend zu ihrem Mann. »Das wird auch mir guttun. Die letzten Tage haben mich doch sehr angestrengt. Ich könnte meine alte Erzieherin Fräulein Pfeffer bitten, sie zu begleiten. Sie hat viel für unsere drei übrig. Ich rufe sie gleich an.«

Fräulein Pfeffer sagte ja. Ja, sie würde Dina, Robert und Stubs gerne betreuen.

»Sie müssen nur sehr gut aufpassen, denn sie sind noch wilder geworden, aber mit ein wenig Strenge wird es schon gehen.«

»Nun«, beruhigte Fräulein Pfeffer, »ich kenne sie ja. Seien Sie unbesorgt. Und das Reiseziel? Die See?«

»Nein, nein, der Arzt hat das Baden verboten. Wissen Sie vielleicht etwas Passendes auf dem Lande?«

Einen Augenblick blieb es still. Fräulein Pfeffer schien zu überlegen. Dann sagte sie zögernd: »Ich denke da an einen kleinen Ort mit einem hübschen Namen. Haben Sie schon einmal von Glockenburg gehört?«

»O ja, es ist ein sehr altes Städtchen in der Nähe Lillinghams, nicht wahr?«

»Ganz recht, eine meiner Kusinen hat dort ein Haus, und ich bin sicher, sie würde uns gerne aufnehmen.«

»Also abgemacht«, sagte Frau Lynton. »Wollen Sie Ihre Kusine anrufen und das Nötige mit ihr besprechen? Der Arzt meint, wir könnten noch diese Woche fahren. Ich werde die drei in den Wagen packen, Sie abholen, und dann fahren wir weiter nach Glockenburg. Der Name klingt so friedlich.«

2 *Noch ein Spaniel*

»Glockenburg!« rief Dina begeistert, als sie die Neuigkeit erfuhr. »Oh, Mutter, das klingt hübsch. Es klingt wie aus einem Märchen. O ja, da wollen wir hin.«

»Gibt es denn da so viele Glocken?« fragte Stubs. »Und wann fahren wir? Ich freue mich, daß wir reiten können, aber ich glaube kaum, daß ich überhaupt auf ein Pferd heraufkomme. Meine Beine sind immer noch wie Pudding.«

»Nun gut, dann laß die anderen reiten und warte, bis sie wieder in Ordnung sind«, sagte Tante Susanne ungerührt.

Stubs seufzte. Die Zeit des Verwöhntwerdens schien vorüber zu sein. Schade!

Ein paar Tage später, gleich nach dem Frühstück, fuhren sie ab. Wunderbar, an einen Ort zu reisen, den man noch nicht kannte.

Sie fuhren bei Fräulein Pfeffer vorbei.

»Die Kinder sind nach der Grippe noch nicht ganz so lebhaft wie sonst«, erklärte Frau Lynton, »aber ich denke, das wird Sie nicht stören. Nur fürchte ich, Lümmel ist unverändert, höchstens noch ein bißchen verrückter.«

Es wurde eine lange Fahrt. Einmal hielten sie, um zu essen. Am Nachmittag schliefen die Kinder ein, nur Lümmel wurde nicht müde. Seinetwegen hätte diese Fahrt niemals ein Ende zu nehmen brauchen.

»Wir sind gleich am Ziel«, sagte Fräulein Pfeffer und zeigte auf eine Landkarte, die ausgebreitet auf ihrem Schoß lag. »Sehen Sie diese Hügel dort drüben? Dahinter, auf der Südseite, liegt Glockenburg, deshalb ist es dort auch so warm.«

Sie fuhren am Fuße der Hügel entlang, und dann sahen sie die weißen Häuser, die sich die Hänge hinaufzogen, in der Abendsonne leuchten. Als es über das holprige Pflaster ging, wurden die Kinder wach.

Fräulein Pfeffer wandte sich nach ihnen um. »Wir sind angelangt. Seht, da ist ›Haus Holle‹. Als ich als kleines Mädchen hier war, glaubte ich, daß Frau Holle noch darin wohne. Und das da ist das Schloß. Es stammt aus dem sechzehnten Jahrhundert, ist schon lange unbewohnt, und man kann es besichtigen. Es gibt darin wunderbare alte Möbel und sogar einen Geheimgang. Übrigens steht ganz in der Nähe im Walde ein Häuschen, von dem man denken könnte, Rotkäppchen habe in ihm gelebt.«

»Glockenburg«, sagte Dina träumerisch, »Frau Holle, Rotkäppchen und ein geheimer Gang. Das klingt märchenhaft.«

Nun lenkte Frau Lynton den Wagen in eine schmale Gasse und hielt an deren Ende vor einem Haus mit zwei Seitenflügeln. Ein Hund kam auf sie zugestürzt und begrüßte sie mit heftigem Schwanzwedeln.

»Ein goldener Spaniel!« schrie Stubs begeistert. »Los, Lümmel, begrüße deinen Kollegen. Fräulein Pfeffer, wissen Sie, wie er heißt?«

»Sicher«, nickte sie lachend, »er heißt Lump.« Die Kinder jubelten. »Lümmel und Lump, Lümmel und Lump!«

Tatsächlich, der goldene Spaniel benahm sich genauso verrückt wie der schwarze. Er sprang an allen hoch, bellte, jaulte, tanzte um sie herum und tat gerade so, als wären sie lang vermißte Freunde.

Fräulein Pfeffers Kusine kam eilig aus dem Haus gelaufen. Sie sah Fräulein Pfeffer sehr ähnlich, nur kleiner war sie und dicker. Die Kinder fanden sie gleich sehr nett. Sie besaß einen Hund, und das sagte alles.

Bald saßen sie um den gedeckten Tisch, aßen selbstgebackenes Brot und frischen Kuchen, selbsteingekochte Marmelade und goldgelben Honig. Und Frau Lynton sah voll Freude, daß die drei ihren guten Appetit anscheinend wiedergefunden hatten.

»Und nun«, sagte Frau Lynton endlich, »geht ihr sofort zu Bett. Ihr habt eine lange, anstrengende Fahrt hinter euch, und ich kann richtig sehen, wie Stubs' Beine wieder zu Pudding werden.«

Alle drei protestierten. Aber es klang nicht sehr überzeugend. Im Grunde sehnten sie sich danach zu schlafen.

Es dauerte nicht lange, und sie lagen in den Federn. Dina fielen die Augen sofort zu. Diese Nacht würde sie das Zimmer mit der Mutter teilen, doch morgen früh schon wollte Frau Lynton wieder zurückfahren. Die Jungen schliefen zusammen und Lümmel wie immer zu Stubs' Füßen. Nie hätte er sich auch nur eine einzige Nacht von seinem Herrchen getrennt.

3 *Frau Holle wohnt in Glockenburg*

Die Kinder schliefen bis tief in den Tag hinein. Sie hörten nicht, wie die Mutter das Haus verließ und wie der Motor ansprang und der schwere Wagen die Gasse hinunterbrauste. Sie hörten weder das Gackern der Hühner, das Schnattern der Enten noch Lumps Bellen.

Lümmel verspürte nicht die geringste Lust, sich noch länger mit zwei schlafenden Jungen zu langweilen. Er kratzte an der Tür, aber niemand öffnete. Dann hörte er Lump unten herumtoben und fing kläglich an zu jaulen.

Stubs fuhr mit einem Ruck hoch, doch Robert zog nur die Decke über die Ohren und drehte sich auf die andere Seite. Stubs sprang aus dem Bett und sah nach der Uhr. Fünf Minuten vor halb zehn. War so etwas möglich?

Es war ein strahlender Frühlingsmorgen. Stubs sah in den hinter dem Haus gelegenen Garten. Hühner liefen zu Dutzenden umher, drei fette Gänse rannten flügelschlagend und schnatternd den Weg entlang, und auf einem kleinen Teich in den angrenzenden Wiesen tauchten ein paar Enten und streckten den Schwanz in die Höhe.

»Wuff!«, sagte Lümmel ungeduldig, und davon erwachte Robert endgültig.

»Los, steh auf«, sagte Stubs eifrig. »Es ist schon schrecklich spät. Hier ist es prima. Lump ist schon lange unten, und Lümmel will zu ihm.«

Stubs riß die Tür auf, Lümmel schoß hinaus und fegte die Treppe hinunter. In der Diele angelangt, schlitterte er über den gebohnerten Fußboden und sauste haarscharf an einem Blumentisch vorbei.

Ehe Fräulein Pfeffer, die gerade aus dem Garten kam, auch nur ein Wort sagen konnte, war er schon neben Lump und begann ihm nach Kräften bei den Ausgrabungen zu helfen.

»Ein verrücktes Pärchen«, murmelte Fräulein Pfeffer. »Sicher sind die Kinder jetzt wach geworden.«

Das Poltern und Rumoren über ihr bestätigte diese Annahme. »Hanna«, rief sie ihrer Kusine zu, »Hanna, die Kinder sind aufgestanden. Ich nehme die Milch aus dem Kühlschrank. Sie mögen sie so gerne eiskalt.«

»Ah«, machte Stubs anerkennend, als er zwei Minuten später, fix und fertig angezogen, auf der Schwelle der Eßzimmertür erschien und den Frühstückstisch musterte. »Schinken und Tomaten und Eier und Würstchen, und das alles schon am frühen Morgen. Ganz nach meinem Geschmack.«

»Dürfen wir uns ein bißchen in der Gegend umsehen?« fragte Dina, als sie endlich so satt waren, daß sie auch nicht einen einzigen Bissen mehr hätten herunterbringen können. »Sie brauchen nicht mitzukommen«, fügte sie schnell hinzu, denn sie stellte es sich aufregender vor, alleine auf Entdeckung auszugehen. »Gibt es vielleicht ein Buch über Glockenburg oder irgendeinen Reiseführer mit einem Stadtplan?«

»Nein, aber ich glaube, die Frau in dem alten Schloß, an dem wir gestern vorbeifuhren, kann euch alles Wissenswerte erzählen«, meinte Fräulein Pfeffer. »Nicht wahr, Hanna?«

»Ja, natürlich, zwar ist sie nicht hier aufgewachsen, aber über Glockenburg und das Schloß weiß sie genau Bescheid. Sie ist als Verwalterin angestellt und führt die Besucher.«

»Können wir Lump mitnehmen, Fräulein Hanna?« fragte Dina.

»O ja, gerne, nehmt ihn nur mit. Er ist mir sowieso dauernd im Wege und schleppt sämtliche Fußmatten hin und her. Nun seht nur«, schrie sie plötzlich, »jetzt hat er doch tatsächlich ein Handtuch beim Wickel!«

Wenig später schlenderten die drei Kinder den sonnigen Weg entlang. Die Luft war erfüllt vom Duft der ersten Maiglöckchen. Schlüsselblumen und Primeln blühten auf den Wiesen, und das strahlende Blau des Ehrenpreis leuchtete durch die Hecken.

Sie gelangten an das kleine weiße Haus, das Fräulein Pfeffer ihnen gezeigt hatte. ›Haus Holle‹ stand auf dem Schild über der Tür. Plötzlich öffnete sich die Tür, und eine alte Frau erschien auf der Schwelle. Sie trug eine große, buntbedruckte Schürze, um die Schultern einen roten Schal und schüttelte ein Staubtuch aus. Wahrhaftig, so stellten sich die Kinder Frau Holle vor. Nur hätte sich das Staubtuch in ein Federbett verwandeln müssen.

»Seid ihr Feriengäste?« fragte sie in ihrer hübschen Mundart. »Ihr habt gutes Wetter mitgebracht. Was für ein hübscher kleiner Spaniel. Ich werde ihm einen Knochen holen, das heißt, zwei werde ich holen, einen für ihn und einen für seinen schwarzen Freund.«

Die Kinder gingen den mit Steinplatten belegten Weg hinauf, der von Goldlack und Frühlingsblumen eingefaßt war. Dann standen sie vor der kleinen Tür und warteten. Drinnen war es so dämmrig, daß sie kaum etwas erkennen konnten.

»Kommt doch herein«, rief Frau Holle. Und vorsichtig tappten sie, noch geblendet von der hellen Morgensonne, ins Haus.

Von der Stube aus sahen sie die alte Frau in einem angrenzenden Raum nach den versprochenen Knochen suchen. Und gleich darauf kam sie, in jeder Hand einen, zurück.

»Haben Sie auch einen Hund?« fragte Dina.

»Ach nein«, sagte Frau Holle. »Ich besitze keinen, wenn du das meinst. Solange ich zurückdenken kann, wohne ich mit meinem Großvater zusammen, und der mag keine Hunde. Aber ich habe für sie immer einen Knochen bereit.«

Die Kinder staunten. Einen Großvater hatte sie noch? »Dürfen wir ihm guten Tag sagen?« fragte Robert. »Ich möchte so gern einmal jemanden kennenlernen, der so viel erlebt haben muß. Er ist doch sicher schon uralt.«

Frau Holle nickte. »Schon über hundert Jahre, sagt er. Im Augenblick schläft er, doch ihr könnt gern mit ihm sprechen, wenn ihr einmal wiederkommt. Er kann euch alles über Glokkenburg erzählen, mehr als die Frau im Schloß.«

Das hörte sich vielversprechend an. »Wir kommen bestimmt bald wieder«, sagte Robert, »und vielen Dank für die schönen Knochen.«

4 *Ein Versteck im Kamin*

Als die Kinder Frau Holles Häuschen verließen, warfen sie noch einen verstohlenen Blick über die Gartenmauer, um den Großvater wenigstens einmal zu sehen.

Der alte Mann saß in einem bequemen Stuhl und schlief, klein und dünn, die lange Tonpfeife in der schlaff herunterhängenden Hand. Bis auf einen Kranz weißer Haare war sein Kopf ganz kahl, doch die dichten, buschigen Brauen verdeckten fast die geschlossenen Augen.

»Wenn er diese komische Knopfnase nicht hätte, würde er richtig ehrfurchtgebietend wirken«, flüsterte Dina. »Glaubt ihr, daß er tatsächlich hundert Jahre alt ist?«

Sie gingen weiter und kamen zum Schloß. Es war ein großes Gebäude aus grauweißen Steinen und sah so fest und stark aus, als könne nichts es zerstören.

Zu beiden Seiten erhoben sich Türme, der eine rund und der andere eckig. Eine gepflasterte Auffahrt führte zu der mit Eisen beschlagenen großen Eingangstür. Sie war geöffnet.

Die drei gingen mit den Hunden hinein. Jemand sagte mit scharfer Stimme: »Hunden ist das Betreten des Schlosses verboten. Bindet sie draußen an.«

»Aber sie werden sich zu Tode bellen«, protestierte Stubs.

»Dann müßt ihr auf die Besichtigung verzichten.« Die Kinder sahen eine schwarzgekleidete Frau mit grauem Haar an einem Tisch sitzen und stricken. Sie war grobknochig, und ihre Hände, die das Strickzeug hielten, waren ungewöhnlich groß.

Sie verzog den Mund zu einem Lächeln, und ihre schmalen schwarzen Augen sahen einen nach dem anderen unbewegt an. Wie alt mag sie wohl sein? dachte Dina. Man kann es gar nicht sagen.

»Wir wollten uns das Schloß ansehen«, erklärten sie. »Das dürfen wir doch?«

»Ja, aber ohne die Hunde. Wie ihr schon gehört habt, ist es nicht gestattet, Tiere mitzubringen. Sie könnten die wertvollen Möbel zerkratzen oder sonst Schaden anrichten.«

»Das ist richtig.« Robert ging mit Lümmel und Lump hinaus, um sie anzubinden. Er gab ihnen zum Trost die Knochen und hoffte, daß sich die beiden nun ruhig verhielten.

Sie bezahlten den Eintritt, die Frau legte ihr Strickzeug beiseite und gab jedem von ihnen eine Karte.

Dann stand sie auf, und die Kinder folgten ihr. Die Räume lagen tot und verlassen, und trotz des warmen, sonnigen Maimorgens war es kalt hinter diesen Steinmauern. Dina fror.

Die Frau redete und redete, während sie von einem Raum in den anderen gingen. »Um sechzehnhundert lebte Hugh Dourley in diesem Schloß, und durch ihn bekam es seinen Namen.«

»Warum?« fragte Stubs.

»Er ließ mehrere Glocken in dem Turm aufhängen.« Die Frau sprach weiter, ohne sich um seine Frage zu kümmern. »Sie wurden bei freudigen Anlässen geläutet. Aber eines Nachts begannen sie von alleine zu dröhnen, so wird es jedenfalls erzählt. Sein Sohn war getötet worden, und die Glocken läuteten im gleichen Augenblick, als er starb.«

Das klang unheimlich. Unterdessen waren sie am Eingang des eckigen Turmes angelangt, zu dessen Plattform eine schmale Wendeltreppe führte. Die Kinder wären gern einmal hinaufgestiegen.

»Bitte, geht nur. Es wird behauptet, daß es noch die Glokken von damals sind, seht sie euch nur an.«

Gleich darauf stiegen sie einer hinter dem anderen die steile, gewundene Treppe hinauf.

Und dann sahen sie hoch über ihren Köpfen die Glocken. Unbeweglich hingen sie dort und schimmerten in der Sonne.

»Man wird sie wohl nie wieder hören«, meinte die Frau. »Die Leute erzählen zwar, sie würden sich von selbst in Bewegung setzen, wenn Feinde nach Glockenburg kämen. Aber das ist Unsinn.«

»Feinde? Ausgerechnet in dieses kleine, verschlafene Städtchen?« fragte Dina und dachte: Ein seltsames Schloß!

Die Geschichte des alten Hauses bestand aus langweiligen Aufzählungen, wann diese und wann jene Person hier gelebt hatte. Die Kinder schlichen gähnend hinter ihrer Führerin her, bis sie auf einmal aus ihrem Dämmerschlaf gerissen wurden.

»An dieser Stelle ließ Lady Paulet eine geheime Nische anbringen«, sagte die Frau und blieb vor einem der riesigen Kamine stehen. In allen Zimmern des Schlosses gab es sie, und einige waren so groß, daß man bequem aufrecht darin stehen konnte.

»Eine geheime Nische?« fragte Robert. »Wo?«

»Ihr müßt hineingehen«, sagte die Frau, »dann könnt ihr dort oben zwei Stufen sehen, die in den Stein gehauen sind. Und wenn ihr die Stufen hinaufsteigt, kommt ihr in eine Art Höhle, die gerade groß genug ist, daß ein ausgewachsener Mann sich darin verstecken kann.«

»Dürfen wir es mal versuchen?« fragte Stubs eifrig. Er stellte sich einen kleinen Raum vor, in dem vielleicht ein Tisch und eine Bank standen.

»Wenn ihr Lust habt.« Die Frau gab ihnen eine Taschenlampe. Robert ging als erster. Er leuchtete die Wände ab und sah in der einen die beiden Stufen. Er kletterte hinauf, tastete nach der Höhle und fand sie. Es war ganz einfach hineinzukommen.

Aber bewegen konnte er sich nicht. Es sollte ja auch nur ein Versteck sein, natürlich nur, solange kein Feuer im Kamin brannte.

Du lieber Himmel, man würde geräuchert und gebraten, dachte er, stieg wieder herunter, gab Dina die Lampe und half ihr hinauf. Sie ließ den Lichtstrahl in die Finsternis fallen. Nein, hineingehen mochte sie nicht.

»Puh, scheußlich«, sagte sie, »dunkel und schmutzig. Wenn ich mir vorstelle, man müßte sich da aufhalten!«

Stubs verschwand als letzter, quetschte sich in die Nische und untersuchte sie gründlich. Vielleicht konnte er etwas Besonderes entdecken. Aber er entdeckte nichts in diesem kleinen Unterschlupf. Zum Schluß hockte er sich auch noch auf den Boden und befühlte ihn sorgfältig. Die anderen wurden ungeduldig. »Stubs! Komm endlich, willst du denn ewig da oben bleiben?«

Robert war ziemlich staubig geworden, aber als Stubs nun mit einem Sprung neben ihm landete, kam er sich rein wie ein Engel vor.

Stubs schielte zu der Frau hinüber und sah, daß sie den Mund zu einem schadenfrohen Lächeln verzog. Diese Schreckschraube, dieses alte Schloßgespenst, dachte er, sie hat uns nur da raufklettern lassen, weil sie genau wußte, daß wir wie die Schornsteinfeger wiederkämen.

Langsam ging er zu ihr und begann, Jacke und Hose so kräftig abzuklopfen, daß Staub und Ruß flogen. Hastig wich sie zurück.

»Ich glaube, es ist besser, ihr geht jetzt nach Hause und säubert euch.«

»O nein«, sagte Stubs, »o nein, das Beste haben wir ja noch gar nicht gesehen, den Geheimgang! Wo ist er denn?«

5 *Es rasselt hinter dem Paneel*

»Ihr verschwindet jetzt«, sagte die Frau. »Ich habe genug von euch. Ihr verschmutzt alles, wenn ihr in diesem Aufzug herumlauft.«

»Dafür können wir nichts«, sagte Stubs, lächelte sie an und begann von neuem, seine Sachen auszuklopfen. »Sie müssen gewußt haben, wie es da aussieht. Und außerdem haben wir extra bezahlt für den Geheimgang. Wo ist er?«

Die Frau ging in die Halle, holte ein Schlüsselbund und öffnete die Tür zu einem Raum, dessen Wände von oben bis unten getäfelt waren.

»Der Geheimgang wurde im Jahre siebzehnhundertachtundvierzig angelegt, so steht es in der Chronik«, begann sie wieder mit monotoner Stimme. »Das Zimmer wurde damals getäfelt und die Öffnung zu dem Gang dahinter verborgen. Zuerst läuft er ein Stück an der Mauer entlang und senkt sich dann steil in die Tiefe.«

»Er führt in die Keller?« fragte Robert.

»Nein, er umgeht sie und endet plötzlich.«

»Was für einen Zweck hat er dann, wenn er nirgendwo wieder ans Tageslicht kommt«, brummte Stubs. »Das ist ja Blödsinn.«

»Wahrscheinlich sollte er nur ein Versteck sein, größer als das im Kamin, in dem sich mehr Menschen verbergen konnten. So, nun werde ich euch den Eingang zeigen. Oder kann einer von euch herausfinden, wo er ist?«

Stubs begann die Täfelung sorgfältig abzuklopfen. Plötzlich rief er triumphierend: »Hier klingt es ganz hohl. Versucht es selber mal. Klopft erst hier und dann daneben. Hört ihr den Unterschied?«

Tatsächlich, die eine Stelle klang hohl. Die Frau stand an die Wand gelehnt und beobachtete sie.

Stubs versuchte, irgend etwas zu finden, womit er das Paneel bewegen konnte, vielleicht einen verborgenen Hebel – vergeblich. Er fand nichts. Endlich wandte er sich an die Frau.

»Sie müssen uns zeigen, wie es gemacht wird. Wir können es nicht herausbekommen.«

»Paßt auf«, sagte sie und ging zum Kamin, über dessen Sims ein riesiges Wandgemälde hing, das einen Mann mit einem Helm zeigte.

»Aber hier ist doch gar nichts hohl«, wunderte Stubs sich. »Wir haben doch alles abgeklopft.«

Die Frau streckte die Hand aus, berührte einen Buckel des Helmes und trat zurück.

Das große Bild glitt langsam zur Seite, wenige Zentimeter nur, und gab ein schmales Holzpaneel frei.

Die Frau schob es zur Seite, ein kleines Geheimfach wurde sichtbar.

»Faßt hinein«, sagte sie. Einer nach dem anderen tat es und fühlte den Knopf an der Rückwand. Sie lernten ein Geheimnis kennen, einen kunstvollen Mechanismus, der vor zweihundert Jahren vielleicht manchesmal die letzte Rettung für die Bewohner des Schlosses bedeutete.

Die Frau faßte Roberts Arm und sagte: »Nun drück einmal auf den Knopf.« Und in dem Augenblick, als er es tat, hörten sie alle gedämpftes Rasseln hinter einem der Paneele, nicht weit von ihnen.

»Dieser Knopf betätigt einen Hebel, der es möglich macht, die schwere Holztäfelung beiseite zu schieben.« Sie ging auf die Wand zu und drückte gegen das Paneel, das sich ganz allmählich hinter das angrenzende schob.

Und nun sahen sie den Eingang, eine schwarze Öffnung in der Wand. Die Frau ließ den Strahl ihrer Taschenlampe hineinfallen.

»Das ist alles, viel gibt es da nicht zu sehen, nur ein finsterer Gang hinter der Mauer.«

»Ich werde ihn jetzt unter die Lupe nehmen«, verkündete Stubs. »Das ist klar.«

»Das wirst du nicht!« Die Frau zog ihn heftig zurück. »Man darf nicht hineingehen. Du kommst sofort zurück.«

Stubs riß sich los und versuchte, in den Gang zu gelangen. Er mußte unbedingt feststellen, wohin er führte. Daß er plötzlich aufhören sollte, glaubte er nie und nimmer.

Die Frau wurde wütend. »Ich werde mich über dich beschweren. Soll ich deinetwegen meine Stellung verlieren? Kümmert euch um eure Hunde. Hört ihr nicht, wie sie bellen?«

Zögernd gehorchte Stubs. Aber eins nahm er sich fest vor: Ehe sie Glockenburg verließen, würde er sich den geheimen Gang genau ansehen!

Alle waren froh, wieder nach Hause zu kommen. Das Essen stand auf dem Tisch, aber nach diesem anstrengenden Vormittag hatte keines der Kinder richtigen Appetit.

»Ihr seht sehr müde aus«, sagte Fräulein Pfeffer. »Was habt ihr nur getrieben?«

Stubs sank auf einen Stuhl. »Ach, wir haben zuerst Frau Holle besucht. Die war sehr nett und hat Lump und Lümmel Knochen gegeben. Und dann haben wir Schloß Glockenburg besichtigt, ein geheimes Versteck in einem Kamin gesehen und einen geheimen Gang hinter einer Wand und . . .«

»Oh, Stubs«, rief Fräulein Pfeffer, »und wo hast du dich so schmutzig gemacht? Du siehst aus, als wärst du durch einen Schornstein gerutscht!«

»Erraten«, bestätigte er und fragte: »Ich muß mich doch nicht waschen und umziehen? Ich bin hundemüde.«

Sie aßen nicht viel und stolperten wenig später in ihre Schlafzimmer. Jetzt mußte sich Stubs doch noch ausziehen, und Fräulein Pfeffer nahm sofort seine Schornsteinfegerkluft in Empfang. Und dann lag er, in seinen Bademantel gewickelt, wie ein Igel zusammengerollt auf dem Bett und schlief sofort ein.

»Für heute ist es mit dem Herumstromern vorbei«, bestimmte Fräulein Pfeffer, als die Kinder endlich ausgeschlafen und hungrig erschienen. »Wenn ihr Lust habt, könnt ihr euch nach dem Tee im Garten ein wenig nützlich machen.«

Lümmel und Lump sorgten dafür, daß das nicht zu langweilig wurde. Mit unermüdlichem Eifer schleppten sie sämtliche Matten, Handtücher und Bürsten, deren sie habhaft werden konnten, aus dem Haus. Als die Kinder vom Hühnerfüttern zurückkamen, fanden sie alles auf dem Rasen verstreut, und mitten im Goldlack steckte eine Haarbürste.

Lümmel bekam einen Klaps, zog sich beleidigt unter die Bank zurück, und Lump, der fürchtete, daß es ihm nicht besser ergehen würde, verschwand und wurde bis zum Abendessen nicht mehr gesehen.

6 *Ein Brief von Barny*

An diesem Morgen schliefen die Kinder nicht so lange, und sie waren früh genug unten, um mit Fräulein Pfeffer und Fräulein Hanna zu frühstücken. Neben Roberts Teller lag ein Brief. Ein Brief von Barny!

»Von Barny!« schrie Robert. »Und gestern abend haben wir von ihm gesprochen!«

Er riß den Umschlag auf, begann zu lesen, und Dina und Stubs hörten atemlos zu.

»Lieber Robert, im Augenblick mache ich Ferien. Bis jetzt hatte ich gute Arbeit. Ich mußte eine Truppe von Affen versorgen. Miranda hat sich natürlich wie eine Primadonna benommen und alle herumkommandiert. Ich habe eine Menge Geld verdient, und wenn Ihr noch Ferien habt, würde ich Euch gerne besuchen. Aber vielleicht geht Ihr ja schon wieder zur Schule. Dann würde ich versuchen, im Sommer zu Euch zu kommen. Schreibt mir bitte sofort. Und wenn Ihr noch Zeit für mich habt, komme ich per Anhalter zu Euch. Ich würde mich sehr freuen, Euch wiederzusehen. Euer Barny. (Miranda läßt vielmals grüßen.)«

Die drei schrien vor Begeisterung. »Barny kommt nach Glockenburg! Was haben wir für ein Glück, daß wir noch nicht wieder in der Schule sind!«

»Euer Freund kann gerne bei mir wohnen«, sagte Fräulein

Hanna, »aber das Tier muß ich woanders unterbringen, so leid es mir tut. Vor Affen fürchte ich mich zu Tode.«

»Oh«, sagten die drei enttäuscht. Sie wußten genau, daß nichts auf der Welt Barny veranlassen konnte, sich von Miranda zu trennen.

»Vielleicht findet er ja im Ort ein Zimmer«, tröstete Fräulein Pfeffer.

»Oder eine Scheune oder einen Heuschober«, rief Dina, die daran dachte, daß Barny nicht unbedingt ein Bett brauchte wie andere Leute. »Und es ist ja auch Mai und das Wetter warm und trocken.«

Nachdem die Kinder die Zimmer aufgeräumt und ihre Betten gemacht hatten, liefen sie in den Garten. Dina nahm Briefpapier und Füllfederhalter mit.

»Lieber Barny«, schrieb sie, »vielen Dank für Deinen Brief! Du wirst staunen, daß wir hier sind. Aber wir hatten die Grippe und sollen uns jetzt erholen, Stubs und Lümmel auch. Lümmel hatte natürlich keine Grippe. Er hat hier einen Hundefreund gefunden, der Lump heißt. Es ist auch ein Spaniel, und die beiden verstehen sich sehr gut, weil Lump sich genauso verrückt benimmt wie Lümmel.«

»Weiter«, sagte Robert. »Willst du ihm noch erklären, wie er hierherkommt? Er hat wahrscheinlich keine Ahnung, wo Glockenburg liegt.«

»Wenn er per Anhalter fährt, nützt ihm das nicht viel«, überlegte Dina. »Er braucht den Leuten, die er anhält, nur die Adresse zu zeigen, und dann werden sie ihm schon sagen, ob sie in die Richtung fahren.«

»Vergiß den Geheimgang nicht«, schrie Stubs, »du mußt ihm unbedingt noch von dem Geheimgang erzählen. Das interessiert ihn!«

»Soll das ein Buch werden?« fragte sie. »Und außerdem habe ich dir schon einmal gesagt, du sollst mir nicht so auf die Pelle rücken. Und brüll mir nicht so in die Ohren. So, jetzt mache ich Schluß.«

»Wir sind hier mit Fräulein Pfeffer zusammen. Du erinnerst Dich doch noch an sie? Wir wohnen bei ihrer Kusine, die sich leider vor Affen zu Tode fürchtet. Deshalb kannst du auch hier nicht sein, leider. Aber wir werden sicher eine Unterkunft für Dich finden. Viele Grüße Dir und Miranda von Deinen Freunden Dina, Robert und Stubs.

P. S. Die herzlichsten Wuffs von Lümmel und unbekannterweise einen von Lump.«

Sie gingen zusammen zur Post und überlegten, wann Barny wohl bei ihnen sein könnte. »Morgen hat er den Brief. Vielleicht fährt er gleich los. Und wenn alles klappt, steht er schon übermorgen vor der Tür.«

Als sie zurückliefen, blieben sie vor Frau Holles Haus stehen.

»Guten Morgen, Frau Holle«, trompetete Stubs, der ganz vergaß, daß sie ja gar nicht so hieß. Dina und Robert stießen ihn an, und er stotterte: »Oh, äh, ich meine, guten Morgen, äh, guten Morgen.«

Die alte Frau lachte. »Wenn du magst, kannst du mich ruhig so nennen. Mir macht es nichts aus, und schöne dicke Federbetten habe ich auch.«

»Schläft Ihr Großvater wieder?« fragte Robert.

»Ich will einmal nachsehen.« Die Alte verschwand und kam gleich drauf an das Gartentor. »Er ist wach, ihr könnt zu ihm gehen und euch ein wenig mit ihm unterhalten. Er hat ein wunderbares Gedächtnis und erinnert sich an alles, was viele, viele Jahre her ist. Was er zu Mittag gegessen hat, vergißt er, sobald er vom Tisch aufgestanden ist.«

Natürlich mußten Lümmel und Lump draußen bleiben und angebunden werden. Der Großvater mochte ja keine Hunde. Frau Holle führte sie weiter in den Garten hinein. Wieder saß der alte Mann in seinem Armstuhl in die Kissen gelehnt, die Tonpfeife in der Hand.

»Guten Morgen, guten Morgen«, sagte er und zeigte mit der Pfeife auf den Rasen. »Setzt euch dahin und sagt mir, wie ihr heißt und wer ihr seid. Ich habe euch noch nie gesehen.«

Als er Stubs' Namen hörte, fing er an zu kichern. »Den Namen haben sie dir wohl wegen deiner Nase gegeben, nicht wahr? Na, mach dir nichts draus. Sieh dir meine an. Sie sieht aus wie ein Knopf, und Knopf haben sie mich genannt, solange ich denken kann. Knopf Dourley bin ich, und als Knopf Dourley werde ich sterben. Meinen richtigen Namen habe ich längst vergessen. Vielleicht war er John, vielleicht auch Joe. Ich kann mich wirklich nicht mehr erinnern.«

Er begann wieder zu kichern.

Dourley? Dourley? Die Kinder überlegten angestrengt. Wo hatten sie diesen Namen schon gehört?

Dina erinnerte sich zuerst. »Hugh«, rief sie. »Natürlich, Hugh Dourley!«

Der Alte runzelte die Stirn, sah sie erstaunt an und zeigte mit dem Pfeifenkopf auf sich. »Das ist mein Name, kleines Fräulein. Hugh, das ist richtig, nicht John oder Joe. Wie konnte ich es nur vergessen. Aber woher wußtest du es?«

Dina lachte. »Das ist ganz einfach. Die Frau im Schloß erzählte uns, daß ein Hugh Dourley Glocken in dem Turm aufhängen ließ und daß das Schloß daher seinen Namen hat. Das fiel mir eben wieder ein.«

Der Großvater lehnte sich zurück, und seine Augen wurden schmal.

Plötzlich riß er sie wieder auf, beugte sich weit vor und flüsterte, als wolle er den Kindern ein Geheimnis verraten: »Hugh Dourley war mein Urururgroßvater. Ja, ich bin einer der Nachkommen aus Schloß Glockenburg. Ich weiß alles über dieses alte Haus, Dinge, die sonst niemand weiß. Soll ich euch ein wenig davon erzählen? Nur ein wenig? Soll ich?«

7 *Der Großvater will nichts verraten*

Einen Augenblick schwiegen die Kinder und starrten den alten Mann an.

»Wollen Sie das wirklich?« rief Dina aufgeregt. »Wir würden sehr gerne etwas über das Schloß erfahren. Wir haben schon das Versteck im Kamin gesehen und . . .«

»Ach, das«, sagte der Großvater wegwerfend. »Ich zweifle daran, daß sich dort jemals ein Mensch versteckte.«

»Und wir haben gesehen, wie sich das Wandbild bewegte und wie sich die Täfelung zur Seite schob!« schrie Stubs.

»Ach, wie oft bin ich dort unten gewesen«, kicherte der Großvater.

»Wozu diente der Gang eigentlich?« fragte Robert. »Stimmt es, daß er keinen zweiten Ausgang hat? Endet er wirklich plötzlich an einer Mauer?«

»An einer Mauer?« sagte der Alte erstaunt. »Was für ein Unsinn. Welchen Zweck sollte er dann gehabt haben? Nein, nein, er war ein Fluchtweg aus dem Hause. Auch damals gab es gute und schlechte Zeiten, genau wie heute. Und die Schloßbewohner konnten von Feinden überfallen oder von plündernden Banden überrascht werden. Das waren schlimme Tage. Mein Großvater hat mir davon erzählt.«

»Ihr Großvater?« rief Dina. »Du lieber Himmel, das muß ja schon ewig her sein. Wie alt waren Sie denn, als Sie diese Geschichten hörten?«

»Nun, das war vor ungefähr hundert Jahren, Königin Victoria regierte. Sie war eine hübsche kleine Frau, und man sagt, daß sie einmal Schloß Glockenburg besuchte. Aber daran erinnere ich micht nicht mehr.«

»Und wie alt war Ihr Großvater damals?«

»Beinahe noch ein Grünschnabel, so um die sechzig herum. Er kannte viele Geschichten durch seine Großmutter, Geschichten, sage ich euch, ihr würdet sie kaum glauben.«

Die Kinder starrten ihn an. Wie seltsam, so alt zu sein.

»Und was hat die Großmutter erzählt?« fragte Dina.

»Damals gab es Wölfe hier in der Gegend, und es kam ein strenger Winter. Eines Nachts kreiste ein Rudel Wölfe das Schloß ein, auf der Suche nach Vieh und nach Menschen! Die Leute im Schloß schliefen, und die Wölfe kamen immer näher. Sie waren schon bis zu Mutter Barlow im Glockenburger Wald gedrungen und umringten das Häuschen. Dort standen sie und heulten!«

Der alte Mann schloß die Augen. Und dann beugte er sich plötzlich vor. »Und was glaubt ihr, was geschah?« fragte er mit seiner hohen, brüchigen Stimme. »Die Glocken im Schloß begannen zu läuten, sie läuteten Sturm, bis alles aufwachte.«

»Und die Leute hörten die Wölfe heulen und vertrieben sie und befreiten die arme Mutter Barlow!« rief Dina. »Nicht wahr, so war es!«

»Ja, so war es«, sagte der Großvater. »Aber das seltsame ist, daß niemand die Glocken läutete, sie taten es von allein!«

»Das ist genau das, was die Frau im Schloß erzählte«, sagte Dina. »Als Hugh Dourleys Sohn getötet wurde, läuteten sie auch von selbst. So war es immer, wenn Feinde kamen.«

»Ist das oft passiert?« fragte Stubs.

Der Alte nickte: »O ja, zu der Zeit, als Geächtete um das Schloß schlichen und als die Soldaten den Schloßherrn gefangennehmen wollten. Das geschah zu meines Großvaters Zeit. James Dourley entkam durch den Geheimgang! Die Soldaten waren ihm dicht auf den Fersen, und er konnte das Paneel nicht mehr schließen. So verfolgten sie ihn dort unten immer weiter, aber sie fingen ihn nicht.«

»Und wissen Sie, wo der Gang endet?«

»Da mußt du Mutter Barlow fragen. Sie weiß es ganz genau.«

Die Kinder sahen einander an.

»Ich denke, sie lebte damals, als die Wölfe kamen? Dann muß sie doch schon längst tot sein«, sagte Dina.

»Sie ist immer noch da, immer noch in ihrem kleinen Häuschen. Sie weiß alles und kann es euch sagen. Der Großvater darf nicht zu viele Geheimnisse verraten.«

Seine Gedanken verwirren sich, dachte Dina, vielleicht ist er so müde vom Erzählen, daß er Vergangenheit und Gegenwart durcheinanderbringt.

»Aber wissen Sie denn wirklich nicht, wohin er führt?« versuchte sie es noch einmal. »In die Keller des Schlosses? Oder in ein . . .«

»Zu Mutter Barlow«, beharrte der Alte. »Dahin führte er jedenfalls, als ich ein Kind war. Jim, mein Bruder, und ich, wir sind dort unten gewesen, und dort haben wir die Bücher gefunden.«

»Bücher?« rief Stubs.

»Unten im Gang«, flüsterte der Großvater, so als verriete er ein Geheimnis. »Irgendwo stand ein Schrank, und mein Bruder und ich öffneten ihn. Viele Bücher und Papiere und ein geschnitzter Kasten. Ich erinnere mich nicht mehr, was sonst noch alles.«

»Haben Sie die Bücher mitgenommen?«

Der alte Mann sah Stubs abwesend an und murmelte: »Waren Jim und ich nicht auch aus der Familie der Dourleys? Waren wir nicht selber Dourleys? Auch wenn wir nicht im Schloß lebten und nur in einem kleinen Häuschen? Wer wußte schon von diesen alten Sachen? Sie waren wertlos, und niemand kümmerte sich darum. Warum sollten wir sie nicht nehmen?«

Die Kinder fanden, daß er und sein Bruder eigentlich nicht ganz richtig gehandelt hatten, aber sie sagten nichts. Nur eins wollten sie gerne wissen. Ob diese Schätze noch vorhanden waren.

Dina sagte: »Machen Sie sich doch darüber keine Gedanken. Es ist ja schon so lange her, und Sie und Ihr Bruder waren damals noch Kinder. Haben Sie die Sachen denn behalten?«

»Ja, das haben wir.« Die wasserblauen Augen des Großvaters glänzten. »Jim bekam den Kasten und ich die Bücher.«

»Und was waren es für welche?« fragte Robert.

Der Alte schnob ärgerlich durch die Nase. »Woher soll ich das wissen? Ich konnte sie nicht lesen, obwohl ich nicht der Dümmste war, aber Hieroglyphen zu entziffern habe ich nicht gelernt.«

Das war sehr enttäuschend, trotzdem ließ Dina nicht lokker. »Wissen Sie, was aus ihnen geworden ist?«

»Da muß du meine Enkeltochter fragen. Sie verwahrt alles, was mir gehört. Aber mit diesem Zeug konnte man ja nichts anfangen. Sie wird es verbrannt haben.«

»Können Sie uns nicht wenigstens sagen, wohin der geheime Gang führt?« Stubs gelang ein derartig flehentlicher Augenaufschlag, daß er einen Stein hätte erweichen können.

Doch der alte Mann sah ihn plötzlich so finster an, daß er erschrocken schwieg.

»Jim und ich bezogen eine ordentliche Tracht Prügel dafür, daß wir hinuntergegangen waren. Wir Dummköpfe brüsteten uns mit unserer Heldentat. Und Paul Dourley, dem damaligen Schloßherrn, kam das zu Ohren, und er drohte, wenn wir auch nur ein Wort von dem geheimen Gang verrieten, würde er uns in ein fremdes Land schicken, und wir würden Glokkenburg nie wiedersehen. Jim und ich fürchteten uns sehr, und wir hielten den Mund. Und ich will auch heute nicht darüber sprechen, hört ihr! Ihr wollt mich aushorchen, ja, das wollt ihr! Wer seid ihr überhaupt?«

Seine Stimme überschlug sich, und er hatte sich halb aus dem Stuhl erhoben.

»Aber wieso?« sagte Dina entsetzt. »Sie wissen doch, wer wir sind. Wir sind drei Kinder, und wir haben Ihnen unsere Namen genannt!«

Doch die Gedanken des alten Mannes hatten sich vollkommen verwirrt. Er starrte einen nach dem anderen an und schrie mit schriller Stimme:

»Spione seid ihr! Spione, die mir mein Geheimnis entreißen wollen! Ihr wollt mich ins Unglück stürzen!«

Er schrie so, daß Frau Holle herbeistürzte.

»Nun, nun, Großvater«, beruhigte sie. »Und ihr«, wandte sie sich an die drei, »ihr seht ja ganz verängstigt aus. Er hat euch alte Geschichten erzählt, nicht wahr? Manchmal regt ihn das so auf.«

»Er dachte, wir wollten ihn aushorchen. Er dachte, wir wären Spione«, sagte Dina. »Aber uns hat das alles doch nur so sehr interessiert, weiter nichts.«

»Natürlich, natürlich«, nickte Frau Holle, »macht euch nur keine Gedanken. Der Großvater hat damals etwas Unrechtes getan, und manchmal bekommt er Gewissensbisse, und dann fürchtet er sich, der Ärmste. Aber er hat es auch schnell wieder vergessen.«

Sie drückte den alten Mann sanft in die Kissen und führte die Kinder ins Haus. Die drei sahen sich verstohlen um. Konnten sie vielleicht irgendwo die Bücher entdecken? Aber sie sahen sie nirgends, und fragen mochten sie nicht.

»Ich muß mich um den Großvater kümmern«, sagte Frau Holle an der niedrigen Eingangstür. »Wenn ihr mögt, besucht mich ein andermal wieder. Ihr seid immer willkommen!«

8 Rotkäppchen ist alt geworden

Die Kinder gingen schweigend die Straße entlang bis zum Schloß. Die beiden Hunde sprangen um sie herum, glücklich darüber, endlich wieder frei zu sein. Noch nicht einmal die großen Knochen, die Frau Holle ihnen, genau wie beim erstenmal, gab, hatten sie über die Wartezeit hinwegtrösten können.

Die drei blieben stehen und sahen auf die dicken Mauern. »Möchtet ihr darin wohnen?« fragte Dina. »Ich nicht, stellt euch vor, die kleinen Fenster, das dämmrige Licht in den Zimmern und die kalten Steinfußböden, brr! Es muß sehr ungemütlich gewesen sein.«

»Und das schlimmste«, gab Stubs zu bedenken, »das schlimmste, man konnte niemals wissen, ob die Glocken nicht plötzlich anfangen würden zu läuten. Glaubt ihr übrigens daran?«

»Sei still«, sagte Dina und schüttelte sich. »Das gibt es natürlich nicht, das sind Märchen.«

Die Frau, die die Besucher führte, kam aus dem Schloßportal, um die Steintreppe zu fegen.

Lümmel jagte sofort auf sie zu und umtanzte sie freundlich wedelnd, wie er es bei jedem tat. Ärgerlich versuchte sie, ihn mit dem Besen zu verscheuchen.

Wollte sie etwa mit ihm spielen? Lümmel glaubte es jedenfalls, und einem Besen konnte er niemals widerstehen. Er schnappte nach ihm, immer wieder, und versuchte, seine Borsten zu erwischen.

Und auch Lump konnte nicht widerstehen. Die Frau schlug wütend nach ihnen, und Lümmel und Lump gebärdeten sich wie verrückt vor Freude über dieses neue Spiel.

»Hierher«, rief Robert, »sofort kommt ihr hierher!« Seltsamerweise gehorchten die beiden aufs Wort, und die Frau rief böse zu den Kindern hinüber:

»Wagt euch nicht noch einmal mit euren unerzogenen Hunden in meine Nähe. Ich werde mich sonst über euch beschweren.«

»Bei wem, wenn ich fragen darf?« grinste Robert. »Vielleicht bei Herrn Dourley, dem Schloßbesitzer? Wir würden ihn übrigens sehr gern kennenlernen, um etwas Näheres über den geheimen Gang zu erfahren.«

Die Frau hob den Kopf und sah ihn an. »Was willst du über den Gang wissen? Was gibt es da noch zu fragen? Du hast ihn doch gesehen, nicht wahr?«

»Ja, aber Sie sagten, daß er plötzlich endet, und wir haben gehört, daß das nicht stimmt.«

»So? Dann habt ihr etwas Falsches gehört! Er ist zugemauert worden. Ich habe es selbst gesehen.«

»Oh!« An diese Möglichkeit hatte Robert nicht gedacht. Alte unterirdische Gänge wurden, wenn Einsturzgefahr drohte, oft zugemauert. Das konnte natürlich auch hier der Fall sein, besonders seitdem Schloß Glockenburg nicht mehr bewohnt war und als Museum diente.

»Wissen Sie, wohin er führte?« fragte Stubs.

»Nirgendwohin«, sagte die Frau, »er ist verschüttet und unpassierbar.«

»Aber irgendwohin muß er doch geführt haben«, beharrte Stubs, »ich meine, ehe die Decke einstürzte.«

»Ich glaube, das weiß kein Mensch«, sagte die Frau und begann wieder zu fegen. »Er ist sicher seit ewigen Zeiten nicht benutzt worden. Und ich glaube auch nicht, daß jemand Lust hat, ihn zu betreten, auf die Gefahr hin, jeden Augenblick lebendig begraben zu werden.«

»Ist es denn ein langer Gang?« fragte Robert.

Die Frau antwortete nicht mehr, schüttelte mit einer ungeduldigen Bewegung den Besen aus und verschwand dann im Dunkel der Halle.

Sie gingen in die Stadt und fanden einen Laden, in dem es beinahe alles zu kaufen gab.

Sie setzten sich an einen kleinen Tisch und bestellten Eis. Es war wunderbar, aus richtiger Sahne zubereitet. Hinterher trank jeder ein Glas Orangeade.

Die Ladenglocke schepperte, jemand kam herein, und Dina stieß Robert an. Es war eine kleine alte Frau in einem roten Umhang mit einer Kapuze, die bis auf den Rücken hing.

»Rotkäppchen ist alt geworden«, flüsterte Robert zurück. Ja, genauso konnte man sich Rotkäppchen als alte Frau vorstellen. Und man konnte sich auch vorstellen, daß sie noch in demselben Häuschen irgendwo im Walde wohnte, in dem sie als kleines Mädchen gelebt hatte.

»Ein Pfund Butter, bitte, und ein Tütchen schwarzen Pfeffer, ein Pfund Mehl und ein Glas von Ihrem guten Honig«, sagte die alte Frau mit einer zarten, hellen Stimme. Dann drehte sie sich zu den Kindern um und sah sie an.

Seltsame Augen hat sie, dachte Dina, ganz grün und glänzend. Und ihr Haar ist schneeweiß und lockig, und wie freundlich sie lächelt.

»Guten Morgen«, sagte die Alte. »Seid ihr hier zu Besuch?«

»Ja, wir wohnen bei Fräulein Hanna Pfeffer«, antwortete Dina. »Wir hatten die Grippe, und deshalb sind wir noch nicht wieder in der Schule. Kennen Sie Fräulein Pfeffer?«

»O ja, vor Jahren habe ich für ihre Mutter gearbeitet. Wenn sie hört, daß ihr mich getroffen habt, wird sie sich bestimmt an mich erinnern. Wollt ihr bitte einen Gruß bestellen?«

»Gerne«, sagte Dina, »wie heißen Sie denn?«

»Barlow, Naomi Barlow, ich wohne draußen im Glockenburger Wald.«

»Barlow!« riefen die Kinder wie aus einem Munde und dachten sofort an die Worte des Großvaters. Aber diese alte Frau konnte doch unmöglich dieselbe sein, die er gemeint hatte?

Bevor sie sich von ihrem Erstaunen erholen und fragen konnten, war die Alte mit ihren Einkäufen schon verschwunden. Dina wandte sich an die Kaufmannsfrau.

»Ach, entschuldigen Sie, ich hätte eine Frage. Wir haben

heute von einer Mutter Barlow gehört. Das war sie doch nicht? Das kann doch nicht sein?«

Die Frau lachte. »Du liebe Güte, nein, Mutter Barlow lebt schon seit vielen Jahren nicht mehr. Sie lebte lange vor meiner Zeit und wohnte dort, wo Naomi auch wohnt, weit draußen im Glockenburger Wald.«

9 *Alte Geschichten*

Die Kinder bezahlten und schlugen, jedes mit seinen Gedanken beschäftigt, den Weg nach Hause ein. »Weit draußen im Glockenburger Wald«, murmelte Dina, »weit draußen im Glockenburger Wald. Klingt es nicht wie der Anfang eines Märchens?«

»Habt ihr gesehen, was für grüne Augen Naomi Barlow hat?« fragte Robert. »Hexen haben solche Augen. Jedenfalls wird es immer behauptet.«

»Sei nicht albern«, grinste Stubs. »Wie eine Hexe sah sie überhaupt nicht aus. Viel eher wie eine nette, harmlose Großmutter.«

»Ich habe nicht gesagt, daß sie eine Hexe ist, und auch nicht, daß sie so aussieht. Schließlich bin ich kein Baby mehr, das noch an solchen Spuk glaubt.«

»Und ich finde, sie wirkte mit ihrer roten Kapuze genau wie Rotkäppchen, wie Rotkäppchen, wenn es alt geworden ist«, sagte Dina. »Man könnte sich vorstellen, sie hätte diese Kapuze Jahre getragen.«

Nach dem Mittagessen bestand Fräulein Pfeffer darauf, daß die drei sich hinlegten.

Stubs war müder, als er gedacht hatte. Und schlief, den Hund zu seinen Füßen, bis zur Teezeit.

»Ich möchte nur wissen, ob Barny bald kommt«, sagte Stubs. »Ob er unseren Brief schon hat?«

Dina warf ihm einen verächtlichen Blick zu: »Unsinn, den haben wir doch erst heute früh eingesteckt. Fräulein Hanna, kennen Sie jemanden, der Naomi Barlow heißt?«

»Aber ja, natürlich, Naomi arbeitete vor vielen Jahren bei meiner Mutter. Ich erinnere mich noch gut an sie, obwohl ich damals noch ein kleines Mädchen war. Sie muß jetzt sehr alt sein.«

»Sie wohnt im Glockenburger Wald«, sagte Robert.

»Ja«, sagte Fräulein Pfeffer, »wohl in dem Häuschen, von dem ich mir immer vorstellte, Rotkäppchen müßte darin wohnen.«

»Naomi trägt eine rote Kapuze«, rief Dina, »vielleicht hat sie schon eine getragen, als sie noch jünger war. Und Sie sind ihr damals begegnet, Fräulein Pfeffer. Und das hat Sie sicher an Rotkäppchen erinnert.«

Robert wandte sich an Fräulein Hanna. »Wissen Sie etwas über die alte Mutter Barlow, die vor langer Zeit in demselben Häuschen wohnte?«

Sie schüttelte den Kopf und sah ihn verwundert an. »Nicht viel, wie kommst du denn darauf?«

»Wir haben uns heute vormittag mit dem alten Großvater unterhalten, wissen Sie, Frau Holles Großvater.«

Fräulein Hanna nickte. »Ich weiß, wen du meinst. Seinen richtigen Namen kenne ich nicht, alle sagen Großvater zu ihm.«

»Er heißt Hugh Dourley«, verkündete Stubs. »Und er ist mit den Dourleys aus Schloß Glockenburg verwandt, und er hat uns von Mutter Barlow erzählt. Er hat gesagt, sie wüßte alles über den geheimen Gang, der unter dem Schloß entlangführt.«

»Ihr habt ja eine Menge herausgefunden in den paar Tagen. Ja, ja, ich erinnere mich, von Mutter Barlow gehört zu haben. Sie lebte ungefähr vor achtzig oder neunzig Jahren, als der Großvater noch ein Junge war.«

»Dann hat er sie also wirklich gekannt!« rief Dina. »Wie schade, daß sie nicht mehr da ist! Sie hätte uns bestimmt verraten können, wohin der Gang führt. Vielleicht hat sie auch gewußt, wer die Glocken läutete, wenn Gefahr war.«

»Ach, das sind uralte Geschichten, eher schon Legenden«, meinte Fräulein Hanna. »Solange ich lebe, haben sie niemals geläutet, und wenn sie es früher taten, dann bestimmt nicht von selbst. Leute wie die alte Mutter Barlow haben solche Geschichten in Umlauf gebracht. Übrigens sagte man, sie wäre eine Art Hexe.«

»War sie wirklich eine?« fragte Dina. »Oh, Fräulein Hanna, dann ist es auch kein Wunder, daß Naomi ganz grüne Augen hat, giftgrüne, genau wie eine Hexe.«

»Aber Dina!« Fräulein Pfeffer schüttelte den Kopf. »Das sind Märchen. Mutter Barlow war sicher eine nette Frau, die vielleicht etwas von Heilkunde verstand, und das genügte, in einem kleinen Ort wie diesem böse Menschen zu veranlassen, sie in den Ruf einer Hexe zu bringen.«

Dina wurde rot und lachte verlegen. »Ja, ja, ich weiß. Ich könnte nur stundenlang zuhören, wenn man mir so etwas erzählt. Ich wünsche, ich könnte eines Morgens aufwachen, und es wäre alles wie damals, und dann käme Mutter Barlow vielleicht hier an diesem Fenster vorbei und . . .«

». . . und vielleicht zwei kleine Jungen, der eine mit einer Knopfnase«, grinste Robert.

»Na, wer ist denn das? Na, wer ist denn das?« schrie Stubs. »Das erratet ihr natürlich nie, es ist. . . es ist der Großvater mit seinem Bruder Jim. Könnt ihr euch den alten Knaben als kleinen Jungen vorstellen? Ich nicht!« Alle lachten.

»Und eines Nachts«, flüsterte Stubs, »eines Nachts würden die Glocken von alleine läuten, und die Wölfe würden kommen und sich das schöne Schloßfräulein Dina zum Frühstück einverleiben. Und heulen würden sie, einfach gräßlich, so.« Er reckte den Hals, sperrte den Mund auf und gab einen schauerlich hohlen Ton von sich.

Wie der Blitz schossen Lümmel und Lump unter dem Tisch hervor und stimmten aus voller Kehle ein.

»Ruhe!« rief Fräulein Pfeffer, schob ihren Stuhl zurück und sagte: »Wir haben unsere Teestunde heute ein wenig ausgedehnt und ein bißchen zu viel geschwatzt. Außerdem möchte ich annehmen, daß ihr nun endlich satt seid.«

»Klar!« schrie Stubs. »Wir haben ja alles aufgegessen, allen Kuchen und alles Rosinenbrot!«

»Nun, dann können wir ja das Abendbrot ausfallen lassen.« Fräulein Pfeffer sah zwinkernd von einem zum anderen und tat sehr erstaunt, als Stubs nun schrie: »Nein, Fräulein Pfeffer, nein!«

10 *Der Anfang einer langen Reise*

Am nächsten Tag gingen die Kinder zum erstenmal zu den Reitställen. Sie wollten jedes ein Pferd mieten, um die schöne Umgebung Glockenburgs näher kennenzulernen. Die Besitzerin war noch sehr jung.

Sie führte Dina, Robert und Stubs sofort in die Ställe.

»Du kannst Tom Tittot nehmen«, sie warf Stubs einen prüfenden Blick zu, »der ist gerade das richtige für dich, nicht zu groß. Aber ich warne dich, ärgere ihn nicht, er versteht keinen Spaß.«

Tom Tittot war ein kleines Pony, kräftig, mit weißen Gelenken und einem weißen Stern auf der Stirn.

Dina bekam eine sanfte Stute, die Lady hieß, und Roberts Pferd hörte auf den Namen Heyho. Die Kinder trugen Reitstiefel, gelbe Pullover und Reithosen. Ihre Jacken zogen sie aus und hängten sie an einen Haken im Stall. Es war wirklich schon sehr warm.

Sie ritten durch das Tor und die Straße entlang. »Nehmt den Weg zum Glockenburger Wald hinunter«, rief die Frau ihnen nach, »die Pferde kennen ihn gut!«

Es war ein herrlicher Tag.

Die Pferde waren frisch und ausgeruht. Der Weg stieg sanft an, und oben hatten sie einen herrlichen Blick über das Land.

»Dort liegt Glockenburg.« Dina zeigte mit ihrer Reitpeitsche auf das alte Städtchen. »Und da, hinter den Bäumen, sind das nicht die Türme vom Schloß? Natürlich, der eine ist rund und der andere eckig.«

»Ja, und gleich daneben ist die Kirche, man sieht gerade noch die Turmspitze«, rief Stubs. »Ob wir wohl Fräulein Hannas Haus finden?«

Sie sahen es nicht. Es war vom Wald verdeckt, von einem großen Wald voller Buchen und Eichen, manche uralt und riesig.

»Seht mal«, rief Stubs wieder und zeigte auf eine dünne Rauchfahne, die zwischen den Bäumen aufstieg. »Dort muß ein Haus stehen.«

»Natürlich, das von Naomi Barlow«, sagte Robert, »und es ist gar nicht weit vom Schloß entfernt.«

»Das täuscht«, sagte Dina, »es ist weiter, als es aussieht. Im Sommer denke ich es mir sehr hübsch, da zu wohnen. Aber im Winter? Scheußlich!«

Sie ritten durch den Glockenburger Wald. Der Weg war breit, und die Pferde kannten ihn sehr gut. Oft mußten die Kinder Zweige zurückbiegen oder sich ducken, wenn die Äste zu tief herabhingen. In dichten Strahlenbündeln fiel das Sonnenlicht durch das junge Laub. Und es war ganz still.

»Ob wir wohl an Mutter Barlows Häuschen vorbeikommen?« fragte Dina nach einer Weile. »Es muß doch ganz in der Nähe sein.«

»Ich kann den Rauch wieder sehen«, sagte Stubs, »wir kommen bestimmt daran vorbei.«

Aber er hatte sich geirrt. Ein schmaler, gewundener Weg kreuzte den breiten und verschwand in dichtem Gebüsch. »Der wird zu dem Haus führen«, meinte Dina und sah auf ihre Uhr. »Wir haben keine Zeit mehr«, sagte sie, »es würde zu spät werden. Wir müssen die Pferde ja um zwölf Uhr zurückbringen, und der Weg ist wahrscheinlich auch zu schmal, um darauf zu reiten. Wir gehen ein andermal mit den Hunden hierher und besuchen unser Rotkäppchen.«

»Machen wir.« Robert gab seinem Pferd einen leichten Schlag.

Es war ein herrlicher Ritt. Sie genossen ihn sehr und die Pferde auch, und die Hunde jagten mit fliegenden Ohren und hängender Zunge nebenher.

An diesem Abend waren die Kinder besonders müde, denn sie hatten nur einen kurzen Mittagsschlaf gehalten. Und als die Uhr acht schlug, fielen ihnen die Augen beinahe zu. Sogar die Hunde lagen, ohne sich zu rühren, auf einer Decke vor dem Kamin, Lump den Kopf an Lümmels schwarzes Fell gelehnt.

Ehe die Jungen einschliefen, sprachen sie noch ein Weilchen über Barny. Ob er ihren Brief wohl schon bekommen hatte? Ob er vielleicht schon morgen kam? »Wäre prima, was?« gähnte Stubs.

Barny war schon auf dem Wege zu ihnen, denn er hatte Dinas Brief am Morgen bekommen. Wo Glockenburg lag, wußte er zwar nicht, aber das würde er schon herausfinden. Er räumte den Wohnwagen auf, in dem er bis jetzt gelebt hatte, übergab den Schlüssel dem Eigentümer, und damit waren sämtliche Vorbereitungen getroffen.

Ja, Barny brauchte nicht lange, um reisefertig zu sein. Sein ganzer Besitz fand Platz in einem großen Taschentuch, das er zusammenknotete und unter den Arm steckte.

Miranda reiste, wie immer, sehr bequem auf seiner Schulter. Dort saß sie mit glänzenden Augen und wippte auf und ab, unruhig und verspielt wie ein Kätzchen.

Ein paar Leute blieben stehen und sahen dem hochgewachsenen Jungen mit dem Äffchen auf der Schulter lächelnd nach. Barny kümmerte sich nicht darum, er war daran gewöhnt. Und nie wäre er auf den Gedanken gekommen, daß ihre Aufmerksamkeit nicht allein dem Äffchen, sondern auch ihm gelten konnte. Seinem auffallend weizenblonden Haar, seinen weit auseinanderstehenden blauen Augen und seinem strahlenden Lächeln.

Er zog Dinas Brief aus der Tasche und sah noch einmal auf die Adresse. Er wollte versuchen, einen Wagen nach Lillingham zu finden, zu der Glockenburg am nächsten gelegenen größeren Stadt.

Er stand mit Miranda auf der Schulter am Straßenrand und winkte den vorüberfahrenden Lastzügen. Endlich hielt einer. Der Fahrer beugte sich aus dem Fenster und fragte:

»Ist das dein Affe? Ist er zahm?«

»Ja«, nickte Barny, »sage Guten Tag, Miranda.«

Miranda grüßte höflich und legte ihre kleine Pfote an das Käppchen, das sie trug. Der Mann lachte.

»Ich habe schon eine ganze Menge Leute mitgenommen, aber noch nie jemandem mit einem Affen. Das muß ich heute abend unbedingt meinem Jungen erzählen, wenn ich nach Hause komme. Wo willst du denn hin?«

»Kennen Sie Lillingham?«

Der Mann pfiff durch die Zähne und sagte bedauernd: »So weit fahre ich nicht, nur fünfzig Kilometer in die Richtung, dann biege ich ab. Vor morgen kannst du nicht an Ort und Stelle sein, und dann mußt du schon verdammt viel Glück haben. Na, steig erst mal ein. Wirst nachher schon einen anderen finden.«

»Vielen Dank«, sagte Barny und sprang zu ihm hinauf. Und so begann seine lange Reise nach Glockenburg.

11 Per Anhalter

Barny und Miranda genossen die Reise sehr. Mit großem Vergnügen ließen sie sich den Fahrtwind um die Nase wehen, und Miranda fühlte sich besonders wohl, weil sie genau merkte, daß der Mann am Steuer Gefallen an ihr fand. Er war sehr stolz, als sie ihm nach einer Weile auf die Schulter sprang.

»Sie hat ihre Pfote unter mein Hemd gesteckt«, sagte er lachend, »du würdest sie wohl nicht verkaufen, was?«

»Nie!« sagte Barny sofort. »Erstens habe ich sie viel zu gerne, und zweitens würde sie sterben, wenn ich sie weggäbe.«

Nach fünfzig Kilometern mußte Barny aussteigen. Er sprang vom Wagen, und der Mann fuhr weiter und winkte ihnen zu. Man sah ihm an, daß es ihm leid tat, sich von den beiden zu trennen. Barny ging in ein Gasthaus, das am Wege lag, und bestellte etwas zu essen. Dabei fragte er nach einer günstigen Stelle, um auf einen anderen Wagen zu warten.

»Dann bleib nur hier, mein Junge«, sagte der Wirt, während er die Gläser polierte, bis sie blitzten. »Das ist eine gute

Ecke für so ein Unternehmen. Es kommen ständig Wagen vorbei. Wo willst du denn hin?«

»Nach Lillingham«, sagte Barny.

»Da hast du noch eine lange Reise vor dir«, sagte der Mann.

Bald danach hielten ein paar Lastkraftwagen, und die Fahrer kamen herein, um eine Tasse Kaffee zu trinken. Der Wirt stellte Barny und Miranda vor und fragte jeden, wohin er fahre.

»Ich will in die Richtung«, sagte ein älterer Mann, »würde den Jungen auch gerne mitnehmen, aber einen Affen so dicht neben mir, nee.«

»Ich könnte ja hinten sitzen«, schlug Barny eifrig vor. Dagegen hatte der Fahrer nichts einzuwenden, und er erlaubte Barny, sich auf eine der Kisten zu setzen, die die Fracht des Lastzuges ausmachten.

Sehr bequem war es nicht, und Barny wurde tüchtig durchgeschüttelt, besonders dann, wenn es über Kopfsteinpflaster ging, denn der Wagen fuhr schnell. Er fühlte sich wie zerschlagen und war ganz froh, als der Mann bremste und ihm zurief: »Es ist besser, du steigst jetzt aus. Wenn du weiter mitfährst, verpaßt du den Anschluß.«

Barny sprang herunter, sagte »Dankeschön« und blieb auf einer breiten, einsamen Landstraße zurück.

Danach hatte er zunächst kein Glück. Nur wenige Fahrzeuge kamen vorüber, meistens Privatautos, deren Insassen ihn gar nicht zu beachten schienen. Wahrscheinlich mochten sie keine Affen.

Barny machte sich zu Fuß auf den Weg. Endlich gelangte er in eine kleine Stadt. Er kaufte sich etwas zu essen, Miranda bekam eine Banane und eine Apfelsine. Mit wahrer Engelsgeduld suchte sie die Kerne aus jeder Scheibe, bevor sie sie verspeiste, einzig und allein zu dem Zweck, sie Barny in den Kragen zu stecken.

»Laß das«, sagte er. »Ich wundere mich über dich, Miranda. Was sind das für Unarten? Wenn du nicht gleich damit aufhörst, nehme ich dir alles weg.«

Miranda gehorchte sofort und warf die übrigen Kerne auf das Pflaster. Barny lachte, ging weiter bis zu einer sehr belebten Kreuzung und blieb dort stehen.

Aber niemand hielt. Endlich rollte ein riesiger Möbelwagen langsam heran. Barny winkte aufgeregt und voller Hoffnung. Zwei Männer saßen vorne, beachteten ihn aber nicht, bis der eine Miranda auf Barnys Schulter entdeckte.

Er stieß seinen Nebenmann an, und der große Wagen hielt.

»Hast du da einen Affen?« rief der Fahrer.

»Ja«, rief Barny zurück und lief zu ihm.

»Du kannst hinten aufsteigen. Alf ist ganz verrückt nach Affen, er wird dich schon reinlassen.«

Das war Glück! Barny rannte am Wagen entlang, und ein kleiner Mann mit einem Seehundschnauzbart sah ihm schon entgegen.

»Sie haben dich zu mir geschickt, was?« sagte er. »Sie wissen, daß ich ganz wild auf das Viehzeug bin. Steig ein und mach es dir bequem. Wohin willst du denn?«

Barny sagte es ihm, zog sich hoch, und der kleine Mann holte eine Landkarte hervor und zeigte mit seinem Finger auf eine Stelle. »Hier ist es, du kannst also ein gutes Stück mit uns fahren.«

Er breitete die Arme nach Miranda aus, und das Äffchen sprang geradewegs hinein. Barny war sehr erstaunt.

»Sie lieben mich alle«, sagte der Kleine und blinzelte Barny zu. »Ich gehe, sooft ich kann, in den Zoo, wenn ich in London bin. Du solltest die Affen sehen, wenn sie merken, daß ich komme. Aus Hunden mache ich mir nichts, und eine Katze kannst du für dich behalten, aber einen Affen nehme ich immer.«

Er plapperte ununterbrochen, und es dauerte nicht lange, und Miranda schnatterte eifrig mit.

Diesesmal reiste Barny beinahe komfortabel. Der Wagen war mit Möbeln vollgestellt, und er saß in einem weichen Polstersessel.

Nach einem Blick auf die Karte stellte er fest, daß es, wenn er wieder aussteigen mußte, nicht mehr weit bis nach Lillingham war, und von dort aus konnte er schließlich zu Fuß gehen.

Der kleine, schnauzbärtige Mann war den Tränen nahe, als er sich endlich von Miranda trennen mußte. Und sie umarmten ihn so heftig, daß es schien, als wäre auch sie todunglücklich. Aber als sie sah, daß Barny ausstieg, sprang sie mit einen Satz auf seine Schulter und winkte mit ihrer kleinen braunen Pfote dem neugewonnenen Freunde nach.

Es war dunkel, als endlich ein geschlossener Lastwagen die Straße langsam herunterkam. Im Licht der Bogenlampe erkannte Barny eine Aufschrift in goldenen Buchstaben: ›Elektro-Piggott‹. Er trat einen Schritt auf den Damm und winkte.

Doch der Fahrer beschleunigte das Tempo und sauste an ihm vorbei. Barny kannte das. Und trat zurück auf den Bürgersteig. Zu seinem Erstaunen sah er, daß der Wagen ein Stück weiter hielt. Wollte er ihn doch mitnehmen?

Er fing an zu rennen und sah im Näherkommen, daß einer der Vorderreifen geplatzt war. Der Fahrer war ausgestiegen und betrachtete den Schaden.

»Pech«, sagte Barny und trat auf ihn zu. »Das ist ja ein ganz schöner Plattfuß, kann ich Ihnen helfen?«

»Ist mir in der letzten Zeit schon ein paarmal passiert«, brummte der Mann. Er war klein und gedrungen, mehr konnte Barny in der Dunkelheit nicht erkennen. »Können Sie ein Rad auswechseln?« fragte er. »Verstehen Sie etwas davon? Ich möchte mir nicht gerne die Hände schmutzig machen, und die Werkstätten werden jetzt alle geschlossen sein. Ich mach's gut, wenn Sie mir helfen.«

»In Ordnung«, sagte Barny, »und wenn Sie mich ein Stück mitnehmen würden, dann wäre ich schon zufrieden. Könnte ich bis nach Lillingham mitfahren? Ich möchte nämlich nach Glockenburg, das liegt ganz in der Nähe.«

Der Mann leuchtete Barny mit einer Taschenlampe ins Gesicht. Als er sah, daß Barny noch ein Junge war, schien er erleichtert. »Gut«, sagte er, »du wechselst das Rad aus, und ich nehme dich mit. Ich komme dort vorbei.«

Barny sagte »Danke« und machte sich an die Arbeit. Miranda hockte oben auf dem Wagendach und beobachtete alles genau. Nach einer Weile aber war sie verschwunden, und der Mann sah sich suchend nach ihr um.

»Wo ist denn dein Affe geblieben?« fragte er. »Doch hoffentlich nicht in den Wagen geklettert? Das möchte ich auf keinen Fall.«

»Miranda!« rief Barny. »Miranda!« Ein Geräusch kam aus dem Inneren des Autos, und Mirandas Gesichtchen erschien an dem kleinen, offenen Fenster, direkt hinter dem Fahrersitz.

»Ist er doch tatsächlich da drin«, zischte der Mann, »hole ihn sofort heraus!«

»Sie ist ganz harmlos, sie richtet nichts an«, beruhigte Barny. Er wollte nach ihr greifen, doch Miranda war von neuem verschwunden. Sie richtete nichts an. Aber ihre Neugierde kannte keine Grenzen, und nichts machte ihr mehr Spaß, als alles Unbekannte genau zu untersuchen.

Plötzlich schrie sie. Barny griff nach der Taschenlampe und leuchtete in das Wageninnere. Er sah gerade noch, wie sich hinter einer Kiste etwas Helles schnell über den Boden bewegte und dann verschwand. Und er sah, wie Miranda ganz hinten in einer Ecke kauerte und schrie.

Barny starrte und starrte. Vielleicht sah er es noch einmal? In diesem Augenblick fühlte er sich zurückgerissen, und die Taschenlampe wurde ihm aus der Hand geschlagen.

»Mach, daß du mit deinem Affen wegkommst«, fauchte der Mann, »was geht es dich an, was ich in meinem Wagen habe?«

»Schon gut«, sagte Barny, erstaunt über diesen unerwarteten Ausbruch. »Da ist Miranda ja wieder. Was ist denn los mit dir?«

Das Äffchen war herausgeklettert und saß nun zitternd auf Barnys Schulter. Es mußte sich sehr erschrocken haben.

»Soll ich das Rad nun zu Ende reparieren?« fragte Barny. »Es tut mir leid, daß Miranda so neugierig war. Ich glaube, es ist ihr einziger Fehler.«

Zuerst zögerte der Mann, dann sagte er kurz und ärgerlich: »Bring es in Ordnung, aber beeil dich. Ich habe keine Lust, die halbe Nacht auf der Straße zu stehen!«

12 Quartier im Schloß

Barny beendete die Arbeit, ohne ein Wort zu sagen, und Miranda hockte die ganze Zeit auf seiner Schulter, unbeweglich und noch immer sehr verängstigt. Was mochte sie nur so in Schrecken versetzt haben? Wahrscheinlich das Helle am Boden. Barny zerbrach sich vergeblich den Kopf darüber, was es wohl gewesen sein konnte. Wahrscheinlich etwas Lebendiges, aber was?

»Danke«, sagte der Mann, als Barny sich aufrichtete und Hände und Knie mit einem Tuch abwischte. »Hier hast du fünf Mark. Ich habe mir's überlegt, ich kann dich nicht mitnehmen.«

»O nein«, sagte Barny, »das gibt es nicht!« Er schlüpfte durch die offene Tür auf den Platz neben dem Fahrersitz. »Versprochen ist versprochen. Ich will kein Geld, ich will mitgenommen werden. Versuchen Sie nicht, mich hinauszuwerfen. Miranda würde sich auf Sie stürzen. Sie kann, wenn es darauf ankommt, tüchtig beißen. Sie hat nämlich eine Reihe spitzer, scharfer Zähnchen.«

Der Mann knurrte und schien unschlüssig. Endlich stieg er ein und gab Gas. Der Wagen fuhr mit großer Geschwindigkeit durch die Nacht.

Schweigend saßen sie und starrten auf die vor ihnen liegende, vom starken Licht der Scheinwerfer erhellte Straße.

»Hier mußt du aussteigen«, brummte der Mann und hielt. Barny sprang hinaus und wandte sich nach ihm um, dessen Gesicht er nur als hellen Fleck in der Dunkelheit erkennen konnte.

»Vielen Dank«, sagte er. »Eins müssen Sie mir aber noch verraten, ehe ich gehe. Was haben Sie da drinnen, wovor Mirande solche Angst hatte?«

»Mach, daß du wegkommst«, sagte der Mann wütend und fuhr so plötzlich an, daß Barny beinahe gestürzt wäre. Er streichelte Miranda.

»Ja, wenn du sprechen könntest, dann würdest du mir alles erzählen, dann wüßte ich es. Was war das für ein unfreundlicher Kerl!«

Er ging weiter, bis er an einen Wegweiser kam. Im Licht des Mondes, der hinter den Wolken aufgetaucht war, las er den Namen des Städtchens ›Glockenburg‹.

»Na also«, sagte er, »ich habe es an einem Tage geschafft. Gar nicht so schlecht, was, Miranda? Schade nur, daß es zu spät ist, um Dina, Robert und Stubs noch ausfindig zu machen. Wir werden jetzt zu Fuß nach Glockenburg gehen, und irgendwo werden wir schon ein Unterkommen finden.«

Er ging die Straße entlang, und der Mond wurde immer häufiger von großen schwarzen Wolken verdeckt, die von Westen heraufzogen. Es wurde windig, und dann begann es zu regnen, erst in vereinzelten dicken Tropfen, dann stärker und stärker. Barny zog die Kapuze über den Kopf und überlegte, ob er sich unterstellen sollte, entschloß sich dann aber weiterzugehen. Vielleicht hörte es bald wieder auf.

Miranda hatte sich unter seinen Mantel verkrochen. Sie haßte Regen. Barny lief und lief. Endlich gelangte er an eine zweite Kreuzung, an der ein zweiter Wegweiser stand: ›Glokkenburg‹.

Es konnte nicht mehr weit sein. Der Regen sprühte nur noch. Der Weg führte jetzt an ein paar in den Wiesen gelegenen Gehöften vorbei und wenig später an den ersten Häusern von Glockenburg. In keinem brannte Licht. Das Städtchen lag schweigend und dunkel, wie ausgestorben. Barny blieb stehen.

Wohin nun? Der Regen war wieder stärker geworden, und es würde unmöglich sein, unter freiem Himmel zu schlafen. Er mußte versuchen, einen Schuppen oder eine Scheune zu finden, dann konnte er sich im Heu verkriechen. Barny lief weiter, schneller und schneller, und duckte sich unter dem prasselnden Regen.

Plötzlich tauchte ein riesiges schwarzes Gebäude vor ihm auf und machte die Nacht noch dunkler. Er wußte nicht, was es war, vielleicht eine Kirche? Dann konnte er im Portal Schutz finden und ein bißchen schlafen. Lautlos ging er den Weg hinauf und blieb auf einmal stehen.

Er hörte Stimmen, leise Stimmen. Woher kamen sie? Barny trat in den Schatten eines großen Busches und wartete. Dann hörte er, wie eine Tür vorsichtig geschlossen wurde und jemand auf leisen Sohlen den gepflasterten Weg herunterkam und zum Gartentor ging. Und einen Augenblick später wurde der Motor eines Wagens angelassen.

Barny hatte keinen Wagen gesehen, als er hereinkam. Er mußte gut versteckt tief im Schatten der Hecke gestanden haben. Auf Zehenspitzen lief er zurück. Ein Mann saß am Steuer und zündete sich eine Zigarette an. Er wußte nicht, daß er beobachtet wurde. Und als die Flamme aufleuchtete, erkannte Barny ihn. Es war der Mann, der ihn zuletzt mitgenommen und dem er geholfen hatte, den Reifen auszuwechseln. Klein und gedrungen, mit schwarzen Augenbrauen und einem hervorspringenden Kinn. Diese besonderen Merkmale waren Barny im schwachen Licht der Taschenlampe aufgefallen. Was wollte er hier?

Der Wagen fuhr davon, sein rotes Schlußlicht wurde schwächer und verschwand bald ganz in der Dunkelheit. Zu dumm, daß er die Nummer nicht wußte.

Barny wandte sich wieder dem Gebäude zu und überlegte, was es wohl sein mochte. Eine Kirche bestimmt nicht. Vielleicht ein Privathaus?

Der Regen hatte aufgehört, und der Mond kam wieder hinter den Wolken hervor. Barny hielt sich im Schatten, und dann entdeckte er ein großes Schild, nahe der Eingangstür. Leise ging er darauf zu und las.

Also eine Art Museum, dachte er, wenn ich da hineinkommen könnte! Er war vollkommen durchnäßt und hätte gern seinen Mantel ausgezogen.

Aber es mußte noch jemand in dem Haus sein. Er hatte mehrere Stimmen gehört, und nur der Mann war gegangen.

Besser, er verzichtete auf diese Möglichkeit, denn man hätte ihn entdecken und vielleicht für einen Dieb halten können.

Und in diesem Augenblick hörte er von drinnen gedämpfte Schritte. Er preßte sich in den Schatten eines Mauervorsprunges und hörte, wie eine Tür leise geöffnet und wieder geschlossen wurde. Jemand ging den Weg hinunter und hustete ein paarmal.

Eine Frau! Was wollte eine Frau, um alles in der Welt, nachts in dem Museum? Die Gestalt verschwand schnell in der Dunkelheit, und dann war Stille.

Barny ging zur Eingangstür und drückte die Klinke herunter, verschlossen, natürlich! Er ging um das ganze Haus herum, aber nirgends fand er ein offenes Fenster.

Er stellte sich auf die Zehenspitzen und sah durch eines der geschlossenen Fenster in ein vom Mond erhelltes Zimmer. Es war vollkommen möbliert, mit Bildern an den Wänden. Wenn ich doch nur hineinkönnte, dachte er, auf dem alten Sofa dort würde ich wunderbar schlafen.

Dichter Efeu umrankte das Fenster und zog sich an der Mauer hoch. Barny sah hinauf, und es schien ihm, als höre er einen Fensterflügel im Nachtwind auf und zu schlagen.

Er hängte sich an die Efeuranken, die stark wie dünne Seile waren, stark genug, ihn zu tragen. So kletterte er geschickt wie eine Katze hinauf und prüfte jede neue Ranke, ob sie auch hielt. Miranda war immer ein Stückchen voraus und schwang sich von einer zur anderen, so leicht und gewandt, daß Barny sie beneidete.

Endlich griff er nach dem Sims. Ja, das Fenster war geöffnet, der Riegel zerbrochen. Es würde nicht schwer sein, hineinzugelangen, wenn er erst einmal richtigen Halt gefunden hatte.

Er zog sich hoch, und Miranda, die erriet, wohin er wollte, sprang auf seine Schulter. Und nicht lange danach standen beide in dem Zimmer.

Der Mond verschwand von neuem hinter einer Wolke, und Barny verhielt sich ganz ruhig und wartete, bis er wieder hervorkam. Und dann sah er, daß er in einem altertümlichen Schlafzimmer stand. Sein Blick fiel auf ein riesiges Säulenbett in der Mitte des Raumes. Die schweren, seidenen Vorhänge zu beiden Seiten wurden von Kordeln zurückgehalten.

Barny schlich zur Tür, öffnete sie und trat hinaus auf eine Galerie, von der aus man in eine Halle hinuntersah. Es war totenstill.

Er stieg die breite, in einem weiten Bogen nach unten führende Treppe hinab. Viele Türen mündeten in den großen Raum. Er öffnete jede und sah vorsichtig in jedes Zimmer. Kein Laut war zu hören, niemand im Hause. Er konnte also unbesorgt hinaufgehen, sich in das Bett legen und schlafen.

Plötzlich ließ ihn ein Schrei zusammenfahren. Miranda zitterte vor Angst, aber es war nur eine Eule.

Barny entschloß sich, die Nacht über hierzubleiben. Er fühlte sich zu müde und erschöpft, um sich noch nach einer anderen Unterkunft umzusehen. Und wem machte es etwas aus, wenn er da oben schlief? Er würde sich ja die Schuhe und den Mantel ausziehen.

Langsam stieg er die Treppe hinauf, ging zurück in das vom Mondschein erhellte Zimmer und sah sich suchend um.

Auf dem großen Tisch dort drüben lag eine Decke. Barny strich darüber. Sie fühlte sich weich und warm an, und er nahm sie herunter und legte sie auf das Bett. Dann zog er seinen Mantel aus und begann seine Schuhe aufzuschnüren.

Er wickelte sich in die Decke, und Miranda kuschelte sich dicht an ihn, glücklich darüber, endlich im Bett zu liegen.

Die Matratze war ziemlich hart und unbequem, aber Barny zog die Decke bis über die Ohren und war im nächsten Augenblick eingeschlafen.

Hoffentlich würde er am nächsten Morgen früh genug aufwachen, damit er nicht entdeckt wurde. Das könnte sonst unangenehm für ihn werden!

Nicht weit vom Schloß, in Fräulein Hannas Haus, lag Dina wach, dachte an Barny und daran, ob er wohl morgen kommen würde. Sie ahnte nicht, daß er in einem Zimmer des Glockenburger Schlosses in einem alten Prunkbett lag und schlief.

13 *Miranda spielt Verstecken*

Glücklicherweise wachte Barny am nächsten Morgen rechtzeitig auf, denn die Sonne schien ihm ins Gesicht. Er fuhr hoch, und es dauerte eine Weile, bis er sich daran erinnerte, wo er war.

Ach, natürlich, in dem alten Haus, das eine Art Museum vorstellte. Es schien ihm geraten, sich zu beeilen und so schnell wie möglich zu verschwinden. Er weckte Miranda, und sie öffnete die Augen und schnatterte leise.

Er legte die Tischdecke wieder an ihren Platz und strich sie glatt. Er zog seine Schuhe und seinen Mantel an. Dann strich er das Laken in dem Säulenbett glatt und ging hinaus auf die Galerie. Miranda war sehr ausgelassen und schnatterte vergnügt. Wie immer in einer fremden Umgebung erregte alles ihre Neugierde.

Barny interessierte sich nicht so sehr für die alten Sachen. Er fand nur, daß ein paar Stühle mit hohen Lehnen ziemlich unbequem aussahen. Und dann wunderte er sich über die vielen Ritterrüstungen an den Wänden.

Nach längerem Suchen fand er eine Hintertür. Glücklicherweise steckte der Schlüssel. Leise rief er: »Komm, Miranda, wir wollen gehen.«

Doch Barny sah sich vergeblich nach ihr um. Er stand in einer großen Küche, deren Einrichtung aus dem siebzehnten Jahrhundert stammen mochte. Wo steckte Miranda?

»Miranda«, rief er leise, »Miranda!«

Er hörte ein schwaches Geräusch, lief schnell in die Richtung, aus der es kam, und gelangte an den Fuß des viereckigen Turmes.

Er sah eine schmale Wendeltreppe, die in die Höhe führte. Wohin? Sollte Miranda da hinaufgelaufen sein? Er stand und lauschte angestrengt.

Und im nächsten Augenblick ließ ihn ein anderes Geräusch herumfahren. Jemand schloß eine Tür auf. Bestimmt die Eingangstür, dachte Barny erschreckt, um Himmels willen, man darf mich nicht finden!

Doch hier gab es keine Möglichkeit, sich zu verstecken, und er mußte ja Miranda holen und dafür sorgen, daß sie sich ruhig verhielt.

Schnell stieg er die Wendeltreppe hinauf, geräuschlos wie eine Katze. Höher und höher stieg er und erreichte endlich die kleine Plattform. Und dann sah er hoch oben die Glocken.

Und hinter einer von ihnen tauchte plötzlich Mirandas kleines, pfiffiges Gesicht auf und war gleich darauf wieder verschwunden.

»Miranda«, sagte er flüsternd, »komm herunter, schnell!« Aber sie verschwand von neuem, und Barny renkte sich beinahe den Hals aus, nein, er sah sie nicht mehr. Wo mochte sie nur sein? Und wie war sie überhaupt da hinaufgekommen? Sogar einem Äffchen mußte das unüberwindliche Schwierigkeiten bereiten.

Der Turm war eng und dämmrig, und das einzige Licht kam von dort oben, wo die glänzenden Glocken hingen. Barny tastete über die Wand und fand, was er vermutet hatte.

An dieser Seite des Turmes waren Griffe aus dem Stein geschlagen. Er setzte den Fuß auf den untersten und faßte mit der Hand nach dem nächsthöheren. Er fand festen Halt und konnte es wagen, hinaufzusteigen.

Langsam tastete er sich von einem Griff zum anderen. Es war sehr mühsam, die steile Mauer im Dämmerlicht zu erklimmen. Doch er war vom Zirkus her an ähnliches gewöhnt.

Auch Miranda mußte diese Griffe entdeckt und sie benutzt haben. Stetig kam Barny seinem Ziele näher, und endlich hatte er es erreicht.

Vorsichtig spähte er nach allen Seiten. Die Glocken erschienen ihm riesig, jetzt, da er ihnen so nahe war, und er mußte aufpassen, daß er nicht mit dem Kopf an sie stieß.

Und plötzlich entdeckte er ein paar grünglitzernde Augen direkt über sich. »Miranda«, sagte er noch ganz außer Atem, »wie bist du nun auch noch dahin gekommen?«

Wieder tastete er die Wand ab und fand noch einen Griff. Und es war Zufall, daß er das Seil entdeckte. Es hing von oben herab und streifte seinen Arm. Er befühlte es, und es schien ihm, als wäre es noch ganz in Ordnung.

Er hängte sich daran, und es riß nicht. So wagte er es hinaufzuklettern, und am Ende gelangte er durch eine Öffnung in der Decke in einen seltsamen kleinen Raum.

Direkt über den Glocken lag er, und durch eine Dachluke an der Südseite fielen die Strahlen der Sonne. Und jetzt konnte sich Barny auch erklären, warum die Glocken so glänzten. Durch diese Öffnung floß das Licht auf das Metall und ließ es aufleuchten.

Er sah sich neugierig um. An der einen Wand stand eine schmale Bank, darauf ein Haufen Lumpen, und auf dem Boden ein alter, hölzerner Leuchter mit Resten von Wachs.

Das muß ein Versteck gewesen sein, dachte er, und das hier – er berührte mit dem Fuß die Lumpen – die Überreste einer Decke.

Plötzlich sprang Miranda von irgendwoher auf seine Schulter und schnatterte fröhlich.

Er ging zu dem Dachfenster und sah hinaus. In der strahlenden Maiensonne lag die Landschaft weit ausgebreitet unter ihm, und der Himmel war tiefblau und wolkenlos. Barny sehnte sich danach, wieder da draußen zu sein.

Wieder stieg er durch die Öffnung, ließ sich am Seil heruntergleiten und stieg weiter an der Mauer herab bis zu der kleinen Plattform unter den Glocken.

Sehr leise und sehr vorsichtig stieg er die Wendeltreppe hinab. Ein paarmal beugte er sich über das Geländer, um festzustellen, ob nicht plötzlich am Fuße der Treppe jemand auftauchte. Aber niemand war zu sehen.

Im Vorübergehen sah er in einem der Zimmer eine Frau, die ihm den Rücken kehrte und Staub wischte. Glück gehabt, dachte Barny, lief auf die weit geöffnete Tür zu und stand gleich darauf draußen im hellen Sonnenschein.

Auf einem zweiten Schild neben der Tür las er den Namen des alten Gebäudes: ›Schloß Glockenburg‹. Da habe ich also geschlafen, dachte er, im Glockenburger Schloß in Glockenburg. Einfach toll!

Er überlegte, wie er am schnellsten zu seinen Freunden kommen könnte. Aber lange brauchte er sich den Kopf darüber nicht zu zerbrechen, denn da kamen sie schon die Straße herauf, Dina, Robert, Stubs und Lümmel.

»Hallo, ihr drei!« schrie Barny. »Hier bin ich!«

14 *Miranda ist die Hauptperson*

Die Freunde stürzten sich entgegen. Rufen, Lachen, Bellen und Mirandas fröhliches Schnattern, Aufregung und ein begeistertes Durcheinander. Sie waren wieder zusammen!

»Barny, Barny! Wir wußten, daß du heute kommst!«

»Miranda, du bist genauso süß wie immer. Oh, sie ist auf meine Schulter gesprungen!«

»Großartig, euch alle wiederzusehen. Dina, du bist gewachsen, Stubs nicht. Robert, fein, daß wir wieder zusammen sind.«

»Barny, du bist auch gewachsen, und braun bist du! Hört doch nur, Miranda will auch etwas sagen? Ja, ja, Miranda, wir freuen uns genauso wie du.«

»Wann bist du angekommen? Und wie bist du überhaupt hergekommen? Und wo hast du geschlafen?«

»Seht nur die Hunde, sie sind ganz verrückt geworden.«

»Wuff, wuff, wuff!«

Tatsächlich, sie waren völlig außer Rand und Band.

Miranda war auf eine Mauer gesprungen, hockte dort und hielt einen Zweig in der Pfote. Und jedesmal, wenn einer der Hunde versuchte, nach ihrem herunterbaumelnden Schwanz zu schnappen, ließ sie den Zweig durch die Luft sausen. Lump, der sich bis jetzt noch immer den Kopf darüber zerbrach, was das wohl für ein seltsames Tier sein mochte, entschied sich nun dafür, sie für eine Art Katze zu halten.

Fräulein Pfeffer schnitt im Vorgarten Blumen, als die Kinder hereinstürmten. Sie freute sich sehr, Barny wiederzusehen. Was für strahlendblaue Augen er hat, dachte sie, als sie ihm entgegenging. Was für ein hübscher Junge er ist.

»Fräulein Pfeffer«, sagte Robert, als die Begrüßung vorüber war, »Barny hat noch nicht gefrühstückt. Haben Sie etwas für ihn?«

»Aber natürlich«, rief sie und nahm alle mit ins Haus. Angelockt durch den Lärm der vielen fröhlichen Stimmen, kam Fräulein Hanna aus der Küche gelaufen und blieb wie angewurzelt stehen, als sie Miranda entdeckte. Sie stieß einen gellenden Schrei aus, rannte zurück und schlug die Tür hinter sich zu. Barny war sehr verwundert, und die anderen dachten: Wie konnten wir nur vergessen, daß sie sich vor Affen zu Tode fürchtet!

»Verflixt!« rief Robert. »Daß wir daran nicht gedacht haben! Fräulein Hanna«, rief er, »Sie können wieder herauskommen, wir gehen mit Barny und Miranda in den Garten.«

Und so wurde der arme Barny wieder hinausgezogen. Die Kinder brachten ihm einen Korbsessel und liefen dann zurück ins Haus, um Fräulein Hanna zu beruhigen und etwas Eßbares für Barny zu holen.

Lümmel und Lump blieben bei ihm, und Lump wandte seine Aufmerksamkeit bald Miranda zu. Er begann vor ihr herumzutanzen, sauste dann ins Haus, holte eine Matte aus der Diele und zerrte sie unter großen Schwierigkeiten hinaus. Ein paarmal trat er mit den Vorderpfoten darauf und wäre beinahe gefallen. Endlich konnte er sie vor Miranda auf den Rasen legen, die setzte sich sofort daneben.

Lümmel beobachtete Lumps Anstrengungen voller Eifersucht. Auch er verschwand eine Weile und kam zurück, ein großes Badetuch neben sich herschleifend. Das würde Miranda besser gefallen, bestimmt! Sie nahm es, wickelte sich hinein, und nichts war mehr von ihr zu sehen.

Als Fräulein Pfeffer und die Kinder mit dem Frühstück kamen, sah der Rasen seltsam aus. Überall lagen Matten, Handtücher, Bürsten und sogar ein vom Lümmel mit großer Mühe herbeigeschleppter Besen herum.

»Du lieber Himmel«, rief Fräulein Pfeffer, »was haben diese Hunde wieder angerichtet. Die kleine Miranda muß wohl großen Eindruck auf sie machen.«

Und dann saßen sie alle beieinander, und Barny erzählte.

»Daß ich zuletzt eine Gruppe von Affen zu betreuen hatte, schrieb ich euch, ja?« sagte Barny und biß mit großem Appetit in sein Schinkenbrötchen. »Ihr hättet Miranda sehen sollen, wie sie sich von allen bewundern ließ. Vorher habe ich mit einem Elefanten gearbeitet, das war ein Kerl!«

»Wie hieß er denn?« fragte Dina.

»Herr Klein«, sagte Barny und grinste. »Er war riesig, aber ganz zahm. Er konnte durch eine Reihe von Tassen und Schüsseln gehen, ohne auch nur eine einzige zu berühren.«

»Und was hast du sonst noch gemacht?« wollte Stubs wissen.

»Ich war bei einem Mann angestellt, der zwei Karussells hatte. Lange bin ich dort nicht geblieben, denn es war schmutzige Arbeit, weil ich die Maschinen in Ordnung halten mußte, ölen und so. Und der Mann war nicht nett und sehr launisch. Ich fand etwas viel Besseres danach.«

»Was?« fragte Robert.

»Ein kleines Theater, ein Theater in einem Schuppen. Verschiedene Wanderbühnen mieteten es für ihre Aufführungen. Ich mußte mich um die Beleuchtung und um die Kulissen kümmern. Da war ich sehr gern.«

»Ich weiß, warum«, sagte Dina, »du hast gehofft, dein Vater könnte eines Tages unter den Schauspielern sein, die dort auftraten.«

Barny nickte. Er war immer auf der Suche nach seinem Vater, und er wußte genau, daß er ihn sofort erkennen würde, obwohl er ihn noch nie gesehen hatte. Seit die drei Kinder seine Freunde geworden waren, litt er nicht mehr so sehr darunter, immer allein zu sein. Ein paar Wochen hatte er sogar in Roberts und Dinas Elternhaus verbringen dürfen und ein richtiges Familienleben kennengelernt. Menschen, die zu ihm gehörten, bedeuteten für Barny viel.

Auch die Kinder erzählten. Von ihrer Krankheit, von dem alten Glockenburger Schloß, seinem Geheimgang und der Legende über die Glocken.

»Das müssen die gewesen sein, zu denen ich hinaufstieg, als

ich Miranda im Turm suchte«, sagte Barrny und beschrieb den kleinen Raum mit der Bank und dem hölzernen Leuchter. Und dann erinnerte er sich an die seltsame Begebenheit in der Nacht vorher, als er den Mann vor dem Schloß wiedersah und als die Frau es wenig später verließ.

»Was glaubt ihr, was er dort in der Dunkelheit wollte?« fragte er.

»Was soll er schon in dem alten Kasten gewollt haben«, sagte Robert. »Der ist doch nachts abgeschlossen, und niemand kann hinein.«

»In der letzten Nacht war aber jemand darin«, sagte Barny, »und den einen kenne ich ja, den Mann, der mich mitgenommen hat. Ich sagte ihm, daß ich nach Lillingham wollte und dann weiter nach Glockenburg. Ich wußte natürlich nicht, daß er hierherfuhr, aber es war so, und mich ließ er zu Fuß laufen.«

»Und ist weitergefahren ohne dich? Das ist seltsam! Und eine Frau verließ das Schloß, sagst du? Das kann doch nur diese Person gewesen sein, die die Leute führt und mit ihren endlosen Erklärungen anödet.«

»Und die uns nicht in den Geheimgang lassen wollte«, schrie Stubs.

»Vielleicht hat sie da unten etwas versteckt, was niemand sehen soll«, grinste Barny. »Und wenn sie nicht will, braucht sie niemanden in den Gang zu lassen. Was sollte sie also daran hindern?«

»Meinst du das wirklich?« fragte Dina.

»Nein, natürlich nicht«, lachte Barny, »das habe ich nur so gesagt.« Er gab Miranda ein Stückchen Apfelsine. »Warum? Du hast das doch nicht ernst genommen?«

»Ich weiß nicht«, sagte Robert, »ich glaube, wir untersuchen diese Geschichte auf jeden Fall. Und wenn es nur deshalb wäre, um festzustellen, daß da unten gar nichts Besonderes los ist!«

15 *Ein herrlicher Tag*

Fräulein Pfeffer kam aus dem Haus und unterbrach die interessante Unterhaltung. »Bist du satt, Barny? Wirklich? Das ist schön.« Sie schwieg einen Augenblick und fuhr heftig zwinkernd fort: »Wie die drei dir wohl schon erzählt haben, fürchtet sich meine Kusine vor Affen. Ihre Furcht ist so groß, daß sie auf der Stelle in Ohnmacht fiele, käme Miranda ihr zu nahe. Es tut mir so leid, Barny, aber es ist nun einmal nicht zu ändern, und anbinden können wir Miranda schließlich auch nicht. Es ist so herrliches Wetter, und ich schlage vor, ihr macht heute einen Ausflug und nehmt das Essen für den ganzen Tag mit.«

»Prima!« riefen Dina, Robert und Stubs wie aus einem Munde, und Barny lächelte.

»Ich könnte mir nichts Schöneres denken«, sagte er, »und ich kann Ihre Kusine gut verstehen, Fräulein Pfeffer. Ich werde von jetzt an nicht weiter als bis zur Gartentür kommen.«

»Im Garten kannst du schon sein, Barny. Meiner Kusine tut es selber leid, und sie wird für ein besonders gutes Futterpaket sorgen, als kleinen Trost.«

»Sie werden sich doch hoffentlich ohne uns nicht einsam fühlen, Fräulein Pfeffer?« fragte Stubs besorgt, als sie den Gartenweg entlanggingen.

»Oh, da kannst du ganz beruhigt sein«, antwortete sie lachend. »Du glaubst gar nicht, wie erfrischend ein bißchen Einsamkeit manchmal sein kann. Ein paar Stunden werden wir es bestimmt ohne dich aushalten.«

Miranda saß wie immer auf Barnys Schulter, und die beiden Hunde jagten ein Stück voraus, rasten zurück, stoben von neuem davon und liefen im nächsten Augenblick schon wieder jedermann in den Weg. Sie waren außer sich vor Freude, denn an den Vorbereitungen hatten sie gemerkt, daß es ein sehr, sehr langer Spaziergang werden würde.

Es war ein herrlicher Tag. Die Kinder gingen durch den Glockenburger Wald und gelangten an die Kreuzung, von der aus der schmale Weg zu Naomi Barlows Häuschen führte. Sie blieben einen Augenblick unschlüssig stehen und überlegten, ob sie gleich zu ihr gehen sollten oder erst auf dem Rückweg.

»Lieber auf dem Rückweg«, entschied Robert, »da treffen wir sie bestimmt. Vielleicht ist sie jetzt im Wald und sucht Kräuter, wie die alte Mutter Barlow es immer getan haben soll.«

»Also gut«, sagte Dina. »Los, Lümmel, trenn dich von deinem Kaninchenloch, wahrscheinlich ist es gar keins, und außerdem kommst du sowieso nie hinein.«

Sie gingen die breite Waldstraße weiter hinauf. Trotz des warmen Maitages war es hier kühl und schattig. Glockenblumen wuchsen überall, so dicht, daß man glauben konnte, kleine blaue Seen schimmerten durch die Bäume.

Oben auf dem Hügel machten sie Rast. Sie konnten das ganze Tal überblicken. In der Ferne sahen sie das Glitzern des Bristolkanals, der von der See her ins Land führte. Wie Silber schimmerte er in der Sonne.

Sie hatten ihren Proviant ausgepackt, und im Handumdrehen verschwand der größte Teil des Mitgenommenen. »Wir müssen jetzt aufhören«, sagte Dina. »Nachher sind wir bestimmt wieder hungrig, und dann haben wir fast nichts mehr.«

Es wurde ein langer, fauler Tag. Sie lagen in der Sonne und ließen sich braun brennen. Hinterher sahen sie alle aus wie die Indianer, nur Barny sah man nichts an, er konnte gar nicht brauner werden.

»Ich glaube, es wird allmählich Zeit, daß wir gehen«, sagte Robert endlich und gähnte. »Wo sind die Hunde überhaupt? Ein Glück, daß die Kaninchenlöcher nicht größer sind, sonst würden wir die beiden vorläufig bestimmt nicht zu sehen bekommen.«

»Sie werden es wohl nie begreifen, daß sie da nicht hineinkönnen«, lachte Dina. »Wenn ich ein Kaninchen wäre, würde ich mich so nahe an den Eingang setzen, daß ich Lümmels schwarze, schnüffelnde Nase sehen könnte, und dann würde ich mich halbtot lachen.«

»Du, vielleicht ist das wirklich so«, überlegte Stubs. »Ich habe mich schon oft gewundert, daß er immer so wütend wird, wenn er an dem Bau herumkratzt und -scharrt. Vielleicht ist es wirklich so, daß das Kaninchen vor ihm sitzt und ihn schadenfroh ansieht.«

Nach langem Rufen kamen die Hunde zurückgejagt, die Nasen mit einer Kruste aus Erde bedeckt und die Zungen weit heraushängend.

Mit einem Plumps ließen sie sich hechelnd neben den Kindern ins Gras fallen.

»Glaubt nur nicht, daß ihr euch jetzt ausruhen könnt«, sagte Robert und stand auf. »Wir wollen jetzt nach Hause und unterwegs unserem Rotkäppchen noch einen Besuch abstatten. Da könnt ihr, wenn ihr Lust habt, nach dem Wolf Ausschau halten.«

Sie schlenderten den Abhang hinunter und erreichten den Wald. Das Blau der Glockenblumen leuchtete nun tiefer, kein Lüftchen regte sich. Es war sehr heiß.

Nach einer Weile sagte Dina: »Hier ist ja die Kreuzung.« Sie bogen in den schmalen Pfad ein, der zu Naomi Barlows Häuschen führte, und bald tauchte es vor ihnen zwischen den Bäumen auf.

Alt und schief stand es dort, mit einem hohen Schornstein und schmalen Fenstern mit blitzenden Scheiben. Glockenblumen wuchsen in allen Ritzen der Mauer, die den kleinen Garten umgab.

»Seht nur den alten Brunnen!« rief Dina. »Wie hübsch! Daß es so etwas überhaupt noch gibt! Hoffentlich ist Naomi Barlow zu Hause.«

Sie öffneten die weiße Pforte und gingen den schmalen, gepflasterten Weg bis zur Haustür entlang. Sie war blau gestrichen, genau wie die hölzernen Fensterläden.

Dina klopfte.

»Herein«, sagte jemand, und Dina drückte die Klinke herunter.

Sie traten in den kleinen dämmrigen Raum, dessen Rückwand ein großer Herd einnahm. Die alte Frau stand am Feuer und rührte in einem schweren, eisernen Topf.

Den Mantel mit der roten Kapuze trug sie nicht und sah gar nicht mehr wie Rotkäppchen aus.

Sie lächelte die Kinder freundlich an, und die stellten fest, daß auch die Farbe ihrer Augen sich verändert zu haben schien. Sie waren nicht mehr giftgrün, sondern graugrün. Aber ein bißchen wirkte sie doch wie aus einem Märchen, mit ihrer gestärkten Schürze, ihrem roten Halstuch und dem schneeweißen Haar.

»Nun, wenn das nicht Fräulein Hannas Besuch ist?« sagte sie. »Setzt euch, ich will ein paar Kekse holen. Leider kann ich euch keine Milch anbieten, aber vielleicht mögt ihr Wasser aus meinem Brunnen, eiskaltes? Ihr werdet sicher sehr durstig sein an diesem heißen Tage.«

»Ja, bitte«, sagte Robert, »soll ich es holen? Ich habe noch nie einen so alten Brunnen gesehen. Muß man den Eimer an einer Kette hochwinden?«

Naomi nickte. Dann entdeckte sie plötzlich Miranda auf Barnys Schulter. »Was für ein hübsches kleines Äffchen. Ich hatte selber einmal eines. Zirkusleute, die nach Glockenburg kamen, ließen es zurück, weil es sterbenskrank war. Ich habe es gepflegt, und es hat lange Jahre bei mir gelebt.«

Sie streichelte Miranda zärtlich, und Lump und Lümmel wurden wie immer eifersüchtig. Alle fühlten sich bei Naomi Barlow gleich wie zu Hause, die Kinder, die Hunde und auch Miranda.

Robert und Barny gingen hinaus, um das Wasser zu holen.

»Solch ein riesiger Brunnen für so ein kleines Haus«, sagte Robert verwundert. »Und wie tief er ist.«

Ja, er war so tief, daß keiner der Jungen das Wasser auf seinem Grunde sehen konnte. Robert nahm einen Stein und ließ ihn hineinfallen. Es dauerte lange, bis sie ihn aufschlagen hörten.

»Ein uralter Brunnen«, sagte Robert, »an den Innenwänden wachsen Farne.«

Sie ließen den Eimer hinab, bis er in das Wasser eintauchte. Dann wanden sie ihn wieder hinauf, und die Kette quietschte und knarrte. Sie schütteten das Wasser in einen großen Krug.

Alle tranken und aßen Kekse dazu. Sie dufteten nach Zimt und schmeckten wunderbar. Die alte Frau füllte eine große Tüte: »Für den Heimweg.«

Die Kinder fragten, ob sie sich das Haus ansehen dürften. »Ja, aber viel gibt es nicht zu sehen«, sagte Naomi freundlich. »Es hat außer diesem nur noch zwei kleine Räume. Das hier ist meine Wohnküche, in der ich koche und mich immer aufhalte, und dieses«, fuhr sie fort, indem sie eine niedrige Tür öffnete, »ist mein Schlafzimmer.«

Das war noch winziger als die Küche. Es hatte auch einen Steinfußboden aus weißen Fliesen, hier und da ein wenig uneben, und die vier dachten daran, wie kalt es wohl im Winter sein mußte.

»Und das ist meine Speisekammer«, erklärte sie und öffnete eine noch schmalere, noch niedrigere Tür, die zu einem winzigen Raum führte, der nur aus einem einzigen großen Regal zu bestehen schien.

In dem dämmrigen Licht erkannten die Kinder die verschiedensten Vorräte. Es gab Gläser mit Eingemachtem, Marmelade, Honig und vieles andere. Auch hier wieder Steinfußboden, und trotz des warmen Maitages fröstelten sie.

»In diesem Kämmerchen habe ich als kleines Mädchen geschlafen. Wir Barlows leben seit vielen Jahren in diesem Hause, seit Hunderten von Jahren. Aber ich bin die letzte, und mit mir wird der Name aussterben.«

»Also da hat die alte Mutter Barlow auch gewohnt«, sagte

Stubs auf dem Nachhauseweg. »Ich möchte nur wissen, warum der Großvater meinte, wir sollten sie fragen. Abgesehen davon, daß sie längst tot ist, hätte so eine alte Frau wahrscheinlich doch nicht gewußt, wohin der geheime Gang führt.«

»Vielleicht war sie es, die ihn damals da unten erwischt hat«, grinste Robert. »Aber darüber brauchen wir uns jetzt den Kopf nicht zu zerbrechen. Überlegt lieber einmal, wo Barny heute nacht schlafen soll. Bei uns kann er ja nicht wohnen. Wir müssen versuchen, in der Stadt eine Unterkunft für ihn zu bekommen.«

Sie fragten in verschiedenen Läden nach Leuten, die Zimmer vermieteten, erfuhren ein paar Adressen und begaben sich auf die Suche.

Doch wohin sie auch gingen, es war immer das gleiche. Barny hätten alle gerne aufgenommen, aber Miranda wollte niemand haben. Vergeblich priesen die vier ihre Vorzüge, beteuerten, daß sie ganz zahm und harmlos wäre, die besten Manieren hätte und keine Unannehmlichkeiten bereiten würde. Aber es nützte alles nichts.

»Sie bringt Flöhe ins Haus«, sagte der eine.

»Sie wird mein Baby beißen«, sagte der andere.

Und der dritte mochte überhaupt keine Affen.

Und so ging es weiter, bis Dina, Robert und Stubs ganz verzweifelt waren.

Barny selbst machte es nicht viel aus. Er war es gewöhnt, irgendwo zu schlafen, in einem Wohnwagen, unter einem Busch oder im Heu.

»Sorgt euch nicht um mich«, beruhigte er immer wieder, aber die Kinder taten es trotzdem. Dina sah als erste die schweren schwarzen Wolken, die von Westen heraufzogen, und sie fürchtete, daß es heute genauso regnen würde wie in der Nacht zuvor.

»Du mußt einfach ein Dach über dem Kopf haben«, sagte sie.

»Na gut«, willigte er ein, »was haltet ihr davon, wenn ich noch einmal im Schloß schlafe? Kein Mensch ist dort, und am

Morgen werde ich mich schon wieder hinausschmuggeln.«

Robert nickte. »Ja, es bleibt wohl nichts anderes übrig. Wie spät ist es denn? Es wird noch geöffnet sein. Wir bezahlen einfach und gehen hinein. Vielleicht finden wir noch eine bessere Schlafgelegenheit für dich als das harte Säulenbett. Und nach einer Weile gehen wir wieder, und du versteckst dich und bleibst da.«

Obwohl sie die Hunde draußen ließen, sah die Frau wenig freundlich aus. »Es wird gleich geschlossen«, sagte sie abweisend.

»Es sind noch fünf Minuten Zeit bis dahin«, sagte Robert und legte das Eintrittsgeld auf den Tisch. »Wir wollten unserem Freund das Schloß zeigen.«

Die Frau entdeckte Miranda und rief ihnen nach: »Nicht mit dem Affen!« Aber die Kinder waren schon verschwunden.

»Wo ist das Zimmer mit dem Geheimgang?« fragte Barny. »Das möchte ich sehr gerne sehen.«

»Gut«, sagte Robert, »aber die Öffnung können wir dir nicht zeigen, weil man extra dafür bezahlen muß. Aber welches war es nun?«

Sie sahen in mehrere Räume und fanden endlich den mit dem großen Bild über dem Kamin. Robert erklärte Barny, daß sich dahinter der Mechanismus verbarg, der die Täfelung bewegte und den Eingang freilegte.

»Warum denn einfach, wenn's auch umständlich geht«, grinste Barny. »Ich glaube, ich bleibe gleich hier in diesem Zimmer. Dort in der Ecke steht ein großes Sofa, und Kissen liegen auch darauf. Und dann hole ich mir wieder die Tischdecke und wickle mich hinein. Sie wärmt wunderbar. Ich werde großartig schlafen.«

»Nimm die Kekse«, sagte Dina und drückte ihm die Tüte in die Hand, »und hier ist noch der Rest Schokolade. Komm morgen früh gleich zu uns, wir bringen dir dann das Frühstück in den Garten.«

»Vielen Dank«, sagte Barny. Die anderen gingen schnell hinaus. Draußen in der Halle sahen sie sich vorsichtig um. Sie hörten, wie die Frau in irgendeinem Zimmer etwas verschloß, nahmen die günstige Gelegenheit wahr und jagten zum Ausgang, damit sie nicht merkte, daß nur drei das Schloß wieder verließen.

Kurz vor der Tür bremste Stubs, drehte sich um, holte tief Luft und brüllte: »Gute Nacht!« Robert und Dina taten es ihm nach, und die Frau hätte nun denken müssen, ein ganzes Regiment wäre im Aufbruch begriffen.

Es kam keine Antwort. Die Kinder liefen weiter. Sie banden die ungeduldig wartenden Hunde los und schlugen den Weg nach Hause ein.

»Barny ist da drinnen ganz gut aufgehoben«, meinte Robert und sah zum wolkenverhangenen Himmel hinauf. »Da, die ersten Tropfen! Beeilt euch!«

17 *Geräusche in der Nacht*

Barny war froh, ein Dach über dem Kopf zu haben, besonders, als er den Donner krachen und den Regen niederrauschen hörte. Er hockte hinter einer alten Truhe, immer bereit, den Deckel zu öffnen und darin zu verschwinden, falls die Frau noch einmal hereinkommen sollte. Aber sie kam nicht, und es dauerte gar nicht lange, und die schwere Eingangstür wurde zugeschlagen. Die Frau war gegangen.

Barny kam aus seinem Versteck hervor. Er mochte noch nicht zu Bett gehen und überlegte, ob er vielleicht irgendwo ein paar Bücher fand, die er lesen konnte

»Jetzt bin ich Herr von Schloß Glockenburg«, sagte er leise zu Miranda, als er durch das große Haus wanderte. Er kam in die Küche und wunderte sich über die riesigen, gemauerten Herde. Wieviel war wohl in all den Jahren auf ihnen gekocht und gebraten worden. Er ging hinüber zum Spülbecken und drehte den Hahn auf, ohne damit zu rechnen, daß Wasser herausfließen würde.

Doch zu seiner Überraschung schoß ein dicker Strahl in das Becken. Auf einem Wandbrett fand er einen Becher, füllte ihn und trank ihn mit einem Zuge leer, denn die Nacht war warm, und er hatte großen Durst. Dann wusch er den Becher aus und stellte ihn an seinen Platz zurück. Wahrscheinlich war die Wasserleitung gelegt worden, damit die Frau nicht zum Brunnen zu laufen brauchte.

In einem Zimmer, das wie eine Bibliothek aussah, fand er Bücher genug. Es mußten mindestens zweitausend sein. Sie standen in Regalen, die vom Boden bis zur Decke reichten. Die meisten waren in Leder gebunden, ihre Farbe verblichen, die Seiten vergilbt, und sie sahen so aus, als würde nie in ihnen gelesen.

Barny nahm zwei heraus, aber er konnte die alte Schrift nicht entziffern. Er stellte sie vorsichtig zurück, denn der Staub lag fingerdick darauf.

Er aß die Plätzchen und die Schokolade, die Dina ihm gegeben hatte, und Miranda bekam eine Apfelsine. »Aber daß du mir die Kerne nicht wieder in den Kragen steckst. Und du darfst sie auch nicht irgendwohin werfen, hörst du? Du kannst sie mir geben.«

Miranda gehorchte und spuckte jeden Kern in ihre kleine braune Pfote und überreichte ihn Barny feierlich. Und er nahm sie alle und legte sie genauso feierlich in einen Aschenbecher, der auf dem Tisch stand.

Als es beinahe dunkel war, holte er die Tischdecke, rückte die Kissen zurecht und legte sich auf das Sofa. Die Decke war warm, zu warm sogar, und er streifte sie etwas herunter.

Miranda kuschelte sich in seine Jacke und steckte die Pfote unter sein Hemd. Barny blies zärtlich in das dichte Fell auf ihrem Kopf.

»Gute Nacht, Miranda, schlaf schön, und vor morgen früh wollen wir beide nicht aufwachen.«

Aber sie wachten auf!

Miranda zuerst. Sie lag dicht an Barny gepreßt und spitzte die Ohren. Was hatte sie geweckt? Sie lauschte eine Weile, und gerade, als sie wieder einschlafen wollte, spitzte sie von neuem die Ohren. Diesesmal kroch sie aus der Jacke, setzte sich auf die Lehne des Sofas und schnatterte leise.

Barny erwachte und richtete sich auf. Wo war Miranda? Er hörte ihr Schnattern, griff nach ihr, und sie kuschelte sich an ihn.

»Warum bist du aufgewacht? Hast du etwas gehört? Jetzt mitten in der Nacht? Vielleicht war es eine Maus oder eine Ratte?«

Durch die Stille kam der Klang der Kirchturmuhr.

»Drei Uhr«, sagte er leise. »Die Nacht ist noch lange nicht vorbei. Komm und schlafe.«

Und dann hörte er plötzlich ein Geräusch. Zuerst dachte er, er habe sich getäuscht. Doch dann kam es wieder. Woher? Aus dem Zimmer bestimmt nicht. Es war ein seltsames Geräusch, das sich in regelmäßigen Abständen wiederholte.

Barny lauschte und lauschte. Dann zog er die Taschenlampe, die Robert ihm gegeben hatte, hervor und knipste sie an. Der Lichtstrahl wanderte rund um den Raum. Niemand war darin, nichts Verdächtiges zu sehen.

Und da war es wieder, ein dumpfer, hohler Klang. Barny lauschte angestrengt, und jetzt wußte er, daß es aus einer gewissen Entfernung kam, doch auf keinen Fall aus der Halle. Er stand auf und ging leise hinaus, um sich zu vergewissern.

Nein, hier draußen konnte er nichts mehr hören. Er ging zurück und schloß die Tür hinter sich. Dann untersuchte er den kleinen Raum von einem Ende bis zum anderen. Plötzlich blieb er stehen und ließ die Taschenlampe aufleuchten. Hier, an dieser Stelle, erschien es ihm am stärksten. Der Lichtkegel ruhte genau auf dem Paneel, das Robert ihm gezeigt hatte und hinter dem sich der Geheimgang verbarg. Er preßte das Ohr an das Holz.

Ja, jetzt konnte er es besser hören, aber es war immer noch zu weit entfernt, um sagen zu können, ob es von einer Maschine, einem Menschen, einem Tier oder vielleicht von Wasser herrührte. Atemlos lauschte er auf die kurz aufeinanderfolgenden hohlen Laute. Eines wußte er nun, sie kamen aus dem Geheimgang, und sie klangen durch die Entfernung und den Widerhall an den Mauern so seltsam dumpf.

Er kannte den Mechanismus nicht, der den Geheimgang freilegte, und so konnte er auch nichts unternehmen. Eine Weile stand er noch und legte sich dann wieder auf das Sofa.

»Wir können ebensogut schlafen, Miranda«, sagte er leise. »Wir finden doch nichts heraus, auch wenn wir noch stundenlang an der Wand stehenbleiben. Aber ich glaube, es ist tatsächlich nötig, daß wir den Gang näher untersuchen. Was denkst du, was da unten los ist?«

Miranda hatte nicht die geringste Ahnung. Sie kuschelte sich wieder an ihn, und bald danach schlief auch Barny tief und fest.

Am anderen Morgen erwachte er frühzeitig. Er überlegte, ob er alles nur geträumt habe. Aber nein, er erinnerte sich zu gut. Er ging in die Küche, drehte den Hahn über dem Spülbecken auf und hielt den Kopf unter den Wasserstrahl. Miranda tat so, als wolle sie es ihm nachmachen, aber sie tat eben nur so und achtete darauf, daß auch nicht ein Härchen naß wurde. Sie war sehr wasserscheu.

Er ging zurück in den kleinen Raum, nahm die Tischdecke und legte sie wieder an ihren Platz.

Dann ging er in die Halle, versteckte sich hinter einer Kommode und wartete. Die Frau mußte eigentlich bald kommen, und es dauerte auch gar nicht lange, und er hörte ihre Schritte auf dem gepflasterten Weg. Dann drehte sich ein Schlüssel im Schloß, und die Tür wurde geöffnet. Sobald sie in einem der Zimmer verschwunden war, lief er auf leisen Sohlen hinaus, lief weiter, blieb vor der Gartentür an Fräulein Hannas Haus stehen und pfiff.

Stubs kam herausgestürzt. »Wir haben schon auf dich gewartet, wir sind noch beim Frühstück, ich bringe dir gleich das Tablett. Fräulein Hanna hat gesagt, du kannst im Garten essen, wenn du versprichst, daß Miranda auf deiner Schulter bleibt.«

Als sie wenig später alle beisammen waren, erzählte Barny von seinem seltsamen Erlebnis mitten in der Nacht. »Ich kann mir nicht vorstellen, was es gewesen sein soll. Es war ein komisches Geräusch, und ich kann einfach nicht herausbekommen, was für eins, obgleich ich es bestimmt kenne und schon oft gehört haben muß. Aber sicher hat es durch den Widerhall an den Steinen so anders geklungen.«

Die drei hörten atemlos zu. »Kam es wirklich aus dem Geheimgang?« fragte Robert. »Die Frau hat doch behauptet, daß er zugemauert ist. Eigentlich kann es dann doch nicht so weit entfernt gewesen sein.«

»Es klang aber so«, sagte Barny.

»Wir müssen uns genau überlegen, wie wir die Sache am besten anfangen«, sagte Robert. »Solange die Frau im Schloß ist, können wir nichts unternehmen. Außerdem dürfen wir nach dem Abendbrot nicht von zu Hause fort. Fräulein Pfeffer würde nur fragen, wohin wir wollen. Wir müssen also warten, bis sie denkt, wir wären schon im Bett.«

Sie besprachen alles ganz genau. Fräulein Pfeffer und Fräulein Hanna gingen immer früh schlafen, so gegen neun Uhr. Keine von beiden würde etwas merken, wenn sie heimlich das Haus verließen.

Barny nickte. »In Ordnung, das ist also abgemacht. Heute abend um halb zehn werden wir zusammen dem Schloß einen Besuch abstatten. Wir werden uns vor den Kamin stellen und ein bißchen zaubern.« Er grinste. »Sesam, Sesam, öffne dich, werden wir sagen, und dann wird sich das Wandbild bewegen, und dann das kleine Paneel, und danach das große, und zum Schluß werden wir uns bewegen, und zwar in den Gang hinein.«

Heute abend um halb zehn, dachte Dina. Sie hatte ein bißchen Angst!

18 Vor einer Mauer

Um neun Uhr lagen Fräulein Pfeffer und Fräulein Hanna in ihren Betten und schliefen fest. Die Kinder überlegten nur noch, ob sie Lümmel mitnehmen sollten oder nicht.

»Wenn er hierbleibt, wird er das ganze Haus wachbellen«, flüsterte Dina.

»Ja«, flüsterte Stubs zurück, »ich werde ihn die Treppe hinuntertragen, damit er keinen Lärm macht.«

So wurde Lümmel auf ungewöhnliche Weise bis zur Eingangstür befördert, und er verhielt sich wider Erwarten mucksmäuschenstill. Lump schlief in Fräulein Hannas Zimmer, das auf der anderen Seite des Hauses lag, und hörte nichts.

Alle drei atmeten erleichtert auf, als sie draußen auf der Straße standen. Schnell gingen sie im Mondlicht weiter und gelangten bald zum Schloß, wo Barny schon auf sie wartete.

Wie das erstemal war er am Efeu hinaufgestiegen und ließ sie zur Hintertür hinein.

»Hast du die Geräusche wieder gehört?« fragte Stubs sofort. Barny schüttelte den Kopf.

»Nein, heute abend noch nicht, nicht einen Laut.«

Sie gingen in das kleine Zimmer, blieben vor dem großen Gemälde über dem Kamin stehen und ließen ihre Taschenlampen aufleuchten.

»Welcher Helmbuckel war es denn nun?« fragte Robert. »Ach, ich weiß schon, der hier. Also, jetzt passiert's!«

Das Bild begann zu gleiten, gab das kleine Paneel frei und das wiederum den Knopf. Robert drückte darauf, und dann hörten sie das leise Rasseln hinter der Wand.

Barny sah erstaunt hoch, und alle gingen hinüber zu dem Paneel. »Dahinter ist der Geheimgang«, flüsterte Dina, und Robert schob es zur Seite. Vor ihnen zeigte sich wieder die schwarze Öffnung, der Eingang!

Lümmel stieß ein leises, kurzes Bellen aus. Er konnte alle diese geheimnisvollen Geschehnisse beim Schein der Taschenlampen nicht begreifen. »Sei still«, zischte Stubs und gab ihm einen Klaps, »bist du verrückt geworden?«

Robert leuchtete in den schmalen, dunklen Gang, der ein Stück an der Wand entlangführte.

»Wollen wir jetzt hineingehen?« flüsterte er. »Es ist alles ganz still im Haus.«

»Ja, du zuerst«, sagte Barny, »dann Dina und dann Stubs: Ich werde mit Lümmel den Schluß machen. Wir müssen hintereinandergehen. Es ist so eng.«

Robert stieg über die breite Holzleiste und stand gleich darauf in der Finsternis. Es roch dumpf und modrig. Schritt für Schritt ging er weiter, und einer nach dem anderen folgte.

Lümmel fühlte sich anscheinend nicht sehr wohl, verhielt sich aber still.

»Wo ist Miranda?« flüsterte Stubs.

»Sie wollte nicht mit. Sie hatte Angst. Sie kann in dem Zimmer bleiben und auf uns warten.«

Der Gang war wirklich sehr schmal. Er lief ein Stück an der Wand entlang, beschrieb dann plötzlich einen Bogen nach links und senkte sich. Auf flachen, unebenen Stufen stiegen sie tiefer und tiefer.

Roberts Taschenlampe erhellte die Dunkelheit vor ihm. Und dann prallten sie alle aufeinander. Er war stehengeblieben.

»Was ist los?« fragte Dina ängstlich.

»Seht mal«, er ließ den Strahl der Lampe über eine kleine,

in der Felsenwand eingelassene Tür gleiten. »Ein Schrank! Vielleicht der, in dem der Großvater die alten Bücher und den geschnitzten Kasten gefunden hat!«

Er öffnete ihn, obgleich er nicht erwartete, etwas zu finden. Aber er hatte sich geirrt. Und was sie sahen, überraschte alle. Nichts Altes war es, sondern Taschenlampen, Batterien, Kerzen und ein Dutzend Schachteln Streichhölzer!

»Wer hebt denn solche Sachen hier auf?« fragte Dina verwundert. »Ob die Männer, die den Gang zumauerten, sie hier liegengelassen haben?«

»Ja, das ist die einzige Erklärung«, sagte Robert, schloß die Schranktür und ging vorsichtig weiter. Seitdem der Gang in der Tiefe verlief, war er sehr viel breiter geworden, ein richtiger Tunnel. Wahrscheinlich befanden sie sich längst nicht mehr unter dem Haus. Die Frau hatte ja auch gesagt, daß er die Keller umging.

Plötzlich blieb Robert wieder stehen, wieder prallten sie alle aufeinander, und Lümmel winselte.

»Kannst du uns nicht vorher Bescheid sagen?« fauchte Stubs. »Was ist denn nun los?«

Statt einer Antwort ließ Robert den Strahl seiner starken Taschenlampe über eine Ziegelsteinmauer direkt vor sich gleiten. Eine Mauer vom Boden bis zur Decke, die den Durchgang versperrte, die Mauer, von der die Frau gesprochen hatte. »Aus!« sagte er. »Wir können nicht weiter.«

Das war eine Enttäuschung! Im Grunde genommen hatte keines der Kinder daran geglaubt, daß die Frau die Wahrheit sagte. Aber sie hatten ihr Unrecht getan. Wenn der Gang noch weiterführte, dann war er unerreichbar für sie und außerdem eingestürzt.

»Und was ist mit den Geräuschen, die Barny gehört hat?« flüsterte Robert.

»Ja, komisch«, sagte Barny, »woher mögen sie gekommen sein?«

»Laßt uns zurückgehen«, drängte Dina, »ich ersticke hier unten.«

So kehrten sie also um, und diesesmal war es Barny, der

voranging. Wieder kamen sie an dem kleinen Schrank vorbei, bogen rechts ein, schlichen das letzte Stück an der Wand entlang und stiegen durch die Öffnung in das Zimmer.

Robert schob das Paneel vor den Eingang, und sie hörten das rasselnde Geräusch, als es zurückglitt. Er ging zum Kamin und verschloß das Geheimfach, dann versuchte er, das Bild wieder an seinen alten Platz zu schieben, aber so viel Mühe er sich auch gab, es rührte sich nicht. Sie mußten es also da lassen, wo es war.

»Vielleicht denkt die Frau, wenn sie es morgen früh entdeckt, daß sie selber vergessen hat, es wieder an die richtige Stelle zu rücken«, sagte Dina. »Ich bin enttäuscht, ihr auch? Ich habe ganz bestimmt geglaubt, daß wir da unten irgend etwas entdecken. Und nicht er einmal die Geräusche haben wir gehört.«

»Ich glaube, da sind sie wieder!« flüsterte Barny plötzlich. »Seid mal ganz still!«

Alle standen regungslos und lauschten. Ja, ein paar schnelle, regelmäßig aufeinanderfolgende Laute drangen zu ihnen, hohl und weit entfernt. Sie kamen aus dem Geheimgang!

»Gut, daß ihr es auch erlebt«, sagte Barny, »ich dache schon, ich hätte es mir nur eingebildet.«

Und dann hörten sie plötzlich etwas anderes, etwas, das sie zusammenfahren und sich aneinanderklammern ließ.

Es war nur ein schwacher Ton, ein Klingen, so, als habe eine der Glocken im Turm sich bewegt.

»Das waren die Glocken!« hauchte Dina. »Sagt jetzt nur nicht, daß sie von alleine läuten!«

Und dann erklang die zweite, die dritte, die vierte, und ihr Klingen hallte leise durch den kleinen Raum. Dina packte Roberts Arm fester, und Lümmel heulte jämmerlich.

Und dann war es plötzlich still. Der letzte Ton erstarb, und Dina sank auf das Sofa. Stubs stand wie erstarrt, und Barny und Robert flüsterten miteinander.

»Das ist doch unmöglich! Es ist doch niemand außer uns im Hause!«

»Und ein Seil ist auch nicht da!«

»Früher haben sie geläutet, wenn Feinde kamen, aber wir sind schließlich keine Feinde.«

»Glocken können nicht von alleine läuten«, sagte Robert, und er sagte es eigentlich nur, um sich zu beruhigen.

Ein leises, verängstigtes Wimmern ließ sie herumfahren. »Oh, Miranda«, rief Dina und nahm das Äffchen in den Arm, »hast du dich auch so erschrocken? Du brauchst keine Angst mehr zu haben, es ist ja alle vorbei.«

»Glaubt ihr, daß wir zum Turm gehen können«, fragte Robert, »vielleicht entdecken wir etwas?« Sie saßen alle dicht aneinandergedrängt auf dem Sofa.

»Ich gehe nicht«, sagte Stubs prompt. »Die könnten ja noch einmal anfangen.«

»Ich gehe«, sagte Barny, und Robert folgte ihm.

Sie kamen bald zurück. »Kein Seil«, sagte Barny, »niemand zu sehen. Ich weiß nicht, wo die Feinde sein sollen. Die Glocken müssen sich diesmal geirrt haben.«

»Seid mal still«, flüsterte Dina plötzlich, »hört ihr nicht auch etwas? Es kommt aus der Halle!«

Sie lauschten atemlos. Ja, ein Schlüssel drehte sich im Schloß der Eingangstür, dann wurde sie geöffnet, dann Stimmen, Schritte! Die Tür wurde leise geschlossen.

»Die Glocken haben recht gehabt!« flüsterte Stubs. »Das müssen die Feinde sein!«

19 Die Feinde kommen

»Schnell, wir müssen uns verstecken«, flüsterte Barny, »sie könnten hierherkommen!«

Die Schritte entfernten sich in Richtung Küche. Dann hörten die Kinder Wasser laufen. Wohin nun? Eine große Truhe stand in der einen Ecke des Zimmers, eine kleinere in der anderen. Barny hob den Deckel der größeren. »Hier hinein«, flüsterte er, »hier drin ist Platz genug für euch. Ich verstecke mich mit Miranda in der da drüben.«

Hastig und so leise wie möglich verschwanden die drei.

Stubs hob Lümmel hinein und ließ den Deckel langsam herunter. Barny sprang in die andere, aber Miranda jagte im letzten Augenblick davon und verschwand in der Dunkelheit. Sie haßte es, eingesperrt zu sein.

Hoffentlich verhielt sie sich ruhig, und hoffentlich begegnete sie keinem der Feinde! Wer war es, der nachts ins Schloß kam?

Sie hatten sich keine Minute zu früh versteckt. Schritte näherten sich, die Tür wurde geöffnet, und zwei Leute betraten den Raum.

»Wo ist er?« fragte eine Männerstimme.

»Ich werde Sie zu ihm bringen«, antwortete die Stimme der Frau, die die Besucher durchs Schloß führte. Barny hob den Deckel einen Spaltbreit und lauschte.

Er hörte das ihm nun schon bekannte Rasseln hinter der Täfelung. Sie gingen also in den Geheimgang. Aber warum? Da war doch nichts, er war doch zugemauert. Barny konnte sich nicht erklären, was sie da unten wollten. Zum Glück hatte die Frau übersehen, daß das Bild nicht an seinem Platz hing. Barny atmete erleichtert auf.

Und jetzt sah er die Frau im Licht der Taschenlampe, die der Mann, dessen Gesicht ganz im Schatten lag, in der Hand hielt. Er trug eine Aktentasche unter dem Arm und sprach mit einer rauhen Stimme.

Plötzlich knurrte Lümmel. Ein tiefes, unheimliches Grollen kam aus der großen Truhe. Der Mann und die Frau standen regungslos.

»Was war denn das?« fragte er endlich. »Ein komisches Geräusch.«

Und in diesem Augenblick wurde direkt über ihm ein leises Schnattern laut. Das war natürlich Miranda, Miranda, die Lümmel Bescheid sagte, daß er sich ruhig verhalten sollte. Der Mann und die Frau fuhren zusammen. Der Mann ließ den Strahl der Taschenlampe an der Wand hinaufgleiten, aber Miranda war schon verschwunden. Ihr leises Schnattern kam jetzt von der anderen Seite des Raumes. Lümmel knurrte von neuem, und Stubs hielt ihm die Schnauze zu.

»Da ist es wieder«, sagte der Mann, »was geht hier vor?«

»Nichts«, flüsterte die Frau, »ich habe diese Geräusche niemals vorher gehört. Aber es kann nichts weiter sein, vielleicht eine Eule oder etwas Ähnliches.«

»Komische Eule«, knurrte der Mann. »Also, lassen Sie uns gehen. Müssen wir hier wirklich durch?«

Die Frau stieß einen Schrei aus, und Barny ließ vor Schreck beinahe den Truhendeckel fallen. Was war passiert?

Miranda hockte auf einem Wandbrett dicht neben der Frau und hatte sie an den Haaren gezogen. Kein Wunder, daß sie schrie.

Sie sprang zur Seite, und der Mann wurde wütend. »Was soll das alles?«

Die Frau zitterte am ganzen Leibe. »Jemand hat mich am Haar gezogen.«

»Das werde ich auch gleich tun, wenn Sie noch mehr Theater machen«, sagte der Mann und schob sie unsanft durch den Eingang. Die Frau verschwand eilig, und der Mann folgte ihr. Barny hörte ihre Schritte hinter der Täfelung und dann, wie sie in der Tiefe verklangen. Er öffnete den Deckel, sprang heraus, lief hinüber zu der Öffnung, steckte den Kopf hinein und lauschte.

Alles blieb still, totenstill! Wohin waren sie gegangen?

Er lief zu der großen Truhe und öffnete auch die. »Los«, drängte er, »eine gute Gelegenheit zu verschwinden. Sie sind unten im Geheimgang. Weiß der Himmel, was sie da wollen. Die Sache gefällt mir nicht. Beeilt euch!«

Die anderen kletterten heraus, alle schlichen zur Tür und huschten durch die dunkle Halle. Die Taschenlampen benutzten sie nicht.

Geräuschlos öffnete Barny die schwere Eingangstür, wie Schatten glitten sie durch den Spalt und ließen sie angelehnt, denn sie fürchteten, zu viel Lärm zu machen.

»Seid vorsichtig!« warnte Barny. »Vielleicht wartet jemand in einem Wagen draußen. Niemand darf uns sehen!«

Er spähte den Weg hinunter und entdeckte ein schwaches rotes Licht. Das Schlußlicht eines Autos.

»Wir gehen um das Haus«, flüsterte er, »wir können über den Zaun steigen und kommen dann wieder auf die Straße. Los, aber seid leise!«

Sie atmeten alle auf, als sie bald danach die Straße hinunterliefen.

Die Kinder sprachen kein Wort. Sie hatten das Gefühl, hinter jeder Hecke, hinter jedem Busch lauere jemand und beobachte sie.

Sie waren froh, als die kleine Gartenpforte sich hinter ihnen schloß. Sie liefen in die Laube und ließen sich auf eine Bank fallen. »Das war ein Abend!« sagte Robert. »Die Glocken haben geläutet, als ob sie wüßten, daß die Frau und der Mann kommen würden.«

»Ob noch einer außer uns sie gehört hat?« fragte Dina.

Robert zuckte die Schultern. »Möglich, aber nicht viele. Das Schloß liegt ja ein Stück von der Stadt entfernt, und dann war es ja auch gar kein richtiges Läuten. Was glaubst du, wie es dröhnt, wenn sie erst einmal in Schwung kommen.«

»Sei still!« rief Dina. »Ich habe mich so schon genug gefürchtet.« Sie schwieg einen Augenblick und sagte dann: »Der Mann und die Frau werden wohl nichts gemerkt haben, sie sind ja im Wagen gekommen und waren wahrscheinlich noch nicht nah genug. Ob sie wohl überhaupt ins Schloß gegangen wären, wenn sie etwas gehört hätten?«

»Natürlich nicht«, sagte Robert. »Kluge Glocken sind das, sie haben uns gewarnt, aber nicht sie! Wenn man nur wüßte, was da in dem Geheimgang ist.«

»Du meinst wohl, wer da ist!« verbesserte Dina. »Der Mann hat gefragt: ›Wo ist er?‹ und nicht: ›Wo ist es?‹! Da unten muß jemand sein!«

»Aber ich kann mir nicht denken, wo. Wir sind bis zu der Mauer gegangen, und wir haben nichts gefunden, absolut nichts! Auch keine Höhle oder einen zweiten Gang.«

Sie schwiegen alle, und alle dachten nach. »Wollen wir vielleicht die Wände abklopfen?« fragte Robert nach einer Weile.

»Nein!« sagten die anderen sofort. Keiner von ihnen hatte

Lust, ein zweitesmal etwas Ähnliches zu erleben wie in dieser Nacht. Ein zweitesmal die Glocken klingen zu hören und sich vor den Feinden verstecken zu müssen. Nein, das schien ihnen ganz und gar unmöglich!

»Ich habe eine Idee!« rief Stubs plötzlich. »Ich weiß, was wir machen können! Wir könnten versuchen, den anderen Eingang zu finden und von da aus die Sache in Angriff zu nehmen.«

»Aber wir wissen ja gar nicht, wo der Gang endet!« gab Dina zu bedenken.

»Dann gehen wir eben noch einmal zum Großvater, vielleicht verrät er es uns doch.«

Zwölf Schläge hallten von der Kirchturmuhr, und Dina gähnte.

»Wir müssen zu Bett«, sagte sie, »sonst werden wir vor morgen mittag nicht wach. Kann Barny nicht in der Laube schlafen?«

»Klar«, sagte Robert, »Miranda wird sich wohl nicht als Fassadenkletterer betätigen und Fräulein Hanna besuchen!«

Barny lachte und versprach aufzupassen. Dina gab ihm ein paar Kissen von den Stühlen, und sogar eine Decke fand sich. »Also, gute Nacht. Wird es so gehen, ja?«

»Prima!« Barny hatte sich schon hingelegt. Er war sehr müde. »Aber nun verschwindet. Träumt etwas Schönes.«

20 *Ein aufregender Fund*

Dina sagte am Frühstückstisch ganz nebenbei:

»Ich glaube, ich habe heute nacht Glocken läuten hören, seltsam, nicht?«

Fräulein Pfeffer schüttelte den Kopf. »Du wirst geträumt haben, nicht wahr, Hanna.«

»Wahrscheinlich war es die Kirchturmuhr, ihr Klang ist so hübsch. Was habt ihr denn heute vor?«

»Wir wollten den Großvater noch einmal besuchen und hinterher ein Stück durch die Stadt bummeln.«

Dina lief in den Garten, um das Tablett, das sie Barny gebracht hatte, wieder abzuholen. Miranda war noch damit beschäftigt, Butter und Marmelade von einem Stück Weißbrot abzulecken.

Um elf Uhr machten sich die Kinder mit Miranda, Lümmel und Lump auf den Weg zu Frau Holles Haus. Zuerst gingen sie in einen Laden, um eine Dose Tabak für den Großvater zu kaufen. Die Frau, die sie bediente, erinnerte sich sogar daran, welche Sorte er rauchte.

Sie gingen weiter und klopften endlich an die Tür des Häuschens.

»Wir wollten den Großvater besuchen, wir haben ihm eine kleine Dose Tabak mitgebracht.«

»Das ist aber aufmerksam von euch«, sagte Frau Holle und nahm das Päckchen in Empfang. »Er hätte sich sicher sehr gefreut, euch zu sehen, aber es geht ihm nicht besonders gut, und er liegt im Bett.«

»Oh!« sagten die Kinder, und sie sahen so enttäuscht aus, daß sie der alten Frau leid taten.

»Was wolltet ihr denn von ihm? Vielleicht kann ich euch helfen?«

»Ja«, begann Dina, sah die Jungen fragend an, und die nickten, »ja«, fuhr sie fort, »der Großvater hat uns neulich von alten Büchern erzählt, und wir wollten ihn fragen, ob er sie noch besitzt und sie uns vielleicht einmal leiht.«

»Alte Bücher?« Frau Holle runzelte die Stirn und überlegte. »Alte Bücher? Ja, die werde ich wohl schon vor Jahren fortgeworfen haben.«

»Oh, das ist schade«, sagte Dina.

»Als ich damals zum Großvater zog, hatte er überall eine Menge alten Kram herumliegen, und ich habe gründlich aufgeräumt. Das meiste ist in den Mülleimer gewandert. Nur einige Sachen verwahre ich in einem Kasten. Wenn ihr mögt, dürft ihr darin herumstöbern, vielleicht findet ihr ja sogar das eine oder andere Buch.«

»Wir interessieren uns nämlich so sehr für Geschichten aus früheren Zeiten«, erklärte Dina.

»Nun, vielleicht findet ihr die Sagen über Glockenburg, auch die von den Glocken im Schloß. Übrigens behauptet der Großvater, er hätte sie heute nacht läuten hören.« Die Alte schüttelte den Kopf. »Das ist natürlich ganz unmöglich, und außerdem ist es seit Ewigkeiten nicht vorgekommen, und ein Seil ist auch nicht da.«

»Aber Sie sind nicht aufgewacht?« fragte Robert.

»Ich schlafe fest, und wenn ich sie gehört hätte, so hätte ich es einfach nicht geglaubt und gemeint, ich träume. Und das seltsamste ist, daß Fanny Tapp, die in aller Frühe vorbeikam, dasselbe behauptet wie der Großvater und sich sehr gefürchtet hat. Was die Leute so alles erzählen!«

Die Kinder schwiegen und sahen sich verstohlen an.

»Kommt mit ins Waschhaus. Dort steht der Kasten.«

In der kleinen Waschküche stand ein Regal und oben darauf ein messingbeschlagener Kasten. »Könnt ihr ihn herunterholen?« fragte Frau Holle.

»Ja, natürlich«, sagte Barny, »ich habe ihn schon.« Der Kasten war nicht schwer, viel konnte nicht darin sein.

In diesem Augenblick schallte lautes Klingeln aus dem Vorgarten. »Das ist der Milchmann«, erklärte Frau Holle und fügte hinzu: »Wenn ihr ein Buch findet, könnt ihr es gerne mitnehmen.«

Aber sie fanden nicht viel. Nur ein paar Holzfiguren, die der Großvater wahrscheinlich selbst geschnitzt hatte und auf die er sicher sehr stolz gewesen war. Dann ein kleines Schiff mit zerbrochenem Mast und zerfetzten Segeln, eine selbstgemachte Flöte und eine Holzpfeife.

Das wäre wirklich nicht viel gewesen, wenn nicht darunter das Buch gelegen hätte!

Robert griff danach. Es war in Leder gebunden und von der Feuchtigkeit fleckig geworden. Manche Seiten waren zusammengeklebt, und Dina versuchte, sie zu trennen.

»Sei vorsichtig«, warnte Robert, »du zerreißt sie sonst. Zu dumm, auch hier diese alte, unleserliche Schrift! Und die Seiten ganz vergilbt und voller Stockflecken. Man kann kaum etwas erkennen.«

Sie versuchten, wenigstens hier und da ein Wort zu entziffern, aber sie konnten nicht einmal den Titel lesen, der kunstvoll mit Initialen verziert war.

»Schade«, sagte Robert enttäuscht, »aber wenn Frau Holle es uns borgen will, können wir es ja mitnehmen und sorgfältig durchsehen. Vielleicht finden wir doch noch etwas.«

»Bestimmt nichts darüber, wo der Geheimgang endet«, sagte Stubs.

»Nun, habt ihr etwas Interessantes entdeckt?« fragte Frau Holle. »Oh, ein Buch! Dann nehmt es nur mit.«

»Vielen Dank«, sagte Dina, »wenn wir dürfen, gerne. Hoffentlich geht es dem Großvater bald wieder besser.«

Sie sagten »Auf Wiedersehen«, gingen hinaus, und Barny holte Miranda unter seiner Jacke hervor. Er hatte sie dort versteckt, denn ob Frau Holle Affen mochte, wußte er nicht, von dem Großvater konnte man es sich auf keinen Fall vorstellen. Miranda hatte sich ganz still verhalten. Die Hunde begrüßten alle stürmisch, als wären sie wochenlang fortgewesen.

»Ruhe!« befahl Robert und band sie los. »Seid nicht so laut. Wißt ihr denn nicht, daß der Großvater keine Hunde mag? Und wenn er euch hört, denkt er vielleicht, ihr seid Wölfe, und die mag er noch viel weniger, und dann kommt er mit dem Stock, um euch zu verjagen.«

Sie beschlossen, in die Stadt zu gehen und ein Eis zu essen. Stubs, der das Buch trug, blätterte im Gehen darin. »Ha!« schrie er plötzlich und blieb stehen.

»Was ist denn los?« fragte Dina. »Hast du etwa ein Rezept entdeckt? Eins, wie man fünfzig Würstchen auf einmal essen kann, ohne daß einem schlecht davon wird?«

»Blödsinn! Seht euch das mal an!« Er zeigte auf ein ledernes Fach, das innen am Buchdeckel angebracht war. »Eine Tasche«, flüsterte er, »und es steckt etwas darin! Vielleicht eine Karte? Kommt, wir setzen uns irgendwohin und sehen nach.«

Sie rannten über die Straßen zu den angrenzenden Wiese und hockten sich ins Gras. Die Hunde schossen davon, um Kaninchen zu jagen, und Miranda raste hinterher.

Langsam und vorsichtig zog Stubs ein zusammengefaltetes Blatt Papier aus der Tasche.

»Es ist aus Pergament, hoffentlich zerfällt es jetzt nicht, wenn ich es aufmache.«

»Gib her«, sagte Dina, »ich kann so etwas besser als du.«

Langsamer noch und vorsichtiger als er faltete sie es auseinander.

»Eine Karte!« rief sie atemlos. »Ein Grundriß vom Schloß! Wenn doch nur der Geheimgang eingezeichnet wäre!«

Die Kinder starrten darauf. Die Karte war sehr viel besser erhalten als die Seiten des Buches. Sie konnten alles gut erkennen und sogar die Schrift ganz unten auf dem Blatt ohne Schwierigkeiten entziffern: ›Dourley, Schloß Glockenburg‹.

»Toll!« rief Robert. »Nun kommen wir vielleicht weiter!«

21 Barny zieht zu Naomi

Ja, sie kamen weiter, sogar ein ganzes Stück. Soviel Schwierigkeiten es bereitete, die Schrift in dem Buch zu entziffern, so einfach war es, sich mit der Zeichnung zurechtzufinden.

Der Plan zeigte das Erdgeschoß des Schlosses. Auch die beiden Türme waren eingezeichnet, der eine als Kreis, der andere als Quadrat. Und selbst die vier Glocken hatte man nicht vergessen.

»Wo ist der kleine Raum, in dem der Gang anfängt?« fragte Robert.

»Hier«, sagte Dina, »das muß er sein. Er grenzt an die Halle und liegt in der Nähe der Küche, und außerdem ist er kleiner als alle anderen.«

»Kannst du den Geheimgang finden?« fragte Stubs.

»Nein«, sagte sie.

»Dort steht doch ein ›G‹!« rief Robert. »Das soll doch bestimmt Geheimgang heißen. Natürlich! Es ist doch ein ›G‹, nicht?«

Ja, es war ein ›G‹. Aber was sollte ihnen das nützen? Daß der Gang in dem kleinen Raum begann, wußten sie ja längst.

»Das Buch mag ja sehr schön, sehr alt und möglicherweise sehr kostbar sein, aber für uns ist es wertlos. Was wir wissen wollen, steht jedenfalls nicht drin«, sagte Robert. »Oder steckt vielleicht noch etwas in der Tasche? Sieh doch mal nach, Dina.«

Vorsichtig befühlte Dina noch einmal das Fach und stieß einen leisen Schrei aus. »Ich glaube, da ist noch etwas!«

Langsam zog sie ein zweites Stück Pergament hervor. Es war kleiner als das erste und nur einmal in der Mitte zusammengefaltet. Mit zitternden Händen breitete sie es auseinander.

Zuerst sahen sie nichts Besonderes. Es schien eine Karte von irgendeiner Landschaft zu sein. Aber plötzlich zeigte Stubs' schmutziger Finger auf eine Stelle.

»Da ist schon wieder eins, schon wieder ein ›G‹. Dort muß der Gang anfangen, bei diesem Haus, oder was es sein soll.«

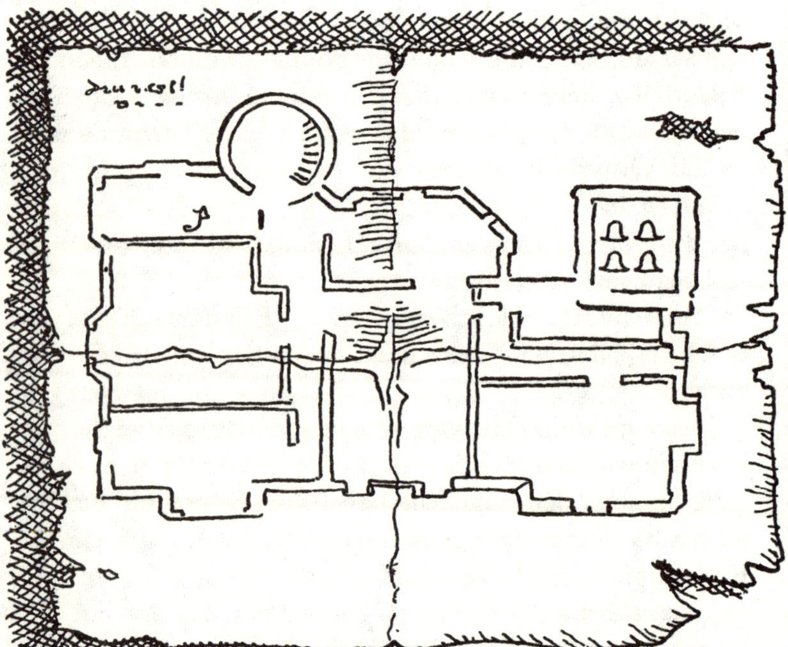

»Ich glaube, es ist Schloß Glockenburg«, sagte Dina. »Man kann den Umriß mit den beiden Türmen erkennen. Also gut, das wissen wir, ›G‹ heißt Geheimgang. Aber wollt ihr mir bitte verraten, zu was das gut sein soll?«

»Hast du Tomaten auf den Augen?« Stubs' Finger bohrte sich förmlich in die Karte. »Siehst du nicht, daß hier von dem ›G‹ eine dünne rote Linie ausgeht? Sie führt direkt vom Schloß über den Fluß, durch den Wald und endet bei diesem anderen ›G‹ hier!«

»Stubs hat recht«, sagte Barny, »das muß der Geheimgang sein. Und er führt bis zu irgendeinem Haus, denn das soll dieses kleine Rechteck wohl bedeuten.«

»Ein Haus?« Dina überlegte. »Könnte es vielleicht Naomi Barlows sein?«

»Es könnte nicht nur«, schrie Robert aufgeregt, »es ist ihr Häuschen! Natürlich, erinnert ihr euch denn nicht, was der Großvater sagte? ›Fragt Mutter Barlow‹, hat er gesagt. Das ist des Rätsels Lösung! Daß sie schon lange tot ist, hatte der Alte vergessen.«

»Und jetzt wohnt Naomi dort«, sagte Dina. »Ich möchte nur wissen, ob sie überhaupt eine Ahnung von dem Gang hat. Aber in welchem von den kleinen Räumen sollte er denn enden? Wir haben ja gesehen, daß in allen dreien Steinfußboden ist. Da kann doch nirgends eine Falltür sein?«

»Da ist auch keine«, sagte Stubs. »Ich wette, der Gang führt überhaupt nicht bis zum Haus. Die rote Linie endet kurz davor. Seht mal genau hin!«

»Tatsächlich!« rief Robert erstaunt. »Es könnte ja sein, daß er in der Nähe im Wald endet, irgendwo im dichten Gebüsch.«

Barny nickte. »Das wäre möglich. Immerhin wissen wir jetzt, wo wir suchen müssen.« Er fuhr mit dem Finger an der Linie entlang. »Ein ziemliches Stück vom Schloß bis zu Mutter Barlows Haus. Übrigens muß der Gang sehr tief angelegt sein, damit kein Wasser eindringt, wenn er unter dem Fluß hindurchführt.«

Stubs seufzte voller Entzücken. »Es ist herrlich! Einfach

wunderbar! Und was machen wir jetzt? Wir müssen natürlich sofort etwas unternehmen!«

»Ich weiß!« rief Dina. »Ich weiß, wir gehen zu Naomi Barlow und fragen sie, ob Barny bei ihr in der kleinen Speisekammer schlafen darf, weil wir kein Zimmer in der Stadt für ihn finden. Miranda mag sie sehr gerne, sie sagt bestimmt ja.«

Aufgeregt und glücklich liefen sie nach Hause. Für Barny und Miranda wurde wieder in der Laube gedeckt, und Miranda hatte eine halbe Stunde lang zu tun, um die Schale von einer Tomate zu ziehen, ehe sie sie verspeiste.

Und wenig später machten sie sich auf den Weg in den Glockenburger Wald. Nicht weit von Naomis Häuschen begegneten sie ihr. Sie trug den roten Mantel mit der Kapuze, sah wieder wie Rotkäppchen aus und begrüßte die Kinder freundlich.

»Ich hoffe, ihr wollt nicht zu mir? Ich muß hinunter in die Kirche, um sauberzumachen, und vor sechs Uhr bin ich leider nicht zurück.«

»Doch, wir wollten zu Ihnen«, sagte Dina. »Wir finden für Barny und Miranda keine Unterkunft in der Stadt. Und bei Fräulein Hanna kann er auch nicht wohnen, weil sie sich so sehr vor Affen fürchtet, und da dachten wir . . .«

»Daß er bei mir in meinem Häuschen bleiben könnte«, beendete Naomi lächelnd den Satz. »Natürlich. Er kann im Vorratsraum schlafen, er ist zwar ein bißchen eng, aber Barny wird schon hineinpassen.«

»Oh, vielen Dank«, sagte Barny.

»Geht nur, bringt alles in Ordnung und legt die Matratze in die Kammer. Sie steht in einer Ecke, ihr werdet sie schon finden.«

Sie hastete davon, die Kapuze tanzte auf ihrem Rücken.

»Was wir für ein Glück haben!« sagte Dina, als sie den Weg zu Naomis Häuschen entlangschlenderten.

»Ich werde einen großen Strauß Glockenblumen pflücken und ihn auf den Tisch stellen«, sagte Dina und lief davon. Die Jungen, die Hunde und Miranda, die zur Abwechslung auf Stubs' Schulter saß, gingen weiter.

»Wir wollen uns gleich ein bißchen umsehen«, schlug Robert vor, und als Dina hereinkam, untersuchte er gerade den Küchenfußboden.

»Habt ihr etwas entdeckt?« fragte sie und stellte die Blumen in einen Krug. Dann sah sie sich nach Wasser um und fand welches in einem Eimer. Eine Wasserleitung gab es natürlich nicht, dafür den Brunnen draußen im Garten.

»Seht euch den Boden an«, sagte Robert, der noch immer auf der Erde kniete. »Die Steinfliesen sind bestimmt seit hundert Jahren an ihrem Platz. Man könnte nicht eine herausnehmen, so dicht und fest liegen sie nebeneinander. Wenn der Geheimgang unter dem Haus ist, kommen wir nie heran!«

In den anderen beiden Räumen war es dasselbe, nirgends auch nur ein Stein locker, nur einige von ihnen etwas ausgehöhlt durch die Benutzung in all den vielen Jahren.

Sie gingen in die Speisekammer und legten die Matratze auf den Boden, nun blieb kaum noch Platz, daran vorbeizukommen. Aber Barny war sehr zufrieden.

»Das wäre erledigt«, sagte Dina endlich. »Wie ist es, wollen wir uns jetzt auf die Suche begeben? Vielleicht zuerst im Garten und dann im Wald?«

Sie liefen hinaus in den hellen Sonnenschein und suchten den kleinen Garten sorgfältig von einem Ende bis zum anderen ab. Aber sie fanden nichts. Dann gingen sie durch die Pforte in den angrenzenden Wald, aber auch hier entdeckten sie nichts.

»Es ist wie verhext«, stöhnte Dina. »Der Eingang muß doch irgendwo in der Nähe sein. Vielleicht kann Barny, wenn er sich heute abend mit Naomi unterhält, etwas herausbekommen. Wenn jemand von dem Geheimgang weiß, dann ist sie es.«

»Gut, ich werde mir Mühe geben. Was haltet ihr jetzt von ein paar Zimtplätzchen?«

»O ja«, rief Stubs, lief voran ins Haus und nahm die Dose vom Kamin. Jeder bekam einen Keks, sogar Lümmel und Lump.

Als sie dann aber weiter betttelten, schüttelte er den Kopf.

»Nein, jetzt ist Schluß. Wir sind hier schließlich nicht zu Hause.«

»Kommt, wir wollen gehen«, bat Dina, »ich bin sehr müde.«

So gingen sie und hofften sehr, daß Barny etwas von Naomi erfahren würde.

22 Das Geheimnis des Brunnens

Am nächsten Morgen trafen sich die vier in Fräulein Hannas Garten. Stubs schleppte das schwerbeladene Frühstückstablett, während Dina und Robert vorausliefen, um Barny und Miranda zu begrüßen.

»Hast du etwas erfahren?« fragte Dina. »Wußte Naomi, wo der Gang endet?«

Barny schüttelte den Kopf. »Nein, sie wußte es nicht. Zuerst schien es, als hätte sie überhaupt keine Ahnung von allem. Sie sagte, daß nur ganz wenige das Geheimnis des Ganges gekannt hätten, und das waren die Dourleys selbst. Sie glaube, er existiere gar nicht mehr.«

»Verflixt«, sagte Robert, »jetzt sitzen wir wieder fest. Meinst du wirklich, daß sie gar nichts weiß?«

Barny hob die Schultern. »Sie sagte noch etwas. Als ich nicht so schnell aufgab, weil ich merkte, daß sie etwas verschwieg, geriet sie vollkommen außer sich und flüsterte . . .«

»Was?« fragten die drei hastig.

»›Ich hatte diesen schrecklichen Unglücksfall schon ganz vergessen‹«, flüsterte sie, »›seit Jahren schon. Und nun erinnerst du mich daran, daß damals dort jemand ertrank. Und nun werde ich wieder davon träumen. Es gibt ihn nicht mehr, und ich will nicht mehr daran denken.‹«

Die Kinder hatten atemlos zugehört.

Dina sagte: »Wer ist ertrunken? Und warum soll ausgerechnet der Gang seit dem Tage nicht benutzt worden sein, seitdem dort jemand ertrunken ist? Das verstehe ich nicht. In einem Gang kann man schließlich nicht ertrinken!«

»Es gibt nur eine Erklärung«, sagte Barny. »Vielleicht stimmt sie nicht, aber überlegt einmal, wo kann man ertrinken? Doch nur im Wasser. Und wo gibt es Wasser in der Nähe von Naomis Häuschen? Doch nur im Brunnen!«

Die Kinder schwiegen, und dann sagte Robert: »Wie meinst du das?«

»Also nehmt einmal an, der Gang endet im Brunnen, irgendwo in der Wand über dem Wasserspiegel, ja? Und irgend jemand wurde vielleicht verfolgt, benutzte den Gang, verlor den Halt, stürzte ab und ertrank. Wenn das passiert sein sollte, als Naomi noch ein Kind war, und sie es erfuhr, so wird sie es nie vergessen und davon geträumt haben. Auch dann, wenn diese Geschichte viel früher geschehen ist und man ihr nur davon erzählt hat.«

»Das könnte sein«, überlegte Robert, »es paßt alles gut zusammen. Aber ich kann mir trotzdem nicht vorstellen, daß ein Geheimgang in einen Brunnen führt.«

»Ich weiß es auch nicht«, sagte Barny, »wir müssen eben sehen, daß wir es herausfinden. Wenn ein Eingang da sein sollte, muß es eine Möglichkeit geben, dahinzugelangen. Es müßten vielleicht Griffe in die Wand eingelassen sein oder so etwas Ähnliches, wir werden es ja erleben.«

»Toll!« rief Stubs. »Einfach toll! Aber wir müssen verdammt aufpassen, sonst gehen wir baden.«

»Sei still.« Dina war ganz blaß geworden.

An diesem Vormittag ritten sie aus. Fräulein Hanna hatte Barny ein Paar Reitstiefel ihres Neffen gegeben. Barny war vom Zirkus her daran gewöhnt, im Sattel zu sitzen.

Und sie sprachen nur von ihrem bevorstehenden Unternehmen am Nachmittag. Würde es ihnen gelingen, in den Brunnen zu steigen? Würden sie den Eingang finden?

So früh wie möglich verschwanden sie mit Miranda und den Hunden in Richtung Glockenburger Wald.

»Gut, daß Naomi gestern mit ihrer Arbeit in der Kirche nicht fertig geworden ist und heute noch einmal hingeht«, sagte Barny. »Nun können wir völlig ungestört den Brunnen untersuchen.«

Das Häuschen lag still und verlassen im Sonnenschein. Naomi war wohl schon gegangen. Die Kinder liefen geradewegs zum Brunnen und starrten hinunter.

Wie tief er war! Wieder ließ Robert einen Stein hinabfallen, und wieder dauerte es lange, bis sie den Aufprall und ein leises Klatschen hörten. »Wie ist es?« sagte Barny endlich. »Wollen wir an die Arbeit gehen?«

Das Farnkraut bedeckte die Brunnenwände fast völlig, kaum, daß man hier und da einen Ziegelstein sah. Barny beugte sich über den Rand und durchsuchte das dichte Grün, soweit er es erreichen konnte. Robert und Dina hielten ihn fest.

»Ich habe etwas gefunden!« sagte er plötzlich aufgeregt. »Irgend etwas aus Eisen! Ich will einmal die Farne herausziehen.«

Er tat es, und nun konnten die anderen sehen, was er gemeint hatte. Ein eiserner Ring war in die Mauer eingelassen. Barny rüttelte daran, und er gab nicht nach.

»Wenn dieser Ring dazu dient, in den Brunnen zu steigen, dann muß es noch mehr davon geben, einen unter dem anderen. Ich werde nachsehen.«

»Nein, laß das!« rief Dina angstvoll.

»Ja, warte«, sagte Robert, »ich hole das Seil aus der Speisekammer. Daran können wir dich hinunterlassen. Wir binden es an den Brunnenpfosten, und immer, wenn du Halt gefunden hast, lassen wir etwas nach.«

Barny fand, diese Sicherheitsmaßnahme sei ziemlich unnötig, denn er konnte klettern wie eine Katze. Aber die anderen sollten sich nicht um ihn ängstigen.

Er stieg über den Brunnenrand, setzte einen Fuß auf den eisernen Ring und suchte mit dem anderen nach dem nächsten.

»Ich habe ihn!« rief er. »Ich bin auf dem richtigen Weg! Kein Wunder, daß niemand vor uns die Ringe in diesem Urwald entdeckt hat.«

Weiter unten waren die Wände nicht mehr bewachsen, und nun kam er schneller vorwärts. Einige der Ringe brachen ab, als er darauf trat, und jedesmal erschrak er. Die anderen hörten, wie das Eisen auf das Wasser schlug, und hielten das Seil noch fester. Dinas Herz klopfte. Wie gefährlich das war! Oh, sie hätten es lassen sollen! Aber sie mußten den Eingang finden, unbedingt!

Barny stieg weiter und weiter. »Kannst du das Wasser schon sehen?« rief Robert.

»Ja, ich sehe es!« Barnys Stimme hallte in dem engen Schacht. »Aber ich kann keinen Ring mehr finden.«

Wieder tastete er die Wand ab. Er fror, denn es war sehr kalt. Nein, er fand nichts mehr und rief hinauf:

»Ich habe meine Taschenlampe vergessen und kann nicht sehen, ob der Eingang irgendwo ist!«

»Warte!« rief Robert, und einen Augenblick später kam die Taschenlampe am Ende eines langen Stricks tanzend herunter. Er reichte gerade so weit, daß Barny sie losbinden konnte. Ah, jetzt konnte er sehen!

Und plötzlich stieß er einen Schrei aus, so laut, daß die drei vor Schreck beinahe das Seil losließen und Miranda ängstlich in die Tiefe starrte.

»Was ist los?« schrie Robert und beugte sich weit über den Brunnenrand.

»Hier ist eine Öffnung in der Wand!« rief Barny. »Ich wette, sie führt zu dem geheimen Gang! Es ist der Eingang! Ich gehe jetzt hinein!«

»Nein, warte!« schrie Stubs. »Wir kommen!«

»Gut, aber ohne Dina!«

»J, ja«, rief Dina, »ich muß ja das Seil halten.«

Barny trat in die schwarze Öffnung und ließ den Schein der Taschenlampe in die Finsternis fallen. Er konnte nichts erkennen als das Stück eines unterirdischen Ganges. Sie hatten also das andere Ende gefunden!

Als nächster wagte Robert den Abstieg. Genau wie Barny tastete er sich von einem Ring zum anderen, und dann folgte Stubs, der einen jaulenden, winselnden Lümmel zurückließ. Und Dina hatte vollauf zu tun, ihn und Lump daran zu hindern, in den Brunnen zu springen.

Bald standen die drei Jungen dicht aneinandergedrängt in der Öffnung. Ob das Wasser wohl jemals bis hier hinaufstieg? Wahrscheinlich nicht. Die Quelle mußte sehr tief unter der Erde liegen.

»Und hier, in diesem Brunnen, ist der ertrunken, von dem Naomi erzählt hat«, sagte Barny. »Hier ist er in der Finsternis den Gang entlanggehetzt, wußte nicht, wie nahe er schon der Öffnung war, ist ahnungslos weitergelaufen und in die Tiefe gestürzt.«

»Gräßlich!« sagte Robert und fügte flüsternd hinzu: »Und nun kommt, aber wir müssen sehr leise sein, falls jemand da drinnen ist!«

»Ja, du hast recht«, flüsterte Barny zurück, »ich gehe mit der Taschenlampe voraus.«

Und so gingen sie tiefer und tiefer in den Tunnel hinein.

23 *Auf der anderen Seite der Mauer*

Zuerst stieg der Weg an und führte immer geradeaus. Manchmal senkte sich die Decke. Dann gaben sie acht und gingen gebückt unter diesen Stellen hindurch. Die Luft war schlecht, und es roch modrig.

Weiter und weiter gingen sie. Nach einer Weile blieb Barny stehen, und die Taschenlampe beleuchtete eine große, weitverzweigte Wurzel, die, durch die Tunneldecke gewachsen, in den Gang hineinhing.

»Wir müssen jetzt unter dem Wald sein«, sagte er leise, »wenn er zu Ende ist, kommt bald der Fluß, dann wird der Weg sicher stark abfallen.«

So war es. Der Gang führte plötzlich steil in die Tiefe, der Boden wurde naß und schlüpfrig, und Wasser tropfte von der Decke. Wieder leuchtete Barny hinauf. »Hier ist die Wölbung abgestützt, seht mal, ein richtiger Torbogen aus Felssteinen. Das wird auch nötig gewesen sein, sonst wäre sie sicher schon durchspült worden.«

Sie gingen weiter, und dann blieb Barny von neuem stehen.

»Aus!« sagte er und ließ den Lichtstrahl über Schutt und Geröll gleiten, das den Gang versperrte.

Die Decke war eingestürzt, ein großes Loch hineingerissen.

»Vielleicht ist es nicht so schlimm, wie es aussieht«, meinte Robert, »vielleicht können wir so viel fortschaffen, daß wir durchkommen.«

Mit den Händen räumten sie Steine und Erde beiseite, und bald sahen sie, daß Robert recht hatte. Die Einsturzstelle war nicht sehr breit, und es dauerte nicht lange, und sie konnten sich hindurchzwängen.

Wieder gingen sie weiter. »Ich glaube, wir sind schon ganz nahe am Schloß«, flüsterte Barny, »wir dürfen jetzt nicht das geringste Geräusch machen!«

Der Gang stieg an und bog scharf nach rechts ab. Und dann schien es endgültig aus zu sein. Die Kinder sahen es gleich. Ein riesiges Stück der Decke war eingefallen, der Tunnel von oben bis unten mit Erde zugeschüttet. Diesesmal war an ein Weiterkommen nicht zu denken. Schweigend standen die drei, ohne sich zu rühren.

Und plötzlich hörten sie in der Stille das Geräusch! Das Geräusch, das sie in dem kleinen getäfelten Raum gehört hatten. Es kam von der anderen Seite der Mauer.

Und nun, so nahe, wußten sie sofort, was es war. Jemand hustete, ein krampfartiges, schrecklich klingendes Husten, in regelmäßigen Abständen wiederkehrend. Dann drang ein Stöhnen zu ihnen und gleich darauf hastig gemurmelte Worte, als rede jemand im Fieber.

»Da ist jemand!« flüsterte Barny. »Er muß furchtbar krank sein, er braucht bestimmt einen Arzt! Wie kommt er nur hier herunter? Könnt ihr euch das erklären?«

»Wahrscheinlich entführt«, sagte Robert, »und ein Arzt, vielleicht war das einer, den du gestern nacht von der Truhe aus gesehen hast. Die Frau wird ihn gerufen haben.«

»Ein Arzt?« fragte Stubs. »Na, hört mal, wenn der zu einem Kranken kommt, der in einem feuchten, unterirdischen Gang liegt?«

»Sicher gehört er selber zu diesem Gesindel«, sagte Barny.

»Seht mal«, flüsterte Robert, der dem Steinhaufen am nächsten stand, »seht mal, hier an der Seitenwand ist die Schicht nicht so dicht. Ich habe einen kleinen Spalt entdeckt.«

Barny spähte durch die schmale Öffnung. Jemand lag auf der Erde und warf sich unruhig hin und her.

»Ein Mann!« flüsterte er. »Soll ich ihn fragen, wer er ist?« Robert und Stubs nickten. Sie waren fest davon überzeugt, daß es ein Gefangener war, der aus irgendeinem Grund hier unten festgehalten wurde.

»Hallo, wer sind Sie?« rief Barny.

Der Mann lag plötzlich regungslos. »Wer spricht da?« fragte er mit leiser Stimme.

»Machen Sie sich keine Sorgen«, beruhigte Barny, »sagen Sie mir, wer Sie sind und wie Sie hierherkommen.«

Der Mann stöhnte. »Ich bin entführt worden. Mein Name ist Rawlings, Inspektor Rawlings. Wir waren einer Bande auf der Spur, die wir schon lange in Verdacht hatten. Sie erwischten mich und brachten mich hierher. Nun wollen sie aus mir herausbekommen, wieviel ich über sie weiß, und mich danach höchstwahrscheinlich beseitigen. Aber bis jetzt haben sie noch nichts von mir erfahren.«

»Sollen wir Sie mitnehmen?« fragte Barny. Aber noch während er sprach, wußte er, daß es ganz unmöglich sein würde, ihn durch den langen Gang und den tiefen Brunnenschacht zu transportieren.

»Nein, nein«, flüsterte der Mann, immer wieder von heftigem Husten unterbrochen. »Ich kann nicht einmal stehen. Hör zu!«

»Ja, ich höre.«

»Drei von der Bande kommen heute nacht, um ein letztesmal zu versuchen, mich zum Reden zu bringen. Sie werden um elf Uhr hier sein. Benachrichtigt die Polizei. Sagt den Beamten, sie sollen erst eingreifen, wenn die Männer schon im Geheimgang sind. Und sagt ihnen, diese Nachricht sendet Inspektor Rawlings.«

»Gut«, nickte Barny.

»Bringt die Frau Ihnen zu essen?« fragte Robert. »Gehört sie auch zu den Verbrechern?«

»Ja, sie gehört dazu. Ich wußte, daß sie das Schloß als eine Art Hauptquartier benutzten, nur von dem Gang ahnte ich nichts, und so tappte ich in die Falle.«

Wieder hustete er, es schien, als könne er gar nicht mehr aufhören, und die Jungen dachten: Wenn wir ihm nur helfen könnten! Aber durch diese verdammte Einsturzstelle konnten sie niemals zu ihm gelangen, sie hatten nicht einmal Schaufeln. Der Hustenanfall ging vorüber, und Barny rief: »Wir gehen jetzt. Sorgen Sie sich nicht! Wir werden alles tun, was Sie angeordnet haben! Auf Wiedersehen!«

Lautlos schlichen sie zurück, zwängten sich wieder an Schutt und Geröll vorbei, hasteten weiter, gelangten endlich an die Öffnung im Brunnen und hörten Dinas verzweifeltes Rufen:

»Robert, Barny, Stubs, seid ihr es?« und dann erleichtert: »Gott sei Dank!«

»Arme Dina!« sagte Robert, dem klar wurde, wie lange sie fortgewesen waren und wie sie sich geängstigt haben mußte. »Hallo!« schrie er. »Alles in Ordnung! Uns ist nichts passiert, und da unten ist was los! Du wirst staunen!«

Barny griff nach dem Seil und band es sich um. »Ich komme«, rief er, »halt gut fest!«

Im Handumdrehen war er oben, Miranda sprang freudig schnatternd auf seine Schulter, kuschelte sich an ihn, und Lümmel und Lump bellten begeistert.

»Ihr seid so furchtbar lange weggewesen«, sagte Dina und wischte sich die Tränen vom Gesicht. »Und ich habe gewartet und gewartet.«

Die Jungen erzählten der mit großen Augen lauschenden Dina, was sie erlebt hatten, und sie konnte es kaum glauben.

»Nur eins verstehe ich immer noch nicht«, sagte Barny, »wie kommen die Frau und die Männer überhaupt zu dem Inspektor? Durch die Mauer?«

»Und was wäre aus dem Inspektor geworden?« überlegt Stubs. »Sie hätten ihn bestimmt um die Ecke gebracht oder dort unten liegenlassen, und das hätte er nicht lange ausgehalten.«

»Das hält keiner lange aus«, sagte Barny, der auf dem Brunnenrand hockte. »Mir ist etwas eingefallen. Erinnert ihr euch noch an den Mann, der mich das letzte Stück im Auto mitnahm? Als Miranda so erschrak und ich im Innern des Wagens etwas Helles sah? Ich glaube, ich weiß jetzt, was es war. Wahrscheinlich die Hand des Inspektors. Sie werden ihm ein Schlafmittel gegeben und ihn in dieser Nacht in den Geheimgang gebracht haben!«

»Natürlich!« rief Stubs. »Klar! So lange ist er nun schon da unten!«

»Nun, wir wissen ja, was zu tun ist. Wir wissen es ganz genau!«

24 *Zu spät gekommen*

Ja, sie wußten genau, was zu tun war.

»Fräulein Pfeffer darf auf keinen Fall etwas erfahren«, sagte Robert. »Sie würde sich zu Tode ängstigen und sofort zur Polizei laufen. Und die würden den Inspektor herausholen und die Frau damit warnen, und die Kerle kämen dann natürlich nicht ins Schloß, und keiner könnte erwischt werden.«

»Wo wollen wir auf die Bande warten?« fragte Stubs. »Im Schloß?«

»Ja«, sagte Barny, »wenn wir draußen bleiben, werden wir vielleicht entdeckt. Drinnen gibt es viele gute Verstecke, zum Beispiel die Truhen.«

»Nein«, wehrte Stubs ab, »da kriegen mich keine zehn Pferde rein.«

»Gut, wir werden schon etwas anderes für dich finden. Aber Lümmel muß diesesmal wirklich zu Hause bleiben. Wir können es nicht darauf ankommen lassen, daß er alles verdirbt.«

»Und was wird mit Miranda?« fragte Dina. »Sie hat damals ja auch genug Unfug getrieben.«

»Ich werde dafür sorgen, daß sie nichts anstellt«, beruhigte Barny, »ich nehme sie an die Leine, dann muß sie auf meiner Schulter bleiben, und ich werde auch dafür sorgen, daß sie mucksmäuschenstill ist.«

»In Ordnung«, sagte Robert, »also, wir verstecken uns, warten auf die Männer, und wenn sie im Gang verschwunden sind, laufen wir zur Polizei. Aber habt ihr schon einmal daran gedacht, daß man uns dort nicht glauben könnte?«

Barny grinste. »Wenn wir den Namen des Inspektors nennen, werden sie uns schon glauben. Außerdem suchen sie bestimmt schon längst nach ihm. Und wenn sie nicht schnell genug begreifen, werde ich es ihnen schon klarmachen. Verlaßt euch darauf!«

»Und die Glocken?« flüsterte Stubs plötzlich. »Habt ihr die ganz vergessen? Damals haben sie geläuet, als Feinde kamen. Heute kommen wieder welche, und sie läuten vielleicht wieder. Eigentlich habe ich keine Lust, das noch einmal durchzumachen.«

»Dann bleibe mit Dina zu Hause«, sagte Barny, »sie soll sowieso nicht mitkommen.«

Dina fiel ein Stein vom Herzen. Sie würde mit Lümmel, vielleicht auch mit Stubs zusammen auf die anderen warten.

Doch auf Stubs' Gesellschaft mußte sie verzichten. So groß seine Angst vor den Glocken auch war, er kam mit.

»Auch gut«, sagte Barny. »Übrigens, wo ist das Polizeirevier? Er ist besser, wir wissen es vorher, auch den kürzesten Weg vom Schloß dorthin. Schade, daß wir nicht telefonieren können, aber vielleicht würden die Beamten denken, jemand erlaube sich einen schlechten Scherz mit ihnen. Trotzdem können wir nachsehen, ob eine Telefonzelle in der Nähe ist!«

»Und wann wollen wir da sein?« fragte Robert. »Der Inspektor sagte, sie würden um elf Uhr erscheinen. Besser, wir sind schon um zehn Uhr da.«

»Kommt, wir gehen in die Stadt und besorgen uns etwas zu essen«, schlug Dina vor.

Sie fanden ein Geschäft, in dem sie Brötchen, Eis, Schokolade und Orangeade kauften.

Sie schlenderten durch die Stadt nach Hause. Barny begleitete sie und wollte in der Laube auf Robert und Stubs warten.

»Es ist solch ein herrlicher Abend«, sagte Dina, »wenn wir Fräulein Hanna bitten, dürfen wir vielleicht draußen im Garten mit dir zusammen Abendbrot essen. Heute gibt es sowieso nur belegte Brote.«

Während des vergnügten Abendbrotes mit Lümmel, Lump und Miranda vergaßen sie beinahe das aufregende Unternehmen, das ihnen bevorstand.

Sie blieben nicht lange mehr beisammen. Barny sagte: »Gute Nacht«, und verschwand durch die Gartenpforte, so, als wolle er zu Naomi zurückgehen. Doch nach einer kleinen Weile kam er wieder und setzte sich in die Laube, um dort zu warten, bis die Kirchturmuhr zehn schlug.

Stubs war sofort eingeschlafen, aber Dina und Robert lagen wach, und Dina überlegte, ob sie nicht doch lieber mitgehen sollte. Endlich entschloß sie sich zu bleiben. Lümmel würde sonst das ganze Haus mit seinem Jaulen aufwecken.

»Es ist bald zehn«, flüsterte Robert nach einiger Zeit. »Ich wecke Stubs jetzt. Hoffentlich macht Lümmel keinen Krach, wenn er hierbleiben muß.«

Sie traten in den vom Mond beschienenen Garten, gerade als die Uhr zehnmal schlug, und Barny tauchte aus dem Schatten auf und sagte leise:

»Da seid ihr ja. Habt ihr eure Taschenlampen? Ihr braucht sie nicht anzuknipsen, der Mond scheint so hell.«

Sie gingen zum Schloß und warteten, bis Barny über den Efeu im oberen Stockwerk verschwand und sie zur Hintertür hereinließ.

»Wir wollen in dieses Zimmer gehen«, flüsterte er, »es liegt neben dem, in dem der Geheimgang anfängt. Dort steht ein großer Schrank, darin verstecken wir uns, wenn wir sie kommen hören, und dann laufen wir zur Polizei.«

Sie schlichen zur Tür, öffneten sie und erstarrten. Rund um einen Tisch saßen beim Schein einer Kerze vier Männer und eine Frau!

Barny, Robert und Stubs waren zu spät gekommen!

25 *Die Jagd durch das Schloß*

Die Männer sprangen auf. Robert stand wie gelähmt, doch Barny reagierte blitzschnell, machte kehrt und rannte davon.

»Halt!« schrie einer der Männer. »Halt!«

In wilder Hast jagten die Jungen davon. Was für ein Schlag! Alle ihre Pläne durchkreuzt! Sie konnten von Glück sagen, wenn sie davonkamen.

»Einzeln verstecken!« keuchte Barny und stürzte weiter in die Richtung, in der die Küche lag.

Stubs floh in das nächstbeste Zimmer. Robert dachte an den Raum mit der Tür zum Geheimgang, dort mußte es eine Möglichkeit geben, die Truhe!

Als er die Tür öffnete, überfiel ihn die Dunkelheit. Er tastete sich an der Wand entlang, fand die Truhe, hob den Deckel und stieg hinein. Als er ihn wieder schließen wollte, fiel er mit einem solchen Knall zu, daß er vor Schreck zusammenfuhr. Jetzt mußten sie ihn gehört haben!

Unterdessen versuchte Stubs herauszubekommen, wo er sich befand. Dann erinnerte er sich plötzlich. Es war der Raum mit dem Kamin, in dessen Rückwand das Versteck lag.

Auf Zehenspitzen schlich er weiter. Dann hörte er die Männer, verschwand und fand die Stufen. Aufatmend kletterte er hinauf und kroch in die kleine Nische.

Keinen Augenblick zu früh! Die Männer stürzten in das Zimmer, und der Schein ihrer Taschenlampen huschte über die Wände. »Hier muß er sein!« schrie einer. »Ich habe ihn hier reingehen sehen!«

»Dann ist er auch noch da«, sagte ein anderer, »schließlich gibt's nur eine Tür. Wir werden ihn schon finden!«

Stubs brach der Schweiß aus allen Poren. Gleich würden sie ihn packen und hervorzerren!

Doch die Nische war dazu da, jemanden sicher zu verbergen. Niemand wußte von ihr, außer der Frau. Und die war hinter Robert hergelaufen.

Die Männer durchsuchten den Raum, öffneten Truhen und

Schränke, sahen hinter Vorhänge und gaben es endlich auf. »Hier kann er nicht sein«, sagte der eine.

»Lizzie«, schrien sie, »wo bist du? Hast du die Kinder gefunden?«

»Nur eins«, schrie sie zurück, »es sitzt hier in einer Truhe!«

Sie hatte den Deckel herunterfallen hören und war in den kleinen Raum gestürzt. Sie wußte sofort, daß eine der beiden Truhen das Versteck sein mußte. Zuerst hatte sie die kleine geöffnet, sie war leer.

Robert merkte, wie der Deckel seiner Truhe hochgehoben wurde, und einen Augenblick lang blendete ihn der Schein einer Taschenlampe.

Dann wurde der Deckel zugeworfen, und ein Schlüssel drehte sich im Schloß.

Nun hatten sie ihn, nun saß er hier eingeschlossen! Warum war er so unvorsichtig gewesen und hatte solchen Lärm gemacht! Er hätte sich ohrfeigen mögen.

Die Männer kamen herein, und die Frau schlug mit der Taschenlampe auf das Holz. »Hier sitzt er«, sagte sie, »gesund und munter. Wo ist der andere?«

Robert seufzte erleichtert. Sie dachten, sie wären nur zwei, Stubs konnten sie nicht gesehen haben. Wo der wohl steckte? Wenn es ihm gelänge, die Polizei zu alarmieren, wäre alles in Ordnung. Aber würde er das schaffen?

Die drei Männer und die Frau fingen jetzt an, nach Barny zu suchen.

»Was sind das eigentlich für Kinder?« fragte einer. »Und was wollen sie mitten in der Nacht hier?«

»Wahrscheinlich Herumtreiber, die dachten, sie könnten irgendwo einsteigen und stehlen«, antwortete die Frau.

»Nun«, sagte der eine Mann, »ich fürchte, wir müssen die lieben Kleinen mitnehmen und sie irgendwo verschwinden lassen, wo sie uns lange, lange Zeit nicht mehr im Weg sind.«

»Wenn wir den zweiten finden«, sagte ein anderer, und plötzlich fragte er: »Hört mal! Was ist denn das?«

Es war Miranda. Sie und Barny hatten sich nicht weit vom

Eingang zum Turm versteckt. Barny war hinter einen schweren Vorhang geschlüpft und sein Herz schlug so laut, daß er meinte, man müsse es hören. Miranda fühlte, daß er sich fürchtete, und auch sie fürchtete sich.

Sie fürchtete sich um so mehr, als Barny sie an der Leine hielt. Sie sprang ein Stückchen den Vorhang hinauf, wurde zurückgezogen und fiel herunter, und Barny wagte noch nicht einmal zu flüstern, um sie zu trösten. Miranda begann leise und ängstlich zu schnattern.

Barny beschloß, ihr das Halsband abzunehmen. Vielleicht wurde sie dann ruhiger. Er öffnete den Haken und befreite sie. Sofort war sie verschwunden, sprang auf einen Schrank und knirschte mit den Zähnen. Das tat sie immer, wenn sie sich aufregte, und das war es, was der Mann gehört hatte.

Er ließ den Strahl seiner Taschenlampe in die Richtung gleiten, aus der das Geräusch kam, und traute seinen Augen kaum, als er einen Affen entdeckte. »Ein Affe!« sagte er. »Dann kann der Besitzer auch nicht weit sein. Schnell, sucht ihn!«

Barny überlegte fieberhaft. Wenn er hinter dem Vorhang bis zum Turmeingang schleichen konnte, könnte er vielleicht die Treppe hinauflaufen und sich auf der Plattform verstekken. Es schien ein aussichtsloses Unternehmen zu sein, und es bestand kaum Hoffnung, daß er es schaffte, aber er mußte es wagen.

Die Männer durchsuchten jetzt auf der gegenüberliegenden Seite alle Schränke. Miranda schnatterte wütend, hielt sich aber außer Reichweite.

Barny gelangte bis zum Ende des Vorhangs, jagte auf den Turmeingang zu und weiter die Wendeltreppe hinauf. Miranda hörte ihn, und mit einem Satz sprang sie hinterher.

Barny war verzweifelt. Wenn er sich da oben versteckte, würde sie ihn sofort verraten.

Und dann kam ihm ein Gedanke. Der kleine Raum über den Glocken! Dorthin mußte er gehen, dort war er sicher! Er brauchte nur zu drohen, jeden, der ihm zu nahe kam, hinunterzustürzen. Niemals würden sie ihn bekommen!

Er begann die Mauer hinaufzuklettern. Er fand die Griffe schnell, weil er sie schon einmal benutzt hatte. Miranda hockte wild schnatternd auf seiner Schulter, sie begriff nichts von diesem seltsamen Unternehmen.

Die Männer rannten jetzt die Treppe hinauf. »Wir kriegen ihn!« schrien sie. »Da oben kann er sich nicht verstecken!«

Aber auf der Plattform angelangt, sahen sie niemanden. Sie leuchteten in jede Ecke, nichts! Dann hörten sie über sich ein Geräusch und sahen im Schein ihrer Taschenlampen Barnys Beine in einer Öffnung verschwinden. Er war in den kleinen Raum über den Glocken gestiegen.

»Der Bengel ist weg. Er muß die Mauer raufgeklettert sein«, sagte einer der Männer, »kann er entkommen?«

»Nein, höchstens, wenn er aus dem Fenster steigt, aber er würde sich das Genick brechen«, antwortete die Frau. »Wir brauchen uns um ihn keine Sorgen mehr zu machen. Wir können das Turmzimmer abschließen, dann sitzt der da oben genauso sicher wie der in der Truhe. Die beiden sind wir los.«

»Ich warne Sie«, rief Barny, »falls einer von Ihnen versuchen sollte, hier heraufzukommen, werde ich ihn sofort hinunterstoßen.«

Stille!

»Er hat recht«, sagte einer der Männer endlich. »Laßt uns das tun, was Lizzie sagt, laßt uns die Tür abschließen, dann kann er hier sitzen, bis er schwarz wird.«

»Ich glaube, wir sehen jetzt besser nach unserem Freund«, sagte ein anderer. »Lizzie meint, es geht ihm nicht besonders gut, vielleicht läßt er nun mit sich reden.«

Barny hörte ihre Schritte auf der Treppe, er hörte, wie die schwere Tür zum Turm zugeschlagen wurde und das Kreischen, mit dem sich der große Schlüssel im Schloß drehte. Er saß in dem kleinen Raum da oben und hätte am liebsten geheult. Alle ihre Pläne zunichte gemacht!

»Sollen wir gehen oder nicht, Miranda?« fragte er leise. »Besser, wir sehen nach, ob sie wirklich abgeschlossen haben.«

Er beugte sich hinab. Die Glocken schimmerten im Schein seiner Taschenlampe. Sie hingen direkt unter ihm, still und ruhig. Er ließ den Lichtstrahl weiterwandern und sah auf die Plattform.

Plötzlich begann Miranda angstvoll zu schnattern. Sie packte seinen Arm. Mit aller Kraft klammerte sie sich an ihn. Barny erschrak. Was war los?

26 Die Glocken dröhnen

»Was ist denn plötzlich mit dir los, Miranda? Warum hast du solche Angst? Du glaubst doch nicht etwa, daß ich herunterfalle?« Barny konnte nicht begreifen, warum sie sich so fürchtete.

Aber Miranda hörte nicht auf, zu schnattern und ihn an der Jacke zurückzuziehen. Er drehte sich um und sah sie an. »Warum regst du dich nur so auf, wenn ich mit der Taschenlampe da hinunterleuchte? Sieh mal, was ist denn schon dabei?«

Wieder ließ er den Lichtstrahl über die Glocken gleiten, stieß ganz zufällig mit der Lampe an eine, und es gab einen leisen, klingenden Ton.

Miranda geriet nun völlig außer sich. Sie raste zum Dachfenster, als wolle sie hinausspringen, kam wimmernd zurück und klammerte sich von neuem an ihn. Was hatte sie nur?

»Fürchtest du dich vor den Glocken?« fragte er endlich. »Hast du dich damals so sehr erschrocken, als sie von selbst läuteten? Paß auf, ich fasse sie an. Sie tun mir gar nichts!«

Er streckte eine Hand aus, berührte sie, und wieder gab es, diesmal etwas lauter, einen hellen Ton. Miranda verkroch sich in einer Ecke, verbarg das Gesicht in den Pfoten, schaukelte unruhig hin und her und stöhnte leise.

Barny war ganz ratlos. Niemals zuvor hatte er sie so gesehen. Er ließ das Licht der Taschenlampe auf das kleine, verängstigte Tier fallen und überlegte. Warum war sie so verstört? Warum?

Und plötzlich wußte er es! Natürlich! Er hätte längst darauf kommen müssen!

»Komm her, Miranda, ich weiß jetzt, warum du solche Angst hast. Du fürchtest dich vor den Glocken, nicht wahr? Du hast sie damals geläutet, als wir dachten, sie täten es von alleine. Du bist hier heraufgelaufen und hast nicht gewußt, was Glocken sind und was für einen Lärm sie machen können. Und neugierig wie immer, bist du daraufgesprungen, und sie haben angefangen zu läuten und wollten nicht aufhören. In deiner Angst bist du von einer auf die andere gesprungen und hast es dadurch nur noch schlimmer gemacht. Und nun fürchtest du dich, daß du sie nicht einmal mehr sehen magst. Komm her, du kleiner Angsthase.«

Miranda gehorchte und schmiegte sich in Barnys Arme, ein wenig beruhigt durch seine tröstende Stimme.

Er dachte an den Inspektor da unten im Gang. Nun konnten sie ihm nicht helfen, und die Männer würden ungehindert entkommen.

Wenn er nur einen Ausweg wüßte! Wenn er nur Hilfe herbeirufen könnte! Ob er versuchte, sich durch das Dachfenster zu zwängen? Falls der Efeu bis hier oben hinaufwuchs und die Ranken stark genug waren, konnte er es wagen herunterzuklettern. Und während er überlegte und auf die Glocken starrte, kam ihm plötzlich ein Gedanke.

»Miranda, Liebling«, flüsterte er, »du wirst dich sehr fürchten, aber ich kann es nicht ändern. Es ist unsere einzige Rettung!«

Barny legte sich flach auf den Boden, beugte sich weit aus der Öffnung und packte die Seile.

Und dann läutete er die Glocken! Noch nie zuvor hatten sie so gedröhnt!

Der ganze Turm war von ihrem Brausen erfüllt. Es schien, als solle es die Mauern sprengen. Mit einem Schrei war Miranda am Fenster und im nächsten Augenblick im Efeu verschwunden. Barny merkte es nicht.

Robert, der zusammengekauert in der Truhe hockte, fuhr vor Schreck hoch. Die Glocken! Sie läuteten wieder von selbst! Das war doch nicht möglich! Eiskalt lief es ihm über den Rücken. Doch dann dachte er plötzlich daran, daß auch andere sie hören würden! Das war die Rettung!

Auch Stubs hörte sie, halb stehend, halb sitzend in dem kleinen Versteck im Kamin.

Die Glocken! Wieder die Glocken! Er hatte ja geahnt, daß etwas Furchtbares passieren würde!

Die Männer und die Frau im Geheimgang ahnten nichts von der Gefahr. Bis zu ihnen hinter die Mauer drang kein Laut.

Aber weit über das Land dröhnte es. Menschen stürzten aus den Häusern, Hunde jaulten, das Vieh in den Ställen brüllte. Das war kein gewöhnliches Glockenläuten! Warnend klang es und unheilverkündend!

Fräulein Pfeffer und Fräulein Hanna erwachten beinahe gleichzeitig.

Und Dina erschrak furchtbar. Die Glocken! Was war passiert? Was war mit den Jungen? Völlig verzweifelt versuchte sie, Lümmel zur Ruhe zu bringen.

Die beiden Polizisten auf dem Revier hatten auf ihren Stühlen gesessen und vor sich hingedöst. Jetzt sprangen sie auf, und der eine griff nach seiner Mütze.

»Irgendwas ist los«, murmelte er. »Wo ist Joe? Er soll mit Lillingham telefonieren, falls wir ihre Hilfe brauchen. Irgendwas ist los. Hör dir das an!«

Eine Menge erschreckter Menschen strömten auf das Schloß zu.

»Wer läutet die Glocken?« schrien sie, als die Polizisten auf ihren Rädern kamen. Aber die wußten nicht mehr als sie selbst.

Sie kamen zum Schloß.

»Jemand muß im Turm sein!« schrie ein Mann.

»Die Glocken läuten von selber«, rief ein anderer, »das haben sie immer getan!«

Eine Taschenlampe blitzte auf. »Hier steht ein Wagen, dicht neben der Hecke!«

»Aha!« sagte einer der Polizisten. »Aha! Wo ist Joe? Joe, du bleibst als Wache. Zieh den Zündschlüssel ab. Bill! Ach, da bist du ja. Wir gehen jetzt zusammen ins Schloß. Hoffentlich müssen wir die Tür nicht aufbrechen!«

Sie schlugen gegen die schwere Eingangstür. Barny hörte es nicht, aber Robert in der Truhe und auch Stubs, der zitternd in seinem Versteck saß. Was war das nun wieder?

Und dann schrie jemand: »Aufmachen! Polizei!«

Die Tür bebte von dem Hämmern der Fäuste. Wieder schrie der Polizist:

»Aufmachen! Polizei!«

27 Barnys Plan

Stubs vergaß alle Angst. Er kletterte aus dem Versteck hinaus in die Halle.

Er hastete zur Tür, packte den Schlüssel, drehte ihn im Schloß und riß den Flügel weit auf.

Der Strahl einer Taschenlampe blendete ihn, und die Polizisten starrten auf einen rußverschmierten, ungefähr zwölfjährigen Jungen.

»Nanu«, sagte der eine, »was machst du denn hier? Und wer läutet die Glocken?«

»Ich weiß nicht«, sagte Stubs, »die Glocken läuten, weil Feinde im Haus sind.«

Die Menschen begannen hereinzudrängen. Der Polizist drehte sich um. »Zurückbleiben!« schrie er. »Zurückbleiben!« Wer wußte, was hier vorging. Vielleicht wurde es gefährlich.

Die Glocken läuteten noch immer. Barny tat keine halbe Arbeit. Ab und zu schöpfte er Atem, aber er hatte sich vorgenommen, nicht eher aufzuhören, bis etwas geschah.

Die Polizisten rannten zur Tür. Stubs folgte mit Abstand. Er war überzeugt davon, daß die Glocken von selbst läuteten, und er hatte nicht die geringste Absicht, ihnen zu nahe zu kommen.

Der Schlüssel drehte sich im Schloß und die Männer machten sich daran, vorsichtig die gewundene Treppe hinaufzusteigen. Sie stiegen höher und höher, bis sie auf die Plattform gelangten. Barny sah den Schein ihrer Taschenlampen und ließ die Seile los. War es Freund oder Feind?

Dann erkannte er die dunkelblauen Uniformen. Die Glokken wurden leiser und verstummten endlich ganz. Und dann rief eine kräftige, laute Stimme: »He, Sie da oben, was fällt Ihnen eigentlich ein? Das ist grober Unfug!«

»Ich komme!« rief Barny. »Warten Sie!« Er stieg durch die Öffnung, glitt das Seil herab, faßte die Griffe und war flink wie eine Katze an der Mauer heruntergeklettert. Und dann stand er vor ihnen.

»Noch ein Junge! So, und nun beichte mal.«

»Kennen Sie Inspektor Rawlings?« fragte Barny.

»Was weißt du von ihm?«

»Eine ganze Menge«, sagte Barny und versuchte, alles so kurz wie möglich zu berichten.

»Der Inspektor im Geheimgang? Und krank, sagst du? Und die Bande ist hier? Wo sind sie jetzt?«

»Die Männer sind unten im Gang bei dem Inspektor. Sie

können sie noch erwischen, wenn Sie sich beeilen. Wir hatten mit ihm ausgemacht, Sie zu rufen, wenn es so weit ist. Aber die Sache ist schiefgegangen, und deshalb habe ich geläutet.«

Endlich begriffen die beiden, daß jede Minute kostbar war. Sie hetzten die Treppe hinunter und fielen beinahe über Stubs, der ihnen auf halbem Wege entgegenkam. Atemlos hatte er zugehört. Barny hatte die Glocken geläutet!

»Hallo, Stubs!« rief Barny. »Wo ist Robert?«

»Keine Ahnung!«

»Wer ist Robert? Noch so einer?« fragte der Polizist. »Wie viele von dieser Sorte treiben sich denn hier herum?«

»Er ist mein Cusin«, sagte Stubs, »als wir verfolgt wurden, sind wir auseinandergespritzt, und jeder hat sich irgendwo versteckt. Ich weiß nicht, wo er geblieben ist.«

»Ich werde Ihnen jetzt zeigen, wo der Geheimgang anfängt.« Barny lief voran in den kleinen getäfelten Raum. »Hier ist es. Ich will jetzt ...«

Dumpfes Poltern drang aus der Truhe in der Ecke. Robert trommelte mit den Fäusten gegen die Wände. Das war doch Barnys Stimme? »Laßt mich raus!« schrie er. »Laßt mich raus!«

Die Polizisten fuhren herum. »Was ist denn das nun wieder?«

»Das ist Robert«, sagte Barny erleichtert, öffnete die Truhe, und Robert schoß hervor. »Was ist passiert? Was ist mit den Glocken?«

»Erzählen wir später. Sind die Männer da unten?«

»Ja«, sagte Robert, »die Frau auch.«

»Sind sie schon zurückgekommen?«

»Nein, ich dachte erst, sie würden das Läuten hören. Aber sie haben das Paneel wieder geschlossen, und sie haben bestimmt nichts gemerkt.«

»Wo ist der Eingang?« fragte der Polizist. Barny ließ die Täfelung zurückgleiten, und der Mann staunte.

»Was es alles gibt«, murmelte er und steckte den Kopf in die Öffnung. Aber Barny riß ihn zurück.

»Sie kommen«, flüsterte er, »ich höre sie kommen!«

Tatsächlich. Schritte näherten sich, Stimmen wurden laut. So geräuschlos wie möglich ließ Barny das Paneel wieder vor die Öffnung gleiten. Schweigend warteten sie. Hoffentlich warnte der, der zuerst herauskam, die anderen nicht.

Und dann passierte etwas sehr Unangenehmes. Einer der Polizisten spürte ein Kribbeln in der Nase. Er würde niesen müssen! Hastig zog er sein Taschentuch, um den bevorstehenden Ausbruch zu dämpfen. Und dann kam er, und Stubs wurde beinahe fortgeblasen.

Dann war wieder Stille. Totenstille, aber auch hinter der Wand! Natürlich, die da drüben hatten alles gehört. Nun standen sie und beratschlagten flüsternd.

Endlich beschlossen sie, die Frau vorauszuschicken. Leise ging sie weiter, zögerte einen Augenblick vor dem Paneel und schob es zur Seite. Der Schein ihrer Taschenlampe geisterte durch den Raum und erfaßte die schweigende Gruppe. Sie stieß einen Schrei aus und schloß die Öffnung. »Polizei!« schrie sie. »Es ist die Polizei!«

In panischem Schrecken stolperte sie den Gang hinunter. Der eine Polizist schob das Paneel wieder zurück und rief: »Sie sind umstellt! Widersetzen Sie sich nicht!«

Jemand lachte. »Kommen Sie doch! Holen Sie uns! Ein freundlicher Empfang ist Ihnen sicher!«

Der Polizist zögerte und stand ratlos. Dann rief er wieder: »Geben Sie auf und bringen Sie den Inspektor mit!«

»Was Sie nicht sagen! Er braucht dringend einen Arzt. Ich schlage einen Tausch vor. Sie bekommen Ihren Inspektor und lassen uns gehen. Andernfalls kann ich nicht dafür garantieren, daß er morgen noch lebt!«

»Er ist wirklich sehr krank«, flüsterte Barny.

»Was sollen wir tun?« sagte der Polizist. »Sie werden den, der sich hinunterwagt, sofort niederschießen. Wenn wir ihnen doch nur in den Rücken fallen könnten.«

»Ich weiß einen Ausweg«, flüsterte Barny wieder. »Der Gang endet in einem Brunnen, der zu einem kleinen Haus im Glockenburger Wald gehört. In einer Seitenwand des Brunnens befindet sich die Öffnung.«

Der Polizist glaubte zu träumen. »Wo ist Joe?« fragte er aufgeregt, drehte sich um und hätte ihm beinahe auf die Füße getreten. »Joe, du bleibst hier. Bill, du telefonierst mit Lillingham. Sie sollen sofort kommen.«

»Ich glaube, wir sollten lieber warten, bis sie da sind«, sagte Barny. »Die Männer sind jetzt in einer verzweifelten Lage und zu allem fähig. Außerdem haben sie Inspektor Rawlings. Ich hätte einen Plan, wollen Sie ihn hören?«

»Gut«, sagte der Polizist, setzte sich und sagte: »Nun schieß los.«

»Also«, begann Barny, »wir kommen durch den anderen Eingang, müssen uns durch die zweite Einsturzstelle arbeiten und können sie überrumpeln.«

28 *Und noch einmal im Brunnen*

»Und dein Plan?« unterbrach ihn der Polizist.

»Der kommt jetzt. Ich habe nämlich daran gedacht, daß die Verbrecher abgelenkt werden müßten. Sie müßten so beschäftigt sein, daß sie gar nicht merken, wenn wir uns heranschleichen. Könnten Sie veranlassen, daß Joe und ein paar Ihrer Leute so tun, als ob sie in den Gang eindringen wollten, und dabei Krach machen?«

»Aha«, nickte der Polizist, »ich verstehe. Aber wie soll Joe wissen, wann es soweit ist?«

»Ganz einfach«, erklärte Barny, »wir rechnen aus, wann wir da sind. Bis zu Mutter Barlows Haus dauert es nicht sehr lange, dann den Brunnen hinunter und den Gang zurück. Dann bei der zweiten Einsturzstelle den Weg freischaufeln, ich glaube, zwei Stunden werden genügen.«

»Also gut, sagen wir drei Uhr.« Der Polizist stand auf. »Ich gehe jetzt zu Joe und bespreche alles mit ihm. Außerdem müssen wir unsere Uhren vergleichen.«

Joe versprach, Punkt drei Uhr einen Höllenlärm zu veranstalten.

»Ich werde brüllen und gegen die Wand hämmern, das kann

ich gut, o ja. Und die Lillinghamer können mir dabei helfen.«

Und da waren sie auch schon, vier große, kräftige Männer.

»Zwei von euch bleiben hier«, bestimmte der Polizist, »und zwei kommen mit mir. Wir haben keine Zeit zu verlieren.«

Sie verschwanden in der Dunkelheit, und die Jungen trugen die Schaufeln, die man in aller Eile besorgt hatte.

Nach einer Weile sprang etwas von einem Baum herab auf Barnys Schulter. »Miranda!« sagte er. »Da bist du ja wieder. Ich habe mich schon um dich gesorgt. Du hast wohl große Angst ausgestanden, nicht wahr?«

»Miranda? Wer ist denn das?« fragte der Polizist und leuchtete mit der Taschenlampe zu Barny hinüber. »Ein Affe!« rief er. »Soll der etwa mitkommen?«

»Natürlich, ich will sie heute nacht nicht noch einmal verlieren. Sie ist beinahe verrückt geworden vor Angst, als ich die Glocken läutete.«

Schweigend gingen sie durch den Wald bis zu Naomis Häuschen. Still und dunkel lag es da.

»Dort ist der Brunnen«, sagte Barny leise und stieg als erster hinunter.

Robert schwang sich über den Brunnenrand. Dann folgte Stubs, blaß vor Aufregung. Und endlich begannen die Polizisten mit dem Abstieg.

Alle erreichten glücklich den Eingang und gingen, einer hinter dem anderen, in den schwarzen Tunnel.

Sie zwängten sich an der ersten Einsturzstelle vorbei, und als sie in die Nähe der zweiten kamen, blieb Barny stehen, drehte sich um und sagte:

»Wir sind gleich da, wie spät ist es? Schon drei Uhr?«

»Noch fünf Minuten.«

»Hinter der Geröllmauer liegt der Inspektor«, flüsterte Barny, »wir wollen jetzt ganz dicht herangehen und warten, bis es soweit ist. Vielleicht hören wir, wenn es da oben losgeht.«

Sie standen und lauschten, und plötzlich erhob sich in der Ferne Lärm, Schreien und Poltern. Und einer der Verbrecher brüllte:

»Sie kommen! Los, zum Eingang! Hast du dein Schießeisen, Charly? Die sollen uns kennenlernen!«

Schritte entfernten sich, danach Stille, bis auf den gedämpften Lärm, den Joe und seine Helfer so pünktlich begonnen hatten.

»Schnell«, flüsterte Barny, »wo sind die Schaufeln?« Erde und Steine flogen beiseite, und im Handumdrehen war ein Durchgang frei. Dahinter weitete sich der Tunnel zu dem kleinen Raum, in dem der Inspektor beim Schein einer Kerze lag.

»Rawlings, wir sind da!« Der Polizist beugte sich über ihn.

Der Kranke sah ihn an. »Gut«, murmelte er, »gut. Sehen Sie zu, daß Sie sie kriegen, Brown. Aber seien Sie vorsichtig, sie sind bewaffnet. Sorgen Sie dafür, daß die Jungen zurückbleiben.«

Die Polizisten liefen hinüber zu der Ziegelsteinmauer, in der jetzt eine Öffnung klaffte, groß genug, um einen Mann hindurchzulassen.

Barny warf einen Blick darauf. Ja, es war genauso, wie sie gedacht hatten. Einen Teil der Steine konnte man herausnehmen. Er wollte gerade weitergehen, als er energisch zurückgeschoben wurde.

»Das ist nichts für Kinder. Ihr müßt hierbleiben. Ihr würdet uns jetzt nur hindern.«

Barny wußte, daß der Mann recht hatte.

»Jetzt, wo es spannend wird, haben sie uns abgehängt«, fauchte Stubs.

Im Gang erhob sich ein Getöse, Rufen, Brüllen und schrille Schreie der Frau. Es dauerte ein paar Minuten, und dann streckte einer der Polizisten den Kopf durch die Öffnung in der Mauer.

»Alles in Ordnung! Sie warteten auf Joe und die anderen, und wir kriegten sie, ehe sie sich auch nur umdrehen konnten. Die Frau suchen wir übrigens schon lange, und dabei hat sie uns hier direkt vor der Nase gesessen. Nach dem Arzt ist schon telefoniert worden. Er soll Rawlings ins Krankenhaus bringen.«

»Mir geht es schon besser.« Der Inspektor öffnete die Augen. »Mir geht es schon besser, seit ich weiß, daß ihr sie alle habt. Das Material, das ich gesammelt habe, genügt, um sie für Jahre unschädlich zu machen. Ich . . .«

Er begann wieder zu husten, der Polizist winkte den Jungen, und sie liefen den Gang hinauf bis zur Öffnung.

Eine Menge Menschen war in dem kleinen getäfelten Raum versammelt. Viele Polizisten, die Frau und die vier Männer und einer, der aussah wie ein Arzt und gleich mit einer Tasche in der Hand im Geheimgang verschwand.

Die Frau und die Männer trugen Handschellen. Stumm starrten sie vor sich hin, nur die Frau wirkte verstört. Sie bemerkte die Kinder sofort.

»Ihr!« rief sie. »Ihr seid es gewesen! Ihr habt geschnüffelt und spioniert. Ihr . . .«

»Halt die Klappe!« fauchte einer der Männer. Die Frau schwieg, aber sie starrte die Kinder weiter aus ihren schmalen schwarzen Augen an, so, als wolle sie sich jeden Augenblick auf sie stürzen.

»Da haben wir heute nacht ja einen guten Fang getan«, sagte einer der Beamten aus Lillingham. »Einen Fang, der noch andere nach sich ziehen wird, wenn diese Herren erst auspaken.«

»Und ihr, Jungens, geht jetzt nach Hause«, bestimmte der Polizist, den sie durch den Gang geführt hatten. »Wir sehen uns morgen wieder. Ihr habt eure Sache gut gemacht! Aber nun müßt ihr ins Bett und schlafen!«

29 *Keine Angst vor Affen mehr*

Im Wohnzimmer brannte Licht. Dina stand am Fenster und Lümmel saß mit besorgtem Gesicht neben ihr. Wie eine abgefeuerte Kanonenkugel fuhr er auf Stubs zu, als die drei die Diele betraten, während Lump seine Wiedersehensfreude gerecht unter alle verteilte.

»Wie konntet ihr nur fortgehen, ohne mir etwas davon zu

sagen! Wie konntet ihr nur!« Fräulein Pfeffer zwinkerte heftig hinter den Brillengläsern. »Dina hat mir eine entsetzliche Geschichte erzählt, die ich kaum glauben kann . . .«

»Wir werden Ihnen jetzt alles ganz genau erklären«, sagte Robert. Er sah blaß und übernächtigt, aber sehr glücklich aus, genauso glücklich wie der von dem langen Aufenthalt im Kamin völlig verschmutzte Stubs. Nur Barny wirkte ruhig wie immer. Von Miranda war übrigens nichts zu sehen, noch nicht einmal ihre kleine Pfote. Sie schlief unter Barnys Hemd versteckt, ganz und gar erschöpft.

Nach und nach erfuhren die Zuhausegebliebenen die abenteuerliche Geschichte. Fräulein Hannas Augen weiteten sich mehr und mehr vor Entsetzen. »Nein, so etwas!« rief sie. »So etwas habe ich in meinem ganzen Leben noch nicht gehört.«

Barny erzählte, wie er die Glocken läutete, die Stadt weckte und die Polizei alarmierte.

»O ja, die Glocken!« rief Fräulein Pfeffer. »Wie sie dröhnten! Ich habe mich furchtbar erschrocken. Und ich mußte an die Sage denken, denn wer sollte nachts da oben im Turm sein? Wenn ich geahnt hätte, daß du es warst, Barny!«

Fräulein Hanna hatte Kuchen und Milch geholt, und sie aßen und aßen. »Komisch, wie hungrig man nach solchen Aufregungen wird«, grunzte Stubs. »Ich war noch nie so hungrig wie jetzt.«

»Es wird schon hell«, sagte Dina und sah hinaus. »Die Sonne wird bald aufgehen. Ich glaube, es hat keinen Zweck, sich noch hinzulegen.«

Aber sie schliefen bis tief in den Tag hinein und wären auch dann nicht aufgewacht, hätte Lump nicht wie verrückt gebellt. Stubs sauste zum Fenster, um nachzusehen, warum er sich so wild gebärdete.

»Die Polizei!« schrie er. »Drei Mann hoch! Und sie sehen alle verdammt wichtig aus. Los, zieht euch an, wir müssen runter.«

»Du solltest dir wenigstens dein Gesicht waschen«, ermunterte Robert, »du siehst immer noch aus wie ein Schornsteinfeger. Barny, komm zu dir, beeil dich!«

Barny und Miranda hatten auf der Couch bei Robert und Stubs im Zimmer geschlafen. Fräulein Hanna brachte es nicht fertig, sie in die Laube zu schicken. Und nach einem kurzen Kampf gegen ihre Angst vor Affen hatte sie verkündet: »Miranda darf auch hierbleiben!«

Bald standen sie alle in der Diele, und die Polizisten begrüßten sie wie alte Freunde.

»Weshalb sind Sie denn gekommen?« fragte Stubs.

»Es sind noch einige Punkte zu klären«, sagte der Inspektor. »Wie seid ihr überhaupt darauf gekommen, daß im Schloß etwas nicht stimmte?«

»Das war so«, Barny räusperte sich und berichtete von dem Mann, der ihn nach Lillingham mitgenommen hatte und den er dann später am Schloß wiedertraf.

»Ich erkannte ihn, als er sich eine Zigarette anzündete. Und es war auch der gleiche Wagen. ›Elektro-Piggott‹ stand darauf.«

»Das ist sehr wichtig«, sagte der Inspektor und machte sich eine Notiz. »Piggot ist schon lange verdächtig. Er unternahm häufig nächtliche Fahrten zum Bristol-Kanal. Jetzt wissen wir, warum. Er versorgte Leute, die hier unerwünscht waren, mit falschen Papieren. Möglich, daß er sich an der Entführung Rawlings' beteiligt hat. Ich hoffe, deine Aussage bricht ihm das Genick.«

»Nein, was es alles gibt!« stöhnte Fräulein Hanna. »Was es alles gibt!«

»Und nun noch etwas. Wißt ihr, wer das erstemal die Glokken läutete?«

»Das war Miranda, mein Äffchen, glaube ich«, sagte Barny.

»Warst du denn im Schloß? Soviel ich weiß, passierte es nachts.«

Barny sah verlegen aus. »Ich wußte nicht, wo ich bleiben sollte, und da bin ich am Efeu hinaufgeklettert und habe in dem Säulenbett geschlafen.«

»Schon gut, du bist ein tüchtiger Junge. Hast du denn jetzt ein Unterkommen?«

»Ja, das hat er«, ließ sich Fräulein Hanna vernehmen, »er bleibt so lange hier, bis die Kinder wieder abfahren. Ich werde mich um ihn kümmern.«

Der Inspektor schmunzelte. »Das ist alles«, sagte er, »und nun wünsche ich euch noch recht schöne Ferientage ohne aufregende Zwischenfälle.«

Die Kinder lachten und begleiteten die Polizisten den Gartenweg hinunter. An die Pforte gelehnt, sahen sie ihnen nach, bis sie um eine Ecke verschwanden.

Dann rief Fräulein Hanna nach ihnen. »Kommt zum Frühmittag!«

Die Kinder drehten sich erstaunt um.

»Frühmittag?« fragte Dina. »Was ist das?«

»Eine Mischung aus Frühstück und Mittagessen«, lachte Fräulein Hanna. »Es ist zu spät zum Frühstück und zu früh zum Mittagessen, ja, und die Mahlzeit, die dazwischen liegt, ist dann eben Frühmittag.«

Dieses Essen erwies sich als äußerst delikat: Schinken und Eier, Zunge und Salat und Ananas mit Schlagsahne. Stubs schwamm in Seligkeit.

»Warum gibt es so etwas nicht jeden Tag?« fragte er, während er seinen Teller mit einem Berg Schlagsahne belud. »He, Barny«, schrie er, »paß ein bißchen auf Miranda auf. Die klaut mir meine Ananas!«